LEAH MARTYN

Le bébé du Dr McNeal

HARLEQUIN

Titre original :
A MOTHER FOR HIS BABY

Ce roman a déjà été publié en 2018

HARPERCOLLINS FRANCE
83-85, boulevard Vincent-Auriol, 75646 PARIS CEDEX 13
Service Lectrices — Tél. : 01 45 82 47 47 - www.harlequin.fr
ISBN 978-2-2804-9418-2

Composé et édité par HarperCollins France.
Imprimé en juin 2023 par CPI Black Print (Barcelone)
en utilisant 100% d'électricité renouvelable.
Dépôt légal : juillet 2023.

FSC
www.fsc.org
MIXTE
Papier issu de sources responsables
FSC® C159065

Pour limiter l'empreinte environnementale de ses livres, HarperCollins France s'engage à n'utiliser que du papier fabriqué à partir de bois provenant de forêts gérées durablement et de manière responsable.

1

— J'ai oublié de demander.

Jo s'arrêta brusquement et saisit le bras de son amie.

— Fliss, qui est le témoin ?

— Brady McNeal. Un ami du marié. Il est médecin.

— Comme au moins la moitié des invités. Il est d'ici ?

— McNeal ? Non, je ne crois pas. D'après ce qu'on m'a dit, il arrive de l'étranger. Si tu avais assisté à la soirée entre filles organisée par Sophie, tu saurais tout, Jo.

— J'étais en congé, sinon je serais venue.

— Notre petite bande de trois est en train de se séparer, dit Fliss d'un ton triste. Il me semble que c'était seulement la semaine dernière que nous avons terminé nos études. Avec Sophie et Ben qui déménagent à Sydney, et toi qui exerces dans ce trou de Mt Pryde, je vais me retrouver seule ici.

— Cesse de pleurnicher, dit Jo en posant la main sur le bras de Fliss. Il suffira d'organiser régulièrement une petite réunion…

Le visage de cette dernière s'éclaira.

— C'est vrai, pourquoi pas ? Soit à Sydney, soit ici, à Brisbane.

— Ou alors vous pourriez venir me voir toutes les deux, proposa Jo. Après tout, Mt Pryde se trouve à peine à deux heures de voiture de la ville.

— Mon chou, deux *minutes* hors de la ville et je suis en état de manque. La cambrousse, ce n'est pas pour moi.

Je sais que tu te plais là-bas, mais je ne vois pas ce que tu peux bien y faire. Ni comment tu pourrais y rencontrer des hommes !

Secouant la tête, Jo rajusta l'étole de soie qui couvrait ses épaules. Elles avaient abordé ce sujet vingt fois. Contrairement à Fliss, qui adorait l'animation de la clinique de pointe spécialisée en médecine du sport où elle travaillait en ville, Jo se réjouissait d'exercer la médecine générale dans un cabinet de campagne où tout le monde connaissait les médecins et où ceux-ci n'ignoraient rien de la vie de leurs patients.

— Oh, regarde, Jo ! Voilà la mariée. Elle est ravissante, n'est-ce pas ?

— Oui.

Sophie, au bras de son père, s'avançait lentement dans l'allée pavée pour rejoindre l'élu de son cœur, Ben Landers.

« Connaîtrai-je jamais ce bonheur ? », se demanda Jo. A trente-deux ans, elle avait eu de brèves aventures, mais n'avait jamais rencontré d'homme avec lequel elle aurait souhaité passer le restant de ses jours et fonder une famille. Quelle chance avaient Sophie et Ben !

— Viens, dit Fliss en passant son bras sous le sien.

Elles se rapprochèrent du célébrant qui se tenait à côté du marié et de son témoin, dans un coin des jardins botaniques de Brisbane, mais les yeux de Jo étaient rivés sur ce dernier. Brady McNeal était la virilité faite homme. De haute taille, brun, il avait une carrure athlétique mise en valeur par un costume anthracite magnifiquement coupé.

Comme s'il sentait peser sur lui le regard de Jo, il se retourna et eut un sourire amusé, qui disparut aussi rapidement qu'il était apparu.

Profondément troublée, elle pencha la tête, remerciant le ciel que personne n'ait remarqué ses joues en feu, car tous les yeux étaient tournés vers la reine du jour, qui prenait place près du marié et glissait sa main dans la sienne.

— Quelle magnifique cérémonie, n'est-ce pas ? s'exclama Fliss avec un soupir. Exactement ce que j'aimerais.

— Tu as quelqu'un en tête ? demanda Jo, amusée, tandis qu'elles remontaient la rue aussi vite que le leur permettaient leurs hauts talons, en direction du restaurant où avait lieu la réception.

— Occupe-toi de tes affaires, Joséphine.

— Alors j'ai raison ! Quelle cachottière ! Comment s'appelle-t-il ?

— Daniel. Il est pilote.

— Ça change des médecins. Pourquoi n'est-il pas avec toi ?

— Il passe la nuit à Perth, sinon il m'aurait accompagnée.

— Eh bien, il n'y a que moi qui reste sur la touche…

Fliss lui décocha un coup d'œil malicieux.

— Les hommes séduisants ne manquent pas sur la liste des invités. Que penses-tu de Brady McNeal ?

Jo se sentit rougir.

— Ne dis pas de bêtises, Fliss.

— Si l'on en croit la rumeur, il est célibataire.

— Et moi, demain à la même heure, je me trouverai à des kilomètres d'ici, protesta Jo, exaspérée. Réfléchis un peu.

— Il y a des occasions à ne pas laisser passer…

— Oh, ça va. Ah ! Nous y voilà.

Brady McNeal regarda autour de lui. La fête battait son plein dans l'élégant petit restaurant empli du bourdonnement des conversations. Cela avait été un charmant mariage et il s'était amusé plus qu'il ne l'avait espéré.

En fait, il ne connaissait personne sauf Ben et Sophie, rencontrée tout récemment. Mais ils lui avaient présenté la plupart de leurs amis — sauf la délicieuse blonde croisée dans les jardins.

Lorsque Sophie l'avait entraîné vers la table des mariés pour qu'il fasse la connaissance des « copines » — selon ses propres termes —, la jeune femme se trouvait à une autre table, avec les parents de Sophie, et elle lui tournait le dos.

Et après ? Qu'est-ce que ça pouvait bien faire ? Il était à mille lieues de rechercher une nouvelle relation. Il avait été suffisamment échaudé lorsque Tanya l'avait laissé tomber sans préavis quelques mois plus tôt.

Un jour, peut-être, lorsque sa blessure serait cicatrisée, il rencontrerait une femme exceptionnelle avec qui il aurait le désir de partager sa vie.

Ou peut-être pas.

Il jeta un coup d'œil à sa montre. Encore quelques heures et il pourrait décemment prendre congé.

La semaine suivante commencerait une nouvelle étape de son existence, dans une petite ville de campagne.

Pourvu qu'il ait pris la bonne décision.

Les mariés avaient quitté la réception lorsque Jo se dirigea d'un pas rapide vers le parking en longeant un pâté de maisons.

Certains des invités se rendaient à un night-club. Fliss avait bien essayé de l'y entraîner, mais elle avait décliné l'invitation, car elle devait reprendre la route de Mt Pryde le lendemain matin de bonne heure afin d'être prête à recevoir ses patients le lundi.

Elle s'écarta pour éviter un groupe de fêtards du samedi soir qui sortaient d'un pub en se bousculant. A peine avait-elle passé quelques soirées en ville que la relative tranquillité de Mt Pryde lui manquait.

Comme elle traversait une rue déserte entre deux immeubles sinistres, Jo prit conscience que quelqu'un la suivait de près et serra plus fort sa pochette brodée de perles.

Je n'ai pas besoin de ça, pensa-t-elle en hâtant le pas vers le parking dont elle apercevait l'enseigne au néon.

— Hé ! Ne vous inquiétez pas, dit une voix profonde. Je viens du mariage de Ben et Sophie. Je suis Brady McNeal.

Elle se retourna.

— Oh ! C'est vous...

— Désolé. Je ne voulais pas vous effrayer. Ça va ? Vous êtes toute pâle.

Elle esquissa un faible sourire.

— Ça va aller, maintenant que je sais que je ne vais pas me faire agresser. Nous n'avons pas été présentés, ajouta-t-elle en lui tendant la main. Je m'appelle Jo.

— Enchanté. Si je comprends bien, vous êtes le troisième médecin.

— Pardon ?

Il sourit.

— Sophie a mentionné une bande de trois. Elle, Fliss et vous. Vous avez fait vos études ensemble, n'est-ce pas ?

— Ah... Oui. Nous sommes amies depuis toujours. Et vous êtes un ami de Ben, je suppose ?

— Nous avons fait nos études ensemble, nous aussi... Peut-être vous et moi étions-nous destinés à nous rencontrer.

Elle recula de quelques pas, serrant son étole sur sa poitrine.

— Etes-vous garé dans le coin ? demanda-t-elle, sur la défensive.

— Je vais récupérer ma voiture au parking. Vous aussi, j'imagine ?

— Oui.

Ils recommencèrent à marcher.

— Etes-vous en ville juste pour le mariage ? s'enquit-elle sur le ton de la conversation.

— Je bouge pas mal en ce moment.

Elle fouilla dans son porte-monnaie pour trouver son ticket.

— Je suis au troisième étage, dit-elle, songeant qu'au parking leurs routes se sépareraient.

— Moi aussi.

Brady appela l'ascenseur puis s'effaça pour la laisser entrer.

Pendant la montée, Jo regarda Brady McNeal à la dérobée. Sa veste sur l'épaule, il était appuyé contre la paroi opposée.

Il avait vraiment de beaux yeux, pensa-t-elle tandis que la cabine s'arrêtait avec une secousse.

— Je vais vous accompagner jusqu'à votre voiture, déclara-t-il en lui prenant le bras. Ces parkings sont sinistres.

Elle était garée au bout d'une longue allée de véhicules.

— Peut-être aurions-nous dû venir en taxi, dit-elle avec un rire nerveux en sentant les doigts de Brady se glisser entre les siens.

Ce geste ne signifiait probablement rien ; pourtant, soudain, elle éprouva le désir qu'il s'arrête et la serre contre lui. Qu'il l'embrasse…

— Non. Je préfère être indépendant. On ne trouve jamais de taxi quand on en a besoin.

— Et il y a toujours vingt personnes devant vous, renchérit-elle d'une voix qui parut trop aiguë à ses propres oreilles. C'était un beau mariage, n'est-ce pas ?

— Euh… Oui, en effet. Espérons qu'il durera.

— Bien sûr. Ben et Sophie sont fous l'un de l'autre.

Brady fit la moue.

— Il y a d'autres raisons valables de se marier, Jo.

— Comme l'argent ou la condition sociale ? demanda-t-elle sur un ton sec.

— Non, répondit-il, l'air interloqué. Personnellement, je ne me marierais pour aucun de ces motifs.

— Moi non plus. Ah, ma voiture se trouve au bout de l'allée…, ajouta-t-elle en désignant un véhicule. C'est la blanche.

Brady regarda la carrosserie étincelante et sourit.

— Elle est passée à la station de lavage pour l'occasion, non ?

— Il y a de ça. Mais demain à la même heure elle aura retrouvé son bel aspect poussiéreux.

— Vous n'exercez donc pas en ville ?

— Cela fait belle lurette que je n'y travaille plus. Et vous ?

Comme ils s'arrêtaient devant sa voiture, Brady lui lâcha brusquement la main.

— Pour le moment, j'habite chez mes parents à Bardon. Je dois prendre un nouveau poste bientôt.

— Alors, bonne chance.

A la hâte, Jo fouilla dans son sac à main pour chercher ses clés.

— J'ai été… heureuse de faire votre connaissance, Brady, dit-elle avant de déverrouiller sa voiture.

— Moi aussi.

Comme il se penchait devant elle pour lui ouvrir la portière, son épaule lui frôla le bras et la poitrine.

— Merci, dit-elle, troublée, en se glissant sur son siège. Eh bien, bon retour.

— Vous aussi.

Brady esquissa un salut désinvolte avant de tourner les talons.

Sentant encore le parfum de son after-shave, elle le regarda s'éloigner à grandes enjambées dans l'allée puis se faufiler entre les voitures.

Peut-être se rencontreraient-ils de nouveau un jour… Après tout, ils avaient des amis communs. Et il fallait bien reconnaître que cela ne lui déplairait pas de nouer des relations plus étroites avec Brady McNeal.

Bien plus étroites.

« J'aurais dû lui demander son numéro de téléphone », se dit Brady en mettant en marche le moteur de sa voiture avant de se diriger vers le panneau de sortie. Dire qu'il ne connaissait même pas son nom de famille ! Mais sans doute Sophie pourrait-elle le renseigner.

En termes de superficie, l'Etat du Queensland était vaste et le cabinet de Jo pouvait se trouver complètement à l'opposé de l'endroit où il se rendait. Bien sûr, ils pourraient toujours correspondre par courriel, mais ce n'était pas pareil.

L'enthousiasme qui l'avait animé un instant retomba. Mieux valait renoncer.

Oublier Jo, ses yeux verts, son nez piqueté de minuscules taches de rousseur et son doux sourire.

« Sois raisonnable, mon vieux… Quelle femme sensée voudrait de toi avec ton histoire, McNeal ? »

La journée au centre médical de Mt Pryde commença comme n'importe quel lundi.

Avant même que Jo ait eu le temps de ranger sa valise et d'allumer son ordinateur, Angelo Kouras, l'un de ses associés, passa la tête dans son bureau.

— Content de vous revoir, dit-il. Bonnes vacances ?

— Merveilleuses.

Les parents de Jo tenaient un *bed and breakfast* dans le nord du Queensland et l'endroit correspondait à sa conception des vacances idéales : elle y appréciait les talents de cordon-bleu de sa mère ainsi que la cave à vins bien garnie de son père, et n'avait rien d'autre à faire que de nager et de plonger, jour après jour.

— Vous êtes bien rentrée ? demanda Angelo.

— Rien à signaler. Et ici, quoi de neuf ?

— Quelques péripéties, mais on a réussi à les gérer. Ah, il y a une réunion du personnel à 13 heures, Jo. J'ai prié Monica de préparer de quoi déjeuner. On doit discuter de questions importantes.

Elle fronça les sourcils. Un patient était-il sur le point de les poursuivre en justice ? Y avait-il des soucis financiers ?

— Que se passe-t-il ? s'enquit-elle.

Entrant dans la pièce, Angelo referma la porte.

— Ralph a décidé de prendre sa retraite.

— Quoi ?

— Il a dit qu'il y pensait déjà depuis un moment. Et Lilian désire déménager à Brisbane pour se rapprocher de ses petits-enfants, apparemment.

Jo commença à réfléchir à toute vitesse. Il faudrait faire passer une annonce pour trouver un nouvel associé, sélectionner les candidats, organiser des entretiens…

— Dire que je n'ai été absente qu'un mois. Il s'en est passé, des choses.

Angelo s'assit sur le coin du bureau.

— Ralph nous a annoncé la nouvelle, à Tom et à moi, le lendemain de votre départ en vacances, ce qui nous a permis de publier des annonces rapidement.

— Alors ?

— Six réponses. Nous avons retenu trois candidatures et sélectionné un candidat. Désolé, vous n'étiez pas là pour les entretiens, mais je pense que vous serez satisfaite de notre choix. Le médecin que nous avons recruté a travaillé en médecine rurale au Canada ces dernières années. Il a semblé comprendre nos attentes et il désire s'installer dans la région. Qui plus est, il a l'expérience de l'anesthésie, ce que Penny appréciera certainement, ajouta-t-il en souriant.

Jo hocha la tête. Seule anesthésiste qualifiée de l'hôpital local, l'épouse d'Angelo, Penny, était constamment d'astreinte.

— Comment se nomme cet oiseau rare ? demanda-t-elle, légèrement vexée qu'on ait procédé sans elle à la sélection du candidat.

— Brady McNeal. Il a fait ses études à l'hôpital Prince-Alfred, à Melbourne. Excellent CV.

La stupeur lui coupa un instant le souffle.

— Brady McNeal va venir travailler ici ?

— Eh bien… oui. Cela pose-t-il un problème ?

« Des tas », se dit Jo, dont les pensées tourbillonnaient.

— Je trouve ça étrange, c'est tout… En fait, j'ai rencontré le Dr McNeal au mariage de mon amie, samedi. C'était le témoin du marié.

— Incroyable ! s'exclama Angelo. Et il n'a pas mentionné son poste à Mt Pryde ?

— J'ai échangé seulement quelques mots avec lui après le mariage. On avait laissé nos voitures dans le même parking.

— Curieux qu'il n'ait pas fait le rapprochement. Il savait que le seul médecin femme du cabinet s'appelait Joséphine Rutherford. Et nous lui avions bien spécifié que vous auriez assisté à son entretien d'embauche si vous n'aviez pas été en congé.

Elle regarda distraitement le diplôme de médecine d'Angelo encadré sur le mur derrière lui.

— Je ne crois pas avoir mentionné mon nom de famille, précisa-t-elle.

— Ceci expliquerait cela.

— Quand le Dr McNeal va-t-il prendre ses fonctions ?

— Officiellement, lundi prochain. Mais, aujourd'hui, il vient signer son contrat, et je crois qu'il souhaite aussi trouver une nourrice pour son fils. Jo, je sais que vous êtes au courant des modes de garde proposés dans notre ville, c'est pourquoi je lui ai dit que vous étiez la personne la mieux placée pour l'aider dans ce domaine.

A l'évidence, Brady McNeal était marié, conclut-elle. Il ne s'était assurément pas comporté en époux modèle en lui accordant toute cette attention dans le parking. Dire qu'il lui avait tenu la main ! Elle aurait pourtant juré qu'il était sincère.

C'était curieux et décevant. Elle avait espéré…

Au fond, qu'avait-elle espéré ?

La gorge serrée, elle déglutit péniblement.

— Est-ce que… sa femme sera avec lui aujourd'hui ?

— Il n'y a pas de femme, Jo. Brady est père célibataire. Cela n'a rien d'extraordinaire de nos jours… Même à Mt Pryde.

— Quand le rencontrerai-je ? demanda-t-elle.

— A 15 heures. Je vous remplacerai pour les rendez-vous que Vicki ne peut pas déplacer, d'accord ?

Elle se leva et raccompagna Angelo jusqu'à la porte.

— J'aimerais… jeter un coup d'œil sur le CV du Dr McNeal, pour me faire une idée de son parcours professionnel, si vous n'y voyez pas d'inconvénient.

— Bien sûr. Adressez-vous à Monica. Vous nous ferez part de votre point de vue lors de la réunion. Plus tôt nous aurons réglé cette question, mieux ce sera.

Lorsque Angelo fut sorti, Jo s'assit lourdement et prit son courrier, les doigts tremblants. Quelle serait la réaction du Dr Brady McNeal lorsqu'il se retrouverait face à elle ?

2

Dans une sorte de brouillard, Jo tria son courrier, lequel ne contenait que des brochures de laboratoires pharmaceutiques et des cartes postales d'amis en vacances. Tout ce qui concernait ses patients avait dû être pris en charge par un de ses associés.

Après avoir jeté la publicité dans la corbeille à papier, elle se rendit dans la salle de repos où Vicki, la réceptionniste, était occupée à préparer du café.

— Il y en a un pour moi ?

— Oh ! Bonjour, Jo ! Vous êtes de retour ! Comment était la Grande Barrière de corail ?

— Fabuleuse, comme toujours. Il faudra un jour que vous vous offriez ce voyage.

— Ça pourrait bien m'arriver plus tôt que vous ne le croyiez. Eh oui ! s'écria Vicki en tendant sa main gauche où brillaient trois petits diamants montés sur un anneau d'or.

— Magnifique ! Félicitations ! Serons-nous invités au mariage ?

— Bien sûr.

— Il en est arrivé, des choses, pendant mes vacances…

Elle se versa du café et y ajouta un nuage de lait.

— Je sais, Jo. Ralph s'en va. Je me demande comment le nouveau médecin va s'intégrer.

— L'avenir le dira. Merci pour le café, Vicki.

— Je vous en prie.

A la réception, elle trouva la responsable administrative du cabinet.

— Bonjour, Monica.

— Jo ! Contente de vous revoir. J'imagine que vous êtes au courant pour Ralph ?

— Oui, Angelo m'a tout expliqué. Puis-je jeter un coup d'œil au CV du nouveau médecin ?

— Tenez, dit Monica en prenant un dossier dans la corbeille « arrivée ». C'est bien qu'on ait trouvé un remplaçant aussi vite. Le cabinet ne pouvait pas fonctionner indéfiniment avec un médecin en moins. La charge de travail est trop lourde.

— Certainement. A ce propos, je ferais bien de vérifier ma liste de patients.

Sa première patiente de la journée était Nora Burows, une vieille dame au teint clair à qui des années de travail sous un soleil de plomb dans la ferme familiale avaient valu de graves brûlures sur le visage et les bras. Elle devait subir l'excision d'une lésion squameuse au cou. Etant donné que le taux de cancers de la peau en Australie était le plus élevé du monde, un prélèvement serait envoyé au laboratoire en vue d'une biopsie.

Jo alla trouver l'infirmière dans la salle de soins.

— Marika, est-ce que Mme Burows est arrivée ?

— Je l'installe.

— Bien. Je suis à elle dans un instant.

Lorsqu'elle écarta le rideau bleu pâle, la patiente était étendue sur le divan de traitement.

— Bonjour, Nora. Prête pour votre opération ?

— Tout ce qu'il y a de plus prête, docteur.

— Vous commencez à avoir l'habitude, n'est-ce pas ?

— Cela ne rend pas les choses plus faciles, docteur Rutherford.

— Je sais, dit-elle en lui tapotant l'épaule.

Vérifiant une nouvelle fois le dossier de sa patiente, elle

remarqua que sa tension artérielle était un peu basse. A part ça, elle était plutôt en bonne santé.

— Bien, allons-y. Posez un champ, voulez-vous, Marika ?

Vêtue d'une tenue stérile et de gants chirurgicaux, Jo remplit la seringue de lignocaïne puis injecta doucement le liquide dans la peau autour de la lésion.

— Vous allez sentir votre oreille et votre mâchoire inférieure s'engourdir, dit-elle.

Tandis qu'elle attendait que l'anesthésie locale fasse effet, elle remarqua que la respiration de sa patiente s'accélérait.

— Ça va, Nora ?

— Pas très bien, docteur. J'ai l'estomac tout barbouillé…

— Marika, surélevez ses pieds, s'il vous plaît.

L'infirmière glissa plusieurs oreillers sous les jambes de Nora et lui épongea le visage.

— Votre corps réagit à l'anesthésie, dit Jo. Avez-vous pris un petit déjeuner ?

— Juste une tasse de thé.

— Votre glycémie est peut-être un peu basse. Respirez profondément et essayez de vous détendre. C'est bon. Rien ne presse. On attendra que vous vous sentiez mieux.

Nora était encore faible lorsque l'opération se termina.

— Restez allongée un moment, ensuite Marika vous aidera à vous lever. Mais allez-y doucement. Avant de descendre du divan, laissez pendre vos jambes sur le côté, jusqu'à ce que vous vous sentiez mieux. Y a-t-il quelqu'un avec vous ?

— Ma fille est dans la salle d'attente.

— Très bien. Nous allons l'appeler. Elle vous tiendra compagnie le temps que vous récupériez.

Elle regarda sa patiente qui était toujours bien pâle.

— Je suis désolée que cette intervention ait demandé un peu plus de temps que d'habitude, dit-elle en ôtant ses gants. La tumeur s'était étendue plus que je ne le pensais.

Nora s'humecta les lèvres.

— Mais tout va bien se passer, n'est-ce pas, docteur ?

— J'aurai le résultat de la biopsie dans quelques jours. Je vous revois dans une semaine pour enlever les points.

Elle jeta un coup d'œil à sa montre.

— J'ai pris du retard, comme d'habitude, murmura-t-elle avant d'aller chercher le patient suivant.

A 12 h 30, elle commençait à se demander comment elle pourrait être à l'heure pour la réunion du personnel lorsque Vicki passa la tête dans la salle.

— Toni Morris vient d'annuler, Jo. Son fils se sent beaucoup mieux. Elle pense qu'il devait s'agir d'une gastro.

— Parfait. Merci.

Tandis que la réceptionniste s'éloignait avec un geste de la main, elle se leva prestement et alla à la fenêtre, d'où elle jouissait d'une vue splendide.

En cette première semaine de septembre, le vieux manguier croulait sous les fleurs, promettant une abondance de fruits tropicaux pendant le long été à venir.

Que j'aime cette région ! pensa-t-elle, absorbée dans la contemplation du paysage. Elle secoua la tête. Alors pourquoi ce sentiment que tout allait changer ?

La sonnerie du téléphone la tira de sa rêverie.

— Vous avez eu le temps de regarder le CV de Brady, Jo ? demanda Angelo.

— J'allais le faire. Je n'ai pas arrêté de la matinée.

— Moi non plus. Alors, à tout à l'heure.

Les vacances étaient bien finies, songea-t-elle en raccrochant.

Elle prit le dossier que Monica lui avait remis et se rassit.

— Brady McNeal, murmura-t-elle. Voyons voir.

Aucun doute. Le nouveau médecin semblait un très bon choix pour leur cabinet, conclut-elle au bout de quelques pages de lecture. A moins que son jugement ne fût influencé par le fait qu'elle l'avait déjà rencontré… et qu'il l'attirait ?

Sentant un tourbillon d'émotions contradictoires monter en elle, elle prit une profonde inspiration.

Jo se brossa les cheveux et retoucha son maquillage avant de rejoindre les autres dans la salle de repos.

Avec une efficacité discrète, la responsable administrative avait disposé sur la table des sandwichs et un plateau de fruits, puis rempli la cafetière.

— Il y a de l'eau bouillante dans la bouteille Thermos si quelqu'un préfère du thé, précisa cette dernière. Jo ?

— Oui, je veux bien, Monica, répondit-elle en prenant une tasse.

Elle ouvrit un paquet de sachets de thé.

— Un pour moi, s'il vous plaît, Jo, tant que vous y êtes, demanda une voix grave.

Ralph Mitchell venait d'entrer.

— Ça vient, dit-elle en souriant. Angelo ?

— Un café pour moi, merci. Je vais me servir. Quelqu'un a vu Tom ?

— Vous me cherchez ?

Tom Yardley, le quatrième médecin du cabinet, pénétra dans la pièce et jeta plusieurs dossiers sur la table.

— Jo, ravi de vous revoir ! s'écria-t-il.

Non sans sourire de son enthousiasme, elle répondit à son bonjour.

Elle aimait bien Tom. Il était jeune — seulement vingt-neuf ans —, mais il promettait d'être un excellent généraliste.

— Je tiens à vous remercier d'avoir réagi si vite à la situation, déclara Ralph quand tous les médecins furent réunis. Je ne vous en avais pas parlé pour éviter que vous ne vous précipitiez à la recherche d'un nouvel associé, mais on a diagnostiqué une leucémie chez l'un de mes petits-fils.

Autour de la table, un lourd silence tomba.

— Nous sommes désolés, Ralph, dit enfin Angelo.

— A l'heure actuelle, le pronostic de leucémie infantile est très positif, si on la détecte assez tôt, intervint Tom.

— Nous nous raccrochons à cet espoir, répondit Ralph. Michael est un petit garçon très courageux. Il a plutôt bien supporté sa première chimio. Et l'Hôpital des enfants de Mater a une excellente réputation. Comme vous l'imaginez, Lilian et moi aimerions partir le plus tôt possible pour apporter notre soutien aux parents. Il y a deux enfants plus jeunes, et Karen et Steve désirent passer autant de temps que possible avec Michael.

— Dans ce cas, ne vous sentez pas obligé de rester pour mettre Brady au courant, intervint Angelo. Je suis sûr qu'à nous tous nous pourrons l'aider à s'adapter rapidement.

— N'empêche que vous allez beaucoup nous manquer, Ralph, assura Jo.

A vrai dire, elle détestait l'idée de voir partir l'associé principal qui était la pierre d'angle du centre médical de Mt Pryde depuis des années.

Quels changements apporterait la venue de Brady McNeal ? songea-t-elle, perturbée.

Ralph engloba toute l'équipe médicale d'un regard chaleureux.

— J'aime à penser que le cabinet de Mt Pryde continuera à assurer à ses patients des soins de qualité et je sais que vous tous ferez de votre mieux pour permettre à mon remplaçant de s'intégrer. Jo, vous allez l'aider à trouver un mode de garde pour son fils ?

— Tant que je ne connaîtrai pas ses critères, je ne pourrai pas organiser quoi que ce soit. Mais je vais me renseigner.

— Une jeune fille au pair pourrait lui convenir, suggéra Tom.

— Le Dr McNeal aura peut-être son idée sur la question. On verra cet après-midi, quand il sera là.

Angelo haussa les sourcils.

— Après avoir lu son CV, Jo, émettez-vous des réserves quant à l'embauche de Brady ?

— *A priori*, il correspond au poste, dit-elle avec prudence. De toute évidence, son expérience de la médecine de campagne lui sera très utile ici. Et si vous pensez que, du point de vue de la personnalité, il s'intégrera…

— J'ai eu un long entretien avec lui, précisa Ralph d'un ton destiné à la rassurer. Je pense qu'il sera très coopératif, et il désire s'établir ici, ce qui me paraît capital pour son intégration au sein de l'équipe médicale, n'est-ce pas ?

— Parfaitement, approuva Angelo. Maintenant, Ralph, je sais que les circonstances de votre départ ne sont pas idéales, mais vous ne pouvez pas nous quitter sans une petite fête.

— Ce n'est vraiment pas nécessaire…

Cette déclaration souleva un concert de protestations auquel Ralph mit fin en levant les mains.

— Bon, d'accord… Merci beaucoup à tous. Je sais que Lilian sera très sensible à cette attention.

— Dans ce cas, c'est réglé, conclut Angelo en vidant sa tasse. Avez-vous une date à nous proposer ?

— Nous devrions avoir fini nos cartons d'ici la fin de la semaine prochaine.

— Disons samedi en huit, le soir. A la maison. Penny et moi préparerons un barbecue. Ça pourrait aussi être l'occasion de présenter Brady aux uns et aux autres.

Après le déjeuner, Jo continua de recevoir ses patients. Mais, comme 15 heures approchaient, elle sentit son cœur se serrer dans sa poitrine.

Ridicule ! Quand elle pensait qu'après avoir lu le CV de Brady elle avait envisagé de l'appeler sur son portable pour lui dire qu'ils s'étaient déjà rencontrés !

Heureusement, elle s'était rappelée qu'ils allaient être

collègues, rien de plus, et qu'il n'y avait aucune raison de sortir du cadre professionnel et de nouer des relations personnelles avec le Dr McNeal.

Pourtant, quelques minutes plus tard, lorsque Vicki lui annonça qu'il était arrivé, elle se leva d'un bond, comme mue par un ressort.

— Il s'excuse d'être un peu en avance, dit la réceptionniste. Et vous savez quoi ? Il a amené son bébé avec lui !

Un bébé ! Brady McNeal avait un bébé, alors qu'elle croyait que son fils était en âge d'aller au jardin d'enfants.

— Venez, dit la réceptionniste. Il est adorable !

Abasourdie, Jo lui emboîta le pas jusqu'à la réception où Marika et Monica ainsi que plusieurs patientes de la salle d'attente formaient un cercle autour du bébé McNeal qui, depuis son siège auto, levait vers elles de grands yeux.

Mon Dieu ! Elles étaient toutes devenues folles. Et si elle frappait dans ses mains pour rétablir l'ordre dans le cabinet médical ?

Au lieu de cela, elle se glissa entre deux femmes pour regarder le bébé.

Et elle eut le coup de foudre.

— Que tu es beau ! s'exclama-t-elle, émerveillée. Oh… il m'a fait un sourire…

— Vous lui plaisez, Jo, déclara Vicki en lui serrant le bras. Voyez comme il est gracieux…

Elle contempla les doigts minuscules, les mignonnes oreilles, le petit nez… puis, se ressaisissant, elle entraîna Monica à l'écart.

— Où se trouve le Dr McNeal ?

— Il règle les derniers détails administratifs avec Angelo, répondit distraitement celle-ci, le regard aimanté par le bébé.

Hallucinant ! se dit Jo en considérant la scène. Certes, cet enfant avait une charmante frimousse, mais on était censé être dans un cabinet médical, pas dans une crèche ! Il fallait que quelqu'un intervienne.

Curieusement, ce fut Vicki qui prit les choses en main.

— Bon. Au travail, tout le monde ! Docteur Rutherford, j'ai tout préparé dans la salle de repos. Alors, rendons ce petit à son papa, si vous le voulez bien.

Sur ce, la réceptionniste saisit le siège auto par la poignée et s'engagea dans le couloir.

Jo la suivit à distance, sous le choc. Rien n'était conforme à ses plans. Rien. Qui trouverait-elle pour prendre soin d'un bébé à temps plein ? Un bébé !

Elle n'eut pas beaucoup de temps pour y réfléchir car, à l'autre bout du couloir, Angelo sortait de sa salle de consultation, en pleine discussion avec Brady. Par bonheur, ils ne l'avaient pas vue.

Passant devant Vicki, elle s'engouffra dans la salle de repos.

Quelques secondes plus tard, les deux hommes s'arrêtaient devant la porte ouverte.

— Jo va s'occuper de vous, déclara Angelo en laissant entrer le nouveau médecin dans la pièce.

Au spectacle de Brady tenant son bébé dans les bras, elle se sentit fondre.

— Jo !

— Bonjour, Brady. C'est étrange, n'est-ce pas ? Je veux dire, notre rencontre, et le fait que nous ignorions que nous allions devenir collègues de travail.

— C'était peut-être le destin ?

Pour toute réponse, elle eut un sourire crispé.

— Angelo m'a tout expliqué, reprit-il. Cela me fait plaisir de vous revoir, et je suis sûr que nous allons bien travailler ensemble, pas vous ?

— Bien sûr. Alors, j'ai cru comprendre que vous alliez avoir besoin de faire garder votre enfant ?

— Euh… Oui. Pensez-vous que je vais trouver facilement ?

Il reposa son fils dans son siège auto.

— Je l'ignore, répondit Jo.

Prenant des chaises, ils s'installèrent à une extrémité de la longue table.

— Pour une raison ou pour une autre, je m'attendais à un enfant de trois ou quatre ans, poursuivit-elle.

— Je croyais avoir été clair lors de l'entretien.

— Ça n'a pas d'importance. Quel âge a votre bébé ?

— Andrew a six mois. Je ne l'aurais pas amené avec moi aujourd'hui, mais ma mère, qui devait s'occuper de lui, a malheureusement eu un empêchement.

Elle hocha la tête.

— A-t-il un biberon à prendre ? demanda-t-elle.

— Non, pas avant un bon moment.

— Cela ne doit pas avoir été une mince affaire de faire le voyage en avion depuis le Canada avec un enfant si jeune.

— Que voulez-vous dire ? demanda-t-il sur la défensive.

— Rien de particulier. La seule chose qui me préoccupe, c'est que la garde d'Andrew se passe bien. Je suppose que c'est vous qui prenez les décisions ?

— Si vous craignez que sa mère débarque et s'oppose aux dispositions que j'aurai prises, n'ayez aucune inquiétude. Tanya est rayée de la scène… J'ai la garde légale de mon fils.

Le visage de Brady McNeal s'était subitement fermé. Cet homme souffrait d'une blessure affective, se dit Jo. Mais pourquoi éprouvait-elle ce désir insensé de l'aider ?

— Et puis zut ! s'exclama-t-il avant qu'elle ait pu prononcer un mot. Je ne voulais pas vous parler d'un ton brusque, Jo. Pouvons-nous recommencer ?

— Hum… D'accord.

— Merci, dit-il en plongeant ses yeux dans les siens.

Dans un état second, elle se sentit rougir jusqu'à la racine des cheveux.

Déjà, Brady se ressaisissait. Il se frotta le menton.

— Excusez-moi si je parais susceptible, Jo.

— Tâchons de trouver une solution satisfaisante pour Andrew, voulez-vous ?

— Je tiens à régler ce problème de garde. Ce cabinet médical me convient en termes de situation géographique et de charge de travail, et la ville est une merveille.

— Je l'adore, moi aussi. Avez-vous visité les environs ?

— Oui, le jour où je suis venu pour l'entretien.

Plus détendu, il se carra dans sa chaise.

— J'ai été stupéfait de découvrir ce grand magasin à l'ancienne dans la rue principale. La bibliothèque aussi a attiré mon attention. L'hôpital n'est pas mal non plus.

— Il a des points forts et des points faibles, selon le personnel... Si vous possédez des compétences dans un domaine particulier, ils n'hésiteront pas à vous solliciter.

— J'ai fait quelques anesthésies, dit-il.

— Vous n'avez pas voulu vous spécialiser ?

— Non. Je préfère voir mes patients éveillés et qui parlent. Et vous ? Pour quelle spécialité font-ils appel à vous ?

— J'ai un peu d'expérience en pédiatrie, répondit-elle.

— Alors vous ne verrez pas d'inconvénient à inscrire Andrew sur la liste de vos patients ?

— C'est bien parce que vous êtes un collègue... Je suppose qu'il est à jour dans ses vaccinations ?

— Oui, docteur.

— Les papas ont la réputation d'oublier ces petits détails, dit-elle, malicieuse.

— Alors je crois qu'on peut en conclure que je ne suis pas un papa ordinaire, n'est-ce pas ?

— La dame à laquelle je pense pour Andrew s'appelle Théa Williams, reprit-elle sans répondre à sa question. Elle a été la nourrice du bébé du Dr Rossiter que j'ai remplacée. Selon le personnel du cabinet, le Dr Rossiter était très contente d'elle.

Le regard de Brady s'éclaira.

— Parfait. Mais je préférerais maintenir Andrew dans son environnement, si possible. Serait-elle disposée à venir chez moi tous les jours ?

— Ce ne devrait pas être un problème.

— Reste un dernier point : Mme Williams consentirait-elle à faire des heures supplémentaires lorsque je serai de garde ? D'après ce que m'a dit Angelo, nous assurons une permanence chacun à notre tour dans un dispensaire qui fonctionne tous les week-ends.

Jo acquiesça.

— En effet, nous nous relayons avec plusieurs médecins des alentours, ce qui fait qu'en pratique nous sommes de garde toutes les quatre semaines environ.

— Ça me paraît assez raisonnable.

— Je vais tout de suite appeler Théa pour savoir si elle accepterait de faire des heures supplémentaires à l'occasion. Dans ce cas, le plus simple serait que vous passiez la voir pour faire sa connaissance et lui présenter le bébé.

Un sourire flotta sur les lèvres de Brady.

— Je vous fais confiance, docteur Rutherford.

Puis il se leva.

— Je vais à la réception pendant que vous téléphonez, annonça-t-il. Vous ne voyez pas d'inconvénient à ce que je vous laisse Andrew ?

Elle secoua la tête et se leva également.

— C'est un bel enfant..., murmura-t-elle en contemplant le bébé.

— Je suis d'accord avec vous...

Penché sur son fils, il lui caressa la joue d'un geste tendre et protecteur.

— Ah, j'oubliais..., dit-elle en tripotant la chaîne d'argent autour de son cou. Avez-vous trouvé à vous loger ?

— Oui, une maison meublée... Exactement ce que je cherchais.

3

Lors de son premier jour comme médecin de famille au centre médical de Mt Pryde, le lundi matin, Brady se rendit d'abord dans la salle de repos. Il salua les membres du cabinet, qui répondirent chaleureusement à son bonjour. Après quoi, il se prépara un café au percolateur puis, sa tasse à la main, s'adossa au mur pour observer ses collègues qui se détendaient avant leur journée de travail.

Tom, qui n'avait pas dû prendre de petit déjeuner, se faisait griller des toasts. Angelo lisait son courrier. Quant à Jo…

Le regard de Brady parcourut son corps svelte, s'attardant sur le petit haut blanc qui mettait en valeur son bronzage de vacances, puis sur les longues jambes qu'il devinait sous son pantalon de coton, avant de revenir se poser sur la tête blonde penchée sur un journal.

Il sentit son cœur battre sourdement dans sa poitrine. Il devrait inviter Jo à dîner. Elle s'était donné tant de mal pour lui.

Pourquoi ne pas lui proposer de venir manger un plat de pâtes en toute simplicité, ce soir ?

Non, se reprit-il. Pas question de la fréquenter en dehors du cabinet. Il avait décidé qu'aucune femme n'interférerait dans sa vie privée, et il devait s'y tenir.

La réceptionniste entra, l'allure désinvolte.

— Bonjour tout le monde !

— Bonjour, Vicki, répondirent en chœur les médecins.

Allant tout droit au plan de travail, elle écarta Tom du coude sans la moindre délicatesse.

— J'espère que vous comptez nettoyer après votre passage, mon petit Tom ?

— Vicki, je croyais que vous pourriez…

— Vous rêvez. J'ai du travail.

Elle sourit par-dessus son épaule.

— Brady, vous êtes prêt pour votre premier jour ?

— Presque, répondit-il après avoir avalé sa dernière gorgée de café. Quelqu'un peut-il me dire pourquoi les gens supposent que les médecins se nourrissent de ragoût ?

— Pouvez-vous répéter ça ? demanda Angelo.

— J'en ai reçu trois, un offert par ma vieille voisine et deux par une dame qui a dit qu'elle était de la paroisse.

— Les gens d'ici sont aimables, Brady. La nouvelle de votre arrivée aura vite fait le tour de la ville. Et comme vous avez un bébé…

— Vous voulez dire qu'on va m'offrir aussi des paquets de couches et des petits pots ?

Cette remarque déclencha un fou rire général. Puis tout le monde sortit de la pièce.

Sauf Jo, remarqua-t-il en posant sur l'égouttoir la tasse qu'il venait de laver.

— Comment allait Andrew, ce matin ? demanda-t-elle en descendant du tabouret sur lequel elle était perchée.

— Bien. Théa a plein de projets pour eux aujourd'hui.

— Vous pourriez passer chez vous à midi vous assurer qu'il va bien, juste pendant la période d'adaptation.

Il secoua la tête.

— C'est gentil à vous de le proposer, Jo, mais laissez-moi régler cette question à ma façon, d'accord ?

— C'était juste une idée, dit-elle avec un sourire.

— Je sais, répondit-il, malicieux. C'est sans doute votre instinct maternel qui se manifeste.

Le sang afflua au visage de Jo. Elle détourna les yeux.

— Ralph vous a-t-il déjà passé le relais ?

— Oui. Nous avons travaillé ensemble toute la journée d'hier.

— Un dimanche ?

— Compte tenu des circonstances dans lesquelles il part…

— C'est un coup terrible pour la famille.

— Je serais désespéré si quelque chose comme ça arrivait à Andrew… Allons-y, docteur Rutherford, ou Vicki va venir nous chercher.

— Les lundis sont toujours chargés, n'est-ce pas ? dit-elle avec une grimace.

— Oui, mais j'ai vraiment hâte de rencontrer mes patients et de me mettre au travail.

— Appelez au secours si vous avez besoin d'un renseignement quelconque.

— Merci, Jo… Merci pour *tout*.

Pendant un instant qui lui sembla une éternité, ils se contemplèrent comme s'ils ne s'étaient jamais vus. Emu de découvrir l'intensité des prunelles vertes qui le fixaient, il sentit sa gorge se nouer.

Si seulement il osait…

Il s'éclaircit la voix.

— Euh… Je vous verrai sans doute à l'heure du déjeuner.

Elle hocha la tête, puis chacun retourna à sa salle de consultation respective.

Le cœur en fête, Brady prit la fiche de sa première patiente, puis passa la tête dans la salle d'attente.

— Samara ? appela-t-il.

Une jeune femme en jean et pull chaussette se leva.

— Vous êtes nouveau, n'est-ce pas ? dit-elle en le suivant dans un bruit de claquettes.

— Je m'appelle Brady McNeal. Je reprends les patients du Dr Mitchell.

Samara, qui avait dix-neuf ans, s'assit et coinça ses mains entre ses genoux.

— Le Dr Mitchell m'avait dit qu'il aurait les résultats de mes analyses si je passais aujourd'hui.

— En effet.

Brady avait lu avec attention le dossier de la jeune femme avec Ralph. Après avoir vainement tenté d'identifier la cause de la fatigue chronique et de la léthargie de sa patiente, ce dernier l'avait envoyée faire une gastroscopie — une biopsie de l'intestin grêle.

— Les résultats sont formels, Samara. Vous souffrez de coelialgie.

— Qu'est-ce que cela veut dire exactement ?

— En termes simples, cela signifie que vous présentez une intolérance au gluten.

— Vous voulez dire au blé ?

— Surtout au blé, mais sans doute aussi au seigle, à l'orge et peut-être à l'avoine.

— Mais qu'est-ce que je vais manger, alors ? Aujourd'hui, il y a des additifs partout. Est-ce que je vais devoir lire les étiquettes de tous les produits alimentaires que j'achèterai ? Ça va être un véritable casse-tête.

— Ne vous découragez pas avant d'avoir commencé. Vous vous sentirez bien mieux si vous respectez votre régime, c'est à cela qu'il faut penser.

Il sortit de son tiroir quelques dépliants qu'il lui remit.

— Je vais vous donner les coordonnées d'un groupe d'entraide. Mais lisez d'abord ces brochures et prenez rendez-vous de ma part avec la diététicienne de l'hôpital le plus tôt possible.

— Si j'ai bien compris, je vais devoir faire attention à tout ce que je mange, dit Samara d'un air abattu.

— Pour qu'il vous soit bénéfique, le régime devra être très strict, mais il y a une large gamme d'aliments que vous pourrez consommer.

Elle passa une main dans sa frange blonde.

— Donc, dès que j'aurai commencé, je devrais me sentir mieux, n'est-ce pas ?

— En principe. Mais il se peut que l'amélioration soit lente et progressive. Suivez votre régime pendant un bon mois et revenez me voir. On vérifiera votre taux de fer, qui confirmera que vous êtes sur la bonne voie.

— Finies les tartines de pain grillé ! Moi qui adore ça…

— Peut-être pas.

Décrochant son téléphone, il composa de mémoire un numéro.

— Jo, désolé de vous déranger. Voici ce qui m'amène…

Après avoir expliqué le motif de son appel, il écouta la réponse de sa collègue.

— Merci du renseignement, dit-il avant de raccrocher. Samara, vous avez de la chance, reprit-il en levant la tête avec un sourire. Apparemment, le boulanger de la galerie marchande fait du pain sans gluten sur commande.

Une petite fossette se creusa sur la joue de Samara.

— Alors je pourrai avoir mes tartines ?

— Probablement. Mais, pour plus de sûreté, parlez-en à la diététicienne lorsque vous la verrez, d'accord ?

Lorsque le cabinet médical ferma officiellement ses portes pour le déjeuner, à 13 heures, Brady avait reçu tous les patients figurant sur sa liste.

Il se sentait plutôt satisfait de sa matinée car il n'avait pas trop dérangé ses collègues. A part la question posée à Jo, il n'avait eu à vérifier auprès d'Angelo que le nom d'un médicament délivré au Canada sous une appellation différente.

Tom et Jo se trouvaient déjà dans la salle de repos quand il y pénétra.

— Encore entier ? s'enquit Tom, le nez plongé dans la rubrique sportive du journal local.

— Oui, et j'ai bien l'intention de le rester, répliqua-t-il sur le même ton. A propos, merci de votre aide, Jo.

— De rien. Oh ! Brady, tenez. Essayez de trouver le début de ce rouleau de film alimentaire. Je renonce.

Avec un petit rire, il prit le rouleau récalcitrant.

— Pour ce qui est du déjeuner, chacun apporte-t-il le sien ? demanda-t-il en entreprenant de dérouler méticuleusement le film déchiré.

— Nous faisons caisse commune. Toutes les semaines, chacun remet de l'argent à Vicki, qui achète du pain frais et différentes garnitures pour sandwichs. Vous prenez ce qui vous fait plaisir dans le réfrigérateur.

— Alors, je dois payer Vicki…

Tom pouffa de rire.

— Elle saura vous trouver, camarade, ne vous inquiétez pas. Jo, vous me faites un sandwich ?

— Pas vraiment.

— Alors pour qui sont les tranches de pain qui restent sur la planche ?

— Brady, parce qu'il est nouveau.

— Et moi ? protesta Tom.

— Vous êtes ici depuis plus d'un an ! Brady ? Dinde, avocat, romaine, ça vous va ?

— Ça me paraît tout à fait diététique, répondit-il en reposant sur le plan de travail le film alimentaire qu'il avait réussi à dévider correctement.

Avec des mouvements rapides et précis, elle confectionna le sandwich, puis le posa sur une assiette qu'elle lui tendit.

— Bon appétit.

— Merci, dit-il en la dévisageant tranquillement. Demain, c'est moi qui ferai le vôtre.

Elle soutint son regard.

— Pas de promesses inconsidérées, répondit-elle d'un ton léger. On n'est jamais à l'abri d'une urgence.

La dernière patiente de Jo fut Leisa Cooper, qui travaillait à la bibliothèque locale. Elle était enceinte de son premier enfant.

— Comment allez-vous, Leisa ?

— Mal. Je me sens fatiguée et il me reste des semaines avant d'accoucher. J'ai tout le temps soif et encore plus souvent envie d'uriner.

— Depuis combien de temps ?

— Quelques semaines.

Jo lui enroula le tensiomètre autour du bras.

— Je vais vous envoyer faire une épreuve d'hyperglycémie provoquée, Leisa, dit-elle à la lecture du résultat. J'aimerais que vous y alliez demain matin à la première heure, si possible.

— Vous suspectez quelque chose de grave ?

— Disons, à surveiller. Il se peut que vous soyez en train de développer un diabète gestationnel.

— J'ai fait quelque chose qu'il ne fallait pas faire ?

— Pas du tout. Pendant la grossesse, le placenta sécrète activement des hormones, mais, chez certaines femmes, cet afflux d'hormones augmente la résistance à l'insuline. Dans ce cas-là, l'organisme ne produit pas suffisamment d'insuline pour permettre aux cellules et aux muscles d'assimiler le glucose présent dans le flux sanguin.

— Et alors, qu'est-ce qui se passe ? demanda Leisa en posant la main sur son ventre.

— Le glucose reste dans le flux sanguin.

Prenant son stylo, elle rédigea une ordonnance pour le laboratoire de pathologie.

— Ce serait bien si vous pouviez vous libérer une matinée pour aller faire ce test, Leisa.

— Je vais m'arranger. C'est si compliqué ?

— Pas tant que ça, mais un peu long. D'abord, on va vous demander d'ingérer une certaine quantité de Lucosade.

— Ma pauvre vessie ! J'espère que je ne vais pas devoir en boire des litres ?

— Non, dit Jo en riant. De mémoire, environ trente centilitres. Après cela, on vous fera trois prises de sang, à une heure d'intervalle. Si votre glycémie sanguine n'est pas dans la fourchette normale, vous aurez un traitement.

— Est-ce que ça va entraîner des complications ?

Jo secoua la tête.

— Ne vous inquiétez pas, Leisa. J'espère que le régime et un peu d'exercice règleront le problème. Si le diagnostic est confirmé, je vous mettrai en relation avec Vanessa Rowntree, la diététicienne de l'hôpital, qui vous prescrira un régime approprié en tenant compte de vos antécédents médicaux.

— Je ne fais pas beaucoup d'exercice, avoua Leisa avec un soupir. A la bibliothèque, je suis souvent assise.

— Eh bien, je vous prescrirai quelques promenades. Vous ne vous en porterez que mieux.

— Pendant que vous étiez en vacances, j'ai vu le Dr Yardley pour ma visite prénatale. Comment se fait-il qu'il n'ait rien remarqué ?

— Le diabète gestationnel se manifeste en général entre la vingt-sixième et la vingt-huitième semaine. Vous êtes juste à la vingt-huitième semaine, ce qui, par pure coïncidence, correspond exactement au moment où le dépistage doit être pratiqué.

— Et moi qui pensais que ma grossesse se déroulerait

sans heurts… Avec du recul, je me dis que nous aurions peut-être dû fonder une famille plus tôt…

— Effectivement, les femmes ont souvent leur premier enfant entre vingt et trente ans, mais, s'il s'avère que vous souffrez de diabète gestationnel, vous ferez l'objet d'un suivi médical accru.

— Merci, Jo. Quel soulagement de savoir que vous prenez les choses en main !

— C'est mon rôle de médecin, déclara-elle en souriant. Tout comme c'est le vôtre de fabriquer un bébé en bonne santé. Allons, passons aux choses agréables. Allongez-vous sur la table, que l'on voit s'il pousse bien.

4

Etouffant un soupir, Jo décrocha le téléphone pour passer le dernier appel de sa liste. Comme elle composait le numéro, elle se demanda comment Brady s'était débrouillé. En effet, elle ne l'avait croisé qu'en coup de vent, tant la semaine avait été chargée.

Par bonheur, ce matin, elle avait pu rassurer Nora Burows, dont la lésion s'était révélée bénigne.

Elle jeta un coup d'œil à sa montre. Si son correspondant à l'autre bout du fil se dépêchait de répondre, elle arriverait juste à l'heure pour la réunion du vendredi…

— Bon, mesdames, messieurs, si personne n'a rien à ajouter, ce sera tout pour aujourd'hui.

Angelo interrogea ses associés du regard, puis remit son stylo dans sa poche.

— Brady, vous avez le nombre de patients qui vous convient ? reprit-il.

— Tout à fait.

— N'oubliez pas la soirée pour mon départ, chez moi, demain. Vers 18 heures, c'est bon pour tout le monde ?

Il y eut un murmure approbateur.

— Vous avez besoin qu'on vous aide pour quelque chose ? s'enquit Jo.

— Merci, mais ce ne sera pas nécessaire, Penny est

libre ce week-end, dit-il en se levant. Oh, Brady, vous allez avoir du mal à trouver notre maison. Elle est un peu en dehors de la ville.

— Je lui expliquerai, Angelo.

— Merci, Jo. Je dois passer chez le boucher prendre les steaks pour demain avant qu'il ferme. Bonsoir, tout le monde.

— Bonsoir, dirent en écho les autres membres du cabinet.

— Je file aussi, annonça Tom en reculant sa chaise. Le week-end s'annonce magnifique, je vais en profiter. A demain pour le barbecue !

Brady et Jo échangèrent des regards navrés.

— Je ne me rappelle pas avoir été aussi insouciant, dit-il d'un ton réprobateur, en rassemblant ses notes. Ni si enthousiaste à propos d'un week-end, d'ailleurs.

— On vieillit…

— Attendez d'avoir un bébé qui vous fait lever la nuit, docteur.

— C'est si dur que ça ?

— Je survivrai. Ça me rappelle les nuits blanches que j'ai passées pendant mon internat.

Ils quittèrent le cabinet médical ensemble.

— Je ne vous ai pas expliqué où se trouvait la maison d'Angelo, dit-elle. Avez-vous un stylo à portée de la main ? Je vais vous faire un plan.

S'arrêtant près de sa voiture, il pressa la clé électronique pour déverrouiller les serrures et rangea sa mallette médicale dans le coffre.

— Est-ce que je ne pourrais pas plutôt passer vous prendre demain soir ? suggéra-t-il. Vous me montreriez la route.

Elle hésita.

— Mieux vaut que je prenne ma voiture, je crois.

— Nous économiserions de l'essence…

— Une autre fois peut-être, Brady.

— Vous avez raison, bien sûr.

Quel idiot il faisait ! Jolie comme elle était, elle avait probablement un petit ami.

— Pardonnez ma présomption, reprit-il. Si vous voulez bien juste m'indiquer, en gros, comment me rendre chez Angelo…

Comme si elle avait deviné sa déception, elle le regarda d'un air compréhensif.

— Ecoutez, il n'y a pas de raison que nous ne puissions pas nous détendre un peu après notre semaine de travail. Je propose que vous passiez chez vous chercher Andrew et que vous veniez dîner à la maison.

— L'inverse serait plus pratique.

Peut-être n'avait-elle pas de petit ami, après tout.

— Ainsi, je ne dérangerai pas le bébé, ajouta-t-il avec un sourire enjôleur.

Elle marqua une hésitation, à croire qu'elle craignait, en acceptant sa proposition, de se trouver seule avec lui, de partager son intimité. Puis elle capitula.

— Je passe chez moi prendre une douche et me changer, et j'achète un plat à emporter quelconque en venant chez vous.

— Non, pas question. Je ferai la cuisine.

— Vous savez cuisiner ? demanda-t-elle avec un sourire espiègle.

— Absolument. Un plat de pâtes.

En proie à une légère euphorie, Jo enfila un pantalon blanc et un T-shirt noir et blanc qui soulignait ses formes et s'arrêtait juste à la taille.

Inutile de se maquiller, le léger hâle de ses vacances lui donnait un teint resplendissant. Une touche de crème hydratante suffirait, se dit-elle. Et elle se passerait de rouge à lèvres, c'était plus naturel. Après tout, il ne s'agissait que d'un repas improvisé avec un collègue !

Après avoir relevé ses cheveux au moyen d'une pince, elle saisit ses clés et alla prendre sa voiture sous l'auvent.

Il ne lui fallut que quelques minutes pour se rendre chez Brady. Quel joli cottage ! pensa-t-elle en ouvrant sa portière.

Un peu hésitante, elle traversa la pelouse, monta les marches qui conduisaient à la véranda, puis, après une profonde inspiration, pressa la sonnette.

Ce fut Théa qui ouvrit la porte. Un sourire éclairait son visage rond.

— Bonsoir, Jo. Entrez. J'étais aux fourneaux. Brady m'a prévenue que vous arriviez. Il finit de donner son bain à Andrew.

Comme elle suivait la nourrice dans la cuisine, elle prit conscience que cette atmosphère familiale ne correspondait en rien à la soirée en amoureux qu'elle avait imaginée.

— Vous faites des heures supplémentaires, ce soir ? demanda-t-elle, vaguement déçue.

— Pas question, répondit Théa en accrochant son tablier derrière la porte. Brady ne voudrait pas en entendre parler. Mais, ce soir, j'ai chorale et c'est plus près pour moi d'aller à la salle paroissiale en partant d'ici que de faire tout le chemin jusqu'à la maison et de revenir. Tiens, voilà les hommes, ajouta-t-elle.

Le cœur de Jo battit plus vite.

— Jo ! dit Brady, le sourire aux lèvres. Vous avez trouvé sans difficulté ?

Elle hocha la tête, émue de le voir la joue contre la tête duveteuse d'Andrew. Sans réfléchir, elle tendit les mains vers le bébé tout de bleu vêtu.

— Je peux le prendre ? demanda-t-elle.

Sans un mot, il lui tendit l'enfant. Puis il se tourna vers Théa.

— A quelle heure devez-vous être à votre chorale ?

— Dans une demi-heure environ. Si vous voulez, je

peux donner son biberon à Andrew, pendant que Jo et vous préparez votre dîner.

— Excellente idée. Ça vous va, Jo ?

— Très bien, murmura-elle en posant un tendre baiser sur la tête du nourrisson, avant de le rendre à contrecœur à sa nourrice.

— Montrez-moi vos talents, dit Jo tandis que Brady rassemblait les ingrédients pour leur plat de pâtes.

Il l'écarta doucement pour sortir la planche à découper.

— Si vous vous serviez un verre ? proposa-t-il. Il y a un bon petit vin blanc dans le réfrigérateur.

— J'imagine que vous en prendrez un aussi ?

— Oui, s'il vous plaît.

Il pela les oignons et les éminça très vite, tel un cuisinier professionnel.

— Impressionnant, dit-elle, admirative.

Il sourit et leva son verre pour trinquer.

Après avoir bu une généreuse gorgée de vin, elle s'assit sur un des hauts tabourets de cuisine.

— Vous semblez très bien vous adapter, commenta-t-elle tandis qu'il se lavait les mains.

— Je pense que j'ai fait le bon choix, cette fois-ci. Avez-vous déjà été confrontée à ce genre de décision ?

— Non, rien qui m'engage définitivement, répondit-elle après un moment de réflexion.

— Ça fait plaisir à entendre…

Se penchant, il lui tapota la joue, et ses yeux étaient si proches des siens qu'elle put voir les petits points sombres dans les iris bruns.

— Ce vin est délicieux, dit-elle en baissant le regard.

Conscient de l'avoir troublée, il se retourna brusquement et ouvrit sans raison un placard. Bon sang ! Chaque fois qu'il la regardait, il brûlait d'envie de la toucher, de caresser son corps doux et tiède, de poser ses lèvres sur le petit creux à la base de son cou, de sentir le parfum de ses cheveux…

Pourtant, après le coup que lui avait porté Tanya, comment pouvait-il être assez fou pour faire de nouveau confiance à une femme ? Une femme qu'il connaissait à peine…

— Docteur ! Docteur McNeal ?

On frappait bruyamment à la porte.

— Il y a quelqu'un ? demanda une voix affolée.

Il regarda Jo.

— C'est ma voisine, Ellen Farmer, expliqua-t-il en allant vers la porte. Elle a des ennuis, semble-t-il.

Jo descendit de son tabouret et le suivit.

Lorsqu'il ouvrit, la vieille dame, tremblante, lui tomba presque dans les bras.

— Ellen, que se passe-t-il ?

— C'est Lester, mon mari.

— Il est blessé ?

— Il s'est coupé la main sur la scie à ruban.

— Vous êtes toute pâle, asseyez-vous. Il est dans son atelier ?

Elle hocha la tête.

— Vous avez bien fait de venir. Nous allons nous occuper de lui. Je vais chercher ma trousse.

Il se tourna vers Jo.

— Il faut que je demande à Théa d'attendre un peu, ajouta-t-il.

— J'ai une petite bouteille d'oxygène dans mon kit. Je vais la chercher dans la voiture et je vous rejoins chez vos voisins.

— Très bien. Merci. Faites vite, ajouta-t-il à mi-voix. Lester est un vieux bonhomme. Dieu sait ce que nous allons trouver.

Lorsqu'il revint dans la cuisine, Ellen s'était levée.

— Je vous accompagne, docteur, déclara-t-elle.

Dans l'atelier, ils découvrirent Lester par terre, adossé

au mur, la main soigneusement entourée d'un des chiffons à poussière qu'il utilisait pour ses machines. Il était livide et manifestement en état de choc.

— Je dois vieillir, murmura ce dernier. Le morceau de bois était trop lourd et il a entraîné ma main dans la scie. J'aurais dû le prévoir.

— Chut... Ne vous fatiguez pas, Lester, conseilla Brady en s'accroupissant près de son patient. Un accident peut toujours arriver.

Il ouvrit sa mallette.

— Je vous présente le Dr Rutherford, du cabinet médical, ajouta-t-il. Elle va vous mettre un masque à oxygène. Cela vous aidera à surmonter le choc. Maintenant, expirez... Voilà.

— Ça va mieux. Merci, docteur, dit Lester en fermant les yeux.

— Est-ce qu'il va s'en sortir ? demanda Ellen d'une voix étranglée. Qu'est-ce que je peux faire pour vous aider ?

— Nous aurions besoin de savoir si votre mari suit un traitement, répondit Jo.

— Il prend de la Coumadine.

Un anticoagulant, cela n'allait pas simplifier les choses, se dit Brady en échangeant un regard avec sa collègue.

Après avoir défait le chiffon avec précaution, il examina la blessure du vieillard. Lester s'était presque sectionné le pouce et une intervention chirurgicale serait nécessaire. La coupure était franche, mais les nerfs et les tissus avaient certainement subi des dommages. Par ailleurs, une fois le bandage de fortune enlevé, la main avait recommencé à saigner abondamment.

Il appliqua un pansement compressif sur la blessure.

— Lester a l'air si fragile, dit Ellen, les mains serrées nerveusement sur sa poitrine.

— Tout va bien se passer, affirma Brady en croisant mentalement les doigts. Cependant, il va devoir être conduit à l'hôpital. En attendant, nous avons besoin de surélever la main blessée. Auriez-vous un grand morceau de tissu que nous pourrions utiliser pour lui mettre le bras en écharpe ? Un vieux drap, un rideau, n'importe…

Ellen s'éloigna, paraissant heureuse de faire quelque chose pour aider son mari, mais, arrivée à la porte de l'atelier, elle marqua une pause et se retourna.

— Peut-être devrais-je appeler une ambulance, docteur McNeal ? demanda-t-elle.

Il se tourna vers Jo.

— Il y a peu de chances d'en trouver une à cette heure, un vendredi, non ?

— En effet. Pour une raison ou pour une autre, les incidents se produisent juste avant le week-end.

— Ne traînons pas, dans ce cas. Ellen, je vais vous emmener avec Lester aux urgences. Plus tôt un chirurgien regardera cette main, mieux ce sera.

Quand la vieille dame sortit de l'atelier, Jo laissa transparaître son inquiétude.

— Nous devrions le mettre sous perfusion, Brady, dit-elle. Il a la peau bien moite. Avez-vous du sérum physiologique ?

— Oui. Posez-lui la perf, voulez-vous ? Pendant ce temps, je vais lui faire une piqûre de morphine.

Après avoir inséré l'aiguille dans la veine, elle fixa au tuyau un sachet de sérum physiologique.

— C'est bon, dit-elle. Comment est sa tension ?

— Pas terrible, murmura-t-il. Il lui faut de l'Haemaccel, et vite.

— Alors, allez-y.

Tous deux savaient que l'état du vieil homme pouvait devenir critique très rapidement s'il ne recevait pas un succédané de plasma.

Jo sortit son portable de sa poche.

— J'appelle l'hôpital et je les informe que vous arrivez, dit-elle.

— O.K. Je vais chercher la voiture.

— Ça va aller, docteur ?

Ellen était de retour, un bout de linge dans les mains.

— Parfait, dit Jo.

Adroitement, elle plia le tissu, passa doucement l'écharpe sous le bras de Lester et en noua les extrémités autour de son épaule.

— Brady est parti chercher son véhicule. Etes-vous prête ?

L'air anxieux, Ellen hocha la tête.

— Oui, j'ai fermé la maison et mis quelques effets dans un sac pour Lester. Ils vont le garder, n'est-ce pas ?

— Certainement, dit-elle en tapotant l'épaule de la vieille dame d'un geste rassurant. Il est possible qu'ils l'opèrent ce soir, s'ils parviennent à le stabiliser. Sinon, l'intervention aura lieu demain matin à la première heure. Mais ils s'occuperont bien de lui, ne vous inquiétez pas.

— On ne peut jamais savoir. Nous prévoyions un week-end tranquille — la messe, le marché — et maintenant… Mon pauvre vieux Lester.

Ellen était bien pâle, pensa Jo, le cœur serré. La décharge d'adrénaline qui l'avait aidée à affronter la situation ne faisait plus effet. La vieille dame montrait tous les signes de post-trauma et de fatigue nerveuse.

— Ellen, je me demandais… Accepteriez-vous que je vous donne quelque chose qui vous aiderait à surmonter le choc ?

— Ça va aller, merci. Une tasse de thé me suffira. J'en prendrai une à l'hôpital.

— Bon, si vous vous sentez encore un peu faible tout à l'heure, demandez à quelqu'un de vous examiner, promis ?

La main crispée sur la bandoulière de son sac, Ellen hocha la tête.

— Lester et vous étiez des patients du Dr Mitchell, n'est-ce pas ? reprit Jo.

— Oui.

— Eh bien, vous serez automatiquement transférés sur

la liste de patients du Dr McNeal, si cela vous convient, bien entendu.

— Bien sûr. Nous serions ravis d'avoir Brady comme médecin. Il est si gentil, vous ne trouvez pas ?

— Oui, très gentil, répondit-elle d'une voix un peu enrouée.

Une heure et demie s'était presque écoulée quand Brady revint de l'hôpital.

Comme il fermait sa voiture, Jo sortit pour l'accueillir.

— Tout va bien ? demanda-t-elle.

— Pour l'instant, répondit-il en se frottant la nuque d'un air las. Le chirurgien pense l'opérer dans la soirée.

Ils entrèrent dans le salon.

— Je me suis permis d'autoriser Théa à partir à sa répétition de chant, annonça Jo. J'espère que cela ne vous ennuie pas ?

— Pas du tout. Andrew dort ?

— Comme un ange.

— Vous avez dîné ?

— Non. J'attendais votre retour.

— Vous n'auriez pas dû, Jo. Mais merci. Je vais juste prendre une douche pour enlever cette odeur d'hôpital, et je suis à vous.

Curieusement, il ne se décidait pas à sortir de la pièce.

— Je vous remercie de si bien vous occuper d'Andrew et de moi, Jo.

— Les amis sont là pour ça, non ? Euh… Je vais mettre le couvert.

Alors qu'elle allait s'esquiver, il lui prit la main.

— Quelle drôle de soirée nous passons, dit-il.

Elle s'humecta les lèvres. Etait-ce un effet de son imagination ou la voix de Brady lui paraissait plus profonde, presque rauque ? Ses pupilles semblaient s'être dilatées… Allait-il l'embrasser ? Le désirait-elle ? Et pourquoi pas ?

Comme si elle pressentait un danger, elle baissa les yeux sous ce regard lourd de désir.

Brusquement, il s'écarta d'elle et se frotta la joue.

— Je ferais mieux d'aller me doucher.

Pour quelle raison ne l'avait-il pas embrassée ? se demanda Jo tout en brassant les oignons, les tomates et les fines herbes dans la poêle. Elle n'avait certes rien fait pour l'en dissuader.

Haussant les épaules, elle poussa un léger soupir. Dieu sait pourquoi, rien n'était jamais simple entre un homme et une femme, mais où serait le plaisir sinon ?

Sous la douche, Brady tenta de démêler les émotions que Jo avait fait naître en lui.

Joséphine. Jo.

Tout en elle le séduisait, à commencer par son physique. Et puis elle était intelligente, brillante, et tellement généreuse. Généreuse ?

Zut ! Depuis quand considérait-il la *générosité* comme un passeport nécessaire pour des relations amoureuses ? Où avait-il la tête ? Qui parlait d'amour ?

Il tira le rideau de douche et attrapa sa serviette.

Comme un enfant en train de jouer avec le feu, il se laissait fasciner par une femme, alors que l'ombre de Tanya planait encore au-dessus de sa vie. N'avait-il pas suffisamment souffert ?

5

— J'ai mis le couvert sous la véranda, annonça Jo quand Brady, en jean et T-shirt blanc, entra dans la cuisine après sa douche.

— Ah, très bien. Espérons qu'on ne va pas se faire piquer.

— C'est un peu tôt pour les moustiques.

— Vraiment ? Je dois encore me mélanger dans les saisons.

Elle eut un petit rire.

— C'était comment, la vie au Canada ? demanda-t-elle en ajoutant le contenu de la poêle au plat de pâtes avant de le poser sur un plateau.

— J'ai découvert un pays de grands espaces comme le nôtre… Au début, l'idée venait de Ben.

Il porta le plateau sous la véranda.

— Le mari de Sophie ?

— Oui. A l'époque, nous avions un travail plutôt routinier, et nous étions convaincus qu'il nous fallait un changement. Nous avons négocié un échange de six mois avec deux médecins canadiens de Winnipeg. Au terme de cette période, Ben est reparti en Australie. J'ai décidé de rester et de reprendre un cabinet à la campagne, à Alberta, près des contreforts des Rocheuses.

Saisissant la bouteille de vin, il remplit leurs verres.

— Je suis tombé sous le charme de ce pays, ajouta-t-il à mi-voix.

Et de la mère d'Andrew ? se demanda-t-elle.

Pendant le dîner, il lui raconta sa vie au Canada avec force détails.

— Il semble que vous ayez bien profité de votre séjour, dit-elle d'un air pensif. Y retournerez-vous ?

Brady avala une dernière gorgée de vin.

— Un jour, répondit-il. Il faudra que je montre à Andrew le pays où il est né, je suppose…

Et qu'il retrouve la mère de son fils ? pensa Jo sans oser formuler sa question. Dans quelque temps peut-être, Brady lui ferait suffisamment confiance pour lui raconter son histoire. Mais ce ne serait pas pour tout de suite.

— Ce repas était très agréable, Jo, merci, dit-il. Vous avez le temps de prendre un café ?

Jetant un coup d'œil à sa montre, elle constata qu'il était presque 23 heures. Toutefois, le lendemain était un samedi et ni l'un ni l'autre n'avait de garde. D'un autre côté…

— Il est tard. Il faut que j'y aille. Et une bonne nuit de sommeil ne vous fera pas de mal.

— Vous avez sans doute raison… Je vous raccompagne. Non, laissez, ajouta-t-il alors qu'elle s'apprêtait à débarrasser la table. Je mettrai tout dans le lave-vaisselle plus tard.

Ils traversèrent le jardin baigné par la clarté de la lune.

— J'oubliais, dit-elle. Je vous ai dessiné un plan pour aller chez Angelo. Je l'ai laissé sur la table basse dans le séjour. J'espère qu'il est assez clair.

— J'en suis sûr. Merci. Et merci encore pour ce soir. J'ai passé une merveilleuse soirée.

— Moi aussi.

— Jo…

— Oui ?

— Rien. Je veux dire, juste ça…

Du bout des doigts, il caressa délicatement l'ovale de son visage, puis parcourut la ligne de son cou jusqu'à la naissance de ses seins, que dévoilait l'échancrure de son T-shirt.

— Brady…

Le cœur de Jo battait à coups redoublés. Comme elle tentait de se détourner, il lui prit le visage entre les mains et la contempla longuement. C'était si troublant ce regard au plus profond de son âme… Si elle ne s'arrêtait pas maintenant sur cette pente dangereuse, il serait trop tard. Pour tous les deux.

Elle prit une profonde inspiration, mais déjà le visage de Brady se penchait irrésistiblement vers le sien…

A la seule pensée de leurs corps enlacés, elle se mit à trembler, traversée par une onde de volupté. Une fraction de seconde plus tard, il prenait possession de sa bouche et l'attirait contre lui, éveillant en elle d'autres désirs, bien plus ardents.

Elle se prit à rêver que cet instant ne s'arrête jamais, quand le bébé se mit à pleurer.

— Andrew…, murmura-t-il.

— Excellent *timing*.

— Ah, Jo…

Du bout du pouce, il suivait la courbe de ses lèvres quand les pleurs se transformèrent en hurlements de colère.

— Andrew a besoin de toi, Brady.

Se haussant sur la pointe des pieds, elle l'embrassa une dernière fois, avant d'échapper à son étreinte.

Lorsqu'elle arriva chez les Kouras le lendemain soir, Jo était un peu en retard pour la fête parce que Fliss lui avait téléphoné juste au moment où elle s'apprêtait à sortir.

Bien entendu, cette dernière n'en avait pas cru ses oreilles quand elle lui avait appris que, par un hasard extraordinaire, Brady travaillait au cabinet médical de Mt Pryde.

— Où en es-tu avec lui ? avait demandé la jeune femme.

— Curieuse !

— Ah ! Je t'avais bien dit qu'il méritait le détour… et il n'est pas marié…

— Mais tu as omis de me préciser qu'il était père célibataire !

— Quoi ?

— Il a un fils de six mois.

— Tu adores les enfants. Hé, ça pourrait bien marcher !

Pour couper court à une discussion embarrassante, Jo avait changé de tactique.

— A propos, comment va ton adorable Daniel ?

— Comme un pilote, avait dit Fliss avec un soupir. Ici aujourd'hui et ailleurs demain. Je l'attends sagement pendant qu'il fait l'aller-retour à Auckland dans le week-end.

— Tu y survivras. Mais, contrairement à toi, je suis invitée. J'allais sortir.

— Un dîner en tête à tête ?

— Un pot de départ. Un de nos associés s'en va.

— Brady sera là ?

— Bien entendu, il fait partie du cabinet.

— Alors, passe une bonne soirée ! Et tiens-moi au courant.

A peine sortie de la voiture, Jo respira l'air frais de la nuit qui embaumait l'eucalyptus. Angelo et sa femme Penny habitaient sur les hauteurs, dans une vieille demeure typique du Queensland restaurée avec amour.

Quelle chance ils avaient de vivre dans ce lieu paradisiaque ! se dit Jo en regardant le ciel parsemé d'étoiles.

Dernièrement, ils avaient fêté leur dixième anniversaire de mariage et elle se demanda pourquoi ils n'avaient pas encore d'enfants. Peut-être n'en éprouvaient-ils pas le besoin, tout simplement.

Quant à elle, elle désirait une nombreuse progéniture — trois enfants, voire un quatrième, s'il se présentait.

Des petites filles coiffées de grands chapeaux qui l'aideraient à s'occuper des fleurs et de solides garçons qui voudraient faire du vélo ou jouer au football et auraient des yeux noirs ainsi qu'un sourire désarmant, comme leur père…

Leur père… Son pouls s'accéléra au souvenir du baiser de Brady, de la pression de sa bouche sur la sienne, de son corps serré contre le sien, de ses mains tentatrices…

Que n'aurait-elle donné pour savourer de nouveau ces caresses !

Ses jambes vacillèrent. Dans quelques instants, ils seraient peut-être face à face… Prenant une profonde inspiration pour calmer les battements de son cœur, elle entra dans le jardin où Angelo et Penny recevaient leurs invités.

Tout le monde était arrivé, apparemment. Lilian bavardait avec Monica et Marika, qui était accompagnée de ses deux petites filles, tandis que leurs maris respectifs se tenaient près du barbecue avec Angelo, une bière à la main.

Pourquoi Brady ne se trouvait-il pas avec eux ? se demanda Jo, déçue.

Sans doute était-il à l'étage, en train d'installer le bébé.

Sous la véranda, elle croisa Tom et sa dernière petite amie, Ashlee, avec Vicki et Jared, chargés de plateaux. A l'évidence, la maîtresse de maison les faisait travailler.

Elle répondit à leur salut amical puis pénétra dans la cuisine, où Penny refermait le réfrigérateur.

— Bonsoir, Jo ! Vous venez d'arriver ?

— Désolée, je suis un peu en retard. Puis-je vous aider à quelque chose ?

Elle n'osa pas ajouter : « Est-ce que Brady est là ? »

— Tout est prêt, merci. Vous voulez savoir ce que j'ai préparé comme dessert ? Une charlotte aux poires et au chocolat, enchaîna-t-elle en soulevant le couvercle du plat à gâteau.

— C'est splendide, Penny !

— Mais, d'abord, vous allez devoir avaler un steak et une montagne de salade. J'espère que Ralph et Lilian passeront une bonne soirée, ajouta-t-elle. Ce serait bien s'ils pouvaient se détendre au moins quelques heures.

— Dommage qu'ils partent dans de telles circonstances…

— J'ai longuement discuté avec Dominic Caroll, le cancérologue qui soigne leur petit-fils. C'est un ami de l'époque où j'étais interne à l'hôpital St Vincent, à Sydney. Selon lui, les dernières analyses de sang de Michael sont très encourageantes.

— Cette nouvelle doit avoir rassuré Ralph et Lilian.

— Plus ou moins… Mais cessons de parler boulot.

Penny prit le bras de Jo.

— Tout est réglé ici, alors allons retrouver les autres, voulez-vous ?

— Bonne idée.

Peut-être Brady sera-t-il arrivé ? pensa-t-elle.

— La petite amie de Tom paraît charmante, fit remarquer Penny comme elles descendaient l'escalier.

— Oui, je lui ai parlé à plusieurs reprises lorsqu'elle est passée voir Tom au cabinet. Elle est gentille. Et très jolie…

— Et jeune.

— Savez-vous si elle travaille ?

— Elle est étudiante, je crois. Elle veut devenir professeur d'enseignement secondaire et se spécialise en art dramatique.

Tandis que Penny faisait circuler les plats, Jo cherchait en vain Brady parmi les convives.

— Docteur Rutherford ?

Elle fit volte-face et vit le fils de Monica qui aidait à servir les boissons.

— Bonjour, Chris. Merci, dit-elle en prenant distraitement un verre de vin blanc sur le plateau que lui présentait l'adolescent.

Elle but une gorgée de riesling puis, s'arrêtant de temps

à autre pour dire un mot bref à chacun, elle traversa le jardin en direction d'Angelo, toujours à son poste près du barbecue.

— Vos steaks sentent délicieusement bon.

— C'est la marinade, expliqua-t-il avec un sourire. J'ai aussi préparé des brochettes. Elles semblent plaire aux enfants. Et le boucher m'a fait cadeau de quelques saucisses en prime.

— Ciel ! Nous n'allons pas arrêter de manger.

— Pas du tout. Vous verrez, il ne restera rien quand nos collègues seront passés par là.

— A propos, je n'aperçois Brady nulle part, dit-elle avec une feinte désinvolture.

— Il a téléphoné pour expliquer que son fils faisait une poussée de fièvre et qu'il préférait rester auprès de lui. Dommage… Je sais qu'il se réjouissait de cette soirée.

Elle se mordit la lèvre. Pourquoi ne l'avait-il pas prévenue ?

— J'ai inscrit Andrew sur ma liste de patients. Peut-être devrais-je passer le voir ?

Angelo se pencha au-dessus du barbecue et commença à tourner les steaks.

— Brady a pensé que vous le proposeriez, Jo. Il m'a chargé de vous dire de profiter de la soirée et de ne pas vous inquiéter. Il téléphonera s'il a besoin de vous.

« S'il a besoin de vous. »

Pas très encourageant. Pourquoi ne l'avait-il pas appelée, au lieu de faire passer le message par Angelo ? De toute évidence, il n'avait pas souhaité lui parler.

Avait-il regretté les instants d'intimité partagés avec elle ? Pourtant, c'était lui qui avait pris l'initiative de ce baiser. Peut-être que son fils n'était pas malade du tout et qu'il avait inventé toute cette histoire pour l'éviter, elle ? En dehors des heures de travail, du moins.

Eh bien, qu'il aille au diable ! pensa-t-elle. Prise d'une colère soudaine, elle quitta Angelo et se fraya un chemin jusqu'à l'endroit où Ralph et Lilian étaient assis. Au moins, là-bas, elle était sûre d'être bien accueillie.

Il était plus de minuit lorsque Jo rentra chez elle car Monica et elle étaient restées après le départ des autres pour aider Penny à tout ranger.

La soirée s'était très bien passée. Le personnel du cabinet médical avait offert à Ralph et Lilian une superbe aquarelle des environs de Mt Pryde, peinte par un artiste local. Puis Angelo leur avait remis une grosse enveloppe de papier kraft, de la part de tout le cabinet.

— Voici un bon pour un week-end de luxe sur la Gold Coast, où vous serez choyés comme des coqs en pâte. Nous espérons que vous profiterez bien de ce voyage, qui pourra avoir lieu à la date que vous souhaiterez.

— Merci de cette délicate attention, avait répondu Lilian. Nous avons été très sensibles à l'amitié que vous nous avez témoignée à l'occasion de la maladie de Michael, une amitié qui ne nous a jamais fait défaut à Mt Pryde. Ralph m'a promis que nous reviendrions vous voir de temps en temps.

— Comptez sur nous, avait confirmé son mari. Et sachez que j'ai l'intention de me tenir à jour concernant les avancées dans le domaine médical. Donc, chaque fois que le cabinet aura besoin d'un suppléant, n'hésitez surtout pas à faire appel à moi.

— Merveilleux ! s'était écrié Tom. Ne vous gênez pas pour prolonger vos week-ends, les copains. On a un suppléant.

Déclenchant rires et applaudissements, cette déclaration avait dissipé la légère tension due à l'émotion.

Dommage que Brady n'ait pas été là, songea Jo. Ralph avait préparé pour lui un petit discours de bienvenue. Eh bien, tant pis !

Avec un soupir de lassitude, elle s'étira, puis se passa la

main dans les cheveux. En dépit de l'injonction de Brady, elle lui téléphonerait demain — ou plutôt aujourd'hui, puisqu'on avait passé minuit.

Il ne pourrait pas s'esquiver continuellement. Qu'il le veuille ou non, le Dr Brady McNeal lui devait des explications.

6

Jo se réveilla tard, et avec une migraine. Elle avait eu du mal à s'endormir en raison de toute cette histoire avec Brady.

Avec un soupir, elle repoussa les couvertures puis alla à la douche.

Plus tard, habillée d'un pantalon de coton et d'une ample chemise blanche, elle s'assit devant une tasse de thé et des toasts au miel et réfléchit.

Finalement, elle ne l'appellerait pas. Elle passerait chez lui pour lui parler de vive voix. Ainsi, elle saurait si ce qui s'était passé entre eux le gênait, auquel cas ils en discuteraient.

Elle se leva. Mieux valait y aller maintenant avant de ne plus en avoir le courage.

Comme elle approchait du domicile de son collègue, elle sentit son estomac se nouer. Et si elle dépassait la maison et retournait chez elle comme si de rien n'était ? Mais cela ne résoudrait pas son problème.

Alors, elle se gara le long du trottoir d'en face et coupa le moteur. Quelle serait la réaction de Brady lorsqu'il la verrait ?

Tout en retirant sa clé de contact, elle tourna les yeux vers le cottage et fronça les sourcils.

A qui appartenait cette berline bleu nuit dans l'allée ? se demanda-t-elle, intriguée. Certainement pas à un membre du cabinet médical. En tout cas, si Brady recevait des visites, il était hors de question qu'elle le dérange.

Déçue, elle remit le moteur en marche et démarra. Leur explication attendrait le lendemain.

Le lundi matin, Jo eut les nerfs à vif pendant tout le trajet jusqu'au centre médical. Sa colère à l'égard de Brady s'était presque entièrement dissipée, mais elle désirait savoir à quoi s'en tenir. Sinon, leurs rapports professionnels deviendraient insupportables.

Tout en se garant dans le parking, elle jeta un coup d'œil aux véhicules qui s'y trouvaient déjà et soupira. Tout le monde, y compris Brady, semblait être arrivé. Pourtant, elle n'était pas en retard, constata-t-elle en vérifiant l'heure à sa montre.

Après avoir récupéré sa mallette médicale sur le siège du passager, elle sortit de la voiture et verrouilla la portière. Peut-être avaient-ils tous eu la même idée d'arriver tôt au travail pour assurer le bon fonctionnement du cabinet après le départ officiel de Ralph.

Comme tous les jours, elle passa dans sa salle de consultation déposer ses affaires, puis se rendit dans la salle de repos. Angelo, Tom et Vicki s'y trouvaient, mais, contrairement à d'habitude, il y régnait une atmosphère lugubre.

— C'était sympa, samedi, dit-elle avec un sourire timide, en se servant un café.

— Oui, répondit Angelo, qui assurait dorénavant le rôle d'associé principal. A propos, Ralph et Lilian sont partis ce matin.

— Il avait toujours un mot gentil, dit Vicki. Même quand je remplissais son carnet de rendez-vous au maximum, jamais il ne s'énervait. Il va me manquer terriblement.

— Il va manquer à tout le monde, grommela Tom en sortant de la pièce.

— Zut ! s'exclama Vicki. Il n'a même pas lavé sa tasse.

Angelo leva les yeux au ciel puis regarda Jo.

— J'aimerais organiser un déjeuner de travail aujourd'hui, si vous êtes libre. Histoire de régler un certain nombre de détails.

— Pas de problème.

— Bien. Brady pense qu'il pourra aussi y assister.

— Il est arrivé ? demanda-t-elle tout en se traitant d'hypocrite puisqu'elle avait vu sa voiture.

— Il est dans sa salle de consultation, précisa Angelo. Il a quelques papiers à ranger, m'a-t-il dit.

— Je vais aller lui demander comment s'est passé son week-end, dit-elle avant de quitter la pièce.

Prenant une profonde inspiration, elle frappa à la porte de la salle de consultation de son collègue.

— Oui.

— Bonjour, dit-elle en entrant. Tu as une minute ?

— Assieds-toi.

Croisant les bras, il attendit qu'elle parle.

— Merci, répondit-elle, désorientée par cet accueil peu chaleureux. Est-ce que je te dérange ?

Il haussa les épaules.

— Qu'y a-t-il ?

— Je me demandais juste comment allait Andrew.

— Mieux, merci. Ce n'était pas grave.

— Ça ne m'aurait pas dérangée de passer l'examiner, tu sais.

— Je suis médecin, Jo. Je sais ce qu'il faut faire.

— Pourquoi ne m'as-tu pas prévenue que tu ne pouvais pas venir à la soirée ?

— J'ignorais que je devais le faire. C'était Angelo qui recevait. Je l'ai appelé pour m'excuser.

— Dans ce cas, je suis désolée de m'être inquiétée à ton sujet, dit-elle en se levant. Quelle sotte je fais ! ajouta-t-elle avec un petit rire désabusé.

— Jo, attends !

Une expression de douleur contracta le visage de Brady, qui se leva et s'approcha d'elle.

— Je t'ai fait de la peine, excuse-moi.

— Tu as l'air fatigué, constata-t-elle, les sourcils froncés.

— J'ai passé un week-end épouvantable, dit-il en se frottant la nuque.

— A cause du bébé ? Je t'aurais aidé, Brady.

Il secoua la tête.

— Ce n'est pas à toi de t'en occuper, Jo. C'est mon fils. Heureusement, mes parents ont débarqué à l'improviste dimanche. Maman a pris la relève et j'ai pu faire la sieste l'après-midi.

Cela expliquait la voiture inconnue.

— Tu vas pouvoir recevoir tes patients ? Sinon, nous pouvons assurer tes rendez-vous…

— Je suis en état de travailler, coupa-t-il avec brusquerie. Une ou deux nuits blanches ne vont pas m'empêcher d'assumer mes fonctions.

— Ecoute, Brady, Ralph a toujours insisté pour qu'en tant que membres d'une équipe nous nous apportions un soutien mutuel, tant au plan personnel que professionnel. Et, lorsqu'il nous a fait son discours d'adieu, samedi soir, il a souhaité que ça continue. Suis-je assez claire ?

— Parfaitement. Maintenant, écoute-moi bien. *Je suis capable de me débrouiller.*

— Espérons-le, rétorqua-t-elle. Et, la prochaine fois que tu passes à la pharmacie, demande quelque chose pour ton orgueil !

Jo revint à sa salle de consultation et referma la porte, à la fois déçue et triste. Elle ne s'était pas trompée, c'était fini.

Comment avait-elle pu imaginer un instant qu'un simple

baiser, aussi passionné fût-il, augurait d'une relation amoureuse ?

Elle s'assit puis alluma son ordinateur. Curieusement, la longue liste des patients du matin qui s'afficha sur l'écran la rasséréna.

En milieu de matinée, Vicki frappa à sa porte.

— J'ai Stacey Owens au téléphone, annonça-t-elle en entrant. Elle sait qu'elle aurait dû vous prévenir plus tôt, mais elle souhaiterait vous parler du petit Lachlan.

Fils d'un couple de fermiers fort sympathiques, l'enfant avait effectué de multiples séjours à l'hôpital depuis son plus jeune âge.

— Il va bientôt subir une nouvelle opération et, de temps en temps, il sature. Oui, dites à Stacey que c'est bon. Qu'elle passe en fin de matinée. Merci, Vicki.

Jo soupira. Vraisemblablement, elle n'assisterait qu'à la fin de la réunion du personnel, mais la santé de ses patients passait avant tout. En outre, ce rendez-vous imprévu constituerait une excuse valable pour ne pas croiser Brady dans l'immédiat.

Profitant de quelques minutes de liberté avant son rendez-vous avec Stacey, elle relut la fiche de Lachlan sur son ordinateur.

Son petit patient présentait à la naissance le syndrome de Moebius, maladie rare qui l'empêchait d'utiliser les muscles de son visage. Ainsi, à l'âge de six ans, il n'avait pas encore pu faire un sourire.

Au terme d'un processus de chirurgie réparatrice lent et pénible, Joshua Faraday, son chirurgien, attendait de l'opération suivante une amélioration spectaculaire.

Qui sinon Joshua pourrait lui fournir de plus amples renseignements sur cette intervention avant l'arrivée de Stacey ? se dit Jo.

Après tout, elle le connaissait personnellement et savait qu'il comprendrait l'inquiétude des parents de Lachlan.

Sans réfléchir plus avant, elle composa le numéro de Vicki.

— Voudriez-vous appeler le Dr Faraday à l'hôpital Ste Cécilia à Sydney et me le passer, s'il vous plaît ? S'il est au bloc, laissez-lui un message disant que je serais heureuse qu'il me rappelle le plus tôt possible.

Quelques instants plus tard, Vicki le lui passait.

— Bonjour, Joshua. Ici Jo Rutherford.

— Comment ça va, Jo ?

— Tout va bien. Alors, le mariage ?

Il eut un petit rire.

— Fantastique. Vous devriez essayer.

— Si l'occasion se présentait…

— Les hommes ont un problème, chez vous ? Ils sont de bois, des pieds à la tête ?

— Certains…

Comme on frappait à sa porte, elle leva les yeux. A la vue de Brady, elle perdit le fil de ses idées pendant une seconde.

— Je reviendrai, articula-t-il doucement.

Secouant la tête, elle lui fit signe d'entrer et de s'asseoir, puis reprit sa conversation téléphonique.

— Joshua, je voulais vous parler d'un patient atteint du syndrome de Moebius, le petit Lachlan Owens.

— Je l'opère la semaine prochaine. Il se trouve que je sors d'une réunion d'équipe concernant le procédé que nous allons utiliser pour cette intervention. A propos, cette opération sera la douzième.

— C'est la raison de mon appel, en fait. Je m'apprête à recevoir sa mère. Lachlan est très nerveux à l'idée de devoir retourner à l'hôpital, ce qui ne facilite pas la vie à ses parents. Je me demandais si vous pourriez me renseigner sur cette nouvelle opération et sur les résultats que vous en attendez. Cela me donnerait la possibilité d'en informer les parents et peut-être qu'à nous tous nous parviendrions à apaiser les craintes de Lachlan.

— Tout d'abord, il est essentiel que sa mère fasse en sorte qu'il garde le moral.

Jo écouta les explications du chirurgien en prenant des notes sur son bloc.

— Merci beaucoup, Joshua, dit-elle lorsqu'il eut terminé. Ces renseignements devraient me permettre de rassurer M. et Mme Owens au sujet de l'avenir de Lachlan. J'espère seulement arriver à leur rapporter de façon claire ce que vous venez de m'expliquer.

— Jo, si tous les généralistes qui suivent mes patients étaient aussi brillants que vous, je serais au chômage.

— Impossible ! protesta Jo en riant. Mais agréable à entendre. Mes amitiés à Alexandra.

— Entendu. Au revoir.

— Au revoir, Joshua. Merci encore.

Elle replaça soigneusement le combiné sur son support, puis regarda Brady droit dans les yeux.

— Que puis-je faire pour toi ?

— Je ne vais pas tourner autour du pot, déclara-t-il en soutenant son regard. Je venais m'excuser pour ce matin. Je me suis comporté comme un idiot.

Pas question de me laisser attendrir ! pensa-t-elle. S'il croyait qu'il pouvait la manipuler à sa guise, il se faisait des illusions.

— J'attache beaucoup de prix à ton amitié, Jo, reprit-il, rougissant légèrement. Je tiens à ce que tu le saches.

Pendant quelques instants, ils s'observèrent dans un silence gêné.

— Si tu souhaites que je devienne le médecin d'Andrew, tu dois me laisser le soigner. Pourquoi ne m'as-tu pas appelée ?

— Tu es une femme très gentille, trop gentille pour te protéger, sans doute. En ce moment, ma vie privée est plutôt compliquée. Je ne voudrais pas que tu t'engages dans une relation avec moi au risque d'en souffrir.

— En fait, tu admets que notre relation est vouée à l'échec avant même que nous ayons commencé à nous connaître.

Il la regarda d'un air implorant.

— J'aimerais vraiment que nous fassions plus ample connaissance, Jo, si tu es d'accord.

— Sache que je n'apprécie pas spécialement la douche écossaise.

— J'imagine, dit-il sans détourner les yeux. Tu sais, sentimentalement, j'ai encore l'impression d'avoir la tête sous l'eau.

— C'est compréhensible. On m'a laissé entendre que ton histoire avec la mère d'Andrew n'était toujours pas réglée…

— Tu te trompes, Jo. Cette histoire est bel et bien terminée. Tanya désirait qu'on disparaisse de sa vie, Andrew et moi, pour toujours. Que veux-tu que je dise à mon fils après ça ?

Emue, elle resta silencieuse quelques instants.

— Désormais, tu devrais peut-être vivre ta vie et penser à ce que tu diras à Andrew quand il sera plus grand, reprit-elle enfin.

— Je pourrais essayer, du moins. Maman aussi m'a conseillé de cesser de me faire du mauvais sang.

Elle sourit.

— Ta mère a raison. Je ne veux pas te mettre à la porte, Brady, mais j'attends un patient, ajouta-t-elle en consultant sa montre. Ou plutôt la mère d'un patient.

Son attention immédiatement en alerte, comme si la conversation gênante qu'ils avaient eue quelques instants plus tôt ne s'était jamais produite, il appuya ses coudes sur le bureau.

— Je n'ai pas pu m'empêcher d'entendre ton appel téléphonique. Cela m'a rappelé un patient que j'ai eu au Canada, Willard North. Il était atteint du même syndrome.

— Incroyable ! Le syndrome de Moebius est assez rare, pourtant. Quel âge avait ton patient ?

— De mémoire, environ six ans. Je l'ai suivi pendant

les deux dernières opérations, à la fin de son traitement. En fait, je suis resté en contact avec la famille par la suite.

— Alors, l'intervention a réussi ?

— Parfaitement. Quelle est la prochaine étape pour ton petit patient ?

— Une greffe de muscle.

Il hocha la tête.

— C'est l'opération qui va lui permettre de sourire, n'est-ce pas ?

— En tout cas, c'est l'objectif du chirurgien.

— Alors l'intervention réussira, Jo. J'ai constaté le résultat de mes propres yeux.

L'expérience de Brady pouvait être utile à Lachlan, pensa-elle subitement.

— Es-tu pressé de déjeuner, Brady ?

— Pas vraiment. Pourquoi ?

— Je me demandais si tu ne pourrais pas assister à ma consultation. Paul et Stacey Owens en ont vu de toutes les couleurs avec les hôpitaux et les médecins depuis la naissance de leur fils. A mon avis, ils doutent un peu de l'utilité d'une nouvelle opération, malgré ce que dit le chirurgien. Si tu pouvais parler à Stacey du cas de ton patient…

— Volontiers, si tu es sûre que je ne serai pas de trop.

— Pas du tout… Crois-moi, Stacey appréciera que tu la renseignes. Je vais prévenir Angelo que nous allons être un peu en retard pour la réunion du personnel.

— Ne bouge pas, j'y vais. Je dois lui présenter mes excuses, à lui aussi.

— L'ambiance était plutôt pesante quand je suis arrivée, ce matin. Tu as eu des mots avec quelqu'un ?

— Non. On se serait cru à une veillée mortuaire quand je suis arrivé. J'ai bien peur d'avoir été un peu sec avec tout le monde. Visiblement, le départ de Ralph a laissé un grand vide affectif.

— Personne ici ne s'attend à ce que tu remplisses un vide

quelconque, Brady. Si c'est l'impression que nous t'avons donnée, j'en suis désolée. C'est pour tes mérites que tu as été sélectionné. Et, en ce qui me concerne, je n'ai aucune raison de douter que tu sois un excellent praticien et un bon choix pour ce cabinet.

— Merci, docteur Rutherford, murmura-t-il.

Il quitta la pièce et revint quelques minutes plus tard.

— C'est réglé ? demanda-elle en levant les yeux de son ordinateur.

— Oui, répondit-il en se rasseyant. Angelo n'est pas idiot. Il avait tiré ses propres conclusions des événements. Il a annulé la réunion de ce matin et on va reprendre celle du vendredi.

— Tant mieux.

— Excusez-moi, je n'ai pas pu arriver plus tôt, dit Stacey Owens en entrant dans la salle de consultation. Juste au moment où j'allais partir, l'école a téléphoné pour me prévenir que Lachlan avait fait des siennes et ils m'ont demandé de passer le chercher. La réceptionniste m'a proposé de le surveiller pendant un moment, ajouta-t-elle. J'espère que ça ne pose pas de problème.

— Absolument aucun. Vicki s'occupe à merveille des enfants. Stacey, je vous présente le Dr McNeal. Je lui ai demandé de se joindre à nous parce qu'il connaît bien le syndrome de Moebius.

— Paul et moi n'en pouvons plus, avoua la jeune femme. Nous avons remis à plus tard une nouvelle grossesse en raison du temps et de l'énergie que nous devons consacrer à Lachlan…

— Le Dr Rutherford me dit que vous approchez du bout du tunnel, en ce qui concerne son traitement, intervint Brady.

— J'ignore ce que les chirurgiens vont faire cette fois-ci, docteur.

— Je viens de parler au Dr Faraday, Stacey, reprit Jo. On va greffer un muscle de l'intérieur de la jambe de Lachlan sur son visage. Après l'opération, il faudra un peu de temps pour que les choses se mettent en place, bien sûr, et votre petit garçon aura besoin d'être suivi par un orthophoniste, mais c'est cette opération qui lui permettra de sourire.

— J'ai vu de mes propres yeux le résultat de ce type d'intervention, Stacey, affirma Brady comme elle ne paraissait pas convaincue. Après la greffe, votre fils sera comme n'importe quel autre enfant.

— Le Dr Faraday nous a annoncé qu'il y aurait encore une autre opération après celle-ci, dit-elle en baissant la tête. Honnêtement, je ne sais pas si nous pourrons de nouveau ramener Lachlan à l'hôpital. Il n'en peut plus.

— La dernière intervention concernera l'autre côté du visage, expliqua Brady.

Attrapant le bloc de Jo, il esquissa rapidement le contour d'un visage d'enfant.

— En ce moment, j'imagine que le visage de Lachlan ressemble à quelque chose comme ça, non ?

— Oui.

— La principale raison pour laquelle il est incapable de sourire est qu'il n'a pas le réflexe de remonter la mâchoire.

De quelques traits, Brady illustra ses dires.

— Et si vous essayiez de vous mettre à sa place ? Ce n'est pas facile, n'est-ce pas ? ajouta-t-il comme elle grimaçait.

— Effectivement. C'est la raison pour laquelle mon fils ne peut pas sourire ?

— Oui, *grosso modo.*

— Selon le Dr Faraday, la prochaine opération va considérablement améliorer l'élocution de Lachlan et la mobilité de sa bouche, compléta Jo.

— Vous verrez, Lachlan va prendre confiance en lui et l'école, au lieu d'être un endroit où il se sent mal à l'aise, lui paraîtra soudain amusante.

Détachant les yeux du dessin, Stacey sourit.

— Je vous remercie de vos explications. Le Dr Faraday m'avait fourni des informations, mais il est difficile de tout saisir quand on est stressé par la perspective d'une nouvelle intervention.

— Et loin de chez soi, enchaîna Jo, compatissante. Est-ce que Paul vous accompagne, cette fois ?

La jeune femme secoua la tête.

— Non, il doit rester ici pour la cueillette. Mais je me débrouillerai.

Elle se mordilla la lèvre.

— Docteur Rutherford, le Dr Faraday vous a-t-il précisé combien de temps durerait l'opération ? ajouta-t-elle non sans hésitation.

— De cinq à sept heures, selon lui. C'est une intervention extrêmement délicate, mais Joshua Faraday est un chirurgien hors pair. Il ne négligera aucun détail qui compromettrait les chances pour votre petit garçon d'obtenir un résultat parfait.

— J'ose à peine penser qu'il pourrait être normal un jour, murmura Stacey en retenant visiblement ses larmes.

— Mais si, assura Jo. Allons, assez bavardé, je suis sûre que vous avez envie d'aller retrouver votre mari.

La jeune femme hocha la tête, l'air embarrassé.

— C'était vraiment très gentil à vous de me recevoir. Merci à tous les deux.

— Nous sommes là pour ça. Maintenant, je vais vous raccompagner et Vicki va vous rendre votre fils.

Lorsque Jo revint dans son bureau, Brady s'y trouvait encore. Appuyé contre le montant de la fenêtre, il contemplait le paysage. Elle dut l'appeler deux fois avant qu'il réagisse.

— Ça va ? demanda-t-elle.

— Je réfléchissais. Je crois avoir trouvé un moyen d'aider Stacey et sa famille, qui ont besoin d'autre chose que de médecins qui débitent un jargon médical. Ce qu'il leur faut, en fait, c'est une preuve tangible que cette intervention peut réussir. Je vais contacter Abe et Ginny au Canada. Je sais qu'ils ont conservé des photographies du visage de Will avant et après l'opération. Sur la dernière, il avait un beau sourire. Je vais leur demander de m'adresser un exemplaire de chaque photo.

— Ça ne les ennuiera pas ?

— Pas quand je leur dirai à quoi elles sont destinées. S'ils me les envoient cette semaine par courrier électronique, on pourra les imprimer pour les montrer aux Owens d'ici le week-end.

— Surtout à Lachlan. Oh, Brady, quelle idée magnifique !

Il haussa les épaules.

— Je me mets à leur place, Jo. J'imagine ce que vivent Stacey et son mari.

Comme elle concevait ce que représentait pour Brady d'avoir l'entière responsabilité de son fils, jour après jour, en ne pouvant lui offrir qu'un avenir incertain !

7

— Voilà, conclut Jo quelques minutes avant la fin de la réunion du vendredi. Que pensez-vous de notre initiative ?

Guettant la réaction d'Angelo et de Tom, elle fit circuler les photographies que Brady avait imprimées sur son ordinateur.

— Excellente ! répondit Tom avec enthousiasme. Ces photos sont celles de votre petit patient, Brady ?

— Oui, c'est Will. Sa maman y a joint un portrait récent de lui. Qui croirait qu'il était atteint du syndrome de Moebius ? On dirait un enfant normal maintenant, non ?

— Ça, c'est de la médecine rurale ! s'exclama Angelo. Bravo à tous les deux !

Jo sourit.

— Nous avons prévu de passer demain après-midi chez les Owens, qui ont hâte de voir les photos. Et ce sera aussi l'occasion pour Brady de découvrir la région.

— Parfait, dit Angelo d'un air approbateur. Alors…

Il allait ajouter quelque chose, mais referma brusquement la bouche.

Très bien, pensa-t-elle. Il avait enfin pris conscience qu'ils devaient tous cesser de « vendre » la région à Brady. Ce dernier avait signé un contrat pour un an. Au terme de cette période, on saurait s'il était satisfait de sa vie à Mt Pryde, du cabinet médical et de ses collègues. Pas avant.

L'associé principal se leva tandis que les autres médecins rassemblaient leurs papiers.

— Je suis de garde au dispensaire, annonça-t-il en se dirigeant vers la porte. Mais je reste joignable sur mon portable. Bon week-end à tous.

— Bon week-end, répondirent-ils en chœur.

— Quel temps magnifique ! s'écria Jo lorsque Brady passa la chercher avec Andrew, déjà endormi dans son siège auto sur la banquette arrière.

La route qui conduisait à la ferme des Owens serpentait dans la campagne où, de loin en loin, on apercevait quelques poneys au ventre arrondi ou des wallabies curieux qui s'arrêtaient pour regarder passer la voiture avant de se réfugier d'un bond dans le bush.

— Visiblement, tu connais bien Stacey et Paul, dit Brady.

— Oui. Tous les deux sont nés ici et y ont grandi. Ils se sont mariés très jeunes. Stacey avait vingt ans, je crois, et Paul un an de plus.

— Inimaginable ! Pourtant, ils doivent former un couple solide s'ils sont encore ensemble après tous les problèmes de Lachlan. Beaucoup d'hommes fuient et laissent la mère se débrouiller quand les choses se compliquent.

Etait-ce ce qui avait eu lieu dans le ménage de Brady ? se demanda Jo. A cela près que c'était manifestement la mère d'Andrew qui avait pris l'initiative de partir.

— La maison des Owens est juste là, derrière les arbres.

— Splendide !

— Oui, dit-elle, le sourire aux lèvres. C'est ce qui te plairait, dans quelques années, une maison de ce style à la campagne ?

Il haussa les épaules.

— Il est trop tôt pour le dire. J'imagine que les propriétés comme ça ne sont pas données.

— Non. Cette ferme est dans la famille depuis des années. Paul et Stacey en gèrent la plus grande partie et le père de Paul les aide quand il peut car il souffre de polyarthrite chronique évolutive. Certains jours, il est si paralysé qu'il ne peut pas faire grand-chose.

— J'ai rencontré quelques cas de cette maladie au Canada. Il est possible que le climat froid ait une influence sur cette pathologie, qui peut être extrêmement difficile à vivre. Est-ce que M. Owens senior est ton patient ?

— Oui.

— Il a passé un bilan complet ?

— Bien entendu.

— Tous les jours, il sort de nouveaux médicaments pour la polyarthrite chronique évolutive.

— Je sais, Brady. Jack Owens a vu un rhumatologue, et je le soumets à des examens réguliers.

— Ne m'en veux pas. C'est juste que je déteste voir quelqu'un confronté à la douleur pendant toute une vie.

— Comme n'importe quel médecin.

— Bien sûr. Excuse-moi, Jo.

— Gare-toi sous ce flamboyant. Comme ça, la voiture ne sera pas trop chaude pour Andrew quand nous repartirons.

— Bien vu.

Après avoir manœuvré, il rangea son véhicule le long d'un bungalow de bois et coupa le moteur. Puis il ôta la clé de contact, se laissa aller contre le dossier et, lentement, tourna la tête vers elle jusqu'à plonger son regard dans le sien.

Dans l'intimité de l'habitacle, l'atmosphère se fit soudain dense et chaude. Le temps semblait immobile, comme avant une tornade d'été.

Elle respira avec difficulté. La bouche de Brady lui parut toute proche, si proche qu'elle brûlait de l'embrasser... Une flamme s'était allumée dans ses yeux noirs — preuve que lui aussi désirait ce baiser — tandis que ses lèvres s'ouvraient pour prononcer son nom.

Sans réfléchir, le souffle court, elle tendit la main vers le visage aux traits contractés.

Mais, avant qu'elle l'ait touché, celle de Brady se referma sur ses doigts.

— Plus tard, dit-il.

Pendant un instant, il serra les lèvres, puis, du bout du pouce, lui effleura la paume, faisant naître en elle un désir fou.

— Ceci dit..., reprit-il d'une voix rauque.

Comme il se penchait lentement vers elle, très lentement, des aboiements se firent entendre.

— Quand ce n'est pas le bébé, ce sont les chiens, marmonna-t-il.

Elle regarda par la vitre latérale.

— Voilà Paul et Stacey qui viennent à notre rencontre.

— Comme c'est gentil d'être venue, docteur Rutherford, dit timidement cette dernière en arrivant à la voiture. Merci beaucoup.

— Je vous en prie, répondit-elle en souriant. Et, s'il vous plaît, appelez-nous par notre prénom. Nous sommes ici à titre amical.

— D'accord. Merci.

Puis Stacey s'adressa à Brady.

— Je vous présente Paul, mon mari. Paul, voici le Dr... Excusez-moi, j'ai oublié votre nom.

— McNeal, compléta Brady en serrant vigoureusement la main du jeune fermier. Mais appelez-moi par mon prénom.

Il recula d'un pas car les chiens commençaient à le renifler d'un peu trop près.

— Désolé..., dit Paul avant d'ordonner à ses chiens de disparaître. Ce sont des blue heelers, expliqua-t-il. Ils veillent sur Lachlan lorsque Stacey et moi sommes occupés aux travaux des champs.

Brady regarda d'un air pensif les paddocks qui s'étendaient sur la colline de chaque côté de l'exploitation familiale.

— Ce doit être un travail assez dur, toutes ces récoltes ?

— Si on ne veut pas être racheté par une de ces multinationales gigantesques, on doit fournir notre part d'efforts, répondit Paul. C'est notre ferme et j'espère que ce sera celle de Lachlan un jour.

Il baissa la tête, l'air légèrement embarrassé, comme s'il avait été trop catégorique.

— Euh… J'allais mettre en route l'irrigation, enchaîna-t-il. Vous voulez m'accompagner, docteur McNeal ?

— Bien sûr.

— Brady ! Le bébé ! cria Jo, incrédule, comme les deux hommes s'éloignaient.

Se retournant, il sourit d'un air innocent.

— Je suis sûr que tu prendras bien soin de lui, Jo.

— Je vais mettre la bouilloire à chauffer, annonça Stacey.

Paul fit signe qu'il avait entendu.

— Je ne serai pas long, chérie.

Jo ouvrit la portière arrière et détacha la ceinture de sécurité qui retenait le siège auto.

— Allez, mon ange, dit-elle en sortant le bébé. Stacey, voici Andrew, le fils de Brady.

Comme la jeune femme ouvrait des yeux ronds, elle ajouta :

— Il est père célibataire…

— Quel bébé adorable ! J'aimerais tant avoir un autre enfant…

— Ça viendra, Stacey, assura-t-elle en songeant à son propre désir de maternité qui croissait de jour en jour.

Elle étouffa un soupir. Un homme à aimer et un bébé. N'était-ce pas trop demander ?

— Eh bien, ça ne s'est pas mal passé, je crois, dit Brady à Jo en quittant la ferme des Owens. Lachlan est un bon petit gars, n'est-ce pas ?

— Oui, il est mignon. Les photos lui ont fait une forte impression. J'ai trouvé adorable quand il a pris le bras de sa maman et s'est écrié : « C'est moi ! »…

— Moi aussi.

Le moment où le garçonnet s'était identifié à la photo de Will d'avant l'opération avait été effectivement très émouvant. Même si Lachlan n'était parvenu à émettre que quelque chose comme « est oi ».

— La prochaine opération devrait lui permettre d'avoir un visage presque normal. Ton idée des photos était excellente, Brady.

— C'est une petite famille sympathique.

La voiture passa le portail de la ferme et retrouva la route goudronnée.

— Espérons que tout se passera bien pour eux et pour leur enfant, acheva-t-il.

Le vendredi de la semaine qui suivit la visite de Jo chez les Owens, Vicki lui annonça qu'elle venait de recevoir un appel du dispensaire.

— Un des médecins de garde n'est pas en mesure d'assurer son service ce week-end en raison d'un problème familial ou de quelque chose de ce genre. Si vous pouviez le remplacer, il prendrait votre tour le week-end prochain.

Jo réfléchit un moment. Elle n'avait rien de prévu.

— Avec qui serai-je ?

— Brady.

— Pas de problème, répondit-elle avec un sourire. J'assurerai la garde.

— Merci, Jo. Je transmets.

Lorsque la réceptionniste fut sortie, elle se leva et s'étira en repensant au week-end précédent. Après leur visite à la ferme, Brady l'avait déposée devant chez elle en lui proposant de dîner avec lui.

Malheureusement, à peine avait-elle pris sa douche que le téléphone sonnait. Une de ses patientes, qui attendait son premier enfant, commençait à avoir des contractions avec un peu d'avance.

Il avait donc fallu se décommander.

— Eh bien, c'est la vie d'un médecin de campagne, j'imagine, avait dit Brady avec un enjouement forcé. Je vais ouvrir une boîte de conserve.

— Ce n'est que partie remise…

— Je l'espère, docteur. Fais bien attention à toi, avait-il ajouté d'une voix tendre avant de raccrocher.

Mais ils n'avaient pas réussi à se voir depuis en dehors des heures de service.

S'ils n'étaient pas trop occupés pendant la garde du lendemain, peut-être trouveraient-ils au moins le temps d'avoir une conversation dont le sujet ne serait pas professionnel…

— Quelle triste journée ! constata Brady lorsqu'ils se retrouvèrent à l'entrée du dispensaire le lendemain matin. On dirait qu'il va pleuvoir.

— Ce n'est pas de saison, en septembre, répliqua Jo.

— Sauf qu'on est en octobre.

— Déjà ?

— Nous sommes le premier du mois, aujourd'hui.

— Oh, mon Dieu, c'est l'anniversaire de Sophie ! Il faut que je l'appelle avant d'être trop occupée. Bonjour, Cheryl, ajouta-t-elle en souriant à la réceptionniste qui les faisait entrer.

— Ils sont déjà de retour de leur voyage de noces ?

— Oui. Ils ne sont partis que huit jours. A propos de mariage, j'ai reçu une jolie photo de Sophie et Ben au courrier de cette semaine, prise dans les jardins botaniques après la cérémonie.

— Il y en a probablement une qui m'attend chez mes

parents, dit-il en entrant avec elle dans l'immeuble. Je n'ai pas repris contact avec Ben pour lui donner mon adresse ici.

La réceptionniste, Cheryl Chalmers, les conduisit à leurs salles de consultation respectives, qui étaient voisines.

— Vous trouverez tout ce dont vous avez besoin, dit-elle avec un sourire. Je vous remercie d'avoir répondu à cette demande de dernière minute, docteur Rutherford.

— Je vous en prie.

Cheryl s'adressa ensuite à Brady.

— Si je comprends bien, c'est la première fois que vous venez ici, docteur McNeal.

— Oui. Quelle sorte de cas avons-nous à traiter ?

— Le dispensaire assure uniquement les urgences mineures.

— Des migraines aux diarrhées, en passant par quelques bosses et des entorses pour faire bonne mesure, intervint Jo.

Il rit.

— Une journée de travail normale, quoi.

— On essaie d'organiser les rendez-vous de façon à ce que les médecins puissent avoir terminé à 16 h 30 dans la mesure du possible, précisa la réceptionniste. Bon, je vous laisse vous installer. Si vous avez besoin de quoi que ce soit, docteur McNeal, composez le dix sur votre téléphone. Vous serez en relation avec la réception.

— Merci, Cheryl.

Avant qu'ils ne se séparent, Jo se tourna vers lui.

— Théa était d'accord pour le week-end ?

Il s'appuya contre le chambranle.

— Elle attendait cette occasion avec impatience, m'a-t-elle dit. Elle et Andrew vont faire des bonshommes en pain d'épices, je crois.

Elle éclata de rire.

— Quel fils précoce vous avez, docteur !

Avec un geste de la main, elle disparut dans sa salle de consultation.

8

Il y avait quelque chose qui clochait.

Jo fronça les sourcils en ôtant le tensiomètre du bras de sa patiente. Georgia Whiting, sa dernière malade de la journée, était censée venir la consulter pour des céphalées, mais ce motif ne masquait-il pas des troubles beaucoup plus sérieux ?

— Ces maux de tête, tu en as souvent ?

— Assez fréquemment.

Alors pourquoi cette jeune personne de seize ans ne s'était-elle pas adressée à son généraliste avant ?

— Est-ce que tes maux de tête coïncident avec tes règles ?

Georgia hésita.

— Parfois…

— Tes cycles sont réguliers ?

— Avant, oui. Depuis quelques mois, je n'ai plus mes règles.

— Tu ne serais pas enceinte ?

— Aucun risque. Je n'ai même pas de petit ami.

— Monte sur la balance, s'il te plaît, Georgia.

L'adolescente eut un mouvement de recul.

— Je vous l'ai dit, docteur, j'ai la migraine.

— Il me semble aussi que tu es légèrement au-dessous de ton poids par rapport à ta taille. Pour trouver la cause de tes maux de tête, nous devons faire un bilan général de ton état de santé. Tu comprends ?

— Pourquoi ne me prescrivez-vous pas simplement un médicament que je pourrai acheter chez le pharmacien ?

— Parce que ce ne serait pas prudent sans connaître la cause de tes migraines. Pour commencer, voyons combien tu pèses.

A contrecœur, Georgia se leva et grimpa avec précaution sur la balance, où elle resta juste assez de temps pour que s'affiche son poids. Elle pesait quarante-deux kilos.

La jeune fille devait mesurer environ un mètre soixante-cinq. Son indice de masse corporelle était donc bien inférieur à ce qu'il aurait dû être, songea Jo.

D'un air pensif, elle posa son stylo.

— Georgia, je pense qu'il faut qu'on fasse un bilan de santé plus approfondi. As-tu un généraliste ?

— Je ne l'ai pas consulté depuis longtemps.

— Je vois. Accepterais-tu de venir à mon cabinet habituel, au centre médical de Mt Pryde ?

— Serai-je obligée d'en parler à ma mère ? demanda l'adolescente après une hésitation.

— Pas si tu ne le souhaites pas. Mais ce serait bien. Lorsqu'on traverse une mauvaise passe, l'aide d'une maman est souvent précieuse.

Les yeux baissés, Georgia entortilla une mèche blonde autour de son doigt.

— Je suis dans de beaux draps, dit-elle d'une voix étranglée.

— Il n'y a rien d'irréparable. Mais ce dispensaire traite uniquement les urgences mineures. Tu vas devoir me rendre visite régulièrement pour bénéficier du type d'aide dont tu as besoin. Voyons… Est-ce que tu peux passer lundi au cabinet ?

— O.K. Après les cours, ça ira ?

— C'est parfait.

— Je suis venue ici le week-end dernier, avoua la jeune

fille. Mais il n'y avait que des médecins hommes et je préférais parler à une femme.

— Eh bien, je suis contente que tu sois revenue aujourd'hui.

Jo se leva.

— Maintenant, je vais te donner quelques médicaments pour ta migraine et te demander d'attendre ici un moment pour que je puisse en contrôler les effets. D'accord ?

— Vous pensez que je suis folle ?

— Non.

Elle lui posa la main sur l'épaule en allant vers la pharmacie.

— Je pense que tu es une jeune fille très courageuse.

La pluie tombait lorsque Brady quitta le dispensaire. Il avait attendu Jo ; or, manifestement, elle était encore en consultation.

Dommage ! Il envisageait de l'inviter à prendre un verre après le service. Juste eux deux, sans le bébé. Certes, il adorait son fils, mais depuis quelque temps il éprouvait le besoin d'échapper à la pénible routine de la paternité.

Il fit ronfler le moteur, et sortit du parking en pensant qu'il comprenait maintenant pourquoi les parents de jeunes enfants avaient soif de temps « pour eux ».

En tout cas, ce ne serait pas pour ce soir. Quel temps pourri ! D'ailleurs, après une journée passée à écouter les problèmes des autres, Jo n'aurait certainement pas envie d'écouter les siens.

D'un autre côté, n'étaient-ils pas tenus de discuter de leurs soucis respectifs ?

A travers les portes vitrées de la réception, Jo regardait Georgia monter dans le taxi. Cette dernière avait fini par accepter qu'elle appelle une voiture et paie la course.

Pourvu que la jeune fille vienne à son rendez-vous de lundi, se dit-elle en étouffant un soupir.

Après avoir signé le registre de présence des médecins, elle le rendit à Cheryl.

— Le Dr McNeal est parti à l'heure ? demanda-t-elle.

— A peu près.

Tant mieux. Il devait avoir hâte de retrouver son petit garçon et de libérer Théa.

— Désolée que vous ayez été retenue, dit Cheryl qui était visiblement pressée de fermer et de rentrer chez elle.

— Ce n'est pas un problème. Je n'ai rien de prévu ce soir.

« Dommage », ajouta-t-elle *in petto* en prenant sa mallette médicale sur le comptoir tandis que la réceptionniste commençait à éteindre les lumières.

— Il ne fait pas un temps à sortir, de toute façon, déclara Cheryl. J'espère que mon mari va allumer un bon feu quand je rentrerai. Avec un peu de chance, il aura même préparé le dîner.

Elles quittèrent le bâtiment ensemble puis, après s'être dit au revoir, se séparèrent pour récupérer chacune leur voiture.

Jo rentra chez elle par la rue principale. C'était sa route habituelle, mais, ce soir, elle semblait étrangement déserte. Seuls les phares de sa voiture éclairaient les vitrines sombres des magasins.

Quelle chance avait Cheryl, songea-t-elle, abattue. Rentrer dans un foyer où l'attendait son mari… Cela lui faisait penser à Sophie, parfaitement heureuse en ménage avec Ben. Peut-être était-ce ce dont elle avait besoin, elle, Jo : un homme dans la maison…

Ridicule !

Lorsqu'elle arriva à son garage, cette idée lui trottait encore dans la tête. Mais elle prenait conscience qu'une vie de couple ne lui suffirait pas.

Elle désirait beaucoup plus.

Le voyant lumineux du répondeur clignotait. Elle pressa

le bouton pour écouter le message, espérant qu'elle n'aurait pas à ressortir sous la pluie.

« Salut. C'est moi. »

Reconnaissant la voix de Brady, elle s'assit machinalement sur la petite chaise près de la table du téléphone, sans même penser à quitter son imperméable.

« Je sais qu'il fait un temps de chien, mais je me demandais si tu aimerais dîner avec moi. Théa a préparé un ragoût qui sent délicieusement bon. Quoi qu'il en soit, si tu n'as rien de prévu… Euh… J'ai quelque chose sur le feu. Appelle-moi si tu peux venir. »

Aussitôt, elle sentit son moral remonter en flèche. C'était comme si Brady avait lu dans ses pensées. Désirait-il sa présence autant qu'elle la sienne ?

Elle composa son numéro.

— Hello, c'est moi, dit-elle quand il eut décroché. Je viens de rentrer. J'ai eu une consultation compliquée.

— Ah…

— Ta proposition de dîner tient toujours ?

— Et comment ! Tu viens ?

— Le temps de prendre une douche et j'arrive.

— Bien. Sois prudente, la route est glissante.

Lentement, elle reposa le combiné sur son support. Qu'il pleuve ou pas, que ce soit raisonnable ou pas, elle mourait d'envie d'aller le retrouver.

Après sa douche, un drap de bain enroulé autour d'elle, Jo essuya la buée qui s'était déposée sur la glace de la salle de bains. Son visage semblait différent, avec ses yeux verts étrangement agrandis par le désir.

Qu'y avait-il à espérer de cette relation ? se demanda-t-elle, soudain effrayée de l'intensité de sa passion pour Brady.

S'écartant résolument de la glace, elle pénétra dans la

chambre et inspecta le contenu de sa penderie. Le plus sage aurait été d'enfiler un jean et un pull-over confortable, mais elle choisit une robe de jersey de soie d'un rouge profond, plutôt longue, dont la coupe ajustée moulait ses formes, puis elle se contempla dans le miroir en pied avec une satisfaction mêlée d'excitation.

« Du calme », se dit-elle en prenant son parapluie et ses clés avant de traverser la buanderie pour aller au garage.

Manifestement, Brady attendait son arrivée. Comme elle se garait dans son allée, elle vit sa silhouette se découper dans la lumière du porche.

Emue, elle coupa le contact et, l'espace d'une seconde, ferma les yeux et s'abandonna à toutes les sensations qui montaient en elle.

Un coup frappé à la vitre la rappela à la réalité. Muni d'un parapluie géant, Brady lui faisait signe qu'il était inutile qu'elle utilise le sien, plus petit.

— J'ai de quoi t'abriter, insista-t-il lorsqu'elle sortit de la voiture.

Lui prenant le bras, il l'attira près de lui et ils traversèrent la pelouse jusqu'à la véranda.

— Ouah ! s'exclama-t-il en arrivant sous le porche éclairé par une lanterne.

De toute évidence, la robe avait fait son petit effet. Il la dévorait des yeux.

— Pas trop mouillée ?

— A peine.

— Tu es très belle.

— J'ai juste eu envie de m'habiller un peu, dit-elle avec un petit rire qui lui parut manquer de naturel.

Il se détourna et mit le parapluie à sécher au bout de la véranda. Sans attendre, il la conduisit dans la cuisine.

— Entre, Jo. Le couvert est mis. J'ai… j'ai pensé que ce serait agréable de manger ici.

— Très bien. Hum, ça sent bon !

— Qu'est-ce que je te disais ?

Comme elle soulevait le couvercle de la cocotte, il sourit.

— Un verre de vin ? proposa-t-il.

— Volontiers. Je peux t'aider à quelque chose ?

— Il n'y a pas grand-chose à faire, répondit-il en la servant. Je veux juste avoir ta compagnie.

Elle se mordilla la lèvre.

— Andrew dort ?

— Il s'est endormi comme un ange, bercé par le crépitement de la pluie sur le toit, je pense. Nous ne devrions pas être interrompus.

Pas comme la dernière fois lorsqu'ils s'étaient embrassés.

Seigneur, que c'était bon qu'elle soit là ! songea Brady en la contemplant à travers son verre.

Il but une gorgée de vin, et le désir, embrasant son corps, lui rappela la dernière fois qu'elle était venue, quand leurs mains et leurs bouches s'étaient fait des aveux bien plus intimes que ceux qu'ils pourraient jamais prononcer…

Distrait, il reposa son verre un peu brutalement.

— Si on mangeait ? Tu dois mourir de faim.

Alors qu'il prenait un torchon pour attraper la cocotte, elle agita un gant de tissu épais.

— Tiens. Ça peut être utile pour saisir les plats chauds sans se brûler les mains.

— Je me demandais à quoi ça pouvait bien servir.

— Quoi, les mains ?

— Joker…, dit-il avec un petit rire rauque. Attrape des assiettes, veux-tu ?

Il posa la marmite sur le dessous de plat.

— Tu peux faire le service ? Je suis très maladroit de mes mains ce soir.

— Ce sera mieux la prochaine fois, répliqua-t-elle, malicieuse.

Pendant le repas, ils parlèrent de choses sans importance, chacun demandant à l'autre comment s'était passée sa journée. Puis s'installa entre eux un silence gêné, que Jo rompit au bout d'un moment.

— Ce dîner était délicieux, Brady. Merci.

— Merci de l'avoir partagé avec moi. C'est Théa que nous devrions remercier.

— Est-ce qu'elle a réussi à faire les bonshommes en pain d'épices ?

— Oui. Apparemment, ils sont pour la fête paroissiale, le week-end prochain, mais elle nous en a laissé quelques-uns.

— J'ai hâte d'y goûter. Veux-tu que je prépare du café ?

Lorsqu'il fut prêt, elle apporta le plateau dans le séjour et disposa les tasses sur la table basse, devant le feu, pendant qu'il allait chercher les biscuits de Théa.

— Voici les bonshommes en pain d'épices. A ton avis, Jo, on mange quelle partie en premier ?

— Idiot !

Après s'être installée à côté de lui sur le canapé, elle servit le café.

— En fait, tu es autorisé à les tremper.

— Comme ça ?

Saisissant un des biscuits, il le plongea dans sa tasse et le lui tendit.

— Ouvre la bouche, comme un gentil petit oiseau.

Elle s'exécuta en riant et il y introduisit délicatement le pain d'épices.

Soudain, il eut conscience de sa proximité avec tant d'âpreté qu'un désir brusque, impérieux s'empara de lui. Inspirant avec difficulté, il se détourna pour reposer le pain d'épices sur son assiette.

— Arrêtons ce jeu bête, dit-il en l'attirant sur ses genoux sans rencontrer d'opposition.

Le décolleté en V de Jo bâillait légèrement, dévoilant le creux de sa gorge.

— Jo…

Du bout du doigt, il caressa la courbe de ses lèvres.

— Toute la journée, j'ai eu envie de t'inviter à dîner, avoua-t-il. Je n'aurais pas dû hésiter.

— Moi aussi, j'ai pensé à toi en rentrant à la maison.

— C'est vrai ?

— Oui.

Il la regarda longuement, incapable de détacher les yeux de son regard voilé de désir, puis il l'enlaça. Le cœur de Jo battait si fort qu'il le sentait palpiter contre sa propre poitrine.

— Reste avec moi cette nuit, murmura-t-il.

Jo fut réveillée vers 6 heures du matin par un rayon de soleil qui s'infiltrait à travers une fissure du volet.

Prenant appui sur un coude, elle contempla l'homme allongé à côté d'elle. Brady, couché sur le dos, dormait encore profondément.

Elle sourit. Ils avaient fait l'amour avec passion, avec tendresse aussi.

Quelques instants plus tard, arrachée à sa rêverie par un gazouillement nasillard dans l'Interphone, Jo se glissa hors du lit.

Lorsque Brady la trouva sous la véranda avec son fils, près d'une heure s'était écoulée.

— Bonjour, marmotte, dit-elle affectueusement. Ça va ?

— Tu aurais dû me réveiller.

— Pourquoi ? Andrew et moi nous sommes débrouillés comme des grands. Je l'ai changé, je lui ai donné son biberon et, maintenant, il semble tout à fait content, comme tu vois.

Bizarrement, Brady paraissait contrarié.

— Je pensais qu'une grasse matinée te ferait du bien, reprit-elle.

— Ce n'était pas nécessaire, répliqua-t-il d'un ton sec.

Pourquoi était-il sur la défensive ? Elle avait pensé rendre service, mais, à l'évidence, il l'interprétait autrement et ne semblait pas disposé à lui expliquer la raison de son attitude.

— J'ai emprunté une de tes chemises, j'espère que tu n'y vois pas d'inconvénient ? dit-elle, nerveuse.

— Aucun… Merci, Jo. Mais, honnêtement, tu n'aurais pas dû me laisser dormir.

Elle sentit son estomac se nouer. Brady ne se conduisait pas comme un amoureux. De toute évidence, leur nuit d'amour n'avait pas changé sa vie comme elle avait transformé la sienne…

— Tu as de l'eau bouillante si tu veux du thé, proposa-t-elle, la gorge serrée. Je vais me changer et je pars.

— Ecoute, Jo, tu n'es pas obligée de partir. Reste pour le petit déjeuner.

Rangeant sa chaise longue, elle eut un rire amer.

— Non, Brady, pas deux fois de suite. Et, au cas où tu l'aurais oublié, on commence à 9 h 30 ce matin.

Elle entra dans la maison sans se retourner et, peu après, il entendit le moteur de sa voiture démarrer.

Quel idiot ! Pourquoi l'avait-il laissée partir comme ça ? Les mains crispées sur sa tasse, Brady regardait le jardin sans le voir.

Jo Rutherford était le plus beau cadeau que la vie lui ait fait depuis longtemps. Et leur nuit d'amour avait été magique.

Mais maintenant elle éprouvait probablement le sentiment d'avoir été utilisée.

Et il ne pouvait pas le lui reprocher. Il s'écœurait lui-même. Sa conduite était inqualifiable.

Zut ! Pourquoi diable craignait-il de laisser s'épanouir leur relation ? Et à quoi tout cela aboutirait-il ?

9

Pendant tout le trajet jusque chez elle, Jo eut du mal à retenir ses larmes.

Pourquoi avait-elle apporté son cœur — et son corps — à Brady sur un plateau ?

Visiblement, il regrettait tout. Quand il avait fait l'amour avec elle la nuit précédente, peut-être était-il même allé jusqu'à imaginer qu'il étreignait Tanya.

Il ne fallait pas se voiler la face. Sa réaction hostile de ce matin ne pouvait signifier qu'une chose : il aimait encore la mère de son fils.

Des petits sanglots de désespoir la secouaient quand elle arriva devant sa porte. Dire que, la veille, elle avait quitté son domicile impatiente de retrouver Brady !

Lorsqu'elle parvint au dispensaire, Jo avait recouvré la maîtrise d'elle-même. Elle était en avance, résolue à faire ce qu'il fallait pour survivre aux événements, quitte à rester dans sa salle de consultation jusqu'au départ du dernier patient.

Brady McNeal appartenait désormais à l'histoire ancienne. Qu'il se débrouille avec ses problèmes ! Malheureusement, en renonçant à ses relations avec lui, elle se privait de tout contact avec son fils.

Brady lança à Théa un regard noir quand elle lui demanda s'il se sentait en forme.

— Bien sûr, répondit-il sèchement. J'ai l'air malade ?

— Disons que vous n'avez pas l'air dans votre assiette. Andrew vous a fait passer une nuit blanche ?

— Non, dit-il en cherchant ses clés de voiture. Je file, Théa. Il ne faut pas que je sois en retard.

— Prenez votre temps pour rentrer, rien ne me presse. Pourquoi ne vous accordez-vous pas un moment de détente ? Vous pourriez emmener Jo boire un verre, par exemple…

Il y avait autant de chances qu'elle accepte que de gagner au Loto sans acheter de ticket, songea-t-il, désespéré. Consentirait-elle seulement à lui parler de nouveau ?

En milieu d'après-midi, Jo sut que son plan pour éviter Brady fonctionnait. Mais elle étouffait entre les quatre murs de sa salle de consultation, aussi décida-t-elle de profiter de l'annulation d'un rendez-vous pour faire un tour dans la salle de repos, en espérant ne pas croiser son collègue.

Malheureusement, il s'y trouvait, un café à la main. Après un long silence, il prit la parole :

— Tu fais une pause ?

— C'est évident, non ? Il reste du café ?

— Une goutte. A ta place, je me ferais un Nescafé.

— « A ta place »… Voilà une expression à méditer.

Il esquissa un semblant de sourire.

— A ta place, j'aurais envie de coller des claques à la personne en face de moi, dit-il.

— Heureusement pour toi, je ne suis pas violente. Réflexion faite, je pense que je vais me passer de café.

— Jo… Il faut que je te parle.

— Je ne suis pas à ta disposition pour t'écouter, répliqua-t-elle. Va parler à un psychologue.

Pour ne pas se laisser attendrir, elle détourna les yeux

puis, les jambes flageolantes, se dirigea vers la porte. En l'ouvrant, elle se heurta à Cheryl.

— Oh ! Excusez-moi, je ne regardais pas.

La réceptionniste fit signe que c'était sans importance.

— Nous avons reçu un appel urgent de la base des ambulances, annonça-t-elle en pénétrant dans la pièce. Un groupe de randonneuses a été victime d'un glissement de terrain dans la gorge de Flinder, à environ vingt kilomètres d'ici. On n'en sait pas plus pour l'instant car elles ont téléphoné d'un portable et la connexion était mauvaise, mais la base demande que des médecins se rendent sur place.

— En général, ce type d'intervention relève du service des urgences de l'hôpital, fit remarquer Jo en plissant le front.

— Apparemment, ils sont très occupés en raison d'un accident de la route. Ils ne peuvent envoyer personne.

— Dans ce cas, il semble que nous devions y aller, docteur Rutherford, intervint Brady sur un ton légèrement narquois.

Tout plutôt que de passer le reste de la journée avec lui, pensa-t-elle. Malheureusement, il n'y avait pas moyen de faire autrement que de répondre à cet appel.

La sonnerie du téléphone retentit.

— Si c'est la base, Cheryl, passez-les-moi, ordonna Brady. Plus tôt nous saurons à quoi nous en tenir, mieux ce sera.

La réceptionniste lui tendit le combiné.

Les bras croisés, Jo écouta le médecin bombarder de questions son interlocuteur. Au fond, quel soulagement qu'il ait pris la tête des opérations ! songea-t-elle, soudain consciente que son animosité à l'égard de Brady s'était presque totalement dissipée.

— O.K., dit-il en raccrochant. En fait, il s'agit d'un groupe d'adolescentes d'une paroisse de Brisbane. Deux cheftaines et six gamines qui sont arrivées en voiture hier. Elles sont parvenues sans encombre jusqu'au refuge et, ce matin, le temps leur a paru idéal pour une rando. Elles ont pris un des sentiers qui descendent dans la gorge.

— Et une paroi s'est effondrée ?

— Quelque chose comme ça. De toute façon, il faut y aller et on va prendre ma voiture, déclara-t-il d'un ton sans réplique. Jo, quelle est la marche à suivre ? On passe chercher un kit de traumatologie à l'hôpital ?

— C'est la procédure habituelle.

— Dans ce cas, vous feriez mieux de partir, dit Cheryl. Je vais fermer le cabinet et laisser un message sur la porte. Il n'y a personne dans la salle d'attente en ce moment.

— Alors, allons-y. Je passe un coup de fil à Théa, car j'imagine qu'on risque d'en avoir pour un certain temps.

Au parking, Jo s'arrêta devant son véhicule.

— Tu veux passer chez toi te changer ? demanda Brady en regardant les fines sandales de cuir qu'elle avait aux pieds. Je peux régler la question de l'hôpital, puis venir te chercher.

— Oui. On va nous fournir des combinaisons, mais il faut que je mette des chaussures plus adaptées. Euh… A propos, comment allons-nous descendre pour évaluer les blessures ?

— D'après ce que j'ai compris, le personnel du service des secours de l'Etat est déjà en route. Je pense qu'ils nous prêteront le matériel *ad hoc*. Cordes, etc.

Elle sentit sa bouche s'assécher.

— Tu es déjà descendu en rappel ?

— Des dizaines de fois. Et toi ?

— Je me débrouillerai.

— Jo, si tu ne te sens pas d'attaque, je peux appeler Tom sur son portable et voir s'il est disponible.

— Ça ira.

— Si tu le dis.

Sam Whittaker, du groupe de sauvetage du SSE, guettait leur arrivée en haut de l'escarpement.

Les présentations furent rapides.

— Deux membres de mon équipe sont déjà en bas, avec des couvertures de survie et des civières pliantes, précisa-t-il.

— Vous ont-ils dit quoi que ce soit au sujet des blessées ? demanda Brady tout en tendant à Jo une des combinaisons orange fournies par l'hôpital avant d'enfiler la sienne.

— Une des cheftaines craint d'avoir une jambe cassée. Mais on ne peut pas en être sûr tant que vous ne l'aurez pas examinée. Notre base a prévenu l'hélico de CareFlight qui devrait arriver d'ici une heure.

— Si les autres victimes peuvent marcher, comment allons-nous les évacuer ? intervint Jo.

— On a une ambulance à l'extrémité de la gorge ainsi qu'un transport de troupes à notre disposition, répondit Steve. Le principal souci concerne la jeune fille avec la fracture.

— Bien. Dans ce cas, allons-y, dit Brady.

Tandis qu'il enfilait son harnais comme s'il avait fait ça toute sa vie, Jo interrogea le secouriste du regard.

— Avec le harnais, vous avez un descendeur, docteur, expliqua Steve. Ça vous va ?

— Très bien.

Elle avala sa salive avec difficulté, en s'efforçant de se rappeler les techniques qu'elle avait apprises lors d'un stage — qui s'était limité à quelques descentes en rappel le long d'un mur d'escalade artificiel pendant un week-end avec Sophie et Fliss.

Steve lui tendit un casque de sécurité.

— Merci, murmura-t-elle d'une voix étranglée.

— Selon mes gars, le chemin le plus sûr est celui-ci. La chute de pierres a eu lieu en face, dit-il en désignant d'énormes trous de l'autre côté de la falaise, où la terre et les roches paraissaient avoir été arrachées par une pelle mécanique géante. Une fois que vous serez en bas, vous aurez environ dix minutes de marche jusqu'au lieu de l'accident. Craig et Jonno vous ont balisé le chemin. Mais soyez très prudents à la descente.

Regardant le fond de la gorge, où le soleil s'infiltrait difficilement, Jo réprima un frisson.

Comme s'il avait perçu son appréhension, Brady se tourna vers elle.

— Crois-moi, c'est moins terrible qu'il y paraît. On va descendre ensemble. Reste près de moi. Tout ira bien.

Il avait beau dire, ce terrain accidenté présentait des difficultés, même pour des grimpeurs expérimentés.

— Attention aux endroits comme ça, reprit-il, un instant plus tard, en posant le pied sur une grosse touffe d'herbe dont les racines cédèrent immédiatement. Il n'y a pas de prise.

Elle sentit la sueur couler au creux de ses reins.

Avec une lenteur méticuleuse, ils poursuivirent leur descente. Quand ce cauchemar se terminerait-il ? se demanda Jo en osant un regard vers le bas.

La vue de la longue ravine remplie d'éboulis lui donna le vertige et elle recula en chancelant.

— Au… au secours, Brady.

Prise d'une violente nausée, elle se serra contre la paroi rocheuse.

Non sans pester à voix basse, il s'approcha d'elle.

— Respire profondément, ordonna-t-il. C'est ça. Inspire, expire. Encore… Tu n'aurais pas dû regarder si ça te pose un problème. C'est la première chose qu'apprend un grimpeur.

Maintenant, elle le saurait.

— Tu as fait pas mal d'escalade, non ? demanda-t-elle.

— Au Canada, j'étais membre du groupement de secours en montagne.

— Bigre ! Tu dois me trouver froussarde…

— On a tous peur de quelque chose. Moi, j'ai la phobie des grenouilles.

— Mais c'est très mignon, une grenouille !

De toute évidence, il n'avait abordé ce sujet que dans le seul but de l'aider à se détendre et il avait réussi.

Elle retrouva son équilibre.

— Ça va mieux maintenant, Brady. Merci.

Faisant la moue, il la regarda de la tête aux pieds.

— Rappelle-toi que tu es un excellent médecin, Joséphine Rutherford — même si tu as peur du vide.

Elle lui sourit.

— Et toi, n'oublie pas que toi aussi, tu es un excellent médecin, Brady McNeal — même si tu as la phobie des grenouilles.

— Nous voilà à égalité, conclut-il avec une étincelle dans le regard. On peut repartir ?

— Allons-y, répondit-elle, soulagée qu'ils ne se soient arrêtés qu'une minute ou deux.

Dire qu'elle avait craint que cet incident leur fasse perdre un temps précieux ! En fait, non seulement cela n'avait pas été le cas, mais, maintenant qu'ils avaient repris leur descente, elle se sentait plus légère, plus calme.

Et, aussi étrange que cela pût paraître, elle avait le sentiment d'être de nouveau en phase avec Brady.

— Les dégâts ne semblent pas si graves que ça de ce côté, estima Jo alors qu'ils se frayaient un chemin au fond de la gorge depuis une vingtaine de minutes.

— Peut-être que la fille à la fracture n'a pas eu de chance, dit Brady. Qu'elle a été victime d'une chute de pierres ou d'un incident similaire. On va le savoir bientôt, ajouta-t-il en lui touchant le bras. Voilà les secouristes.

Il salua les deux hommes du SSE qui s'avançaient à leur rencontre.

— Je suis Brady McNeal et voici Jo Rutherford.

Craig et Jonno leur tendirent la main.

— Alors ? demanda Brady.

— La jeune blessée se nomme Courtney Pearce, expliqua Craig. Elle a dix-neuf ans. Sa petite sœur, Natalie, ne la quitte pas d'un pouce. Elle paraît assez secouée. L'autre cheftaine est une jeune fille responsable. Nous lui avons parlé et… Ah, la voici.

Une grande blonde aux yeux bleus les rejoignit.

— Bonjour, dit-elle. Je m'appelle Amanda. Je suppose que vous êtes les médecins ?

— Oui.

Après avoir fait les présentations, Jo demanda comment Courtney avait été blessée.

— Cela a été incroyablement soudain, répondit la jeune fille. Il y a eu une chute de pierres et on est toutes parties en courant et en hurlant, puis on a pris conscience que Courtney ne nous avait pas suivies.

Amanda s'interrompit un instant, se pinçant les lèvres.

— Un morceau de rocher lui était tombé dessus, reprit-elle. On a réussi à l'enlever, mais elle ne pouvait plus bouger la jambe. J'ai téléphoné aux secours. Et, en attendant le SSE, on a veillé à ce que Courtney ne prenne pas froid. On l'a couverte avec nos vestes et nos pulls…

Brady détacha le kit de traumatologie de sa taille.

— Tu as fait ce qu'il fallait, Amanda. Maintenant, pendant que Jo et moi nous occuperons de Courtney, tu vas continuer à rassurer les autres. Nous les verrons dès que nous pourrons.

— O.K. Natalie a subi un traumatisme important. Pourrez-vous également l'examiner, s'il vous plaît ?

— Bien sûr, répondit Jo. Mais elle va aussi avoir besoin de toi. Donc, si ça ne t'ennuie pas, reste à ses côtés, veux-tu ?

Craig prit Brady à part.

— Docteur, on est en liaison radio avec Steve et la base des ambulances… Vous faut-il quelque chose ?

— Merci. On vous préviendra. Dépêchons-nous, Jo, ajouta-t-il à mi-voix. Je crois qu'il va encore pleuvoir.

Elle jeta un coup d'œil aux nuages gris qui s'amoncelaient au-dessus d'eux. Pluie ou pas, ils allaient devoir faire en sorte que Courtney soit évacuée vers l'hôpital.

Sans attendre, ils s'accroupirent près de la jeune blessée et de sa sœur.

— Bonjour, Natalie. Je m'appelle Jo et voici Brady. Nous sommes médecins. Nous allons examiner Courtney.

Le regard fixé sur sa sœur, l'adolescente semblait ne pas avoir entendu.

— Natalie, répéta Brady. On a besoin de place pour examiner Courtney. Est-ce que tu pourrais t'éloigner, s'il te plaît ? Juste un petit moment ?

— Non, dit-elle en se cramponnant à la main de sa sœur. Courtney a besoin que je lui parle.

Il commença à retirer délicatement la couverture de survie.

— Ne t'inquiète pas. On est ici pour l'aider. Il faut évaluer ses blessures et lui donner quelque chose pour la douleur.

Un peu rassurée, l'adolescente se leva, les observa pendant un moment puis, estimant apparemment que Courtney était entre de bonnes mains, se tourna vers Amanda et se jeta dans ses bras.

— Allons, tout va bien se passer, affirma la cheftaine. Les médecins sont là.

— Courtney ? Pourrais-tu nous dire où tu te trouves ? interrogea Brady.

La blessée s'exprimait difficilement, mais elle parvint à répondre.

Avec le stylo lumineux du kit de traumatologie, il testa ensuite ses yeux dont, heureusement, les pupilles réagirent et restèrent identiques.

— J'ai mal… Ma jambe, gémit Courtney.

— Je sais, ma chérie, dit Jo. Tu vas bientôt avoir quelque chose pour la douleur.

Elle plaça un masque à oxygène sur le visage de la jeune fille.

— Cela va te permettre de respirer plus facilement, Courtney.

— Le pouls, Jo ? s'enquit Brady.

Elle prit le pouls de la blessée, qui était un peu rapide mais fort.

Informé de ce résultat, Brady lui communiqua aussitôt la conclusion de son examen.

— Fracture compliquée. Elle aura des broches à tous les coups. Mais l'abdomen est souple.

Donc pas de dommage à la rate, interpréta Jo. Elle fit signe qu'elle avait compris. Ils pouvaient lui administrer de la morphine sans craindre que son état empire.

Il prépara l'injection pendant qu'elle découpait le pantalon de randonnée de Courtney puis nettoyait la peau.

— Prête ? demanda-t-il.

Comme elle hochait la tête, il injecta l'analgésique dans la cuisse indemne.

Enfin ! La souffrance de leur jeune patiente allait bientôt s'atténuer. Mais ils n'étaient pas au bout de leurs peines pour autant car ils devaient faire leur possible pour la stabiliser avant l'évacuation par hélicoptère.

— Je la mets sous perfusion, Brady.

— O.K. Ensuite, on lui posera une attelle.

— Allez, Courtney. Rien qu'une petite piqûre pour la perfusion. Tu vas bientôt partir à l'hôpital.

— Je vais juste en toucher un mot au SSE, dit Brady.

Il se redressa et fit signe à Craig de s'approcher.

— Sait-on quand l'hélico sera là ?

— Heure estimée d'arrivée : dans quinze minutes.

— Bon, on va préparer la patiente. Où l'envoie-t-on ?

— A l'Hôpital royal de Brisbane. Ils l'attendent. Les parents ont été prévenus aussi et ils seront à l'hôpital.

— C'est Sam qui va coordonner l'évacuation ?

— Oui, je lui ai indiqué notre position, il guidera l'hélico.

C'était tout ce qu'ils avaient besoin de savoir. D'un geste de la main, Brady remercia le secouriste pour les renseignements.

Quelques minutes plus tard, ils entendaient les rotors de l'hélicoptère et un membre de l'équipe CareFlight descendait lentement de l'appareil, en guidant la nacelle qui supporterait la civière sur laquelle serait installée la jeune blessée.

— Natalie, il y a de la place pour toi dans l'hélicoptère, annonça Jo. Tu vas pouvoir accompagner ta sœur.

L'adolescente pâlit.

— Non. Je ne peux pas monter avec cette corde.

— Mais si, tu peux. Tu porteras un harnais spécial. Tu seras tout à fait en sécurité.

— Et si je lâche ?

— Tu ne vas pas lâcher. Un des membres de l'équipe de sauvetage de l'hélico va te hisser. Tiens bon et ne regarde pas en bas.

— Bon, d'accord. Je vais le faire… pour Courtney.

— C'est bien. Toute ta famille va être fière de toi.

10

— Jo, tu dors ?

— Hein ? Non, excuse-moi. Que disais-tu ?

Brady, au volant de sa voiture, lui décocha un bref coup d'œil. A l'évidence, elle était épuisée par sa descente le long de la falaise.

— Je disais : quelle journée !

Penchée en avant, elle scrutait la nuit à travers le pare-brise. Bientôt, ils arriveraient chez elle.

— Hum… Mais tout s'est bien terminé, somme toute.

Sur place, ils avaient soumis les autres filles à un bilan, mais celles-ci ne souffraient que de blessures mineures et, hormis leur inquiétude bien compréhensible pour Courtney, elles avaient réagi aux événements de façon remarquable.

— Cette jeune Amanda était impressionnante, dit-il.

— Oui. Toutefois, c'est une bonne chose que quelques papas aient pu venir les chercher en voiture.

— Bien qu'Amanda ait assuré qu'elle était tout à fait capable de ramener leur minibus.

— Elle n'avait pas besoin de ce stress supplémentaire, tu ne crois pas ?

— Si. Mais je pense qu'elle s'en serait sortie comme un chef.

Il ralentit en arrivant aux abords de Mt Pryde.

— Peut-être devrions-nous nous renseigner pour savoir

si on ne pourrait pas lui faire attribuer une distinction quelconque ? suggéra-t-il.

— Toutes ces filles mériteraient une distinction pour leur courage.

— Aucune froussarde parmi elles, dit-il, malicieux.

Le sous-entendu ne lui échappa pas, mais elle se mit à rire.

— C'est malin…

En tournant dans la rue de sa collègue, il sentit un creux bizarre à l'estomac. Dans quelques instants, ils seraient devant sa maison et ils se quitteraient. Pourtant, il y avait tant de choses qu'il aurait désiré lui dire.

Lorsqu'il s'arrêta dans l'allée, il laissa le moteur en marche pour qu'elle n'imagine pas qu'il s'attendait à ce qu'elle l'invite à entrer.

— Que penserais-tu d'organiser une réunion avec l'équipe du SSE pour un *debriefing*, un de ces jours ? demanda-t-il pour dire quelque chose.

— Pourquoi pas ? répondit-elle en détachant lentement sa ceinture.

Un lourd silence s'installa entre eux.

Elle s'humecta les lèvres.

— Je… je dois y aller, dit-elle. Merci pour tout.

— Non. Merci à toi. Tu as été formidable avec les filles.

Les mains de Brady agrippèrent le volant.

Des mots tentèrent en vain de franchir ses lèvres. Des paroles comme « Viens chez moi. Laisse-moi te tenir toute la nuit entre mes bras. Réconcilions-nous. »

Il s'éclaircit la voix.

— J'attends que tu sois rentrée.

— Il ne m'arrivera rien. Merci quand même.

— A demain, alors.

— Oui.

Pivotant sur son siège, elle ouvrit la portière de la voiture. Visiblement, elle était pressée d'être débarrassée de sa compagnie.

— Bonne nuit, dit-elle.

— Toujours amis ?

— Je crois qu'on doit pouvoir y arriver... Bonne nuit, répéta-t-elle en descendant du véhicule.

Elle claqua la portière.

A lundi matin, pensa-t-il.

Jo regarda par la fenêtre. Il tombait une de ces pluies fines qui réjouissent les agriculteurs et exigent une patience infinie des mamans d'enfants en âge d'être scolarisés.

Elle fit une grimace. Les muscles de ses jambes étaient endoloris, remarqua-t-elle en allant lentement de sa chambre à la douche. Voilà qui ne plaidait pas en faveur de la descente en rappel comme activité sportive.

Comme à son habitude, elle commença sa journée au cabinet par une visite à la salle de repos où tous les associés ainsi que Vicki étaient réunis. Manifestement, la mésaventure des adolescentes et leur sauvetage avaient fait la une du quotidien local.

Un large sourire aux lèvres, Tom lui tendit le journal.

— Qu'est-ce que ça vous fait d'être célèbre ?

Elle regarda avec stupeur la photographie de Brady et elle sur les lieux de l'incident.

— Cela ne m'étonnerait pas qu'on reçoive des appels de toutes les radios de Brisbane ce matin, pour avoir vos impressions, ajouta Tom.

— Je ne veux parler à personne, déclara-t-elle en se servant un café.

— Laissez-moi m'en occuper, proposa Vicki. Je me débrouillerai.

— Dites-leur qu'on ne leur parlera que s'ils font un don à CareFlight, suggéra Brady.

— Voilà une idée formidable ! s'écria Tom. Vous pouvez faire ça, Vicki ?

La réceptionniste s'arrêta, la main sur la porte, et eut un large sourire.

— Au cas où vous ne l'auriez pas remarqué, docteur Yardley, les relations publiques sont mon point fort.

— Alors, cette journée d'hier ? demanda Angelo en regardant alternativement Brady et Jo.

Brady reposa sa tasse sur le plan de travail.

— J'ai suggéré à Jo que nous ayons un *debriefing* avec l'équipe des SSE dans la semaine.

— Bonne idée, dit l'associé principal en hochant la tête. Il fut une époque où les médecins de Mt Pryde effectuaient régulièrement des stages avec le personnel des SSE.

— Et pourquoi ne le fait-on plus ? s'enquit Tom.

— Je ne sais pas vraiment. Sans doute parce qu'on s'est un peu relâchés ou qu'on est un peu plus occupés… Brady, pourriez-vous vous mettre en rapport avec le chef de l'équipe des SSE pour nous inscrire à quelques-uns de leurs stages de formation réguliers ?

— Volontiers.

Jo se rencogna contre le plan de travail, les doigts crispés sur sa tasse de café. Le regard furtif mais insistant de Brady ne lui avait pas échappé.

— Je serais favorable à un perfectionnement dans tous les domaines où nos compétences sont insuffisantes, affirma-t-elle en le regardant droit dans les yeux. En ce qui me concerne, j'ai besoin de pratiquer les techniques de rappel.

— Vous avez raison, Jo, dit Angelo.

Il se mordilla la lèvre inférieure d'un air pensif.

— Donc, Brady, vous vous chargez de l'organisation et on en reparle. D'accord pour tout le monde ?

Il y eut un murmure approbateur.

Comme elle descendait du plan de travail sur lequel elle s'était assise, Jo eut des contractures dans les cuisses. En fin de journée, il faudrait qu'elle aille au centre sportif se faire faire un massage, songea-t-elle en retenant un gémissement de douleur. En attendant, elle avait du pain sur la planche.

Ignorant ses muscles douloureux, elle se dirigea d'un bon pas vers la porte.

— J'ai un mot à dire à Vicki, lança-t-elle à la cantonade. A plus tard.

Vicki se tenait à son poste, derrière le comptoir de la réception.

— J'ai beaucoup de rendez-vous cet après-midi ? demanda Jo.

La réceptionniste pianota sur son ordinateur.

— Pas trop, rien après 15 heures.

— Bien. N'en ajoutez pas, voulez-vous ? Sauf urgence absolue, bien sûr.

— Vous comptez terminer tôt ?

— Si seulement c'était possible ! J'ai une montagne de paperasse à remplir comme toujours, mais, en fait, j'attends une nouvelle patiente, Georgia Whiting. Je l'ai vue au dispensaire samedi. Elle doit passer après ses cours.

— O.K. Les élèves du lycée sortent à 15 heures, donc elle arrivera après.

A condition qu'elle vienne, pensa Jo.

— S'il vous plaît, Vicki, prévenez-moi dès qu'elle sera là.

Jo s'attaqua à sa paperasserie, en jetant de temps à autre un coup d'œil à sa montre. Lorsque les aiguilles indiquèrent 15 h 30 puis 15 h 45, elle poussa un soupir résigné.

De toute évidence, Georgia ne viendrait pas.

Elle s'étira, puis se leva de sa chaise. *Oh, Georgia, pourquoi n'es-tu pas venue me voir ? J'aurais pu t'aider*, pensait-elle, quand on frappa doucement à la porte.

— Oui ?

Vicki se glissa dans la pièce.

— Pardonnez mon intrusion, mais votre patiente vient d'arriver.

— Merci, Vicki. Je vais la recevoir. Je risque d'en avoir pour un bon moment, et je ne veux pas être dérangée, d'accord ?

— Entre, Georgia, dit Jo avec un sourire.

Dans sa jupe plissée marron et son chemisier blanc mal coupé, sa patiente avait l'air godiche et mal à l'aise. L'uniforme scolaire ne risquait guère d'améliorer l'opinion que les adolescentes avaient d'elles-mêmes.

— Je pensais que vous seriez peut-être déjà partie, avoua la jeune fille en s'asseyant avec raideur sur le bord de la chaise.

— En général, je reste beaucoup plus tard que ça. Je suis contente que tu sois venue me voir.

— Je vous avais dit que je viendrais. Je serais passée plus tôt si on ne m'avait pas collée.

Jo haussa un sourcil.

— Ça se fait encore ?

— M. Tobin est un pauvre type.

— O.K., alors on n'en parlera pas. Et le collège où tu allais avant ? Tu t'y plaisais ?

— Je n'aime pas beaucoup l'école. A part la littérature, je trouve ça ennuyeux. Je me demande souvent ce que j'y fais.

— Peut-être tout simplement passer un diplôme pour pouvoir décrocher un emploi par la suite ?

— Comme ma mère au supermarché… Ça ne risque pas.

— Est-ce que tu lui as raconté que tu venais me voir ?

Georgia regarda ses mains.

— Pas encore. Peut-être plus tard…

— Bon, aucune importance. Comment va cette migraine ?

— Aujourd'hui, je n'ai pas mal à la tête.

— Ça va bien, alors ?

— Je suppose.

— Tu m'as dit que cela ne faisait pas longtemps que tu habitais à Mt Pryde, Georgia. Ça t'ennuierait de m'expliquer pourquoi ta famille a déménagé ?

— Il n'y a que maman et moi, répondit l'adolescente au bout d'un moment. Papa est parti il y a des mois. Comme maman a passé toute son enfance ici, elle a voulu revenir.

— Et toi, cela ne te plaisait pas ? C'est ça ?

L'adolescente secoua la tête.

— Tu as trouvé difficile de t'adapter à une nouvelle école ?

Georgia se troubla.

— Ça a bien démarré, dit-elle en contenant un sanglot. Puis quelques garçons ont commencé à m'appeler Bouboule…

Alors elle avait décidé de se laisser mourir de faim… Que les enfants pouvaient donc être cruels ! songea Jo, émue.

— Je suis désolée pour toi de ce qui s'est passé, et je te remercie d'être si franche avec moi. Je sais que cela t'a demandé beaucoup de courage. Alors, moi aussi, je vais te parler franchement. Du point de vue de la santé, tu cours de grands risques si tu ne changes pas de comportement alimentaire. Ta croissance n'est pas terminée et tu dois te nourrir correctement. Est-ce que tu crois qu'une voiture pourrait rouler sans essence ?

— Non.

— Eh bien, c'est ce que tu demandes à ton corps. En ce moment, tu ne lui fournis pas le bon carburant, alors il réagit. Tu as des migraines et tes règles se sont arrêtées.

— C'est grave ?

— Pas trop si nous trouvons un moyen d'en sortir, et tu as déjà franchi un grand pas en venant me voir. Est-ce que ta mère sait que tu ne t'alimentes pas convenablement ?

— Elle rentre tard. Je lui raconte que j'ai mangé.

Comment pouvait-on être aveugle à ce point ? se demanda

Jo. Cette femme ne remarquait-elle pas combien sa fille avait maigri ? Ou était-elle si préoccupée par ses propres problèmes qu'elle préférait ne rien voir ?

Dans tous les cas, il était évident que toute la famille avait besoin d'un soutien thérapeutique. Anne Arrowsmith, au centre Lifeline, pourrait les recevoir. Toutefois, pour l'instant, le bien-être et la santé physique de l'adolescente constituaient la priorité.

— Georgia, si tu veux bien, on va procéder tout de suite à un bilan médical complet. Ensuite, je te remettrai une ordonnance pour une analyse de sang que tu feras au laboratoire de pathologie. Ça nous dira où en est ton taux de fer.

L'adolescente se mordilla la lèvre.

— C'est important ?

— Oui. Je veux que tu fasses cette prise de sang le plus tôt possible. Et ce serait bien si ta mère pouvait t'accompagner.

— Elle termine à 17 heures aujourd'hui. Je… je vais passer par le supermarché et rentrer à la maison à pied avec elle. On pourra discuter en marchant…

— Si c'est trop difficile pour toi, je peux lui parler.

— Non, je vais le faire.

— Bien.

Jo eut un grand sourire. Elle devinait une jeune fille courageuse et sensible derrière l'abord rude qu'elle présentait au monde.

— Bon, demain, après l'école, j'aimerais que tu passes me voir avec ta mère. Nous aurons une discussion et je te remettrai une lettre pour la diététicienne de l'hôpital.

— Est-ce que je ne pourrais pas juste continuer à venir vous voir ?

— Bien sûr que tu vas continuer à venir me voir. Mais Vanessa, la diététicienne, possède des compétences différentes des miennes. Nous resterons en liaison étroite de façon à ce que, si tu as des inquiétudes, tu puisses en discuter avec l'une ou l'autre d'entre nous.

Georgia parut réfléchir.

— De quoi va-t-elle me parler ?

— En gros, elle aura avec toi un entretien comme celui que nous avons eu aujourd'hui. Puis elle te prescrira un régime qui te redonnera de l'énergie sans que tu deviennes grosse pour autant.

L'adolescente leva les yeux d'un air sceptique.

— Tu sais, Georgia..., dit Jo en se tournant vers l'ordinateur pour créer le nouveau dossier, une fois que tu te sentiras de nouveau en forme, l'école ne te pèsera plus autant. Et, si tu travailles dur, tu pourras postuler à l'emploi qui te plaira.

Il y eut un moment de silence.

— J'aimerais jouer la comédie, reprit Georgia. Pas dans des sitcoms comme à la télé. Dans un *vrai* théâtre.

— Il faudrait que tu apprennes le métier d'acteur, dans ce cas, dit Jo en dissimulant sa surprise.

— Si ça se trouve, je serais nulle.

— Tu imagines que je me suis réveillée médecin un beau matin sans avoir fait des années et des années d'études ?

— Bien sûr que non.

Miracle ! Une minuscule fossette creusait la joue de Georgia.

— En ville, il y a la compagnie du Petit Théâtre. Renseigne-toi. Peut-être qu'ils donnent des cours pour les débutants.

— Mais je ne peux pas y aller comme ça. Je ne connais personne !

Jo réfléchit un moment.

— Notre réceptionniste, Vicki, est membre du club de théâtre local. Je pourrais lui demander quelques renseignements concernant l'adhésion. Je te les transmettrai lors de notre prochain rendez-vous. D'accord ?

— Merci. On ne sait jamais, peut-être que je serai très bonne, en fin de compte ?

Tout en se penchant pour lui placer le tensiomètre sur le bras, Jo lui adressa un clin d'œil complice.

— Il y a toutes les chances du monde que tu le sois.

Chez lui, à l'autre bout de la ville, Brady prenait son café sous la véranda. Son siège préféré était occupé par une série de livres appartenant à sa mère.

— Maman, ça ne te dérange pas si je déplace tes bouquins de droit ? hurla-t-il.

Vivienne McNeal sortit la tête par la fenêtre.

— Pose-les sur la table, mon chéri. Mais fais attention à mes signets, s'il te plaît. Je n'ai pas envie de recommencer toutes mes recherches.

Après avoir mis la vaisselle du dîner dans le lave-vaisselle, elle apporta le café sous la véranda tandis qu'il s'installait dans le transat.

Comment avait-il pu gérer aussi mal la situation avec Jo ? A l'heure qu'il était, elle aurait dû être là avec lui, à faire la connaissance de sa mère. Au lieu de quoi…

Il but une gorgée de café et fit une grimace. Il détestait le déca, mais sa mère avait insisté.

Reposant sa tasse, il se leva et arpenta la véranda. D'une manière ou d'une autre, il devait régler les choses avec Jo…

— Brady, arrête de faire les cent pas ! Pourquoi ne vas-tu pas retrouver l'objet de tes pensées ?

Il se sentit rougir.

— Oui, j'ai quelqu'un à voir…

— Alors, vas-y. Je me débrouille avec Andrew.

— S'il se réveille…

— Je m'occuperai de lui, coupa-t-elle en le regardant par-dessus les élégantes montures rectangulaires de ses lunettes.

Il eut un sourire penaud.

— J'oublie toujours que tu es passée par là.

— Il y a trente-cinq ans, mais c'est étonnant comme ça revient vite. Maintenant, file, laisse-moi reprendre ma lecture. Je travaille sur une affaire très complexe.

— Quand plaides-tu ?

— Vendredi. Mais il faudra que je sois de retour à Brisbane mercredi soir au plus tard. Alors profites-en tant que je peux faire du baby-sitting. Allez, ouste !

— Merci, maman, dit-il en posant la main sur son épaule. Je… je ne sais pas pour combien de temps j'en aurai.

A condition, déjà, que Jo le laisse entrer.

— Prends tout le temps qu'il te faudra.

Posant son pouce entre les pages, elle leva les yeux.

— Je subodore que ce *quelqu'un* compte beaucoup pour toi…

— Toi, tu as bavardé avec Théa.

— Possible, dit-elle en se replongeant dans sa lecture. Hé, Brady ? appela-t-elle alors qu'il allait partir. Rappelle-toi : pas de précipitation…

11

Jo rentra à la maison en voiture. Le massage et le sauna après le travail l'avaient détendue, mais que n'aurait-elle donné pour trouver à la maison quelqu'un qui soit aux petits soins pour elle !

Ses doigts se crispèrent sur le volant. Aujourd'hui, ses rapports avec Brady s'étaient limités au strict cadre professionnel. En serait-il de même demain ? Et après-demain ? Et le jour suivant ?

Du revers de la main, elle essuya une larme. Il fallait qu'elle se ressaisisse. « Plaie d'amour n'est pas mortelle », disait-on. Le temps ne venait-il pas à bout de toutes les blessures ? Avec un peu de chance, il serait possible d'accélérer le processus…

En rentrant, elle se prépara des toasts au fromage, suivis d'un yaourt aux fraises.

A peine avait-elle mis la bouilloire à chauffer qu'on sonna à la porte. Jetant un coup d'œil à l'horloge du four à micro-ondes, elle fit une grimace. Qui pouvait bien lui rendre visite à cette heure ?

D'un geste nerveux, elle s'essuya les mains et entrouvrit la porte d'entrée.

— Brady !

— Je sais qu'il est un peu tard, Jo…

— Où est Andrew ?

— C'est ma mère qui le garde. Elle est là pour quelques jours.

Elle fronça légèrement les sourcils.

— Je croyais que tu m'avais dit qu'elle travaillait.

— Effectivement, dit-il en dansant d'un pied sur l'autre. Ma mère est avocate. Il lui arrive d'étudier certains dossiers à la maison… Donc, je me suis demandé… si nous pourrions parler.

Prenant soudain conscience qu'il était toujours sur le seuil, elle s'effaça.

— Pardon. Je n'avais pas l'intention de t'interroger sur le pas de la porte. Entre.

Après avoir refermé derrière lui, il la suivit dans la cuisine.

— J'allais faire du thé, reprit-elle en attrapant des tasses sur l'étagère d'un geste machinal. Tu en veux ?

— Avec plaisir. Le déca que ma mère m'a servi après le dîner laissait un peu à désirer.

— Dans quelle branche du droit ta mère est-elle spécialisée ?

— Le droit de la famille, répondit-il en prenant la tasse qu'elle lui tendait. Merci, Jo. Je veux dire… merci de m'avoir laissé entrer.

— Installons-nous dans la cour.

Il lui emboîta le pas et s'assit face à elle.

— Je suis venu te présenter mes excuses pour ma conduite grossière d'hier matin. Je t'ai blessée et j'en suis profondément désolé.

Elle soupira.

— Je me suis demandé ce que j'avais fait pour mériter ça.

— Rien. J'ai moi-même eu du mal à comprendre ce qui m'avait pris. Mais, en te voyant avec le bébé, cela a déclenché en moi une réaction épidermique…

— En rapport avec la mère d'Andrew ?

— J'imagine…, répondit-il en hochant la tête. Indirectement.

— Ne me dis pas que je lui ressemble ?

— Non ! Pas du tout. Tanya est brune. Andrew a hérité de notre couleur de cheveux.

Elle prit une profonde inspiration.

— Peux-tu me parler d'elle ?

Ce n'était pas la simple curiosité qui la poussait à se renseigner au sujet de Tanya, mais un désir bien féminin de mesurer l'influence de la mère d'Andrew qui, quoi qu'en disait Brady, n'était pas négligeable.

— Tout cela appartient au passé, Jo. Tu ne peux rien y changer.

— J'en ai tout à fait conscience, mais, au moins, je pourrais écouter. J'ignore pourquoi tu t'es fermé comme une huître après la nuit merveilleuse que nous avons passée ensemble. Tu m'as laissé le sentiment que je ne comptais pas pour toi.

— Je sais bien. Ce n'était pas mon intention, crois-moi.

Il eut un léger sourire et parut réfléchir, puis poussa un long soupir.

— Alors, refaites du thé, docteur Rutherford, ordonna-t-il en la regardant droit dans les yeux. On risque d'en avoir pour toute la nuit.

En fait, il lui conta son histoire de façon brève et concise.

— Tanya était la petite sœur de Richard Fielding, un des médecins de la clinique de Winnipeg. Il nous invitait souvent chez lui, Ben et moi. Vers la fin de notre contrat, Tanya est venue séjourner chez son frère, à la fin d'un tournage.

— Elle est actrice ?

Il hocha la tête.

— Elle était jeune et jolie, elle avait envie de s'amuser. Le succès de son rôle lui était un peu monté à la tête.

— Toi aussi, tu voulais t'amuser, si je comprends bien ? dit-elle, sentant la morsure de la jalousie.

— Bon sang ! Ce n'était pas censé déboucher sur une

relation à long terme ! D'ailleurs, Tanya est repartie travailler au bout de quelques semaines.

Elle passa le doigt sur le rebord de sa tasse.

— Quand t'a-t-elle appris qu'elle attendait un enfant ?

— Elle ne me l'a pas dit. J'avais commencé mon nouveau job quand, un jour, Richard est arrivé à l'improviste. Il m'a annoncé que Tanya était enceinte, mais qu'elle n'avait pas souhaité m'en informer. Elle désirait faire adopter le bébé dès sa naissance et Richard estimait que j'avais le droit de savoir.

— C'est affreux, Brady. Tu étais en colère ?

— Plutôt stupéfait. Elle prenait la pilule, mais, apparemment, à la suite d'une gastro, la contraception avait perdu de son efficacité à un moment crucial de son cycle.

— Cela arrive, et plus souvent qu'on ne le croit. Et alors, qu'est-ce que tu as fait ?

— J'ai pris quelques jours de congé et je suis allé la voir. Je lui ai demandé de m'épouser pour donner une famille à notre enfant, mais elle a refusé catégoriquement. Sa carrière décollait tout juste. Sa grossesse avait même été intégrée dans le script pour qu'elle puisse continuer à tourner… Tanya refusait d'assumer son rôle de mère. Elle ne voulait pas de moi et prétendait que le petit serait plus heureux s'il était adopté par des parents qui l'élèveraient ensemble.

Triste histoire ! pensa Jo. Mais quelle joie que Brady lui fasse enfin confiance !

— C'était sans doute une responsabilité trop lourde pour elle.

— Oui, elle avait vingt-quatre ans à l'époque.

— Finalement, tu t'es retrouvé avec Andrew. Que s'est-il passé alors ?

— J'ai appelé ma mère. Elle m'a encouragé à prouver ma paternité, à demander à adopter l'enfant et à en solliciter la garde exclusive. Tanya était furieuse. Elle prétendait que jamais je n'arriverais à me débrouiller tout seul avec un bébé.

— Mais tu as gagné.

— Si tu appelles ça gagner ! Mais au moins, peu après la naissance d'Andrew, elle a consenti à ce que j'aie sa garde, ce qui a accéléré les choses. Toutefois, il y a eu une tonne de paperasserie, comme tu peux l'imaginer. Et à juste titre… Ma mère s'est déplacée pour plaider ma cause. Elle a été brillante. Elle est restée jusqu'à ce que toute l'affaire soit réglée, puis nous avons ramené Andrew en Australie.

Pas étonnant qu'il se montre aussi susceptible à propos de son rôle de parent, songea Jo.

— Tu t'es vraiment battu pour ton enfant.

— Dieu merci, c'est terminé.

Elle fronça les sourcils.

— Je ne comprends toujours pas ta réaction de dimanche matin lorsque tu m'as trouvée avec Andrew. Tu étais presque — comment dire ? — agressif.

Pesant ses mots, il but une gorgée de thé puis posa sa tasse sur la table.

— S'occuper d'un jeune enfant s'est révélé beaucoup plus dur que je l'imaginais. Sans cesse je me demande si je fais ce qu'il faut pour mon fils.

— Mais il n'y a aucune raison que tu en doutes ! Cela dit, tu n'as toujours pas répondu à ma question.

— J'y arrive. Lorsque je me suis réveillé et que tu n'étais pas là, toutes sortes de pensées m'ont assailli. J'ai bondi hors du lit et je t'ai trouvée sous la véranda avec Andrew. Tout semblait si normal, tu paraissais radieuse… et je n'y étais pour rien. Je me suis senti dépossédé…, conclut-il, accablé.

— Oh, Brady… Je ne t'aurais jamais fait ça ! dit-elle en secouant la tête. J'adore les bébés, et le tien en particulier. Mon Dieu, je n'arrive pas à croire que tu aies pu penser ça.

— Un peu puéril, n'est-ce pas ? Mais, quand tu m'as

dit que tu avais estimé que j'aurais besoin d'une grasse matinée, j'ai été piqué au vif. J'en ai conclu hâtivement que tu croyais peut-être que je ne me débrouillais pas si bien que ça.

— Oh, que tu es bête !

Se levant, elle fit le tour de la table et s'assit sur les genoux de Brady, qui la serra longuement contre lui. Puis elle lui caressa la joue.

— Et la famille canadienne d'Andrew, en particulier Richard ? Lui qui semblait désirer le bonheur de son neveu, que pense-t-il de la situation ?

— Je crois qu'il est soulagé qu'Andrew se trouve enfin confié à son père biologique. Nous correspondons par courrier électronique de temps en temps. Je lui serai toujours reconnaissant.

Il resserra son étreinte.

— Je ne veux pas me montrer trop dur pour Tanya, cependant. Ses parents sont divorcés, elle a été élevée dans un milieu un peu instable, selon Richard. Beaucoup plus âgé que sa sœur, il a en quelque sorte assumé le rôle de tuteur — ce qu'elle n'a pas toujours apprécié… Bon, maintenant, ça suffit. Parlons plutôt de nous. Je regrette tellement de t'avoir blessée…

Comme poussé par le besoin de rétablir le contact avec elle, de sentir la chaleur de son corps de femme, il glissa une main sous son T-shirt et la posa sur son sein, s'attardant sur sa forme ronde et pleine.

— J'ai pensé que je t'avais perdue…

Elle secoua la tête, puis caressa tendrement la joue rugueuse de Brady.

— Tu peux rester ? demanda-t-elle.

— Mieux vaut que je rentre, dit-il en la serrant encore plus fort contre lui. Je ne veux pas abuser de la gentillesse de ma mère.

— Tu as raison. Aurai-je le plaisir de la rencontrer pendant qu'elle est ici ?

— Oui, j'en serais content. Viens dîner demain soir.

— D'accord. Tu penses que je vais lui plaire ?

— C'est certain.

Comme pour l'en convaincre, il se pencha et l'embrassa avec tendresse.

— Et mon père va t'adorer, ajouta-t-il.

— Tout est arrivé si vite, n'est-ce pas ? Toi et moi, je veux dire… Nous nous connaissons à peine.

— Tu sais presque tout de mon histoire.

— Non. Par exemple, j'ignore si tu as des frères et sœurs.

— Je suis fils unique. Et toi ?

— J'ai un frère, qui est diplomate à Washington.

Il émit un sifflement admiratif.

— Vous vous voyez souvent ?

— Pas autant que je le souhaiterais. Papa et Maman non plus. Ils ont un *bed and breakfast* dans le nord du Queensland et c'est là que j'ai passé mes dernières vacances. Ils vont être fous d'Andrew quand ils le verront.

— Tu n'es pas trop rebutée par toute mon histoire, Jo ? demanda-t-il en lui prenant le visage entre les mains.

Elle le regarda dans les yeux.

— Je crois que je peux assumer.

— Et tu es heureuse ? A propos de nous, je veux dire… toi et moi ?

Emue, elle se blottit contre lui.

— Oh oui. Merveilleusement heureuse.

Deux mois plus tard

Jo attendait Georgia, qui avait rendez-vous après ses cours. Elle voyait régulièrement l'adolescente, dont les progrès étaient constants.

Elle ne s'était pas trompée lors de son bilan initial. Sa patiente, qui faisait preuve de courage et de détermination, avait tenu compte des conseils de la diététicienne. Et, après quelques contretemps, la thérapie familiale s'était révélée efficace. On avait même réussi à persuader le père de Georgia d'assister à quelques séances.

A la grande satisfaction de Jo, la situation s'améliorait pour la famille Whiting.

Quant à sa vie privée, songea-t-elle en contemplant avec un sourire radieux le solitaire brillant de mille feux à sa main gauche, elle la comblait plus encore que sa vie professionnelle. Cela ne faisait que quelques semaines que Brady et elle avaient annoncé officiellement qu'ils s'aimaient et s'étaient fiancés.

Pour fêter l'événement, ils avaient pris l'avion pour Sydney après avoir confié Andrew à ses grands-parents de Brisbane. Ils y avaient retrouvé Sophie et Ben pour le week-end, ainsi que Fliss, bien décidée à ne pas être laissée pour compte, qui était arrivée le samedi après-midi avec son Daniel.

Après les embrassades, Fliss avait saisi sa main et poussé un cri perçant.

— Tu es fiancée ! Depuis quand ?

— Ce matin. Brady et moi venons d'acheter la bague.

— Quel bijou magnifique ! s'était-elle exclamée en la serrant dans ses bras. J'ai vu la robe la plus fantastique qui soit dans le numéro de ce mois-ci de *Mariées Magazine*.

— Du calme ! Nous n'avons pas encore fixé de date.

En riant, Jo avait essayé de contenir l'enthousiasme de son amie, mais celle-ci avait déjà commencé à organiser la cérémonie, non sans annoncer que Sophie et elle seraient ses témoins, naturellement…

Et ils n'avaient toujours pas arrêté le jour du mariage.

A cette pensée, elle se mordilla la lèvre.

Peut-être était-il temps de retenir provisoirement quelques dates ? se dit-elle en attrapant le calendrier de bureau.

On était presque à la fin du mois de novembre et il y avait tant de choses à organiser. En premier lieu, ils auraient besoin d'un suppléant. Peut-être que Ralph…

L'annonce que sa patiente était arrivée arracha Jo à sa rêverie.

— Comment vas-tu aujourd'hui, Georgia ? demanda-t-elle en regardant affectueusement la jeune fille aux yeux brillants qui venait de s'asseoir sur la chaise à côté de son bureau.

— Bien, merci.

Après lui avoir pris sa tension, elle la nota sur la fiche.

— Parfait. Et ces cours de théâtre pour lesquels tu avais posé ta candidature ?

— Je suis admise.

— Félicitations !

— C'est une formation pour débutants. Mais la compagnie de La Nuit des Rois ne prend que vingt élèves, alors j'ai beaucoup de chance.

— Et du talent ! Quand commence la formation ?

— Pendant les vacances de Noël.

Comme Georgia s'apprêtait à redescendre sa manche, elle l'arrêta d'un geste.

— Pas encore. Je dois te faire une nouvelle prise de sang.

— Je déteste ça, dit-elle en la regardant piquer la veine. Comment est mon taux d'hémoglobine maintenant, docteur Rutherford ?

Jo réprima un sourire. Avec l'aisance de la jeunesse, sa patiente avait assimilé le vocabulaire médical très naturellement.

— Il s'améliore. Mais on continuera les examens de sang jusqu'à ce qu'il redevienne normal. Est-ce que tu supportes encore la préparation au fer ?

La jeune fille fit une petite grimace.

— Je la fais passer avec de la glace au yaourt.

— Et ton régime ? demanda-t-elle après avoir mis de côté le tube étiqueté à envoyer au laboratoire.

— Ça va. Vanessa a donné à maman des tas de recettes. On fait la cuisine ensemble et on congèle des plats le week-end parce que je travaille quelques heures par semaine au supermarché pour payer mes cours de théâtre.

— Bravo !

Depuis la première visite de Georgia au dispensaire, quel chemin avait parcouru toute sa famille !

— J'ai vu dans votre dossier que vous êtes un patient habituel du Dr Rutherford, monsieur McCracken. Pourquoi ce changement ?

A l'heure où Jo terminait sa consultation avec Georgia, Brady commençait la sienne avec Ed McCracken, un agriculteur de soixante-six ans.

— Eh bien… Je considère qu'il y a des choses dont un homme ne peut pas parler à un médecin femme. Et vous pouvez m'appeler Ed, docteur, si ça ne vous ennuie pas.

— O.K. Donc, quel est le problème, Ed ?

Mal à l'aise, le fermier changea de position sur sa chaise.

— Des ennuis de tuyauterie. Comme si ma vessie était bloquée.

— Si je comprends bien, vous ne pouvez pas uriner. Depuis combien de temps ?

— Quelques semaines. J'ai mal, aussi.

— On va jeter un coup d'œil. Pouvez-vous vous déshabiller et vous installer sur la table ? Je reviens dans une minute.

Il procéda à un examen minutieux, puis fronça les sourcils d'un air pensif.

— C'est bon, dit-il. Vous pouvez vous rhabiller.

— Eh bien, docteur, qu'en pensez-vous ? demanda Ed en reboutonnant son pantalon.

— Commençons par le commencement, Ed.

Après avoir enlevé ses gants, il se lava les mains.

— La priorité est de vous faire uriner de nouveau.

— Comment allez-vous vous y prendre ? demanda le fermier en se tassant sur sa chaise d'un air las. Me donner des médicaments ?

— Non, on ne peut pas attendre.

Penché sur son bureau, il griffonna quelques mots sur la fiche de son patient, puis posa son stylo.

— On va vider votre vessie. Mais je préfère faire ça à l'hôpital. Vous serez plus à l'aise.

— A l'hôpital ? Je devrai rester ?

— Je ne crois pas, répondit Brady en se carrant dans sa chaise. Il y a quelqu'un avec vous aujourd'hui ?

— Ma femme. Elle m'attend dehors.

— Bien. J'aimerais la rencontrer et avoir un entretien avec vous deux au sujet de ce qui se passe. Votre prostate est hypertrophiée, Ed. J'aimerais que vous voyiez un urologue.

— Mince alors ! Etes-vous en train de me dire que j'ai un cancer, docteur ?

— Il est bien trop tôt pour arriver à de telles conclusions. Mais des examens complémentaires sont nécessaires. Pouvez-vous vous rendre à Brisbane assez rapidement ?

— Je pense…

Sous le choc, le fermier sembla se recroqueviller.

— Qu'est-ce qu'on va me faire ? demanda-t-il.

— Quelques tests, à commencer par une échographie de la prostate, ou une biopsie, ou peut-être les deux. Normalement, cette glande est de la taille d'une noix. La vôtre semble beaucoup plus grosse, ce qui empêche le passage de l'urine.

— Je vois… Ce sera tout ?

— Ça dépendra du résultat des examens. L'urologue demandera peut-être un PSA — un dosage sanguin de l'antigène prostatique spécifique, pour affiner son diagnostic.

Ed McCracken lui lança un regard implorant.

— Quelles sont mes chances, docteur ? dit-il après un silence.

Brady se leva.

— Pas de conclusions hâtives, Ed, d'accord ? Il s'agit uniquement d'examens nécessaires. Vous avez eu raison de consulter. On veillera à ce que vous soyez bien soigné.

Il jeta un coup d'œil à sa montre.

— Mais, d'abord, on va faire entrer votre femme et lui expliquer brièvement la situation.

12

Au cours des dernières semaines, Jo et Brady étaient parvenus à un arrangement qui les satisfaisait tous les deux. Elle avait décidé de ne pas habiter chez lui jusqu'à leur mariage, mais elle y passait plusieurs nuits par semaine ainsi que la plupart des week-ends.

Par ailleurs, lorsqu'il était retenu au cabinet, elle prenait le relais de Théa et le remplaçait auprès du bébé.

— Espérons que ton père rentrera à la maison avant que tu sois endormi, jeune homme, dit-elle en enfilant sa grenouillère à Andrew, qui gigotait.

Après l'avoir mis au lit, elle s'assit sous la véranda pour siroter un verre de vin. La salade était prête et deux steaks au poivre seraient mis sur le gril quand Brady arriverait.

Elle regarda sa montre une nouvelle fois. Il était en retard, retenu par une consultation, mais il l'avait prévenue.

Enfin, elle entendit sa voiture entrer dans le garage. Se levant de sa chaise longue, elle alla à sa rencontre. Lorsqu'elle le vit dans la douce lumière du porche, une bouffée d'émotion l'envahit.

— Je t'attendais.

Heureux de se retrouver, ils se sourirent.

— Désolé, dit-il en la serrant dans ses bras. Est-ce que tout est brûlé ?

— Aucun risque. J'ai préparé une salade. Mais Andrew dort.

— Je m'en doutais un peu. Il se dépense tellement ces jours-ci qu'il est complètement épuisé à 18 heures.

— D'ailleurs, il fait presque toutes ses nuits.

Brady lui lança un regard malicieux.

— On ne devrait pas s'en plaindre.

De fait, ils avaient de la chance. Alors pourquoi se sentait-elle soudain si vulnérable ?

— Qui était ce patient ? demanda-t-elle plus tard.

Brady s'était douché et ils avaient dîné. Maintenant, ils se détendaient en prenant leur café.

— Un des tiens, en fait, répondit-il. Ed McCracken.

— Ah bon ? dit Jo en ouvrant de grands yeux. Pourquoi n'est-il pas venu me voir ?

— Il a un problème d'homme.

— Sérieux ?

— Je ne sais pas encore. Prostate. Je l'ai adressé à un urologue. Je lui ai pris un rendez-vous avec Keith Elshaw à l'Hôpital des enfants de Mater mercredi prochain.

— Oh, pauvre vieil Ed. Pourras-tu me tenir au courant quand tu auras les résultats de ses examens ?

— Bien sûr. Mais restons optimistes, reprit-il après un silence. Ed ne connaît pas d'antécédent de cancer de la prostate dans sa famille.

— Il n'en sait rien. A une certaine époque, peu de familles prenaient la peine de conserver les dossiers de santé.

— Un peu difficile, quand la moitié du temps les médecins eux-mêmes étaient incapables d'établir un diagnostic fiable… Allons, assez parlé boulot.

Il se leva et ramassa les tasses.

— As-tu des projets pour ce soir ? demanda-t-il en finissant de remplir le lave-vaisselle.

Elle eut un sourire faussement timide.

— Hum, j'ai apporté ma chemise de nuit…

— Je vais te montrer ce que je pense des chemises de nuit…

— Voilà, mon poussin, dit Jo en enfournant la dernière cuillerée de céréales pour bébé dans la bouche d'Andrew. Tu es un grand !

— Tu t'es encore levée avant moi !

Brady lui posa la main sur l'épaule. Cette fois, aucune rancœur dans sa voix, seulement un ton amusé. Quel chemin ils avaient parcouru depuis le début de leur relation ! pensa-t-elle en souriant.

— Tu sais que j'adore ce moment de la journée avec le bébé. Il est tellement mignon.

— Je l'installe avec ses jouets pendant que tu prends ta douche, annonça-t-il en sortant son fils de sa chaise haute. Puis je préparerai quelques pancakes au sirop d'érable pour le petit déjeuner. Ça te va ?

— Je me régale d'avance. Mais je vais partir tôt. C'est la journée des vaccinations pour les petits à la mairie et je me suis portée volontaire pour faire des piqûres pendant quelques heures.

— Oh… Tu es maso ?

— Pas du tout. J'aime les enfants, ajouta-t-elle en chatouillant Andrew sous le menton au passage.

Ils étaient au milieu du petit déjeuner, quand Brady la fixa avec une intensité particulière.

— Si on fixait une date pour le mariage ?

— J'y pensais hier, avoua Jo, émue.

— O.K., alors allons-y.

D'un air décidé, il attrapa un grand bloc dans le tiroir du vaisselier et sortit un stylo de la poche de sa chemise.

— Tu veux faire ça maintenant ? Brady, il ne me reste que dix minutes avant de partir travailler !

Il haussa les épaules.

— C'est largement assez.

A grands traits, il divisa la page en colonnes. Puis, le stylo en l'air, il regarda Jo.

— O.K., date et lieu de la célébration ? interrogea-t-il.

— Le 7 janvier. C'est un samedi. A Brisbane, parce que c'est central pour tout le monde, et à l'église, de préférence.

— D'accord. A la chapelle de mon ancienne école, si ça te va ? On devrait pouvoir réserver facilement.

Elle sourit.

— Parfait. Matin ou après-midi ?

— Matin. Je ne veux pas être comme Ben, à me demander toute la journée si la mariée va arriver.

— Tu as de la chance, je préfère aussi le matin. Comme ça, après la cérémonie, on pourra inviter tout le monde à un lunch quelque part.

— Mes parents seraient ravis que ça se fasse chez eux, reprit Brady en faisant tourner son stylo d'un air distrait. Ils ont un jardin et une terrasse immenses. Qu'en penses-tu ?

— Ça me paraît merveilleux.

En outre, cela éviterait à son père et à sa mère d'organiser les préparatifs à distance.

— Toutefois, papa et maman voudront participer aux frais, précisa-t-elle.

— Ce n'est pas notre problème, Jo. Laissons nos parents s'arranger entre eux. Ben et Sophie seront nos témoins ?

— Je ne peux pas ne pas le demander aussi à Fliss. Elle serait terriblement vexée.

— Alors, il me faudra un second témoin.

— Mon frère, Luke, sera à la maison en congé…

— Tu penses qu'il accepterait ?

— Certainement. Il sera ravi.

— Bien. Il me semble que tout est réglé, conclut Brady en remettant son stylo dans sa poche. Reste à poser des jours de congé. Je vais appeler Ralph aujourd'hui et lui demander s'il peut être notre suppléant.

— Hé, minute ! On part en voyage de noces ?

— Surprise, répliqua-t-il avant de poser tendrement un baiser au coin de ses lèvres. N'oubliez pas votre Bikini, docteur Rutherford. Je ne vous en dirai pas plus.

Les préparatifs du mariage allaient bon train. Maintenant, Jo avait sa robe. Le week-end précédent, elle s'était rendue à Brisbane, où Fliss l'avait guidée de grands magasins en boutiques de mariage jusqu'à ce qu'elle trouve exactement ce qu'elle souhaitait : une robe fourreau de soie sauvage, qui sculptait son corps avec grâce et impertinence, très adaptée pour un mariage d'été.

— Tu vas être ravissante ! s'était écriée Fliss en passant son bras sous le sien.

Ensuite, elles étaient allées dans la rue piétonnière où se trouvait leur cafétéria préférée.

— Comment veux-tu que nous soyons habillées, Sophie et moi ? avait demandé la jeune femme.

— Je me fie entièrement à votre inspiration. Comme je l'ai expliqué à Sophie, si vous voulez porter quelque chose de différent chacune, sentez-vous libre de le faire.

— Merci. Je craignais que tu veuilles que nous revêtions des robes de fées de la même couleur.

— Pourquoi pas du tulle rose avec des baguettes magiques ? Tu imagines ? Non. Il s'agit d'un mariage en famille, aussi décontracté que possible, ne l'oublie pas.

La journée commençait sous d'heureux auspices, se dit Brady après avoir lu le rapport de l'urologue concernant Ed McCracken.

— Excellent, murmura-t-il.

Aucune trace de malignité n'avait été décelée. Il fallait tout de suite téléphoner aux McCracken.

Il posa la main sur le combiné, puis marqua un temps d'arrêt. Et s'il prévenait d'abord Jo ? Cela ne lui prendrait que deux minutes, après tout.

A peine était-il à la porte que le téléphone sonna. Un appel de la réception.

Il se rassit et décrocha.

— Oui, Vicki ?

— J'ai un appel pour vous, Brady. Une femme, qui n'a pas donné son nom. Elle dit que c'est personnel.

— Ah… O.K. Passez-la-moi.

Quelques minutes plus tard, il raccrochait, bouleversé.

Qu'est-ce que tout cela signifiait ? Pour l'avenir de son fils ? Pour leurs projets, à Jo et à lui ? Pour sa vie tout entière ?

Il inspira avec difficulté.

Avant de prendre une décision, quelle qu'elle fût, il fallait qu'il parle à Jo.

De nouveau, il décrocha le téléphone.

— Est-ce que je pourrais te dire un mot ?

— Plusieurs, même. Mon premier rendez-vous est en retard.

Sans attendre, il la rejoignit dans sa salle de consultation.

— Tanya est ici, annonça-t-il sans préambule.

— Ici ? Tu veux dire… au cabinet ?

Il secoua la tête.

— A Brisbane. Elle vient de m'appeler de son hôtel. Elle désire voir Andrew.

— Oh, mon Dieu, dit Jo en pressant ses mains sur ses joues. Comment t'a-t-elle retrouvé ?

— Richard.

— Que comptes-tu faire ?

— Je ne sais pas. Elle prétend qu'elle a des droits.

— Comment ose-t-elle ? Elle y a renoncé.

— Elle est la mère d'Andrew.

— Brady, tu m'avais affirmé qu'elle l'avait abandonné.

— Oui. C'est sans doute ta façon de voir les choses, Jo.

— Et toi, tu les vois comment ?

Il lui sembla qu'elle frissonnait.

— Elle est venue en Australie spécialement pour le voir ? demanda-t-elle comme si cette perspective l'effrayait.

— Non. Elle est ici à titre professionnel. Avec une compagnie cinématographique qui tourne un film sur la Gold Coast, une fiction quelconque…

— Il fallait s'y attendre, compte tenu de ce que la fiction est son univers de prédilection.

— Je lui ai dit que j'allais y réfléchir et que je la rappellerai.

Les lèvres serrées, il s'interrompit un instant.

— Je crois que je vais laisser Tanya voir Andrew, reprit-il.

— Quand cela ?

— Demain. Je vais m'organiser avec Angelo. Plus tôt ce sera, plus vite les choses rentreront dans l'ordre.

— Avant de faire quoi que ce soit, je pense que tu devrais appeler ta mère. Par mesure de précaution, comme on dit.

— Tu penses vraiment que Tanya désire retourner au tribunal ?

— Peut-être qu'elle veut seulement te récupérer, toi… Toi et Andrew, acheva-t-elle avec un rire qui ressemblait à un sanglot.

— Impossible. Elle ne pourrait quand même pas…

— Tu en auras peut-être envie, toi aussi, quand tu la reverras.

— C'est absurde, Jo. Au cas où tu l'aurais oublié, j'ai pris un engagement envers toi.

Conscient de son émotion, il la regarda longuement.

— Je te tiendrai au courant pour demain, chérie. Il se peut que je doive te transférer quelques-uns de mes patients, si cela ne t'ennuie pas. Oh, à propos, les examens d'Ed McCracken sont bons.

Elle hocha la tête en se mordant la lèvre comme pour l'empêcher de trembler.

— Ed et sa femme vont être bien soulagés, dit-elle enfin.

— Oui.

Sans ajouter un mot de plus, il tourna les talons et quitta la pièce.

Jo s'assit à son bureau et enfouit sa tête dans ses mains, déchirée à l'idée de l'épreuve qui attendait Brady…

Lorsque le téléphone sonna, elle décrocha le combiné d'une main tremblante.

— Oui ?

— Petite réunion à 13 heures, Jo, annonça Angelo. On doit se répartir les patients de Brady pour demain.

— En effet. C'est préférable, je suppose.

— Tom et moi pouvons nous organiser, si vous voulez l'accompagner.

Il ne le lui avait pas demandé, songea-t-elle, la gorge serrée. Toutefois, l'aurait-elle accepté s'il le lui avait proposé ? Difficile à dire.

— Je… je pense qu'il préférera se débrouiller tout seul. Mais merci quand même, Angelo.

— Hum. C'est une situation problématique. Bon…

L'associé principal parut subitement mal à l'aise et comme pressé de raccrocher.

— Donc, je vous vois vers 13 heures, conclut-il.

— Nous allons être brefs, déclara Angelo quand ils furent rassemblés. Je voudrais juste commencer par vous rappeler, Brady, que vous bénéficiez du soutien de toute notre équipe — de celui de Jo, cela va sans dire, mais aussi de celui de Tom et du mien. Nous ferons tout notre possible pour vous aider, alors n'hésitez pas à faire appel à nous.

— Merci.

Comme il paraissait crispé ! songea Jo tristement. Il

devait se rendre malade à force de chercher une solution au problème, si toutefois il en existait une. Que pouvait-elle faire pour l'aider ? Elle l'aimait, elle le désirait, elle avait besoin de lui…

Mais pourquoi l'amour se payait-il à prix d'or ?

A la fin de l'après-midi, elle sut ce qui lui restait à faire.

Après s'être assurée auprès de Vicki qu'il n'avait pas de rendez-vous, elle frappa à la porte de sa salle de consultation, puis l'ouvrit d'un geste sec.

— C'est moi, annonça-t-elle, les jambes en coton.

Brady se détourna de la fenêtre d'où il devait être en train de contempler les balles de foin cylindriques qui attendaient au milieu des champs d'être ramassées et entreposées dans les granges des fermiers.

— Jo !

Il lui fit signe d'entrer puis regagna son bureau.

— Avant que tu partes, Brady, je voulais te dire quelque chose et te donner ceci…

Otant sa bague de fiançailles, elle la posa sur le bureau.

— Je te délivre de ta promesse, ajouta-t-elle.

Pendant de longues secondes, ils restèrent debout sans bouger, à regarder la splendide bague incrustée de diamants qu'ils avaient choisie ensemble, le cœur alors plein d'espoir.

Enfin, il se passa une main sur les yeux, comme pour s'assurer qu'il n'était pas victime d'une hallucination.

— Pourquoi en arrives-tu à de telles extrémités, Jo ?

— Pour le bébé. C'est votre enfant, à Tanya et à toi, Brady.

Il se racla la gorge.

— Biologiquement.

— Quoi qu'il en soit, lorsque tu vas rencontrer Tanya, je veux que tu te sentes libre de tout engagement envers moi. Qui sait ? Tu pourrais avoir envie de recoller les morceaux, ajouta-t-elle avec un rire amer. Quant à elle, il se peut qu'elle ait réfléchi, qu'elle veuille saisir l'occasion d'être une mère pour Andrew…

— Assez ! coupa-t-il.

La saisissant par le bras, il l'obligea à lui faire face.

— Je ne veux pas entendre cela, continua-t-il. Tu as été plus une mère pour lui que…

— Tais-toi !

Elle secoua la tête, sentant vibrer chaque fibre de son corps. De tout son cœur, elle souhaitait le bonheur du petit garçon de Brady, cet adorable bébé qu'elle ne tiendrait peut-être jamais plus dans ses bras. Pourquoi fallait-il que ce soit si dur d'y renoncer ?

Pour ne pas pleurer, elle cligna des yeux.

— Ne dis rien, je t'en prie, murmura-t-elle.

Laissant retomber ses mains, Brady s'écarta d'elle.

— Tu te trompes, Jo, dit-il sans trahir aucune émotion.

— Quelle importance d'avoir tort ou raison ? rétorqua-t-elle, prise d'une colère soudaine. En l'occurrence, il s'agit de déterminer ce qui est le mieux pour le bébé.

— Tu ne crois pas que je le sais ? dit-il d'une voix sourde.

D'un geste rapide, il saisit la bague et la glissa dans sa poche de chemise.

— Je rentre chez moi faire les bagages d'Andrew et nous prendrons la route pour Brisbane ce soir. Nous logerons chez mes parents. Je t'appellerai dès que je le pourrai.

Elle hocha la tête, trop bouleversée pour parler, et sortit de la pièce en courant presque.

13

« Je ferai tout pour ne jamais revivre pareille journée », se promit Jo.

Heureusement, le travail ne manquait pas au cabinet, si bien qu'il lui restait peu de temps pour s'apitoyer sur elle-même. Mais Vicki, qui était très observatrice, avait immédiatement remarqué l'absence de la bague de fiançailles.

— Oh, Jo…, avait-elle dit d'une voix affligée. Pourquoi ?

— N'en parlons plus, Vicki.

Deux minutes plus tard, Tom était au courant et faisait irruption dans son bureau.

— Qu'est-ce qui s'est passé, ma chérie ? Brady est fou, ou quoi ?

— Ce n'est pas lui. C'est moi. Je… je l'ai relevé de sa promesse.

— Mince ! Et si lui ne voulait pas être relevé de sa promesse ? Vous y avez pensé ?

A vrai dire, elle n'y avait pas songé. Mais maintenant c'était trop tard.

— Allons, tête de linotte, dit Tom en lui entourant affectueusement les épaules de son bras. Vous ne pouvez pas annuler le mariage. J'ai acheté mon costume.

Jo se surprit à sourire.

— Accrochez-vous, ajouta le médecin en relâchant son étreinte. Je fais confiance à Brady. C'est un type bien.

Trop bien ? se demanda-t-elle, au bord des larmes, quelques instants plus tard.

Il ne fallait pas qu'elle pleure. Son premier patient allait arriver d'une minute à l'autre. Incapable de s'en empêcher, elle jeta un coup d'œil à sa montre, clignant des yeux pour distinguer les chiffres qui s'affichaient sur le cadran. A ce moment même, sans doute Brady était-il avec Tanya…

A décider de leur avenir. Quel qu'il soit.

En rentrant chez elle, Jo s'arrêta pour faire des provisions dont elle aurait pu se passer et louer une vidéo qu'elle ne regarderait jamais.

A peine dans la maison, elle vérifia s'il y avait un message sur son répondeur, mais le voyant ne clignotait pas. Où se trouvait Brady à cette heure ? Encore en compagnie de Tanya ? Peut-être étaient-ils en train de fêter leurs retrouvailles ?

« Oh, pour l'amour du ciel, arrête de te torturer », se dit-elle.

Elle s'obligea à prendre une douche. En sortant de la cabine, elle se sécha, enfila les vêtements qui lui tombaient sous la main — un pantalon ample et un débardeur. Puis elle se força à avaler des œufs brouillés en faisant semblant de regarder les informations.

Cette soirée traînait en longueur…

Alors qu'elle était presque à bout de nerfs, elle entendit un crissement de pneus dans son allée.

Brady ! pensa-t-elle en se levant d'un bond. Ce devait être Brady.

Lorsqu'elle ouvrit la porte, il était presque arrivé en haut du perron.

— Oh ! s'écria-t-elle, pleurant et riant à la fois. Tu es là…

— Bonsoir, dit-il avec un sourire las.

Elle se mordilla la lèvre. Devait-elle le serrer dans ses bras, lui reprocher de ne pas l'avoir appelée ou simplement l'inviter à entrer ? Elle opta pour la troisième solution et il lui emboîta le pas.

— Longue journée, reprit-il.

— Que s'est-il passé ?

Le visage de Brady s'assombrit.

— Beaucoup de choses. Est-ce qu'il te reste du scotch ?

— Oui. Suis-moi.

Ils allèrent dans la cuisine, et il s'appuya sur le plan de travail, attendant qu'elle lui serve — d'une main tremblante — une mesure de whisky, avec de l'eau, comme il l'aimait.

— Merci. Il me faut bien ça.

D'un trait, il but la moitié du verre et parut se détendre.

— Où est Andrew ? demanda-t-elle d'une voix tremblante.

— Avec mes parents, répondit-il avant de terminer son verre. Nous irons le chercher ce week-end.

« Nous ». Il avait dit « nous ».

— Tu veux dire… ?

Il eut un léger sourire.

— Oui, Jo. Andrew reste avec nous.

— Oh…

S'il ne l'avait pas soutenue, elle se serait effondrée sous le coup de l'émotion. Il la serra contre lui à l'étouffer.

Lorsqu'il s'écarta d'elle, au bout d'un long moment, un sourire éclairait son visage, griffant de fines rides le coin de ses yeux noirs. Un vrai sourire.

— Crois-tu qu'on pourrait s'asseoir quelque part ? J'ai plein de choses à te dire.

Ils se rendirent dans le séjour, où Brady s'installa confortablement sur le vieux canapé, avec elle à son côté.

— Je suis assez près ? s'enquit-elle avec malice, sans oser le dévorer de baisers comme elle le souhaitait car elle pressentait l'importance de ce qu'il avait à lui confier.

— Pas tout à fait, dit-il en l'attirant contre lui d'un geste ferme. Par où commencer ?

— Par le commencement. En général, ce n'est pas plus mal. Comment... comment s'est passée ta rencontre avec Tanya ?

— Nous étions un peu mal à l'aise au début, mais le fait qu'Andrew soit là a facilité les choses. Tanya ne désire pas retourner au tribunal, mais elle a émis d'autres souhaits.

— Que veut-elle ? demanda Jo, saisie d'une vague crainte.

— Elle tient à ce qu'Andrew sache qu'elle est sa mère biologique, mais, comme je le lui ai expliqué, j'avais déjà décidé de lui parler d'elle lorsqu'il serait assez grand pour comprendre.

Jo n'osa pas poser immédiatement la question qui lui brûlait les lèvres.

— Regrette-t-elle d'avoir renoncé à son fils ? dit-elle enfin.

— Non. Elle a été très claire sur ce point. Elle est loin d'être prête à assumer son rôle de mère, mais elle désire envoyer des cadeaux à Andrew de temps à autre. Et elle aimerait avoir des photos de lui pour le voir grandir...

Il pencha la tête vers Jo, l'air interrogateur.

— Je lui ai fait savoir que nous étions d'accord.

— Bien sûr ! s'exclama-t-elle. Et, lorsqu'il sera plus grand, Tanya voudra faire sa connaissance, n'est-ce pas ?

— Oui. Elle me l'a demandé et j'ai accepté. Cependant, elle veut qu'Andrew la connaisse sous le nom de Tanya. Elle a déclaré que « maman » la vieillirait.

— Oh, eh bien... Ça peut s'arranger, tu ne crois pas ?

Brady eut un petit rire.

— Ça ne devrait pas être trop difficile.

Il arbora de nouveau un air sérieux.

— Cela dit, Tanya a mûri à de nombreux égards, poursuivit-il. Je lui ai parlé de notre relation et elle m'a confié qu'un foyer stable était tout ce dont elle avait toujours rêvé pour Andrew.

— Comment s'est passé le contact avec lui ?

— Elle l'a trouvé mignon. En fait, je crois qu'elle était

plutôt soulagée quand son ange gardien du studio de cinéma est venu la chercher. Elle nous a embrassés à la hâte et s'est dépêchée de nous raccompagner.

Il poussa un long soupir avant de continuer :

— Quel soulagement de la quitter en sachant que les problèmes avaient été réglés à l'amiable !

— C'est bien. Je veux dire, ça me paraît plus sain d'en avoir parlé ouvertement et qu'Andrew puisse connaître sa mère biologique et ses racines canadiennes. Tu n'es pas d'accord avec moi ?

— Cela a toujours été mon intention. Je voulais que mon fils soit élevé dans une famille unie et non pas déchiré entre deux univers différents. Et il semble maintenant que Tanya souhaite la même chose pour lui.

— Alors, tout est bien qui finit bien…

Comme elle se rapprochait encore de lui, il eut un sourire radieux, insouciant, qui le rajeunissait.

— C'est un peu tard pour te poser la question, mais… as-tu passé une bonne journée, ma chérie ?

— Affreuse, comme tu peux l'imaginer.

Puis elle lui raconta les réactions de Vicki et de Tom.

— Ils sont terribles ! commenta-t-il en riant. Mais ils nous aiment bien, non ?

— Oui. Tout le cabinet nous aime bien. Alors, tu vas rester ? demanda-t-elle doucement.

— Tu en doutes ? Mais, avant de te répondre, il y a quelque chose que je dois faire.

Comme il lui entourait la taille de son bras pour l'aider à se lever en même temps que lui, elle ne put s'empêcher de rire.

— O.K. Nous voilà debout. Et après ?

— Juste ça.

Fouillant dans la poche de sa chemise, il sortit la bague de fiançailles. Mais, avant de la lui passer au doigt, il marqua un temps d'arrêt, comme si, soudain, il hésitait.

— Je t'aime, Jo, dit-il, presque timidement, le regard plein d'une immense tendresse. Pour ta générosité, pour ton respect de tout ce qui est bon et vrai. Acceptes-tu de m'épouser, de nous aimer toujours, Andrew et moi ?

Emue, elle sentit sa gorge se nouer.

— Oui. Oh oui ! Je vous aime de tout mon cœur... Andrew et toi êtes toute ma vie...

Les yeux clos, elle s'appuya contre lui, puis leurs bouches se rencontrèrent en un baiser passionné qui disait leur bonheur d'avoir ensemble trouvé leur voie.

L'ombre du passé ne les inquiéterait jamais plus.

Et Jo savait qu'ils auraient sans doute d'autres enfants, mais le petit Andrew occuperait toujours une place privilégiée dans leur cœur.

RAYE MORGAN

Un secret bien gardé

Traduction française de
CATHERINE BELMONT

HARLEQUIN

Titre original :
KEEPING HER BABY'S SECRET

Ce roman a déjà été publié en 2018.

1

Retenant son souffle, Diana Collins se figea entre ses draps et fouilla l'obscurité des yeux. Quelque chose venait de la tirer du profond sommeil où elle avait sombré la veille au soir. Un bruit qu'elle n'avait pas encore réussi à identifier, mais qui s'était immiscé dans ses rêves avec une étrange acuité.

« Si je ne veux pas qu'un rôdeur s'introduise ici pendant la nuit, se dit-elle, il va falloir que je fasse mettre des barreaux à toutes les fenêtres de la maison. »

A peine cette pensée lui était-elle venue qu'une voix aux accents familiers entonna une célèbre ballade californienne dont elle connaissait les paroles par cœur pour les avoir fredonnées des dizaines de fois lorsqu'elle était adolescente.

— Cam ! marmonna-t-elle, le premier moment de stupeur passé. Je parie que c'est cet imbécile de Cameron Van Kirk qui est en train de s'égosiller au bord du lac !

Elle se leva vivement, s'élança vers la lucarne aux carreaux sertis de plomb que la chaleur suffocante du week-end l'avait obligée à laisser grande ouverte et balaya du regard les abords de son cottage.

« Je savais bien que je ne pouvais pas m'être trompée », jubila-t-elle en voyant une haute silhouette se dresser à l'extrémité du vieux ponton de bois auquel elle avait l'habitude d'amarrer sa pirogue.

L'homme qu'elle apercevait en contrebas avait la même

carrure athlétique que son ancien petit ami et la même façon de se camper, buste raide et talons joints, tel un soldat en faction. La lune, qui parait de son disque d'or le velours sombre du ciel, posait des reflets mordorés sur ses épais cheveux bruns et sur la bouteille qu'il brandissait au-dessus de sa tête comme pour porter un toast aux astres du firmament.

Impatiente de se retrouver face à lui après les dix longues années qu'il avait passées loin de Gold Dust, Diana enfila le kimono qui gisait au pied de son lit, puis en resserra les pans autour de son ventre rond et quitta sa chambre dans une envolée de soie azurée.

Maintenant que Cameron s'était enfin décidé à rentrer au bercail, la vie allait redevenir comme elle n'aurait jamais dû cesser d'être : formidablement palpitante.

Cameron Garfield Wellington Van Kirk sentit vaciller sous les semelles de ses mocassins les planches mal équarries du ponton et vit les arbres qui bordaient le lac Apache se mettre à osciller.

— Ah ! s'écria-t-il. On dirait que je ne suis pas le seul à faire la fête et à danser.

Le cerveau trop embrumé par l'alcool qu'il avait ingurgité pour réaliser qu'il était le seul à tanguer, il rejeta la tête en arrière et avala une nouvelle lampée de whisky.

— « Je suis si jeune, si étourdi, jolie Diana, se remit-il ensuite à chanter, et vous, si raisonnable, si expérimentée que… »

Dans un éclair de lucidité, il s'interrompit au milieu de son couplet et ajouta d'une voix pâteuse :

— Ces paroles sont idiotes. J'ai quelques années de plus que Di et ça m'étonnerait qu'elle se soit assagie depuis mon départ ! La connaissant, je suis sûr qu'elle porte encore des jeans effrangés et des salopettes aux genoux rapiécés qui doivent lui donner l'air d'une adolescente attardée.

— Hou, hou ! fit une chouette hulotte derrière lui.

— C'est de moi que tu oses te moquer, misérable volatile ? bougonna-t-il avant de se retourner vers le rapace qui survolait la grève et de sentir son cœur manquer un battement.

Vêtue d'un kimono de soie bleu ciel qui bruissait au moindre de ses mouvements, une ravissante créature à la silhouette gracile et aux longs cheveux baignés de lune s'approchait de lui. Elle avait une démarche si aérienne qu'elle semblait flotter au-dessus des lattes disjointes du ponton comme les trolls et les elfes censés peupler la forêt de Gold Dust.

« Voilà ce que c'est que d'abuser du whisky ! s'admonesta Cameron. On finit par croire aux légendes et par avoir des hallucinations. »

La jeune femme dont il n'arrivait pas à détacher les yeux avait les mêmes traits délicats, le même teint de porcelaine et les mêmes boucles dorées que son ancienne petite amie, mais là s'arrêtaient les similitudes.

Trop occupée à courir les bois pour s'intéresser aux caprices de la mode, la Diana dont il avait gardé le souvenir détestait les fanfreluches et avait rayé le mot « élégance » de son vocabulaire. Plutôt que d'imiter ses camarades de classe et de se déguiser en Lolita, elle préférait porter des chemises de cow-boy usées jusqu'à la trame, des pulls informes et des jeans élimés. Quand elle descendait le chemin sablonneux menant au lac et qu'elle traversait le ponton auquel était amarrée sa pirogue, elle marchait toujours à longues enjambées sans se soucier de son manque de féminité et aurait trouvé ridicule de ralentir le pas.

— Je me demande comment font ces mannequins qu'on voit défiler à la télé, lui avait-elle dit un soir. Moi, j'aime mieux les baskets que les chaussures à talons aiguilles et je serais incapable de me déhancher sur un podium. Tu sais ce que m'a dit une copine de ta mère, le week-end dernier ? Que je ressemblais à un garçon d'écurie et que je devrais avoir honte d'être aussi mal fagotée !

La créature éthérée que Cameron fixait d'un air ébloui était, elle, le symbole même de la grâce et de la féminité. Avec son visage à l'ovale très pur où brillaient deux grands yeux noisette pailletés d'or, elle aurait facilement pu éclipser les naïades au sourire ensorcelant que se disputaient à coups de milliers de dollars les agences californiennes de top models.

— Tu ne me reconnais pas ? demanda-t-elle après l'avoir rejoint à l'extrémité du ponton.

— C'est… c'est toi, Di ? balbutia-t-il, incrédule.

— Evidemment ! Qui voudrais-tu que ce soit ?

— Un ange ou une déesse. Depuis que je t'ai aperçue, j'ai l'impression d'avoir rendu l'âme et d'être monté tout droit au paradis.

— Rien que ça ! Tu ne trouves pas que tu en fais un peu trop, Cam ?

— Non. Je suis si époustouflé que je n'arrive plus à mettre deux pensées cohérentes bout à bout.

— C'est sans doute le whisky qui t'a embrouillé les idées. Si tu avais moins bu, tu saurais que je ne suis ni un ange ni une déesse, et que tu es toujours sur terre.

— Il est normal que je sois déstabilisé. La dernière fois que je t'ai vue, tu avais l'air d'une sauvageonne avec ton jean délavé, tes cheveux en bataille et ton piercing au nombril ! Et là, tu ressembles à une princesse de conte de fées.

— Qu'on ne doit pas toucher sous peine d'être transformé en crapaud d'un coup de baguette magique ?

— Exactement ! Comme je ne tiens pas à m'attirer les foudres célestes, il vaut mieux que j'évite de t'embrasser.

« Il est encore plus grand et plus beau que dans mon

souvenir », se dit Diana en enveloppant Cameron d'un regard admiratif.

Loin d'altérer son irrésistible pouvoir de séduction, les dix années qui s'étaient écoulées depuis son départ précipité de Gold Dust avaient sculpté l'ossature de ses pommettes, accusé les méplats de son visage et conféré à ses traits le charme incomparable de la maturité. Malgré les minuscules rides d'expression qui marquaient l'angle de ses paupières, ses yeux, d'un bleu aussi profond que les eaux du lac, avaient conservé leur vivacité et leur éclat. Seule son attitude avait changé : le risque-tout assoiffé de liberté qui avait quitté un jour le somptueux manoir de ses parents pour s'envoler vers de nouveaux horizons semblait avoir cédé la place à un homme méfiant et désenchanté.

« Espérons qu'il n'a pas perdu ses idéaux en cours de route et qu'il se rappelle encore à quel point nous étions proches dans le temps », songea Diana, l'estomac noué.

— Mon statut de princesse m'empêche-t-il de te souhaiter la bienvenue à Gold Dust et de te poser deux ou trois questions ? s'enquit-elle d'une voix qu'elle aurait souhaitée moins crispée.

— Non, répondit-il avec un petit hochement de tête amusé. Je ne pense pas que tes amies les fées t'en voudront d'avoir adressé la parole à un humble mortel et qu'elles me puniront d'avoir osé te répondre.

— Heureusement, car j'ai un tas de choses à te demander.

— Vas-y, je t'écoute. Qu'aimerais-tu savoir ?

— Ce qui t'a incité à rentrer au pays et ce que tu fabriques ici.

L'esprit trop confus pour décrire le puissant magnétisme qui l'avait attiré au lac Apache en pleine nuit, Cameron s'accouda à la rambarde de bois vermoulu du ponton et essaya de rassembler ses idées. En arrivant à Gold Dust, il comptait se rendre directement chez ses parents, sur les hauteurs de la ville. Or une force obscure, qu'il n'avait pas cherché à combattre, l'avait poussé à faire un détour par Blue Gate, le petit cottage coiffé de tuiles rondes que l'arrière-grand-père de Diana avait construit de ses propres mains au début du XXe siècle.

« J'ai eu raison de venir rôder sous les fenêtres de Di », se dit-il en la détaillant du coin de l'œil avec l'agréable sensation d'avoir enfin retrouvé l'oasis de ses rêves après des années de solitude et d'errance dans le désert. Même s'il était impossible de revenir sur le passé et de rayer d'un simple trait de plume les erreurs commises, il espérait que le destin lui donnerait une seconde chance et qu'il saurait la saisir.

— Je suis descendu me promener au bord du lac parce que j'avais envie de revoir la jolie chrysalide qui habitait ici autrefois et qui aimait bien me tenir compagnie les jours où j'avais du vague à l'âme, confessa-t-il avec un sourire.

— La fille dont tu parles n'existe plus, répliqua Diana en embrassant son cottage et la forêt d'un geste ample. Elle a disparu un beau matin…

— … et s'est métamorphosée en splendide papillon, acheva Cameron à sa place.

Pendant un long moment, ils se regardèrent, le cœur étreint d'une égale émotion, puis lentement, très lentement, ils baissèrent la tête et cherchèrent un endroit où poser les yeux.

— Je pensais que tu ne reviendrais jamais à Gold Dust, dit enfin Diana pour rompre le silence qui menaçait de s'éterniser. Te souviens-tu de ce que tu m'as dit la veille de ton départ, il y a dix ans ?

— Non.

— Que tu avais hâte de quitter la région et que tu n'y remettrais les pieds que quand les poules auraient des dents. Comme tu t'étais fâché avec ta famille et que tu semblais impatient de boucler tes valises, j'ai cru que tu avais décidé de tirer un trait sur le passé et que personne ne pourrait te convaincre de rester en Californie.

— Pas même toi ?

— Pas même moi !

— Tu n'aurais pas dû prendre tout cela au sérieux, Di. Quand je suis en colère, il m'arrive de dire n'importe quoi.

— C'est ce que je me suis répété des milliers de fois par la suite. Mais au bout d'un certain temps il a bien fallu que je me rende à l'évidence et que je cesse de me faire des illusions.

— Qu'as-tu éprouvé, le jour de mon départ ?

« Une immense tristesse et un insupportable sentiment de solitude », se retint d'avouer Diana.

Battue par un père alcoolique qui s'abrutissait chaque soir de scotch ou de gin et dont elle était devenue le souffre-douleur, elle s'était cramponnée à Cameron comme à une bouée de sauvetage pendant des années. Le matin où il s'était enfui, elle avait cru que le monde s'écroulait autour d'elle avec un fracas d'enfer.

— Je suis étonné que tu habites encore ici, Di, enchaîna-t-il à voix basse.

— Où aurais-tu voulu que j'aille ?

— A San Francisco, par exemple. J'étais persuadé que tu quitterais Gold Dust dès la fin de tes études et que tu irais apprendre les belles manières dans une grande ville de la côte.

— Tu me trouvais si mal éduquée que ça ?

— Non, mais tes connaissances en matière de mode laissaient à désirer.

— Il est vrai que je n'étais pas féminine, à l'époque, admit Diana de bon cœur. Comparée à mes copines de classe, qui ne portaient que des minijupes et des chemisiers en dentelle, j'avais tout du vilain petit canard.

— Oh ! n'exagérons pas ! Tu avais juste besoin de renouveler ta garde-robe et de suivre quelques cours accélérés de coiffure et de maquillage. A Los Angeles ou à San Francisco, tu aurais pu demander conseil à des spécialistes et te transformer rapidement en joli cygne.

Oubliant la vieille ballade du Far West qu'il avait entonnée une demi-heure plus tôt, Cameron se lança dans une interprétation très personnelle du *Chant du cygne* de Schubert.

— Tu es soûl, observa Diana, hilare.

— Pas du tout ! protesta-t-il avec véhémence. J'ai une sainte horreur de l'alcool.

— Comment se fait-il alors que tu tiennes une bouteille de whisky à la main et qu'elle soit déjà bien entamée ?

— Ce n'est pas du whisky qu'il y a dans cette bouteille, mais du soda.

— Mon œil !

L'air faussement indigné, Cameron se retourna vers les pins, les chênes et les érables qui surplombaient de leur épaisse frondaison les eaux assoupies du lac et les prit à témoin.

— Vous qui m'avez vu boire à la régalade et qui n'avez aucune raison de raconter des bobards, dites à cette tête de mule que je suis la sobriété incarnée et qu'elle a tort de ne pas me croire.

— A qui parles-tu ? se moqua Diana. Il n'y a personne d'autre que nous, ici.

— Tu te trompes. La forêt est peuplée de sylphes et de farfadets qui épient le moindre de nos gestes et qui nous écoutent. Regarde là-bas, le long de la rive, et tu apercevras deux petites silhouettes qui te rappelleront le bon vieux temps. Ce sont Cam et Di, les fantômes des gamins que nous avons été.

Il s'approcha d'elle jusqu'à lui frôler le visage de son souffle tiède, puis la fit se tourner vers la crique empanachée d'herbes folles qu'il lui désignait.

« Mon Dieu, faites que ce moment dure toujours ! » implora Diana, les paumes moites et le cœur pris de folie.

Pendant les dix années qui venaient de s'écouler, elle avait demandé plus d'une fois des nouvelles de Cameron aux habitants de Gold Dust qui fréquentaient les Van Kirk et aux employés de ces derniers, mais n'avait obtenu que des réponses évasives. Comme personne ne semblait savoir ce qu'il était devenu, elle en avait déduit qu'il avait rompu définitivement avec sa famille, et avait essayé en vain d'oublier ses rêves d'adolescente.

— Je n'aperçois aucun fantôme, dit-elle après avoir balayé du regard les abords du lac. Il n'y a que des arbres, du sable, des galets et quelques touffes d'herbe autour de nous.

— Ah ! ce que tu peux être terre-à-terre, Di ! s'exclama Cameron. Si tu buvais un doigt de whisky, tu verrais les choses différemment et tu…

— Un doigt de whisky ? releva-t-elle d'une voix teintée d'ironie. Je croyais que tu avais une sainte horreur de l'alcool et que tu n'avais avalé que du soda… Aurais-tu eu le toupet de me mentir ?

— Pas autant que tu le penses.

— Ce qui signifie ?

— Que je déteste les excès, mais que j'ai dérogé à mes beaux principes aujourd'hui.

— Montre-moi que tu me dis la vérité et je te pardonnerai de m'avoir raconté des histoires.

— Que dois-je faire pour te prouver ma bonne foi ?

— Ne plus toucher de toute la nuit à cette bouteille.

— Pas de problème ! répondit Cameron en s'apprêtant à jeter la bouteille par-dessus la rambarde du ponton.

— Si tu t'imagines que je vais te laisser polluer mon lac sans broncher, Cam Van Kirk, c'est que tu me connais mal ! fulmina Diana. Contrairement à toi, qui te moques de l'avenir de la planète comme de l'an quarante, je suis une écolo enragée et je n'aime pas que les gens jettent leurs déchets n'importe où.

Un sourire se dessina sur les lèvres de Cameron. Un

sourire tellement espiègle et tellement lumineux que Diana sentit sa colère se dissiper.

— Tu as raison, reprit-elle en voyant un rayon de lune pailleter d'or la crique où ils avaient l'habitude de se donner rendez-vous quand ils étaient enfants. Il y a bien des gamins qui pataugent dans la vase, là-bas, entre les joncs et les roseaux. Ils s'amusent à ramasser des cailloux et à faire des ricochets.

— Quel est le nom du petit garçon ?

— Cam.

— Et celui de la fillette ?

— Di. Ils ont l'air de s'entendre à merveille et d'avoir plein de choses à partager.

— Ils sont effectivement très bons amis et se raccrochent l'un à l'autre parce qu'ils manquent tous les deux d'affection.

Lorsqu'il avait douze ou treize ans, Cameron se querellait souvent avec son grand-père et venait pêcher au bord du lac pour oublier leurs sempiternelles disputes. Fascinée par son sens de l'humour et par ses talents de conteur, Diana s'asseyait sur le sable, à côté de lui, et l'écoutait parler de sa famille ou de l'histoire de la vallée pendant des soirées entières.

— Quand je serai majeur, lui avait-il confié un week-end, je quitterai les Etats-Unis et j'irai bâtir aux quatre coins du monde des immeubles encore plus hauts que les gratte-ciel de Manhattan.

— Moi, je resterai ici, en Californie, avait-elle répondu, et j'attendrai que tu reviennes.

— Si j'aime mieux vivre à Londres ou à Rome qu'à Gold Dust, qu'est-ce que tu feras ?

— Je t'écrirai des lettres et j'essaierai de ne pas être trop triste.

— Tu veux que je t'apprenne à pêcher pour que tu ne t'ennuies pas le jour où je partirai ?

— Oh oui ! s'était écriée Diana avec enthousiasme.

Mais, le surlendemain, lorsque Cameron avait relâché le poisson qu'elle avait réussi par miracle à attraper, elle avait failli fondre en larmes. Issu de l'une des plus riches familles de la région, il n'avait aucune idée des privations dont elle souffrait ni du plaisir qu'elle aurait éprouvé à manger ce poisson.

Comme Jed Collins, le père de Diana, préférait dépenser son argent dans les cafés de Gold Dust plutôt qu'au supermarché, il arrivait souvent à la fillette de sauter trois repas d'affilée et d'aller à l'école l'estomac vide. Quand ses camarades de classe s'étonnaient de la voir chiper un morceau de pain à la cantine, elle prétendait que ce quignon lui permettrait de nourrir les pigeons du square et se gardait bien de leur avouer qu'elle mangeait rarement à sa faim.

— Te souviens-tu de la nuit qui a précédé mon départ, il y a dix ans ? questionna tout à coup Cameron, inconscient des sombres pensées qui s'entrechoquaient dans la tête de Diana.

— Oui, dit-elle. Même si je l'avais voulu, je n'aurais pas pu l'oublier.

— Moi non plus. Que te rappelles-tu en particulier ?

« Le long baiser que nous avons échangé au clair de lune et l'immense bonheur que j'ai éprouvé ce soir-là », répondit-elle secrètement en fermant les yeux et en espérant que Cameron allait de nouveau l'embrasser.

Au lieu d'obéir à son invite muette, il recula et se mura dans le silence. Elle rouvrit les yeux.

— Qu'attends-tu pour me donner cette fichue bouteille ? maugréa-t-elle avant de lui arracher des mains la bouteille qu'il avait failli lancer par-dessus la rambarde et de la jeter dans la grosse poubelle en plastique jaune qui se trouvait au pied du ponton.

Stupidement déçue qu'il n'ait pas cherché à ranimer le passé, elle se retourna vers lui avec un soupir irrité et lui demanda d'un ton abrupt :

— Qu'as-tu fait de beau, ces dix dernières années ?

— J'ai roulé ma bosse, dit-il de l'air blasé d'un vieux capitaine au long cours qui aurait sillonné toutes les mers du monde et essuyé toutes les tempêtes. Juste après mon départ, je me suis engagé dans l'armée et j'y suis resté trois ans. Ensuite, j'ai travaillé sur une plateforme de forage dans le golfe Persique et, quand j'en ai eu marre de respirer l'odeur du pétrole du matin au soir, je suis allé en Thaïlande, où un magnat de la finance m'a embauché comme garde du corps.

— Donnais-tu parfois de tes nouvelles à tes parents ?

— Oui. Il m'arrivait de leur écrire et de leur téléphoner.

— Si ce que tu dis est vrai, pourquoi ta mère n'a-t-elle jamais parlé à personne de tes voyages et des différents métiers que tu as exercés ?

— Par fierté, j'imagine. Elle aurait voulu que j'étudie le droit et que je devienne l'adjoint du gouverneur ou que j'aille spéculer à Wall Street et que je gagne des millions de dollars. A ses yeux et à ceux de mon grand-père, je n'étais qu'un raté dont la vie chaotique ne présentait aucun intérêt. Ils avaient honte de moi et préféraient passer mes aventures sous silence plutôt que de les raconter à leurs amis de la haute société. Ils se croient tellement supérieurs au reste de l'humanité qu'ils n'auraient pas supporté d'avouer à qui que ce soit que l'héritier des Van Kirk avait osé déchoir de son rang !

— Tu ne trouves pas que tu les juges un peu trop durement ?

— Non, hélas ! J'ai tellement souffert de leur maudite arrogance et de leur orgueil démesuré que je ne vais pas me gêner pour les critiquer. Si je les avais écoutés, je n'aurais fréquenté que des filles de milliardaires…

« … et nous ne serions pas sortis ensemble », compléta en elle-même Diana, qui n'avait jamais eu la chance d'être invitée aux réceptions grandioses qu'organisaient les Van Kirk.

La première fois qu'elle avait rencontré Cameron, c'était à la piscine municipale de Gold Dust. Alors qu'elle nageait tranquillement au pied du plongeoir, des élèves de sixième, qui étaient au courant des problèmes d'alcoolisme de son père, l'avaient encerclée comme une meute de chiens enragés pour se moquer d'elle avec une impitoyable cruauté. Quand elle avait essayé de se défendre, trois d'entre eux lui avaient enfoncé la tête sous l'eau en riant aux éclats.

— Fichez-lui la paix, espèces de crétins, leur avait ordonné Cameron d'une voix menaçante, ou je vous casse la figure !

Dès que les collégiens s'étaient écartés de Diana, la mine penaude, il l'avait aidée à sortir du bassin et lui avait offert une énorme glace à la vanille pour la consoler de son chagrin.

— A partir d'aujourd'hui, je ne laisserai personne te faire du mal, lui avait-il promis solennellement avant de la raccompagner chez elle, tel un grand frère veillant à la sécurité de sa petite sœur.

Il avait tenu parole jusqu'à son départ de Gold Dust. D'abord affectueuse, leur amitié s'était peu à peu transformée en amour, mais aucun d'eux n'avait osé avouer à l'autre ce qu'il éprouvait.

— Bref, résuma Diana après s'être arrachée à ses souvenirs, tu as mené une vie vagabonde ces dix dernières années et tu te l'es coulée douce pendant que je trimais.

— Je ne me suis pas contenté de voyager, la détrompa Cameron. Quand j'ai été fatigué de bourlinguer, je suis rentré aux Etats-Unis et je me suis installé à San Diego.

— Pour y bâtir des immeubles encore plus hauts que les gratte-ciel de Manhattan ?

— Non. Pour y créer une société qui a vite réalisé de gros bénéfices.

Diana glissa un œil vers la montre que Cameron portait à son poignet gauche et se rappela en avoir vu une semblable dans la vitrine d'un célèbre horloger-bijoutier de Sacramento. Lorsqu'elle avait lu le prix inscrit sur l'étiquette, elle s'était crue victime d'une illusion d'optique. Comment une montre pouvait-elle valoir aussi cher qu'une voiture ? s'était-elle demandé, médusée.

— Je suis ravie d'apprendre que tu es devenu P.-D.G. et que tes affaires marchent bien, dit-elle d'un ton acide.

— Oh ! je ne mérite aucun compliment ! se récria-t-il. J'ai eu de la chance, c'est tout.

— Tu es trop modeste. S'il suffisait d'être né sous une bonne étoile pour gagner des fortunes, il y a belle lurette que ça se saurait. A mon avis, tu ne dois ta réussite qu'à ton flair et à ton talent.

— Merci de me reconnaître quelques qualités. Après la manière dont je me suis conduit, je pensais que tu ne me trouverais que des défauts.

— Avoue que j'aurais des raisons de t'en vouloir. Pas une fois, au cours de ces dix dernières années, tu n'as daigné m'écrire ou me téléphoner. Ne t'est-il jamais venu à l'esprit que je pouvais m'inquiéter à ton sujet et que m'envoyer une carte postale de temps en temps serait la moindre des choses ?

— Non. J'ai préféré m'évanouir dans la nature et te laisser tranquille plutôt que de rester en contact avec toi et de te donner de faux espoirs. Une fois qu'on a coupé les ponts, on n'a pas d'autre solution que d'aller de l'avant sans se retourner, quitte à négliger ses anciens amis.

— Si tu avais décidé de ne rebrousser chemin sous aucun prétexte, qu'est-ce qui t'a incité à rentrer au bercail ?

— Des obligations familiales.

— Jusqu'à quand vas-tu séjourner chez tes parents ?

— Je ne sais pas, grommela Cameron en regardant le cottage des Collins, dont la façade, le porche et les volets semblaient avoir été fraîchement repeints. Cela dépendra des circonstances.

De peur que Diana ne poursuive son interrogatoire, il s'empressa de dévier la conversation vers un autre sujet.

— Blue Gate a beaucoup changé, depuis mon départ, remarqua-t-il. A l'époque, c'était une vieille bicoque délabrée qui ne valait pas un clou et que personne n'aurait eu l'idée d'acheter… Maintenant, c'est une jolie maison de campagne que s'arracheraient les agents immobiliers de Sacramento. Ton père y habite-t-il encore ?

— Non, répondit Diana d'une voix à peine audible. Il est mort de… d'une pneumonie il y a quelques années.

« D'une pneumonie ou d'une cirrhose ? » faillit demander Cameron, qui en avait terriblement voulu à Jed Collins d'avoir gâché la vie de sa fille unique en sombrant dans l'alcoolisme.

Toutefois, par délicatesse, il préféra témoigner sa sympathie à Diana que de lui poser une question aussi brutale qui l'obligerait à remuer des souvenirs douloureux.

— Toutes mes condoléances, dit-il. J'ignorais que Jed était décédé.

— Comment aurais-tu pu le savoir ? Quand tu as quitté Gold Dust, il était à la fleur de l'âge et n'avait aucun problème.

« Hormis son addiction au scotch et au gin », s'abstint de compléter Cameron.

— Ses funérailles ont eu lieu dans la petite église de Main Street, précisa Diana. Contrairement à ce que je croyais, les habitants de Gold Dust ont été si nombreux à vouloir lui rendre un dernier hommage que la nef était pleine à craquer et que certains d'entre eux ont dû rester sur le parvis. Mon cousin Ben Lanker, qui est avoué à Sacramento et n'avait jamais mis les pieds à Blue Gate avant ce jour-là, a même assisté à la cérémonie et m'a offert ses services.

— Quel genre de services ?

— Il m'a demandé de lui montrer le testament de mon père et a vérifié si tout était en ordre.

— Est-ce par pure générosité ou par intérêt qu'il t'a proposé son aide ?

— Par intérêt. Il espérait découvrir une faille dans le codicille et faire invalider l'acte afin de pouvoir hériter à ma place du cottage, du lac Apache et des hectares de bois qui l'entourent. Malheureusement pour lui, j'étais sortie un an plus tôt avec un avocat qui m'avait donné de sages conseils que j'avais eu la prudence de suivre à la lettre.

— Pauvre Ben ! ironisa Cameron, ravi que Diana se soit méfiée de la cupidité de ses proches et qu'elle ait réussi à garder Blue Gate. Il a dû être déçu de n'avoir rien à se mettre sous la dent.

— Tellement déçu qu'il est reparti dès le lendemain des obsèques et que je ne l'ai pas revu depuis, confirma Diana en riant.

Dès qu'elle eut repris un peu son sérieux, elle ajouta :

— Au lieu de te moquer de mon « cher » cousin, explique-moi donc ce qui t'amène à Gold Dust ! Tu as parlé d'obligations familiales, mais qu'entends-tu au juste par là ?

— Ce n'est pas facile à dire, marmonna Cameron, horriblement mal à l'aise.

— Oh ! ne te fais pas prier, s'il te plaît ! Je sens que tu me caches quelque chose et j'aimerais savoir de quoi il s'agit.

— Tu es sûre de pouvoir supporter le choc ?

— Sûre et certaine.

— Très bien, tu l'auras voulu.

Cameron racla du bout du pied les lattes du ponton, puis prit une profonde inspiration et dit d'une seule traite :

— Je suis revenu à Gold Dust pour me mettre la corde au cou.

2

Le sourire qu'arborait Diana disparut aussitôt. Figée au milieu du ponton, elle eut l'impression qu'une flèche lui avait transpercé la poitrine et déchiré le cœur.

— Pour te mettre la… la corde au cou ! bredouilla-t-elle dès que son cerveau engourdi eut assimilé la nouvelle. C'est une plaisanterie, j'imagine ?

— Non, une métaphore, rectifia Cameron. Techniquement parlant, du moins.

— Je ne comprends rien à ce que tu dis et je ne me sens pas la force de jouer aux devinettes. Alors, ne pourrais-tu pas être un peu plus clair et m'expliquer ce qui t'arrive avec des mots simples ?

— Par où veux-tu que je commence ?

— Par le commencement. Que s'est-il passé ces dernières semaines pour que tu aies eu envie de revenir à Gold Dust après une aussi longue absence ?

— Ma famille m'a reproché de ne pas encore avoir fondé de foyer à trente et un ans et a décidé de me caser avant la fin de l'été.

— Ah bon ! Qui est l'heureuse élue ?

— L'heureuse *quoi* ?

« Dommage que j'aie laissé mon vase en cristal de Bohême dans ma chambre ! J'aurais bien aimé le lui lancer à la figure, fulmina Diana. Ça lui aurait appris à faire l'imbécile et à se payer ma tête ! »

— L'heureuse élue, répéta-t-elle, à bout de patience. Sur quelle jolie fille de la région as-tu jeté ton dévolu ?

— Sur aucune en particulier. Ma mère a dressé la liste des candidates idéales, selon ses propres critères, et va me les présenter pour que je puisse choisir en toute connaissance de cause.

— Ce qu'elle veut, en somme, c'est organiser un casting ?

— Oui. Une fois que j'aurai rencontré les postulantes qu'elle a présélectionnées, il ne me restera plus qu'à en conduire une à l'autel.

« Dire que j'ai passé ces dix dernières années à rêver du moment où Cam rentrerait à Gold Dust et me demanderait ma main d'un air extasié ! ironisa sombrement Diana en résistant difficilement à l'envie qui lui venait de le pousser par-dessus le garde-fou du ponton. Si j'avais su qu'il obéirait à ses parents et accepterait d'en épouser une autre, je ne lui aurais pas accordé une seule pensée. »

Au lieu de se cramponner à ses illusions et de perdre son temps à bâtir des châteaux en Espagne, elle aurait dû se rappeler qu'elle n'était pas du même monde que Cameron et qu'elle ne pourrait jamais rivaliser avec les riches héritières, élégantes et raffinées, qui gravitaient autour de lui.

— Connaissant ton indocilité chronique, jeta-t-elle d'un ton acerbe, je suis surprise que tu veuilles te mettre la corde au cou pour faire plaisir à ta famille. Où est le Cam Van Kirk qui ne supportait pas la moindre contrainte et qui aurait préféré se casser les deux jambes plutôt que de renoncer à sa liberté ?

Cameron écarta les mèches folles qui lui balayaient le front et poussa un soupir à réveiller les morts.

— Tu me crois incapable de rentrer dans le rang, n'est-ce pas ?

— Absolument incapable, répliqua-t-elle sans hésiter.

— Moi aussi, je suis persuadé que j'aurai du mal à me plier aux caprices de ma mère et à tenir mon rôle de jeune marié comblé. Mais il y a des moments dans la vie où il faut savoir évoluer. Quand on a seize ou dix-sept ans, on est rebelle à toute discipline et on considère ses parents comme d'affreux despotes ; ensuite, on mûrit peu à peu et on regrette de leur avoir désobéi.

— Qu'essaies-tu de m'expliquer ? Qu'on ne voit plus les choses sous le même angle à l'âge adulte ?

— Oui. Un jour vient où on prend conscience de ce qui est important et de ce qui ne l'est pas.

— Et qu'est-on censé faire ce jour-là ?

— Courber la tête et changer de cap.

— C'est toi qui dis ça, Cam ? Toi qui refusais de te laisser enchaîner et qui as quitté Gold Dust parce qu'on voulait te dicter ta conduite ? Que s'est-il passé pour que tu déposes subitement les armes et que tu acceptes de te sacrifier ?

Aveugle au regard indigné de Diana, Cameron se pencha vers elle et lui emprisonna le visage entre ses mains.

— Ne me touche pas, s'exclama-t-elle en le repoussant de toutes ses forces et en reculant jusqu'à la rambarde du ponton sans songer à resserrer autour d'elle les pans de son kimono. Je n'aime pas les girouettes qui oublient leurs idéaux à la première occasion et dont les objectifs varient au gré des…

— Tu es enceinte ? l'interrompit-il, les yeux rivés à son ventre rond.

— Oui, confirma-t-elle du bout des lèvres. Ce sont des choses qui arrivent, figure-toi ! Comme mes anciennes copines de classe étaient déjà mères de famille et n'arrêtaient pas de me parler des joies de la maternité chaque fois que je les croisais dans la rue, je me suis dit qu'il n'y avait aucune raison pour que je ne me dépêche pas de les imiter.

« Si j'avais pu me douter qu'un autre homme que moi saurait apprivoiser Di pendant mon absence et qu'elle lui accorderait sa main, serais-je revenu à Gold Dust cette nuit et aurais-je pris la peine de faire un détour par Blue

Gate ? » se demanda Cameron en sentant une violente jalousie lui étreindre le cœur.

Il jugea aussitôt cette jalousie absurde et déplacée. Puisque c'était lui qui était parti sans un regard en arrière dix ans plus tôt, de quel droit se permettait-il à présent d'envier l'époux de Diana ?

— Comment s'appelle le veinard que tu as accepté de suivre à l'autel ? demanda-t-il d'un ton aigre-doux.

— Je ne suis pas mariée, avoua-t-elle en jouant nerveusement avec la ceinture de son kimono.

« Enfin une bonne nouvelle ! » exulta Cameron avant de se traiter de tous les synonymes d'égoïste qui lui traversèrent l'esprit.

— Qui est le papa de ton bébé ? s'informa-t-il poliment.

— Ça n'a aucune espèce d'importance, bougonna Diana, les yeux au ras du sol.

— Dois-je en conclure que ce type t'a laissé tomber et que tu as décidé d'élever seule ton enfant ?

— En quelque sorte, oui. Je suis assez grande pour m'occuper d'un nouveau-né sans l'aide de qui que ce soit.

— Quand tu étais adolescente, tu aimais bien me demander des coups de main.

— C'est vrai, mais bien des choses ont changé depuis cette époque-là et il a fallu que j'apprenne à me débrouiller par mes propres moyens. Aujourd'hui, je suis complètement autonome et je tiens à le rester.

— Autonome ou pas, appelle-moi si tu as besoin d'un conseil ou d'un service. Comme je suis enfin rentré à Gold Dust, il me sera facile de voler à ton secours, même en pleine nuit.

— Oh ! je n'en doute pas une seconde !

— Est-ce à dire que tu n'hésiteras pas à me téléphoner en cas de problème ?

— Non. Je viens de t'expliquer en long, en large et en

travers que je ne voulais dépendre de personne. Il est donc inutile que tu…

En voyant tout à coup un filet de sang qui coulait de la tempe gauche de Cameron et qui striait de rouge le col de sa chemise, Diana s'interrompit net.

— Que t'est-il arrivé ? s'exclama-t-elle en sortant un mouchoir de la poche de son kimono et en lui essuyant délicatement la tempe.

— J'ai eu un petit accident, répliqua-t-il avec son habituelle nonchalance.

— Quel genre d'accident ?

— Mon cabriolet a heurté un arbre et je me suis cogné la tête.

— Pourquoi as-tu quitté la route ?

— Parce que ma voiture est encore plus indocile et obstinée que moi. Quand je lui ai ordonné d'aller directement chez mes parents, elle a voulu que je vienne d'abord te rendre visite à Blue Gate et a refusé de suivre mes instructions. Alors, nous nous sommes crashés, tous les deux.

— Où cela s'est-il passé ?

— A cinquante mètres d'ici. Le bruit de l'impact ne t'a pas réveillée ?

— Non. Comme je dormais à poings fermés, je n'ai rien entendu.

Cameron porta la main à ses lèvres et réprima un bâillement.

— Quelle chance tu as de ne pas être insomniaque ! En ce qui me concerne, il m'arrive de rester debout des nuits entières.

— Parce que tu as des soucis ?

— Oui. J'ai beau me gaver de tranquillisants, j'ai du mal à faire le vide dans ma tête.

Diana remarqua les larges cernes qui bleuissaient les paupières de Cameron et laissa échapper un soupir.

— Personne ne t'a expliqué qu'il était dangereux de

prendre des médicaments et de boire de l'alcool avant de se mettre au volant ? lui dit-elle d'un ton sévère.

— Ce n'est pas avant de me mettre au volant que j'ai entamé mon whisky, c'est après l'accident, rectifia-t-il. Quand je suis sorti de mon cabriolet et que je suis allé chercher ma trousse de secours dans le coffre, j'ai vu la bouteille et je me suis dit que j'avais grand besoin d'un remontant.

— Au lieu de descendre au bord du lac, tu aurais dû frapper à ma porte et je t'aurais soigné.

— Comme je ne savais pas si tu vivais seule à Blue Gate, je n'ai pas voulu te déranger et j'ai préféré patienter jusqu'à ton réveil. J'espérais que tu me verrais faire les cent pas sur le ponton et que tu m'inviterais à déjeuner.

— Il est un peu tôt pour que je t'accueille à ma table, riposta Diana, partagée entre l'amusement et l'exaspération. Le soleil n'est pas encore levé.

De crainte que la blessure de Cameron ne soit plus grave qu'il n'y paraissait, elle lui prit la main et l'entraîna d'autorité vers la camionnette rouge cerise qu'elle avait garée au pied d'un vieil érable.

— Où m'emmènes-tu ? lui demanda-t-il après avoir pris place, non sans peine, dans le véhicule.

— Là où tous les fils prodigues finissent par se réfugier quand ils sont fatigués de courir le monde, répondit-elle en se hissant derrière le volant. Dans le giron familial.

La petite route escarpée que Diana empruntait chaque fois qu'elle allait livrer des fleurs à Alice Van Kirk, la mère de Cameron, enlaçait la montagne et vagabondait au cœur de la forêt domaniale de Gold Dust. Le jour qui commençait à poindre baignait d'une clarté laiteuse la cime des arbres et les tourelles fantasmagoriques de Garfield House, le manoir des Van Kirk.

Lorsqu'elle était enfant et que, du fond de la vallée, elle

voyait le soleil se coucher dans un flamboiement d'or et de pourpre au-dessus de l'imposante demeure où Cameron était né, Diana se plaisait à croire que la Belle au bois dormant y avait élu domicile et qu'un bataillon de fées armées de baguettes magiques veillaient sur son sommeil.

— Les Van Kirk ne sont ni des princes ni des rois, l'avait détrompée un jour son père. Ce sont juste des gens riches à millions qui mènent une vie de château pendant que les autres habitants de la région doivent gagner leur pain à la sueur de leur front.

Le regard soudé au pare-brise de sa fourgonnette, Diana se faufila entre deux rangées d'eucalyptus que l'aube encore indécise maquillait de rose pâle et s'engagea dans un vrombissement de tous les diables sur la longue allée gravillonnée qui menait à Garfield House.

— As-tu prévenu tes parents de ton arrivée ? demanda-t-elle à Cameron après s'être arrêtée au pied du gros chêne qui ombrageait l'arrière-cour du manoir.

Ignorant la question, il déboucla sa ceinture de sécurité et ferma les yeux.

— Ne t'endors pas ! reprit-elle. Tant qu'un médecin ne t'aura pas examiné, il va falloir que tu restes éveillé, car il se pourrait que tu souffres d'un traumatisme crânien.

— Penses-tu ! riposta-t-il d'une voix ensommeillée. J'ai une telle caboche que je ne risque pas de…

Puis, incapable d'achever sa phrase, il dodelina de la tête et s'assoupit.

— Il ne manquait plus que ça ! maugréa Diana en le voyant s'affaisser contre la portière comme une poupée de chiffon.

Quand elle venait à Garfield House, les bras encombrés de gerbes multicolores, elle passait toujours par l'entrée de service où l'accueillait Rosa Munez, la gouvernante des Van Kirk. Consciencieuse et dévouée, celle-ci avait l'habitude de se lever tôt pour aider la cuisinière à préparer le petit déjeuner, mais elle avait beau être une travailleuse acharnée, il était peu probable qu'elle soit déjà debout à 5 heures du matin.

— Ouvre les yeux, Cam, je t'en supplie ! dit Diana. Si tu continues à dormir, je vais être obligée de klaxonner et de réveiller tes parents.

— D'accord, d'accord, marmonna-t-il avant de se caler confortablement au dossier de son siège et de replonger dans le sommeil.

Renonçant à le secouer, Diana sauta à terre avec un soupir résigné, puis s'approcha de l'une des hautes portes alignées le long de l'arrière-cour et essaya en vain d'en tirer le battant.

« Ce qu'il faudrait, songea-t-elle, c'est que j'arrive à grimper jusqu'aux fenêtres du premier étage, là où se trouvent les chambres des domestiques, et que je demande à Rosa de m'aider. »

Toutefois, à l'idée du spectacle qu'elle offrirait aux Van Kirk si l'un d'eux la voyait escalader la façade du manoir en chemise de nuit et kimono, elle jugea préférable de ne pas jouer les acrobates.

— Tu m'as mise dans de beaux draps, espèce de casse-pieds ! grommela-t-elle en coulant un œil par-dessus son épaule et en décochant un regard meurtrier à Cameron qui continuait à somnoler d'un air béat. Au lieu d'aller pousser la chansonnette au bord du lac et de me compliquer la vie, tu aurais dû venir directement ici et me laisser dormir en paix. La prochaine fois que tu oseras me réveiller, tu recevras une bassine d'eau glacée sur la tête et je te…

Avant qu'elle n'ait pu articuler un mot de plus, la porte de l'arrière-cuisine s'ouvrit, et Janey Van Kirk, la sœur de Cameron, s'encadra dans l'embrasure. Vêtue d'un pantalon de jogging dont la ceinture torsadée étranglait sa taille de sylphide et d'un bustier en satin immaculé qu'avait sans doute créé pour elle l'un des meilleurs stylistes de Los Angeles, elle était l'élégance personnifiée.

« Qui cette pimbêche espère-t-elle impressionner ? se demanda Diana en retenant à grand-peine un sourire. Les écureuils de la forêt ? »

Janey et elle s'étaient connues à l'école primaire, mais, trop différentes l'une de l'autre, elles avaient préféré garder leurs distances. Jalouse de l'affection dont son frère entourait Diana, Janey s'était souvent étonnée en public du manque de discernement de Cameron et de ce curieux plaisir qu'il prenait à fréquenter une « moins que rien ».

— Que fais-tu ici à une heure pareille, Di ? s'enquit-elle de sa voix haut perchée. Tu as des fleurs à nous livrer ?

— Non. Je suis venue raccompagner Cam. Il a eu un accident à deux pas de Blue Gate et, comme il avait bu pas mal d'alcool, je n'ai pas voulu le laisser repartir seul.

— Pas mal d'alcool ! releva Janey, les yeux écarquillés de stupéfaction. Si c'est une blague, je ne la trouve pas drôle.

— Loin de moi l'envie de plaisanter, Jan ! Cam s'est soûlé au whisky après avoir percuté un arbre. Par mesure de prudence, il vaudrait donc mieux que tu appelles un médecin.

Balayant le conseil d'un revers de la main, Janey se précipita vers la fourgonnette de Diana. Elle ouvrit en grand la portière avant droite du véhicule et secoua son frère sans le moindre ménagement.

— Réveille-toi, imbécile ! lui ordonna-t-elle du ton d'un général houspillant l'un de ses officiers sur un champ de bataille. Il y a dix ans que tu n'as pas daigné nous rendre visite, et c'est dans cet état que tu arrives à Garfield House ? A ta place, j'aurais honte !

— Ah ! tu es là, Jan, s'exclama Cameron en émergeant péniblement du sommeil. Quel plaisir d'entendre ta jolie voix !

— Arrête de persifler et sors de là en vitesse ! Dès que

je t'aurai aidé à monter dans ta chambre, je téléphonerai au Dr Timmer et lui demanderai de passer au manoir dans le courant de la matinée.

— Je ne veux pas que ce maniaque du stéthoscope vienne m'ausculter. Si Di peut se débrouiller seule, il n'y a pas de raison pour que j'aie besoin de qui que ce soit. Nous sommes des durs à cuire, elle et moi, et nous tenons à notre indépendance.

— Pardon de te le dire, grand frère, mais ce que tu racontes n'a ni queue ni tête. En quoi ton esprit d'indépendance t'empêche-t-il de te laisser examiner par un médecin ?

— Ne cherche pas à comprendre, Jan. La seule personne avec laquelle j'ai toujours été sur la même longueur d'onde, c'est Di. Elle était ma meilleure amie dans le temps et je la trouvais bien plus intéressante que les autres filles du lycée, qui ne pensaient qu'à dévaliser des boutiques de mode et à se pomponner.

Janey coula un regard furtif vers le ventre joliment arrondi de Diana et s'écria, horrifiée :

— O mon Dieu ! Comment as-tu pu faire *ça*, Cam ?

— Ne t'affole pas, petite sœur, ironisa-t-il en descendant de son siège et en s'adossant à la fourgonnette. Je suis arrivé à Gold Dust entre 2 et 3 heures du matin et je n'y avais pas mis les pieds depuis dix bonnes années. A moins d'un miracle, il n'y a donc aucune chance que je sois le papa du bébé.

— Tant mieux, parce que je ne suis pas pressée d'avoir un neveu ou une nièce !

— Tu n'aimerais pas qu'un adorable bambin aux boucles brunes t'appelle « tata » et te demande de jouer à chat perché avec lui ?

— Non. Je déteste le baby-sitting et les…

— Excusez-moi d'interrompre votre conversation, intervint Diana, mais je suis fatiguée et je voudrais aller me reposer. Donc, si vous n'y voyez pas d'inconvénient, je vais vous laisser et retourner à Blue Gate.

— Quand reviendras-tu au manoir ? s'enquit Cameron.

— A 11 heures. Ta mère m'a donné rendez-vous.

— Espérons que j'aurai récupéré d'ici là et que nous pourrons bavarder un peu plus longuement.

— Oh ! j'en doute ! s'exclama Janey. Tel que je connais grand-père, il doit être impatient de te parler, Cam, et je serais étonnée que tu arrives à te débarrasser de lui en cinq minutes. Maintenant que tu as enfin dit adieu à ta vie d'aventurier, il va falloir que tu te réhabitues aux us et coutumes des Van Kirk.

Au mot « aventurier », Cameron esquissa un petit sourire malicieux.

— Bouche-toi les oreilles, conseilla aussitôt Diana à Janey. Depuis qu'il est de retour, ton frère se prend pour un baryton et, à force de s'époumoner, il risque de te déchirer les tympans.

— N'écoute pas cette langue de vipère, Jan, elle ne sait pas ce qu'est le talent, répliqua-t-il avant de bomber le torse et de se mettre à massacrer une vieille chanson à la gloire des vagabonds sans feu ni lieu qui sillonnaient les routes mythiques de l'Ouest américain.

Pendant que Janey essayait de le faire taire, Diana se mit au volant de sa fourgonnette en s'esclaffant et quitta Garfield House dans un joyeux envol de gravillons.

3

Lorsque Cameron se réveilla quatre heures et demie plus tard, il eut la désagréable impression qu'on lui martelait le crâne.

« Comment ai-je pu être assez maladroit pour partir dans le décor à cause d'une banale crevaison ? se demanda-t-il en balayant d'un regard éteint les posters bariolés qui tapissaient les murs de sa chambre. Assez stupide pour aller vider une bouteille de whisky au bord du lac Apache ? Assez égoïste pour penser que Di me serait restée fidèle ? Et assez naïf pour croire que tous les membres de ma famille me réserveraient un accueil chaleureux ? »

Dès qu'elle l'avait vu tituber de fatigue au fond du vestibule, sa mère s'était précipitée vers lui et l'avait serré longuement dans ses bras. Son père, pour sa part, ne lui avait donné qu'une brève accolade avant de l'abreuver de reproches. Quant à Janey, elle n'avait rien fait pour lui faciliter les choses, loin de là ! Au lieu de prendre sa défense et de lui trouver des circonstances atténuantes, elle n'avait cherché qu'à le culpabiliser. Au cours des dix années qui venaient de s'écouler, elle avait vécu en fille unique à Garfield House et comptait bien, semblait-il, conserver ce statut privilégié.

— Plus tôt tu t'en iras, mieux je me porterai, avait-elle chuchoté à l'oreille de Cameron en l'aidant à monter l'escalier et à regagner la chambre qu'il avait occupée naguère dans l'aile ouest du manoir.

— Message reçu cinq sur cinq, petite sœur, avait-il riposté après s'être laissé tomber tout habillé sur le lit. Je me doute bien que tu es impatiente de me voir décamper, mais j'ai une mission à remplir et je ne partirai pas avant de m'en être acquitté.

— Tu as dû être ravi d'apprendre que la société Van Kirk était au bord de la faillite et que toi seul pourrais la sauver. Si tu épouses une riche héritière et que tu arrives à redresser la barre, tu seras considéré comme un héros et tu auras droit à la reconnaissance éternelle de nos parents.

— Ce qui t'agacera prodigieusement.

— Oui. Je n'aimerais pas être reléguée au second plan à cause de tes talents de séducteur ou de gestionnaire.

— Pour que tu le sois, il faudrait d'abord que le Patriarche me pardonne de m'être enfui il y a dix ans. Et ça, ce n'est pas gagné.

Surnommé « le Patriarche » par les membres de sa famille et par tous les habitants de la région, qui le craignaient autant qu'ils l'admiraient, James Van Kirk, le grand-père de Cameron et de Janey, était un vieillard despotique qui aurait voulu dicter sa loi au monde entier.

A l'idée des reproches qu'il n'allait pas manquer d'essuyer dès qu'il se retrouverait en tête à tête avec ce tyran, Cameron faillit se pelotonner sous les festons de velours havane de son baldaquin et replonger dans le sommeil comme dans un abîme insondable. Sa fierté l'en empêcha cependant.

— Mieux vaut affronter ses ennemis, quitte à perdre la guerre, que de rendre les armes avant d'avoir combattu, murmura-t-il en se levant et en se dirigeant d'un pas déterminé vers la salle de bains attenante à sa chambre.

Après avoir pris une douche froide, il extirpa de son dressing un pantalon en toile grège et un polo bleu marine qu'il avait portés pour la dernière fois la veille de son vingt et unième anniversaire, puis il les enfila avant de tenter, sans succès, de discipliner ses cheveux à grands coups de peigne.

— Tu sais à qui tu ressembles, avec ces boucles brunes qui s'obstinent à te chatouiller le front et ce béret étoilé que tu as dû dénicher dans le grenier de tes parents ? lui avait lancé jadis Diana. A Che Guevara !

— Merci du compliment, avait-il répondu, flatté. Les révolutionnaires m'ont toujours fait rêver.

— Parce qu'ils luttent contre l'oppression ?

— Oui. Et aussi parce que ce sont d'ardents défenseurs de la liberté. Dès que je le pourrai, je quitterai Gold Dust et je ne laisserai plus qui que ce soit régenter ma vie.

— Qu'est-ce que je deviendrai, quand tu seras parti ?

— Ne t'inquiète pas, Di, tu te débrouilleras très bien sans moi. Depuis que nous nous connaissons, tu t'imagines que je te suis indispensable, mais tu te trompes. Forte et intelligente comme tu l'es, tu n'as besoin de l'aide de personne.

Ramené au présent par le tintement d'une cloche dans le lointain, Cameron s'approcha du miroir à socle d'ébène qui trônait au pied de son lit et adressa à son reflet un petit sourire d'autodérision.

« Di t'a prouvé que tu avais eu raison de la croire invincible, mon vieux, se dit-il. Elle a réussi à transformer en charmant cottage le taudis où elle habitait et s'est fait faire un enfant par un homme auquel elle doit être attachée. Il est donc inutile que tu retombes amoureux d'elle et que tu perdes ton temps à rêvasser. »

Lorsque Diana revint à Garfield House peu avant 11 heures, le manoir ressemblait à une ruche bourdonnante. Des ouvriers repeignaient la longue clôture blanche bordant l'allée tandis que d'autres ponçaient les menuiseries du rez-de-chaussée, et d'autres encore installaient un barbecue au centre du patio.

« Cette fois, je ne risque pas de trouver porte close », pensa-t-elle en descendant de sa fourgonnette et en lissant du plat de la main le joli tailleur-pantalon qu'elle avait revêtu pour pouvoir rivaliser d'élégance avec Janey.

— Mme Van Kirk vous attend dans la roseraie, mademoiselle Collins, lui annonça la gouvernante dès qu'elle l'eut rejointe au fond de la cuisine. Elle aimerait vous parler d'un projet auquel elle réfléchit depuis des semaines et qu'elle a hâte de réaliser.

— Merci de m'avoir prévenue, Rosa, répondit gaiement Diana avant de se diriger vers le hall où elle aperçut Cameron au pied de l'escalier.

— Bonjour, Di, lui dit-il, tout sourire.

— Re-bonjour plutôt, corrigea-t-elle. Tu as déjà oublié ce qui s'est passé à Blue Gate cette nuit ?

— Oh ! que non ! Même si j'avais vidé trois bouteilles de whisky après mon accident, je me rappellerais encore, jusque dans ses moindres détails, la conversation que nous avons eue au bord du lac.

— Ravie de constater que tes excès ne t'ont pas rendu amnésique !

— Je suis content que tu sois de retour au manoir, car je commençais à me morfondre loin de toi.

— Menteur ! Si je t'avais manqué, il y a des années que tu serais rentré à Gold Dust.

Sourd à la riposte, Cameron effleura du regard la veste et le pantalon haute couture que Diana portait avec la grâce d'un top model malgré son ventre rebondi, et laissa échapper un petit sifflement admiratif.

— Tu es très élégante, ce matin, observa-t-il. Très élégante et très belle.

— Plus belle qu'au clair de lune ? demanda-t-elle, les yeux rieurs.

— Non, répondit-il sans l'ombre d'une hésitation. Cette nuit, en kimono de soie, tu ressemblais à une princesse de conte de fées, irréelle et diaphane, alors que maintenant tu as tout de la femme d'affaires efficace et décidée.

— Toi aussi, tu as un certain charme, remarqua Diana en admirant le polo bleu marine qui soulignait les larges épaules de Cameron et moulait son torse d'athlète.

Puis, de peur que ses doigts n'échappent à sa volonté et n'esquissent d'eux-mêmes d'audacieuses caresses, elle se hâta de détourner la conversation.

— As-tu vu le Dr Timmer ? s'informa-t-elle d'un ton qui lui parut horriblement affecté.

— Oui, il a bien fallu que je le laisse m'examiner, marmonna-t-il en enfouissant ses poings dans les poches de son pantalon. Dès que je me suis réveillé, ma mère lui a téléphoné et il est venu séance tenante. A croire qu'il n'avait aucun autre patient à martyriser de toute la journée !

— Que reproches-tu à ce pauvre homme ?

— D'être un insupportable moralisateur. Quand j'étais petit et que mes parents m'emmenaient le consulter, il s'amusait à dénombrer mes bosses et mes bleus avant de me traiter de casse-cou et de me faire la leçon.

— J'espère qu'il s'est montré encore plus intransigeant ce matin et qu'il t'a mis en garde contre les dangers de l'alcool.

— A t'écouter, on dirait que je suis un buveur invétéré et que je passe mes soirées à siroter de la bière ou du whisky ! Ce n'est pas le cas, je te le jure. Si j'avais trouvé un paquet de gâteaux secs dans mon coffre au lieu d'une bouteille, je serais allé m'asseoir sur ton ponton et me serais gavé de biscuits en silence jusqu'à ce que tu viennes me rejoindre.

— En silence ? répéta Diana avec un sourire. Tu ne m'aurais pas donné la sérénade ?

— Non, assura Cameron, les yeux pétillants d'humour. J'aurais eu l'estomac tellement barbouillé que j'aurais été incapable de lancer une seule note.

— La prochaine fois que tu auras envie de descendre à Blue Gate en pleine nuit, il faudra que tu m'avertisses la veille pour que je laisse une boîte de cookies au bord du lac. Comme cela, je pourrai me reposer pendant que tu t'empiffreras.

— Je suis désolé de t'avoir empêchée de dormir, Di. Je n'aurais pas dû me mettre à chanter et t'obliger à te lever.

— Inutile de t'excuser ! Malgré le chahut que tu as fait, je suis contente que tu sois de retour.

— C'est vrai ?

— Tout ce qu'il y a de plus vrai.

— Moi aussi, je suis heureux de t'avoir revue et j'espère que nous aurons souvent l'occasion de nous rencontrer d'ici à la fin de l'été.

Cameron caressa du regard les lèvres gourmandes de Diana avec une telle insistance qu'elle sentit le rythme de son cœur s'accélérer et une onde de feu lui brûler les joues.

— Je… j'ai jeté un coup d'œil à ton cabriolet en venant, balbutia-t-elle avant de traverser le hall en direction de la porte d'entrée.

— Et comment l'as-tu trouvé ? demanda Cameron en lui emboîtant le pas.

— En piteux état. Quand je me suis rendu compte que tu avais crevé, j'ai été très déçue.

— Pourquoi ?

— Parce que les bobards que tu m'avais racontés à propos de l'indocilité et de l'entêtement de ta voiture m'avaient bien amusée.

— Il ne s'agissait pas de bobards, mais de la stricte vérité. L'un de mes pneus a éclaté pendant que j'essayais de convaincre cette obstinée de prendre la direction du manoir, et non celle de Blue Gate.

— Pas possible !

— Puisque je te le dis !

— D'accord, je te crois. Tu m'as déjà fait avaler tellement

de couleuvres autrefois qu'une de plus ou de moins ne changera pas grand-chose à…

— Ohé ! je suis là ! s'exclama Alice Van Kirk en voyant Diana et Cameron descendre les marches du perron.

Coiffée d'un chapeau de paille à large bord, un sécateur à la main, elle déambulait avec une grâce nonchalante dans les allées de sa roseraie.

— A qui s'adresse-t-elle ? glissa Diana à Cameron. A toi ou à moi ?

— Va savoir ! bougonna-t-il, l'air irrité. Comme elle est un peu fofolle, il est toujours difficile de deviner ce qu'elle a en tête.

— Tu n'as pas honte de parler d'elle en ces termes, Cam ? Au cas où tu aurais oublié ce « détail », je te rappelle qu'il s'agit de ta mère, et que tu dois la respecter.

— Il y a des moments où je me demande si je suis bien le fils de cette écervelée.

— Il faut croire que tu n'as pas souvent l'occasion de te regarder dans une glace.

— Tu trouves que je lui ressemble ?

— Oui. Tu as hérité de ses yeux bleus et de ses magnifiques cheveux bruns, contrairement à Jan qui est la digne petite-fille de ton grand-père.

— A propos de mon grand-père… Il m'a prié — ou plutôt ordonné — de venir le rejoindre dans la bibliothèque dès que possible et, comme il n'est pas très patient de nature, j'ai intérêt à me dépêcher.

— De quoi veut-il te parler ?

— De choses et d'autres, marmonna Cameron, la mine sombre.

— Peut-être vaudrait-il mieux que tu engages deux gorilles avant d'aller l'affronter, répliqua Diana pour essayer de le dérider. Je me rappelle les conversations orageuses que tu avais avec lui lorsque tu étais adolescent et l'état dans lequel ces perpétuelles disputes te mettaient. Crois-tu qu'il se soit humanisé depuis ?

— J'en doute. Il est tellement habitué à ce que les gens lui obéissent au doigt et à l'œil qu'il n'a aucune raison de changer d'attitude. Tant que son entourage continuera à faire ses quatre volontés, il restera celui qu'il a toujours été : un tyran de la pire espèce.

— Qui pourrait l'amadouer ?

— Personne… A part une jolie fée, gentille, patiente et persuasive.

Un sourire arqua les lèvres de Cameron.

— Si tu veux m'accompagner et intercéder en ma faveur auprès de lui, ne te gêne pas. Je serai ravi que tu me protèges de ses accès de colère et que tu le ramènes à de meilleurs sentiments.

— Oh non, merci ! s'écria Diana en secouant la tête. Quand je t'ai conseillé d'embaucher des gardes du corps, c'était aux deux colosses qui sont en train d'installer un barbecue dans le patio que je pensais, pas à une faible femme comme moi.

— Tu es moins faible que tu n'en as l'air, Di. Sous tes dehors fragiles, tu caches une âme de battante et une incroyable détermination.

— N'essaie pas de me flatter pour que j'accepte de te suivre dans la bibliothèque et de plaider ta cause. Tu perds ton temps.

— En es-tu bien sûre ?

— Oui. Quoi que tu me dises, je ne te laisserai pas m'embobiner. Ton grand-père est certes une terreur, mais tu as un sérieux avantage sur lui.

— Lequel ?

— Tu es jeune et en bonne santé alors qu'il est vieux et à bout de forces. Il paraît que ses rhumatismes l'obligent parfois à rester au lit toute la journée et qu'il souffre le martyre.

— Ce qui doit le mettre de mauvaise humeur et le rendre encore moins conciliant que d'habitude…

— Au lieu de lambiner et de le mettre en colère, dépêche-toi d'aller lui parler.

— J'y vais, j'y vais, bougonna Cameron sans enthousiasme. Dès que j'en aurai terminé avec lui, je viendrai te rejoindre dans le jardin.

— Excellente idée ! approuva Diana en se dirigeant vers la roseraie, où Alice Van Kirk l'attendait avec impatience.

Dix ou quinze ans plus tôt, celle-ci aurait préféré se trancher un bras que d'accueillir sous son toit une fille d'ouvrier. Seuls les enfants de ses amis haut placés avaient l'insigne honneur d'être invités aux soirées fastueuses qu'elle donnait chaque week-end. L'unique fois où Cameron avait voulu faire visiter le manoir à Diana, elle leur avait barré le passage comme si une telle intrusion était un crime de lèse-majesté.

— Ramène donc cette pauvre petite à Blue Gate, mon chéri, avait-elle conseillé à son fils d'une voix sirupeuse. Vu l'heure qu'il est, son père doit se demander ce qui lui est arrivé et se ronger les sangs.

Lorsque Diana avait ouvert une boutique de décoration florale à la fin de ses études, Alice, qui se piquait d'horticulture, avait été l'une de ses premières clientes.

— Quelle splendeur ! s'était-elle extasiée un matin en admirant l'immense gerbe de glaïeuls entremêlés de gypsophile que Diana venait de poser dans sa vitrine. A partir de maintenant, vous serez ma fleuriste attitrée et je suis sûre que nous nous entendrons à merveille, toutes les deux.

— J'en suis également persuadée, madame Van Kirk, avait affirmé Diana, étonnée que la mère de Cameron ait daigné lui parler d'égale à égale. J'espère que je saurai mériter votre confiance.

— Oh ! cela ne fait aucun doute, ma chère enfant ! Vous

avez un tel talent qu'il faudrait être aveugle pour ne pas le remarquer.

— Moi, je ne trouve pas les bouquets de Di particulièrement originaux, avait déclaré Janey d'un ton fielleux. Avant de l'engager, maman, tu devrais aller à Sacramento et tu verrais que ses concurrents n'ont rien à lui envier.

Balayant l'objection d'un haussement d'épaules, Alice Van Kirk avait accordé sa clientèle à Diana et n'avait eu depuis qu'à s'en féliciter.

— Venez sous la charmille, mademoiselle Collins, dit-elle après avoir retiré son chapeau et ses gants de jardinage. Nous y serons mieux pour bavarder.

Dès que Diana se fut assise à côté d'elle, dans l'un des trois fauteuils en rotin qui meublaient la gloriette, elle ajouta :

— Je vous remercie d'avoir raccompagné mon fils, ce matin. Comment avez-vous découvert qu'il avait été victime d'un accident et qu'il avait besoin d'aide ?

— Oh ! Je… j'ai entendu un bruit de tôle froissée et je suis allée voir ce qui s'était passé.

— Heureusement que vous étiez réveillée, car je me demande ce qui serait arrivé à Cam si vous n'aviez pas volé à son secours.

— Quand je me suis aperçue qu'il saignait, j'ai eu très peur pour lui.

— Et moi donc ! Lorsqu'il est entré dans le vestibule au bras de Janey et qu'il s'est mis à tituber, j'ai cru qu'il était grièvement blessé et je me suis affolée. Heureusement, il semblerait que j'aie eu tort de m'inquiéter. D'après le Dr Timmer, il ne souffre que de légères contusions et ne devrait garder aucune séquelle de ce stupide accident.

Alice offrit à Diana l'une des tasses de thé que sa gouvernante venait d'apporter et se carra dans son fauteuil.

— Que pensez-vous de mes nouveaux rosiers ? demanda-t-elle, l'index pointé vers une dizaine d'arbustes qui griffaient du bout de leurs épines les parois ajourées d'un petit kiosque, au fond du jardin.

— Que leur couleur est éclatante et qu'elle se marie très bien avec celle de votre Queen Elizabeth. Qui vous a conseillé de les acheter ?

— Un spécialiste auquel j'ai fait appel au début de l'été et dont vous avez peut-être entendu parler.

— De qui s'agit-il ?

— André Degregor. Ses honoraires sont exorbitants, mais je ne regrette pas de m'être adressée à lui. Il a un talent fou. Dès demain, je vais lui demander de remodeler mon jardin d'agrément pour pouvoir réaliser le projet qui me tient à cœur.

— Quel projet ? s'enquit Diana après avoir bu une longue gorgée de thé.

— J'envisage d'organiser toutes sortes de réceptions à Garfield House : des barbecues, des garden-parties, des dîners aux chandelles et un grand bal qui clôturera la saison. Etant donné que certains de mes invités séjourneront au manoir le mois prochain, je me suis offert les services d'un célèbre traiteur de San Francisco. Il paraît que les vedettes du showbiz ne jurent plus que par lui et que ses spécialités sont de vrais chefs-d'œuvre. L'une de mes amies, qui est une gastronome avertie, m'a dit qu'elle avait goûté à ses truffes en chausson l'hiver dernier et qu'elle en gardait un souvenir impérissable.

A l'idée des mille et une surprises qu'elle allait réserver à ses hôtes jusqu'à la fin de l'été, Alice éclata d'un rire cristallin.

— Puisque vous êtes la meilleure fleuriste à des kilomètres à la ronde et que vous avez un goût infaillible, enchaîna-t-elle, j'ai décidé de vous confier la décoration des tables pendant toute la durée des festivités.

— Vraiment ? bredouilla Diana, interloquée.

— Il faudra que vous apportiez chaque jour des dizaines

de bouquets et que vous aidiez Rosa à en prendre soin comme vous savez si bien le faire.

— Excusez mon indiscrétion, madame Van Kirk, mais pourquoi tenez-vous tant à réaliser ce projet ?

— Pour célébrer le retour de mon fils à Gold Dust et pour lui permettre de renouer avec ses anciens amis.

— Ce que ma mère ne te dit pas, Di, intervint Janey en s'engouffrant sous la charmille et en se laissant tomber dans le fauteuil libre auprès d'elles, c'est qu'elle veut pousser Cam vers l'autel, pieds et poings liés. Elle s'imagine qu'il va tomber amoureux d'une riche héritière au cours d'une garden-party et que cette charmante demoiselle lui accordera sa main le soir du grand bal.

— Jan, voyons ! s'exclama Alice, offusquée. Tu devrais avoir honte de débiter de telles sottises.

— Oh ! pardon, maman ! J'avais oublié que tu préférais les mensonges à la vérité toute nue.

— Ce que tu viens de raconter n'est qu'un tissu d'inepties.

— Sans blague ! La société Van Kirk est un vieux rafiot en perdition, et nous avons désespérément besoin d'argent frais pour la renflouer.

— Où es-tu allée pêcher cette idée absurde, ma chérie ? Nous sommes la famille la plus influente de la région et nous n'avons pas de soucis financiers.

— A d'autres !

Janey se tourna vers Diana et haussa les épaules avec désinvolture.

— Ma mère est une incurable optimiste, lui dit-elle. Si un tsunami détruisait Garfield House de la cave au grenier, elle trouverait encore le moyen de rire aux anges et de faire des projets.

Dédaignant le sarcasme, Alice s'abandonna contre le dossier de son fauteuil et prit un air rêveur.

— Grâce aux réceptions que je vais organiser, le manoir va revivre, murmura-t-elle, les yeux au loin. Mes invitées porteront des rivières de diamants qui scintilleront à la lueur des bougies et, quand je les regarderai valser dans les bras de leur cavalier, j'aurai l'impression d'avoir rajeuni de vingt ans.

— Arrête de divaguer, maman ! grommela Janey. Tout ce que tu veux, c'est vendre Cam aux enchères et gagner le jackpot. Espérons que le pauvre sera plus heureux en ménage que je ne l'ai été et qu'il ne finira pas par divorcer. Nous, les Van Kirk, nous avons le chic pour tirer le mauvais numéro et pour…

— Sors d'ici immédiatement, Jan ! coupa Alice. Tu ne vois pas que tu nous casses les oreilles avec tes jérémiades ?

Janey se leva avec un soupir excédé. Dès que sa fille eut quitté la gloriette, elle ajouta :

— Ne trouvez-vous pas mon projet très excitant, mademoiselle Collins ?

« Non, répondit Diana en son for intérieur. Je n'ai aucune envie de vous aider à pousser Cam dans les bras d'une jolie fille dont il serait bien capable de s'enticher. Aucune envie non plus d'assister à son mariage et de l'écouter jurer un amour éternel à une autre que moi. »

4

« Pourvu que je ne croise personne ! » se dit Diana en sortant de la tonnelle trois quarts d'heure plus tard et en quittant la roseraie.

A peine avait-elle longé le perron en encorbellement du manoir que Cameron jaillit du hall comme un diable de sa boîte et descendit l'escalier quatre à quatre.

— Ah ! tu es là, Cam, s'exclama-t-elle, agacée de ne pas avoir pu l'éviter. Tu m'as fait une de ces peurs !

— Pardon de m'être précipité vers toi dès que je t'ai aperçue, dit-il, la mine contrite. Je n'avais pas l'intention de t'effrayer.

— Que tu en aies eu l'intention ou pas, le résultat est le même ! J'ai les mains qui tremblent et le cœur qui bat la breloque.

— Est-ce la conversation que tu viens d'avoir avec ma mère qui t'a rendue aussi nerveuse ?

— Non, non. Tout s'est très bien passé, je t'assure.

— De quoi t'a-t-elle parlé ?

— Du projet pharaonique qu'elle s'est mis en tête de réaliser pour t'aider à trouver l'épouse idéale. Elle aimerait que j'apporte chaque matin des bouquets et que je me charge de la décoration des tables jusqu'à la fin des festivités, mais je crains que ce ne soit au-dessus de mes forces.

Cameron eut un petit rire sans joie.

— Ne t'en fais pas, répondit-il en s'adossant à l'un des

piliers enguirlandés de chèvrefeuille d'une pergola. Même si elle invite des dizaines de jolies filles à Garfield House et qu'elle m'oblige à jouer les chevaliers servants, je ne suis pas près de me marier.

— Ce n'est pas ce que tu m'as dit la nuit dernière. Quand je t'ai demandé ce qui t'avait incité à revenir au pays, tu m'as répondu que tu allais te ranger et conduire à l'autel l'une des prétendantes triées sur le volet que ta mère voulait te présenter.

— Vu l'état dans lequel j'étais, tu n'aurais pas dû croire un mot de ce que je racontais.

— J'aurais pourtant juré que tu étais sincère et que tu avais hâte d'obéir à tes parents.

Cameron écarta la mèche rebelle qui lui taquinait le front et esquissa une grimace comique.

— Jamais plus je ne boirai une goutte de whisky ! déclara-t-il en levant la main droite comme un témoin à la barre d'un tribunal. Jamais plus, je te le promets.

— Sage décision. Ça t'évitera d'avoir un jour l'estomac perforé…

— … et le cerveau en marmelade. Si je ne m'étais pas soûlé après mon accident, j'aurais eu les idées claires et, au lieu de débiter des âneries, je t'aurais parlé de ma vie professionnelle ou des nombreux voyages que j'ai faits depuis mon départ.

— Es-tu certain de n'avoir débité que des âneries, la nuit dernière ?

— Bien sûr ! Pourquoi cette question ?

— Parce que l'alcool est désinhibiteur, et qu'on a souvent moins de mal à s'épancher quand on est ivre que quand on est à jeun.

— Fichtre ! s'exclama Cameron, les yeux étincelants d'ironie. J'étais loin de me douter que tu étudiais la psychologie à tes heures perdues et que tu rêvais de sonder mon inconscient. Veux-tu que je t'achète les œuvres complètes d'Alfred Adler la prochaine fois que j'irai à Sacramento ?

— Non, maugréa Diana. Je préférerais que tu te décides enfin à me dire la vérité.

— Quelle vérité ?

— Celle que tu me caches et que tu n'as pas le courage de regarder en face.

— Navré de te décevoir, Di, mais je n'ai aucune révélation fracassante à te faire. Il y a une éternité que je m'évertue à contrecarrer les projets matrimoniaux de ma chère maman, et ce n'est pas demain que je lui céderai.

— Pourquoi s'obstine-t-elle alors à te chercher une fiancée ?

— Parce qu'elle aime bien tirer des plans sur la comète et se mêler de la vie privée de ses enfants. Si on lui demandait de renoncer à ses chimères, elle aurait l'impression de ne plus exister et sombrerait dans la neurasthénie. Il vaut donc mieux la laisser rêver et ne pas attacher trop d'importance à ce qu'elle raconte. Depuis qu'elle s'est mis en tête de sélectionner des candidates au mariage et d'organiser toutes sortes de festivités, elle est heureuse et n'embête personne, ce qui est l'essentiel.

— Le jour où elle s'apercevra que tu l'as menée en bateau et que tu n'as pas l'intention de fonder un foyer, elle va tomber des nues.

— Peut-être, mais à qui la faute ?

Cameron se pencha et plongea son regard limpide dans celui, troublé, de Diana.

— Quoi que ma mère ait décidé, dit-il avec solennité, je te jure que je n'épouserai aucune des pimbêches dont elle a dressé la liste… ni qui que ce soit d'autre, d'ailleurs. Je tiens trop à mes bonnes vieilles habitudes de célibataire pour succomber au charme d'une jolie fille et me laisser piéger.

— A moins que cette jolie fille n'ait un certain nombre d'atouts.

— Lesquels, par exemple ?

— Un papa industriel ou banquier, et des dollars plein les poches.

— Si tu crois que j'ai des goûts de luxe et que je pourrais céder à l'appât du gain, tu te trompes, Di. Je me fiche pas mal de l'argent.

— Et de l'amour ?

— Encore plus.

— Est-ce parce que tu te méfies des grands sentiments que tu refuses de t'engager ?

— Oui. Chat échaudé craint l'eau froide.

— Chat échaudé ! releva Diana, perplexe. Tu as déjà été marié ?

— Pas tout à fait, mais presque, riposta Cameron, la bouche amère. Et ça m'a tellement traumatisé que je n'ai pas l'intention de renouveler l'expérience.

— Que t'est-il arrivé ?

— Rien qui vaille la peine d'en parler. J'ai vécu avec une femme pendant deux ans et nous avons rompu. Point à la ligne.

— Comment s'appelait-elle ?

— Gina.

Absurdement jalouse de cette Gina inconnue à laquelle Cameron avait failli sacrifier sa précieuse liberté, Diana s'écarta de la pergola et regagna sa camionnette d'un pas pesant.

— Si tu n'as aucune envie de te mettre la corde au cou, jeta-t-elle, tu devrais empêcher ta mère d'inviter des dizaines de jolies filles à Garfield House et de donner des soirées qui vont la ruiner.

— Je n'ai pas dit que toutes les réceptions dont elle rêvait vont avoir lieu ; j'ai juste dit que j'allais la laisser organiser ces festivités, rectifia Cameron. Nuance !

Refusant de s'appesantir sur le sujet, il désigna de l'index le logo blanc et noir ornant la carrosserie de la fourgonnette.

— « Créations florales de Diana », lut-il à voix haute. C'est toi qui as baptisé ainsi ta boutique ?

— Oui. Je sais que j'aurais pu faire preuve d'un peu plus d'originalité, mais je manie mieux les fleurs que les mots.

— Personnellement, je trouve que tu as eu raison de t'en tenir à l'essentiel. Puisque tu détestes les chichis, il est normal que tu ne te sois pas embarrassée de fioritures.

— Merci de ne pas te moquer de mon manque d'imagination. Le jour où j'ai accroché mon enseigne au-dessus de la porte d'entrée de mon magasin, des passants que je ne connaissais ni d'Eve ni d'Adam se sont arrêtés et m'ont dit que j'aurais dû me creuser davantage la cervelle.

— Quand as-tu eu l'idée de te mettre à ton compte ?

— Il y a sept ans. Après avoir quitté le lycée, je suis allée prendre des cours d'horticulture à San Francisco et, pour financer mes études, j'ai travaillé à mi-temps dans une pépinière. Ensuite, comme je ne me voyais pas obéir aux ordres d'un patron jusqu'à l'âge de la retraite, j'ai préféré ouvrir ma propre boutique plutôt que de rester salariée.

— A ta place, j'aurais fait la même chose. Mieux vaut être libre que de dépendre de quelqu'un.

— Au début, il a fallu que je remplisse des tonnes de formulaires administratifs et que je m'habitue à tenir des livres de comptes. Cela dit, je ne regrette pas de m'être lancée dans cette aventure, car j'adore composer des bouquets. Contrairement à certaines de mes amies qui me reprochent d'exercer un métier futile, je trouve que les fleurs jouent un rôle très important tout au long de notre vie. Chaque fois qu'un enfant vient au monde, on offre une gerbe de lis à sa maman et, quand l'un de nos proches disparaît, on couvre sa tombe de glaïeuls ou de chrysanthèmes. Lorsqu'un homme s'éprend d'une femme, il lui achète des roses rouges par dizaines et, le matin de ses noces, il met un œillet blanc à sa boutonnière parce que les œillets sont le symbole de l'ardeur amoureuse.

— Waouh ! s'exclama Cameron, impressionné. Tu as l'air intarissable sur le sujet.

— Pardon de m'être emballée, dit Diana avec un petit sourire gêné. Dès que j'enfourche mon dada, il n'y a plus moyen de m'arrêter.

— Ne t'excuse pas, je t'en prie. Je suis content que tu sois enthousiasmée par ce que tu fais et que tu aimes parler de ton métier.

— Le tien est-il passionnant, lui aussi ?

— Non. Il est tellement prosaïque que je ne vois pas l'intérêt d'en discuter.

— Est-ce à cause de tes responsabilités de P.-D.G. que tu es devenu insomniaque ?

— Pas du tout ! Ce qui m'a empêché de trouver le sommeil, ces deux dernières semaines, ce sont des problèmes familiaux.

Cameron pianota nerveusement du bout des doigts sur le capot de la fourgonnette, puis poursuivit :

— Les réceptions somptueuses que ma mère rêve de donner n'auront lieu que dans son imagination parce que nous n'avons pas les moyens d'inviter des centaines de personnes au manoir cet été.

— Pas les moyens ? répéta Diana, les yeux arrondis de stupeur. Jan m'a dit que la société Van Kirk allait devoir être renflouée mais, comme elle a toujours aimé dramatiser, j'ai cru qu'elle exagérait.

— Cette fois, on ne peut lui reprocher d'avoir noirci le tableau. Lorsque mon grand-père m'a téléphoné il y a quinze jours, j'ai compris que la situation était grave. C'est pour éviter à mes parents d'être expulsés de Garfield House que j'ai décidé de revenir.

— Savent-ils qu'ils risquent de perdre leur maison et d'être jetés à la rue ?

— Je n'en suis pas certain. Ils vivent dans une bulle qui les protège des dures réalités de l'existence et, plutôt que de regarder les choses telles qu'elles sont, ils préfèrent se raconter des histoires.

Diana se rappela les propos enthousiastes d'Alice et sentit son cœur se serrer. Malgré le mépris que lui avait autrefois témoigné la mère de Cameron, elle avait pitié d'elle et aurait voulu l'aider à conserver ses illusions encore très longtemps.

— Depuis quand la société Van Kirk est-elle au bord de la banqueroute ? demanda-t-elle d'une voix pleine de sollicitude.

— Depuis des années et des années, répondit Cameron, les mâchoires crispées. Lorsque mon père a été nommé P.-D.G., il a fait de nombreuses erreurs de gestion et les dettes se sont accumulées. Au lieu de travailler d'arrache-pied et de redresser la situation, il s'est mis à dilapider sa fortune personnelle en allant flamber au casino et s'est offert des cures de remise en forme dans des centres de thalassothérapie où le moindre verre d'eau coûtait aussi cher qu'une bouteille de champagne millésimé.

— Le Patriarche a dû être déçu de voir son fils détruire l'œuvre de sa vie.

— Tellement déçu qu'il a voulu m'initier dès mon plus jeune âge aux arcanes de la finance pour que je sois un jour en mesure de lui succéder. Quand je me suis enfui il y a dix ans parce que je ne supportais plus son autoritarisme, j'ai ruiné tous ses espoirs.

— Malgré vos fréquentes disputes, tu sembles avoir bien retenu les leçons qu'il t'a données, puisque tu as créé ta propre société et qu'elle est en plein essor.

— Ses conseils m'ont effectivement été très utiles. De là à le remercier d'avoir gâché mon enfance et mon adolescence avec ses crises de fureur et ses interminables sermons, il y a un pas que je n'ai pas encore réussi à franchir.

— Comment s'est déroulé votre entretien dans la bibliothèque ?

— Mieux que je ne le craignais. Après m'avoir montré le bilan des deux derniers exercices, il m'a demandé de sauver la famille du naufrage.

— Et tu as accepté ?

— Oui, mais je ne suis pas certain d'y arriver.

« Ne te laisse pas attendrir par cet égoïste ! se dit Diana en voyant une lueur de détresse traverser le regard de Cameron et en sentant une brusque émotion lui serrer la gorge. Ses problèmes ne sont pas les tiens et, même si tu voulais l'aider à les résoudre, tu en serais incapable. Alors, à quoi bon t'inquiéter ? »

— Désolée de ne pas pouvoir t'être d'une grande utilité, marmonna-t-elle. J'aurais aimé te…

— Tu n'as aucune raison de t'excuser, Di, la coupa-t-il. Tu n'es pour rien dans cette histoire et tu n'as pas à te préoccuper de l'avenir des Van Kirk. A partir de maintenant, ne pense qu'à tes fleurs… et à ton bébé !

— Si tu t'imagines que je vais grimper là-haut, tu te berces d'illusions, mon vieux, lança Diana au petit siamois dont les miaulements l'avaient réveillée. Ce n'est pas parce que tu as eu la mauvaise idée d'aller te réfugier au sommet de ce gros chêne que je dois me sentir obligée de monter te chercher et de…

Interrompue par la sonnerie stridente de son téléphone, Diana se précipita vers son living-room et décrocha l'appareil.

— Pardon de te déranger à cette heure-ci, Di, lui dit son cousin Ben avant qu'elle n'ait pu prononcer un seul mot, mais j'ai appris hier soir que notre oncle Luke est mort à la fin de la semaine dernière et qu'il nous a légué conjointement un grand terrain qu'il possédait au cœur de la sierra Nevada.

— Pourquoi n'avons-nous pas été avertis plus tôt de son décès ?

— Parce qu'il vivait loin de tout et que son notaire a mis un certain temps à me retrouver. Comme ce pauvre Luke n'avait pas d'autre famille que nous deux, ses biens nous reviennent de plein droit. Dès que j'aurai regagné mon cabinet, je te faxerai les documents que Me Lawton m'a envoyés par exprès et tu n'auras qu'à y jeter un œil.

— Merci. Je demanderai à l'une de mes clientes, qui est juriste, de m'aider à les décrypter et de…

— Oh ! ne te donne pas cette peine ! Les hectares dont nous allons hériter ne valent que quelques milliers de dollars, d'après ce que j'ai cru comprendre. Il sera donc inutile que tu passes des heures à déchiffrer l'acte de propriété et à étudier le plan cadastral.

« Je parie que ce filou de Ben va essayer encore une fois de me rouler dans la farine », se dit Diana, alertée par le ton doucereux qu'employait son cousin depuis le début de leur conversation.

Lorsqu'il était descendu à Gold Dust pour les funérailles de son père, il avait de la même manière enrobé chacune de ses phrases de sucre et de miel jusqu'à ce qu'il s'aperçoive que le testament de Jed Collins et son codicille étaient inattaquables.

— Dès que j'aurai reçu les papiers, je t'appellerai et nous nous donnerons rendez-vous à Sacramento, répondit-elle avant de saluer Ben d'un rapide « au revoir » et de monter prendre une douche.

Quand, vêtue d'un jean et d'un T-shirt ample, elle redescendit au rez-de-chaussée trois quarts d'heure plus tard, les gros nuages fuligineux que le vent avait ballottés au-dessus de la vallée de Gold Dust tout au long de la nuit vinrent se liquéfier au bord du lac Apache et transformer la grève en bourbier.

Le nez collé à la fenêtre de son bureau, Diana regarda la pluie tomber d'un ciel d'obsidienne et tourbillonner sur les lattes du ponton. Puis, déçue de ne pouvoir aller biner ses plates-bandes, elle s'assit dans son fauteuil et parcourut des yeux l'un des nombreux imprimés qui encombraient son sous-main.

— Quelle corvée, cette paperasserie ! marmonna-t-elle juste avant que le chaton qui l'avait tirée du sommeil au début de la matinée ne se remette à miauler.

De crainte qu'il ne perde l'équilibre pendant l'orage et tombe, elle sortit et se dirigea vers le vieux chêne où il avait eu l'imprudence de se réfugier.

— Tiens bon, petit coquin, lui dit-elle en escaladant le tronc moussu de l'arbre avec une audace dont elle se serait crue incapable cinq minutes plus tôt. J'arrive.

Cependant, quand un éclair déchira le ciel de part en part et l'aveugla, elle baissa la tête et sentit une vague de panique la submerger.

— Comment faire pour redescendre ? murmura-t-elle, prise de vertige. Par ta faute, Kitty, ajouta-t-elle à l'adresse du chaton qui continuait à geindre au-dessus de sa tête, je vais être obligée de rester ici jusqu'à ce que quelqu'un veuille bien venir à mon aide !

— Miaou ! fit le siamois apeuré.

— Oh ! inutile de te plaindre, mon vieux ! lui lança Diana après avoir réussi à enfourcher une grosse branche que cinglaient la pluie et le vent. Si nous en sommes là, tous les deux, c'est à cause de ta bêtise. Alors, arrête de gémir et cherchons ensemble une solution à notre…

Le rugissement d'un moteur abrégea sa tirade.

— Ouf ! s'exclama-t-elle en glissant un œil vers la petite route creusée de fondrières menant à son cottage. Encore un peu de patience, Kitty, et nous allons être sauvés.

Mais, quand elle vit Cameron se garer sur le bas-côté et descendre d'un 4x4 gris métallisé qu'il avait dû louer dès le lendemain de son accident, elle se recroquevilla contre le tronc du chêne, le cœur agité de soubresauts. Depuis leur longue conversation à Garfield House quarante-huit heures plus tôt, il ne s'était pas manifesté. Qu'il ait décidé de venir à Blue Gate en pleine tempête et au moment précis où elle avait besoin d'aide était donc aussi étrange qu'horripilant.

— Tu es là, Di ? cria-t-il de toute la force de ses poumons pour essayer de couvrir le tumulte de l'orage.

Que faire ? se demanda-t-elle en sentant de grosses gouttes s'écraser sur son visage et en réprimant un frisson. Rester cachée ici jusqu'à ce qu'il reparte et chercher ensuite un moyen de regagner la terre ferme sans déranger qui que ce soit ? Ou l'appeler au secours comme une gamine terrorisée et subir les sarcasmes qui s'ensuivraient immanquablement ?

Avant qu'elle n'ait pu résoudre cet épineux dilemme, le chaton, qui s'était tu à l'arrivée du 4x4, se remit à miauler de plus belle, attirant l'attention de Cameron.

— Salut, Di ! lança ce dernier après avoir contourné le cottage et levé la tête vers la branche sur laquelle elle était perchée. Tu t'amuses bien ?

— Très bien, répondit-elle d'un air bravache. La vue qu'on a d'ici est magnifique.

— Oh ! mais je n'en doute pas ! Est-ce parce que tu as voulu en faire profiter ton chat que vous êtes montés là-haut ?

— Kitty ne m'appartient pas. J'ai fait sa connaissance ce matin, à mon réveil.

— Et tu as décidé de l'adopter ?

— Non. Jusqu'à présent, je me suis contentée de lui passer un savon. Si tu as envie de l'emmener à Garfield House et de t'en occuper, viens le chercher. Comme il doit avoir une faim de loup, il ne demandera pas mieux que de quitter son refuge et de te suivre.

— Le problème, c'est que ma mère est allergique aux poils de chat et que ma sœur déteste les animaux. Il y a donc peu de chances qu'elles acceptent de l'héberger.

— Dommage, car j'aurais bien aimé te le confier.

— Quand vous aurez fini d'admirer le panorama, lui et toi, voudras-tu que je t'aide à descendre ?

— Certainement pas ! se récria Diana avec une dignité de reine offensée. Au cas où tu l'aurais oublié, je te rappelle que j'avais l'habitude de grimper aux arbres, autrefois, et que j'aurais pu en remontrer à Tarzan.

— J'aurais mauvaise grâce à insister, alors, ironisa Cameron en la saluant d'une profonde inclination du buste et en tournant les talons.

— Non, ne t'en va pas ! hurla-t-elle. Si tu pars, je serai obligée de rester sur cette maudite branche jusqu'à ce qu'une âme charitable ait pitié de moi et vienne m'apporter une échelle. Il y a quinze ans, je n'aurais eu besoin de personne, mais je suis moins intrépide maintenant qu'à cette époque-là et je tremble comme une feuille à l'idée de…

— Enfin un peu d'humilité ! se moqua Cameron avant de revenir sur ses pas, un sourire triomphant aux lèvres. Ce n'est pas trop tôt !

Après l'avoir aidée à quitter son perchoir, il lui entoura les épaules d'un bras amical et l'entraîna vers l'étroite véranda qui longeait son cottage.

— Oh ! zut ! s'exclama-t-elle. Nous avons laissé Kitty sur l'arbre.

— Ne t'inquiète pas pour ce petit voyou. Il a réussi à descendre sans ton aide et semble impatient de boire un grand bol de lait.

A la vue du chaton qui grelottait entre deux massifs de rhododendrons, Diana sentit une bouffée de tendresse lui gonfler le cœur.

— Viens vite te mettre à l'abri, fripouille ! lui intima-t-elle en ouvrant la porte-fenêtre de son living-room.

— Si tu ne veux pas que ton nouveau copain attrape une pneumonie, il va falloir que tu te dépêches de l'essuyer, lui conseilla Cameron. Regarde-le, il est trempé jusqu'aux os.

— Il n'est pas le seul à avoir pris une douche, maugréa-t-elle en frissonnant. J'ai l'impression d'avoir passé la matinée entière sous une lance à eau.

— Bien que je n'aie pas eu la sottise de monter admirer la vallée de Gold Dust du haut de ton chêne, je ne suis pas mieux loti que toi. Mes vêtements ont l'air d'avoir séjourné dans une piscine pendant des semaines et mes chaussures en daim sont fichues.

Rendue translucide par la pluie, la chemise blanche que Cameron portait à même la peau soulignait la musculature de son torse et de ses bras avec une telle précision que Diana sentit son pouls s'accélérer.

— Je… je vais aller chercher des serviettes, balbutia-t-elle en espérant que le temps qu'il lui faudrait pour aller à la salle de bains lui suffirait pour se reprendre.

Inconscient des efforts qu'elle s'imposait pour garder la tête froide, Cameron prit l'un des jolis draps de bain à liteaux brodés qu'elle lui tendit quelques minutes plus tard, puis enleva sa chemise et se frictionna vigoureusement le dos.

— Tu devrais faire comme moi et t'essuyer, lui dit-il après avoir débouclé son ceinturon.

Ignorant le conseil, elle attrapa Kitty par le cou et l'enveloppa dans une serviette.

— On dirait qu'il s'est attaché à toi et qu'il n'a aucune envie de te quitter, observa Cameron. Auras-tu le cœur de le mettre à la porte une fois que tu l'auras séché et nourri ?

— Je n'en sais rien, murmura-t-elle. Je n'ai pas encore réfléchi à la question.

— A ta place, je lui offrirais l'hospitalité en attendant que quelqu'un accepte de l'adopter.

— C'est ce que je vais faire, sois tranquille. Contrairement à ta sœur, j'adore les animaux et je serais incapable d'abandonner Kitty à son triste sort.

— Tant mieux, car je le trouve sympathique avec ses longues moustaches et ses grands yeux bleus… A propos d'animaux, où est passé le golden retriever qui te suivait partout quand tu avais seize ans ?

— Il est mort de vieillesse.

— Oh ! excuse-moi ! Si j'avais su que ce brave Max avait rendu l'âme, je ne t'aurais pas parlé de lui.

Voyant ses yeux s'embuer, Cameron enroula un drap de bain autour des épaules de Diana et la serra contre lui.

— Pourquoi es-tu venu à Blue Gate ? lui demanda-t-elle après s'être dégagée d'une secousse.

— Parce que tu m'as manqué ces deux derniers jours, répondit-il sans chercher à la reprendre dans ses bras ni à lui voler le baiser torride dont il rêvait. Hier, je suis allé à Los Angeles et j'ai essayé de convaincre plusieurs banquiers d'investir des millions de dollars dans la société Van Kirk. Malheureusement, aucun d'eux n'a eu l'air impressionné par mes talents d'orateur. J'ai également rencontré un agent immobilier qui m'a promis de passer à Garfield House avant la fin de l'été et d'estimer le domaine.

— Si tu obliges tes parents à quitter leur maison, ils en mourront.

— Il n'est pas encore question de mettre le manoir en vente, rassure-toi. Je n'en arriverai à cette extrémité que quand mes autres tentatives de sauvetage auront échoué.

— As-tu dit à ta mère que les barbecues et les garden-parties qu'elle a décidé d'organiser ne pourront pas avoir lieu, faute d'argent ?

— Non. Elle est si heureuse de tout planifier que je n'ai pas voulu lui ôter ses illusions.

— Il vaudrait mieux que tu lui dises la vérité dès que possible et que tu lui conseilles de ne pas trop dépenser… Plus tu tarderas à lui parler, plus la situation s'aggravera. André Degregor, le rosiériste de renommée internationale qu'elle a engagé, et le célèbre traiteur de San Francisco dont elle s'est offert les services vont lui réclamer des sommes astronomiques et elle n'aura pas les moyens de régler leurs factures.

— Je sais qu'elle a fait des folies et que je devrais la raisonner, mais je n'en ai pas le courage.

Irrité du tour qu'avait pris la conversation, Cameron s'écarta de Diana et embrassa le living-room du regard.

— C'est la première fois que je suis autorisé à pénétrer dans cette pièce, enchaîna-t-il en posant sa chemise sur le dossier d'une chaise qu'il poussa devant la cheminée où flambait un bon feu. Ton père était un vrai cerbère et ne supportait pas que des étrangers viennent chez lui.

— Il n'aimait effectivement pas recevoir de visites.

— Un jour, j'ai pourtant failli le bousculer et entrer de force.

— Ah bon ? s'exclama Diana, surprise. Que lui voulais-tu ?

— L'obliger à m'écouter. Comme il t'avait mis un œil au beurre noir, je lui ai dit que s'il continuait à te tabasser tu irais te réfugier à Garfield House.

— Et que t'a-t-il répondu ? Qu'il regrettait de m'avoir frappée et qu'il éviterait à l'avenir de me prendre pour un punching-ball ?

— Non. Il a épaulé son fusil et m'a menacé de me trouer la peau.

— Pas étonnant qu'il ait réagi de cette façon ! Il détestait qu'on se mêle de ses affaires et n'aurait pas hésité à te tuer.

— Ça, je le sais. Il avait l'air tellement remonté contre les Van Kirk en général et contre moi en particulier qu'il aurait de toute évidence pris plaisir à me tirer dessus.

— Que reprochait-il à ta famille ?

— D'être trop riche et trop snob. Quand je l'ai averti que je t'emmènerais vivre au manoir s'il n'arrêtait pas de te battre, il m'a ri au nez.

— Pourquoi ?

— Parce qu'il pensait que mes parents refuseraient d'accueillir une fille d'ouvriers sous leur toit.

— Et il se trompait ?

« Non, hélas ! » répondit mentalement Cameron au souvenir du cri d'horreur qu'avait poussé sa mère lorsqu'il lui avait demandé d'héberger Diana.

— Depuis qu'il était veuf, ton père en voulait à la terre entière et ne supportait pas que les autres aient eu plus de chance que lui, dit-il en regardant Diana offrir un bol de lait à Kitty.

— Il n'était pas veuf, corrigea-t-elle, rouge de confusion. Comme il ne tenait pas à ce que les gens le plaignent, il m'avait défendu de dire la vérité et j'avais tellement peur de recevoir un coup de poing que je lui ai obéi sans sourciller.

— De quelle vérité parles-tu ?

— De celle qu'il a cachée à tout le monde pendant des années parce qu'il était trop fier pour admettre qu'il s'était fait plaquer.

Cameron s'immobilisa près de la cheminée, sans chercher à masquer sa perplexité.

— Qu'il s'était fait plaquer ? répéta-t-il après un long silence. Ta mère n'est pas morte ?

— Non, confirma Diana dans un murmure. Elle a quitté Gold Dust le lendemain de mon sixième anniversaire.

— T'a-t-elle donné de ses nouvelles, ensuite ?

— Pas une fois.

— Et toi, as-tu essayé de retrouver sa trace ?

— A quoi bon ?

— Lorsque tu auras accouché, tu auras sans doute envie de l'inviter à Blue Gate et de lui présenter son petit-fils ou sa petite-fille.

— Oh ! je ne crois pas ! Puisque c'est elle qui m'a laissé tomber, il n'y a aucune raison pour que je cherche à la revoir.

— Quand ton enfant doit-il naître ?

— Cela ne te regarde pas, Cam ! répliqua Diana d'une voix frémissante. Tu n'es ni mon mari ni mon fiancé et rien ne m'oblige à te parler de mon bébé.

— Si tu t'imagines que je vais me satisfaire de cette réponse, Di, rétorqua-t-il avec une inhabituelle brusquerie, tu te trompes lourdement !

5

— Parle-moi de ta grossesse, enchaîna Cameron d'un ton radouci. Parle-moi de tes joies et de tes peines, de tes espoirs et de tes rêves de future maman.

— Pourquoi voudrais-tu que je te raconte ma vie et que je te dise ce qu'il y a au fond de mon cœur ? s'insurgea Diana, les yeux embués de larmes. Tu m'as laissée sans nouvelles pendant des lustres et, maintenant que tu es de retour à Gold Dust, tu aimerais rattraper le temps perdu en quelques phrases ? Mais c'est impossible, Cam… Impossible, tu comprends ? Ce qui m'est arrivé depuis ton départ ne te regarde pas.

— Après ce que nous avons partagé autrefois, tu devrais savoir que je suis ton ami et que je le resterai jusqu'à la fin de mes jours. Peu importent les blessures qu'on nous a infligées ces dix dernières années et les épreuves que nous avons traversées chacun de notre côté ! Seuls comptent le présent et l'avenir.

— Vu la manière dont tu t'es conduit, il m'est difficile de croire à tes belles paroles. Si je te révélais tous mes secrets et que tu quittais Gold Dust à la fin de l'été, j'aurais l'impression de m'être confiée à un courant d'air.

Cameron s'approcha de Diana à pas lents et l'enferma dans le cercle magique de ses bras.

— Connais-tu déjà le sexe de ton bébé ? lui demanda-t-il d'une voix tellement douce qu'elle se sentit fléchir.

— Oui, murmura-t-elle. D'après ce que m'a dit ma gynécologue quand je suis allée la consulter début juillet, c'est une petite fille que je vais mettre au monde en novembre.

— Comment la baptiseras-tu ?

— Mia. Ma mère s'appelle ainsi et, bien que je ne lui aie pas encore pardonné de m'avoir abandonnée, je n'ai pas réussi à trouver de prénom plus joli que le sien.

— Au lieu de continuer à lui en vouloir et de ruminer ta rancœur, tu devrais renouer avec elle et essayer de comprendre pourquoi elle s'est enfuie de Blue Gate il y a vingt-deux ans. Je ne peux pas croire qu'elle soit partie sur un coup de tête et qu'elle n'ait pas cherché ensuite à te revoir.

— Que tu le croies ou non, je m'en moque ! s'écria Diana en repoussant les bras qui l'emprisonnaient et en fusillant Cameron du regard. Je n'ai pas besoin de ta compassion ni de tes sages conseils.

— Tu ne disais pas la même chose autrefois, riposta-t-il, conscient d'avoir manqué de tact et de psychologie, mais incapable de quitter le terrain accidenté où il s'était aventuré. Dès que tu avais un problème, tu m'appelais à la rescousse et je t'aidais à le résoudre.

— C'est justement ce que je te reproche. A force de jouer les preux chevaliers et de me traiter comme une princesse, tu m'as rendue beaucoup trop exigeante.

— Toi, trop exigeante ? releva Cameron, dérouté. Tu veux rire ?

— Non, je suis très sérieuse, au contraire. Si je ne t'avais pas connu, je me serais fait un peu moins d'illusions.

— A quel sujet ?

— Au sujet des hommes. J'aurais cru qu'ils ressemblaient tous à mon père et je n'aurais pas perdu mon temps à rêver du prince charmant. Pendant mes études, je suis sortie avec plusieurs garçons en espérant que l'un d'eux serait ta copie conforme. A un moment donné, il a bien fallu que je me rende à l'évidence et que je cesse de courir après des chimères. Puisque personne autour de moi ne pouvait t'égaler, je me suis dit qu'il était inutile de te chercher un remplaçant et j'ai décidé de me consacrer entièrement à mon travail.

— Tu m'as idéalisé, Di. Je n'ai ni l'étoffe d'un héros romantique ni les qualités du fiancé modèle et je suis sûr que tes anciens petits amis n'auraient eu aucun mal à m'éclipser si tu ne les avais pas jetés comme des Kleenex au premier faux pas.

— Je ne les ai pas jetés comme des Kleenex ! Je les ai juste quittés en douceur avant qu'ils ne se mettent à me parler mariage.

— En douceur, répéta Cameron, l'ombre d'un sourire aux lèvres. Dois-je comprendre que tu les as poussés hors de ta chambre avec d'infinies précautions au lieu de les expulser à grands coups de pied et de claquer la porte derrière eux ?

— Oui, acquiesça Diana. Je me suis montrée très patiente et très diplomate pour ne pas les blesser.

— Oh ! je veux bien le croire ! Tu es tellement gentille et tellement compatissante que tu n'as jamais osé faire souffrir qui que ce soit.

— On ne peut pas en dire autant de tout le monde. J'en connais qui n'ont pas hésité à abandonner leurs amis pour aller chercher fortune ailleurs et qui sont revenus au bout de dix ans en s'imaginant qu'ils étaient attendus comme le Messie.

— Est-ce de moi que tu parles ?

— A ton avis ?

Diana leva vers Cameron un regard où se mêlaient tristesse et colère.

— A partir d'aujourd'hui, il va falloir que nous évitions les tête-à-tête et que nous rayions de notre mémoire ce qui s'est passé entre nous, dit-elle d'un ton ferme. Je ne suis plus l'adolescente naïve et romanesque qui t'avait placé sur un piédestal et qui t'appelait à l'aide chaque fois qu'elle était en difficulté. J'ai mûri, depuis cette époque-là et, maintenant que je suis enceinte, j'ai mieux à faire que de t'idolâtrer.

— Qui te le demande ?

— Personne. Mais si tu venais souvent me rendre visite à Blue Gate, je pourrais oublier mes belles résolutions et me remettre à t'admirer comme une imbécile.

— Ce que tu racontes n'a aucun sens, protesta Cameron. Nous sommes amis, que tu le veuilles ou non, et je ne vois pas pourquoi nous devrions changer brusquement d'attitude l'un envers l'autre.

— Tu dis cela parce que tu ignores ce que j'ai éprouvé ces dix dernières années. Pendant que tu profitais de ta sacro-sainte liberté, j'ai eu le temps de réfléchir à notre histoire.

— Et à quelle conclusion es-tu arrivée ?

— J'ai réalisé que j'avais déjà gâché une bonne partie de ma vie à cause de toi et que j'avais eu tort de me cramponner à de faux espoirs. Puisqu'il est impossible de rebrousser chemin et de défaire ce qui a été fait, j'aime mieux tourner la page que de chercher constamment à déterrer le passé.

— Qu'essaies-tu de m'expliquer, Di ? s'enquit Cameron, le regard assombri.

— Que j'ai besoin de calme comme toutes les futures mamans et que je ne veux plus te voir débarquer chez moi à l'improviste, dit-elle d'un ton sec.

— Est-ce le père de ton bébé qui t'a conseillé de me traiter de cette façon ?

— Laisse le père de Mia là où il est et sors d'ici avant que je m'énerve.

— Si je n'avais pas eu l'idée géniale de venir à Blue Gate ce matin, qui t'aurait aidée à descendre de ton vieux chêne et à…

— Sors d'ici, Cam ! répéta Diana, un doigt pointé vers son vestibule.

— Entendu, marmonna-t-il en remettant sa chemise encore humide.

Puis, sachant que les femmes enceintes pouvaient être victimes d'un malaise à la moindre contrariété, il s'empressa de quitter le cottage et de regagner son 4x4.

Le jeudi suivant, Diana apporta à Garfield House les derniers bouquets qu'elle avait composés. Comme les parents de Cameron lui avaient téléphoné pour l'informer qu'ils seraient absents jusqu'à midi, elle ne fut pas étonnée de n'apercevoir aucune voiture au bas du perron lorsqu'elle se gara devant l'entrée de service.

Les bras encombrés de fleurs fraîchement écloses, elle alla remplacer les glaïeuls qui s'étiolaient dans la bibliothèque par des pivoines aux pétales flamboyants et par des œillets panachés.

— Voulez-vous que je vous donne un coup de main, mademoiselle Collins ? lui proposa la gouvernante qui venait de la rejoindre.

— Non, merci, Rosa, répondit-elle. Je devrais pouvoir me débrouiller sans votre aide.

— Si vous étiez arrivée dix minutes plus tôt, vous auriez croisé M. James. Quand ses rhumatismes lui laissent un peu de répit, il aime bien s'asseoir à son bureau et feuilleter de vieux recueils de poèmes.

Diana essaya d'imaginer l'irascible grand-père de Cameron lisant des madrigaux ou des sonnets au coin de la fenêtre, et elle sentit un sourire naître sur ses lèvres. Depuis qu'on l'avait chargée de venir fleurir chaque semaine toutes les pièces de l'aile ouest, elle n'avait aperçu James Van Kirk que deux fois sans oser adresser la parole de peur de se faire rabrouer. A en croire les habitants de Gold Dust qui avaient travaillé jadis sous ses ordres, il avait la fâcheuse manie de terroriser ses interlocuteurs dès qu'ils ouvraient la bouche et de leur river leur clou en quelques mots.

Après avoir quitté la bibliothèque, Diana alla garnir de roses thé l'énorme coupe en cristal de Baccarat qui trônait sur la table du living-room et les aiguières à long col dont les dorures ensoleillaient la salle à manger. Elle monta ensuite disséminer de ravissants soliflores en opaline bleu pastel dans les appartements d'Alice Van Kirk et décida d'offrir à Cameron les belles-de-nuit qu'elle avait cueillies le matin même au fond de son jardin.

Persuadée qu'il avait accompagné ses parents à Sacramento et qu'il ne rentrerait au manoir qu'à midi, elle franchit le seuil de sa chambre sans hésiter et posa sur une étagère le joli vase en porcelaine qu'elle avait apporté de son cottage.

— Il aurait quand même pu faire son lit avant de partir, murmura-t-elle à la vue des draps froissés et de l'oreiller qui gisaient au pied des courtines. Pour qui se prend-il, ce fainéant ? Pour un nabab ?

Alors qu'elle s'apprêtait à quitter la pièce, Cameron sortit de sa salle de bains, une serviette de bain enroulée autour de ses hanches, et se dirigea rapidement vers elle comme si un grave danger la menaçait.

— Chut ! intima-t-il en l'attirant tout contre lui. Il y a du monde dans le couloir et je n'aimerais pas qu'on te soupçonne de voyeurisme.

— De... de voyeurisme ! s'exclama-t-elle sans comprendre. Qui pourrait m'accuser d'une chose pareille ?

— Ma sœur et Fiona, la coiffeuse à domicile qui vient une fois par semaine. Elles sont en train de bavarder au fond du corridor et il vaudrait mieux que tu évites de te montrer tant qu'elles n'auront pas quitté le manoir.

— A t'entendre, on croirait que je suis une voleuse ou une meurtrière et que je risque d'être pendue haut et court dès que j'aurai regagné la vallée.

— Pendue, peut-être pas, mais clouée au pilori par les

mauvaises langues de Gold Dust, certainement ! Imagine la piètre opinion que tes clients auraient de toi si Jan et cette vipère de Fiona leur disaient que tu t'es introduite subrepticement dans ma chambre pour me surprendre en tenue d'Adam.

— Ce n'est pas pour admirer tes muscles que je suis entrée ici, c'est pour t'offrir les belles-de-nuit que j'ai cueillies au bord du lac ce matin, protesta Diana en désignant du menton le magnifique bouquet qu'elle avait apporté de Blue Gate.

— Quelles jolies fleurs… et quelle jolie fleuriste ! s'exclama Cameron avant d'incliner la tête et de capturer avec une impatience d'affamé les lèvres qu'elle n'avait ni la force ni l'envie de lui dérober.

« Là est mon bonheur », songea-t-elle alors que le baiser s'épanouissait et que des milliers de sensations affolantes l'assaillaient comme des éclairs de feu. Là, dans ce manoir aux allures de citadelle dont l'accès lui avait été longtemps interdit, dans les bras d'un homme qui l'avait délaissée pendant des années et auquel elle s'était juré de ne jamais, plus jamais accorder sa confiance.

— Je savais bien que ça ne pourrait pas marcher, murmura Cameron quand, à regret, leurs bouches enfiévrées se furent désunies.

— De… de quoi parles-tu ? bredouilla Diana après avoir recouvré son souffle.

— De cette idée saugrenue qui t'a traversé l'esprit lorsque je t'ai rendu visite mardi matin. Tu m'as demandé de ne pas chercher à exhumer le passé parce que tu étais enceinte et que tu avais besoin de calme. Seulement, tu as oublié un détail, Di : chaque fois que nous sommes face à face, nous nous rappelons les baisers que nous avons échangés au bord de ton lac il y a dix ans, et l'attirance physique que nous éprouvons l'un pour l'autre nous donne envie de remonter le temps.

— D'où la nécessité de fuir les tête-à-tête à partir de maintenant.

Une flamme rieuse s'alluma dans le regard bleu saphir de Cameron.

— Moi, je préférerais que nous restions ensemble jusqu'à la fin des siècles et que tu me laisses t'embrasser encore et encore, dit-il d'une voix caressante.

— Pas question ! s'écria Diana en le foudroyant des yeux. Il faut absolument que nous apprenions à nous maîtriser et que nous évitions désormais de nous retrouver seuls.

— Si c'est ce que tu veux, qu'es-tu venue faire dans ma chambre ?

— Je te l'ai déjà dit : je suis montée t'apporter un bouquet de belles-de-nuit. Comme je n'ai pas vu ton 4x4 à mon arrivée, j'ai cru que tu étais allé à Sacramento avec tes parents et que je pouvais entrer ici sans courir le moindre risque.

— Eh bien tu t'es trompée. La prochaine fois que tu auras envie de m'offrir des fleurs en cachette, assure-toi que je ne suis pas dans les parages avant de t'approcher de mon lit.

— Oh ! je m'en assurerai, n'aie crainte ! Le jour où je t'autoriserai à me donner un autre baiser, les éléphants auront des ailes.

Agacée par le petit sourire mi-amusé, mi-dubitatif de Cameron, Diana s'écarta de lui et regagna le corridor en trois enjambées.

— Inutile de me raccompagner ! Je connais le chemin.

Puis, sans lui laisser le temps de riposter, elle dévala l'escalier monumental qui dominait le vestibule du haut de ses balustres délicatement sculptés… et faillit percuter Janey au bas des marches.

— D'où viens-tu, Di ?, demanda Janey d'un air soupçonneux.

— Du premier étage, répliqua-t-elle avec un bel aplomb. Je suis montée fleurir le boudoir et la chambre de ta mère.

— Sais-tu quelle question on m'a posée lorsque je suis descendue en ville, hier ?

— Non, mais je suis sûre que tu ne vas pas tarder à me le dire.

— Comme des habitants de Gold Dust ont vu mon frère se rendre chez toi mardi matin, ils m'ont demandé s'il était le père de ton bébé.

— Et que leur as-tu répondu ?

— Que je n'en avais aucune idée. J'espère que Cam n'a pas été assez stupide pour te faire un enfant ! Il serait dommage qu'il ne puisse pas épouser une riche héritière à cause de toi. Mes parents ont confiance en lui, et il n'a pas intérêt à les décevoir.

— C'est ce que j'ai cru comprendre la dernière fois que je suis venue ici.

— Quand ma mère t'a décrit les barbecues, les garden-parties et les dîners somptueux qu'elle voulait organiser en l'honneur de son fils adoré, tu as dû tomber de haut.

— Pas du tout ! Son projet m'a emballée, au contraire.

— Tu parles ! s'exclama Janey avec une moue railleuse. A seize ans, tu étais déjà folle de Cam. Alors, ça m'étonnerait que tu acceptes de décorer Garfield House pendant les festivités et que tu aides mon frère à dénicher la perle rare.

— Je ne vais effectivement lui être d'aucune utilité, mais pas pour les raisons que tu imagines, Jan, riposta Diana du tac au tac. Comme je serai absente de Gold Dust ces quinze prochains jours, il me sera impossible d'apporter des bouquets au manoir chaque matin et de continuer à te servir de tête de Turc.

Ravie d'avoir eu le dernier mot, elle pirouetta sur ses talons et sortit du vestibule d'un pas allègre.

« Maintenant que j'ai trouvé le moyen de fuir Cam et sa famille, il ne me reste plus qu'à m'accorder deux semaines de vacances », songea-t-elle avant de regagner sa fourgonnette et de démarrer dans un joyeux vrombissement.

6

Après avoir passé une semaine et demie à San Francisco, chez l'une de ses anciennes camarades d'université, Diana alla à Sacramento dans l'espoir d'y rencontrer son cousin Ben. Comme il avait dû s'absenter pour des raisons professionnelles, elle ne réussit à le joindre que par téléphone.

— Je viendrai à Gold Dust mercredi prochain, lui dit-il de ce ton suave dont elle avait appris à se méfier. Où veux-tu que nous nous donnions rendez-vous ? Dans ton magasin ?

— Non. J'ai demandé à Penny, mon assistante, de tenir la boutique jusqu'à la fin de mes vacances et il ne faudrait pas que nous l'empêchions de travailler. Retrouvons-nous plutôt au Dorry's. C'est un petit snack-bar situé en haut de Main Street, à une centaine de mètres du jardin public.

— Très bien. J'y serai à midi.

— N'oublie pas d'apporter les documents que Me Lawton t'a transmis. Ceux que tu m'as faxés l'autre jour sont tellement succincts que je ne sais pas en quoi consiste notre héritage.

— Il me semble pourtant te l'avoir expliqué la dernière fois que je t'ai appelée.

— « Expliqué » n'est pas le terme adéquat. Tu m'as simplement informée que notre oncle Luke nous a légué un terrain qui ne valait pas grand-chose. Mais il se pourrait que cette parcelle soit constructible et qu'elle intéresse des promoteurs immobiliers.

— Ne te fais pas trop d'illusions, Di. A moins d'avoir perdu la tête, aucun investisseur n'aurait l'idée d'acheter des hectares de friche en pleine montagne. Tu n'es donc pas près de t'offrir une limousine avec chauffeur et des rivières de diamants.

— Dommage ! ironisa Diana. Moi qui rêvais de troquer ma fourgonnette contre une voiture de luxe et de dévaliser des joailleries, je suis très déçue.

Là-dessus, impatiente de mettre un terme à la conversation, elle salua Ben d'un bref « à bientôt » et raccrocha avant qu'il n'ait eu le temps de refroidir le peu d'enthousiasme qui lui restait.

Lorsque, vêtue d'une robe de grossesse en jersey rouge vif qui moulait ses formes épanouies comme une seconde peau, Diana arriva dans le centre de Gold Dust le mercredi suivant, toutes les vieilles dames qu'elle croisa dans les allées ombragées du square posèrent sur elle un regard ouvertement réprobateur.

— Bonjour, mademoiselle Collins, lui lança Mildred Johnson, la pire cancanière de la région. Où avez-vous trouvé ce joli fourreau ?

— Dans une boutique spécialisée de San Francisco, répondit Diana. Dès que je l'ai aperçu en vitrine, j'ai eu envie de l'acheter.

— Vous avez eu raison de vous l'offrir, car il vous va à merveille, mais ne pensez-vous pas qu'il aurait été préférable de choisir un modèle plus… discret ?

— Non. Pourquoi voudriez-vous que je porte des jupes à fronces et des T-shirts amples qui me donneraient l'air d'une montgolfière ?

— Parce que cela vous éviterait d'attirer l'attention des gens et d'être en butte à leur curiosité. Comme vous n'êtes ni mariée ni fiancée, tout le monde se demande qui peut bien être le papa de votre bébé.

— Si vos amies vous posent un jour la question, vous n'aurez qu'à changer de sujet.

— De qui devrai-je leur parler ? Du beau Cameron Van Kirk ? Je crois savoir que vous étiez très liés, tous les deux, autrefois.

Irritée par le sourire mielleux de son interlocutrice, Diana retint de justesse la réplique acerbe qui lui brûlait les lèvres.

— Excusez-moi de vous fausser compagnie, madame Johnson, mais j'ai des courses à faire, prétendit-elle avant de quitter le jardin public et de remonter Main Street à grandes enjambées.

Cameron venait de prendre congé du garagiste qui avait réparé son cabriolet accidenté lorsqu'il vit Diana pousser la porte du Dorry's.

« Quelle chance qu'il y ait au moins dix personnes dans la salle ! songea-t-il en traversant la rue. Comme cela, elle ne pourra pas me reprocher de vouloir lui imposer un nouveau tête-à-tête. »

Pendant les deux semaines qu'elle avait passées loin de Gold Dust, elle lui avait tellement manqué qu'il était allé se promener à trois ou quatre reprises au bord du lac Apache pour le seul plaisir d'admirer la crique où ils avaient échangé leur tout premier baiser.

— Salut, Di ! lui dit-il après s'être assis à sa table. Tu es très en beauté, aujourd'hui.

« Et toi, tu es encore plus séduisant qu'un héros de conte de fées », répondit-elle silencieusement.

Avec son teint hâlé, sa bouche aux lèvres sensuelles qu'effleurait un demi-sourire et ses pommettes hautes sur lesquelles un rayon de soleil improvisait des jeux d'ombre et de lumière, il incarnait le charme et la virilité à l'état pur.

— Va-t'en ! maugréa-t-elle en s'arrachant de mauvaise

grâce à sa contemplation. Je t'ai déjà demandé je ne sais combien de fois de me laisser tranquille.

— Non, ce ne sont pas les termes que tu as employés, objecta-t-il. Tu m'as dit que nous allions devoir éviter les tête-à-tête et apprendre à nous maîtriser. Puisque nous ne sommes pas seuls dans cette salle et que je ne risque pas de perdre mon sang-froid en public, tu n'as donc aucune raison de me rembarrer. Nous sommes de vieux amis et, n'en déplaise aux commères de Gold Dust, il est normal que nous buvions un verre ensemble quand cela nous chante.

— A propos des commères de Gold Dust, je suis tombée sur Mildred Johnson il y a dix minutes et j'ai eu toutes les peines du monde à me débarrasser d'elle.

— De quoi t'a-t-elle parlé ?

— De ma robe. Elle m'a conseillé d'acheter un modèle un peu plus discret afin de ne pas exciter la curiosité des gens.

— J'espère que tu ne vas pas lui obéir et essayer de te fondre dans le décor. Ce fourreau en jersey te sied à ravir et il serait dommage que tu le mettes au rancart.

— Oh ! je n'en ai pas envie, rassure-toi ! Le rouge est ma couleur préférée et, lorsque j'ai ouvert mon armoire ce matin, il ne m'a pas fallu très longtemps pour choisir ma tenue.

— En l'honneur de qui t'es-tu faite aussi belle ?

— En l'honneur de la personne à laquelle j'ai donné rendez-vous.

— S'agit-il d'un homme ou d'une femme ?

— D'un homme. Et j'aimerais que tu t'en ailles avant son arrivée.

Les mots plantés dans le cœur comme des flèches empoisonnées, Cameron émietta l'une des tranches de pain qu'il venait de prendre dans un petit panier en osier et observa Diana à la dérobée. Les mains tremblantes de nervosité, elle venait de porter un verre d'eau à ses lèvres et semblait avoir du mal à déglutir.

Qui était ce mystérieux invité qu'elle ne voulait pas lui présenter ? s'interrogea-t-il, dévoré de jalousie. Un riche habitant de la vallée dont elle espérait obtenir la clientèle ? Non ! Si elle avait eu un marché à négocier, elle serait restée dans son magasin, à l'abri des regards indiscrets. Le père de son bébé ? Probablement… A force d'entendre les mauvaises langues de Gold Dust échafauder toutes sortes d'hypothèses à son sujet, elle avait dû se dire que le meilleur moyen de les réduire au silence serait de s'afficher avec lui.

— Tu sais ce que j'aimerais faire ? demanda-t-il d'un ton rogue. Te jeter sur mon épaule comme une vulgaire botte de paille et t'emmener au fin fond d'une caverne où personne n'aurait l'idée d'aller te chercher.

De stupeur, Diana faillit s'étrangler.

— Que… qu'est-ce que tu racontes ? bredouilla-t-elle, les yeux ronds.

— Tu m'as très bien compris.

— Pourquoi voudrais-tu me kidnapper ?

— Pour te protéger.

— De qui ?

— De l'homme qui t'a mise enceinte et qui n'a pas encore eu le courage d'assumer ses responsabilités. As-tu l'intention de l'épouser ?

— Ça ne te regarde pas.

— Si, justement ! bougonna Cameron. Après tout ce que nous avons vécu ensemble autrefois, j'estime être en droit de te poser des questions et d'exiger des réponses.

— Dans ce cas, sache que je n'ai aucune envie de me marier.

— Vu la façon dont se conduit le père de Mia, ce n'est pas plus mal. Mieux vaut rester célibataire que d'épouser un monstre d'égoïsme qui se soucie de son enfant comme d'une guigne. Quand je le rencontrerai, ce sale type, il aura intérêt à bien se tenir.

— Qu'est-ce qui te fait croire que j'accepterai un jour de te le présenter ?

— Le simple bon sens. Puisque je suis ton meilleur ami, tu ne pourras pas me cacher éternellement son identité. En attendant que tu te décides à me dire qui il est, je m'occuperai de toi à sa place et je veillerai à ce que personne ne vienne t'embêter.

A la fois émue et agacée par l'encombrante sollicitude que lui témoignait Cameron, Diana goûta à la salade composée qu'une serveuse lui avait apportée et profita de cette diversion pour changer de sujet.

— Ta mère a laissé cinq ou six messages sur ma boîte vocale la semaine dernière et je ne sais pas quelle attitude adopter envers elle, dit-elle entre deux bouchées. Que devrai-je lui répondre lorsque je l'aurai en ligne ?

— Que tu es submergée de travail et que tu la rappelleras dès que tu le pourras.

— Lui as-tu expliqué que son grand projet était irréalisable ?

— Oui. Je lui ai parlé de nos ennuis financiers et j'ai essayé d'être ferme, mais je ne suis pas certain qu'elle ait pris conscience de la gravité de la situation.

— Comment a-t-elle réagi quand tu lui as dit que les barbecues et les garden-parties dont elle rêvait n'auraient pas lieu ?

— Elle a voulu m'interrompre et j'ai été obligé de hausser le ton pour qu'elle consente à m'écouter.

— De hausser le ton ? releva Diana en plantant sa fourchette dans une tomate cerise. Tu ne t'es pas mis en colère contre elle, j'espère ?

— Si, avoua Cameron. Elle est tellement frivole et obstinée qu'elle me rend dingue, parfois.

— Au lieu de t'énerver, tu aurais dû lui fournir des preuves de ce que tu avançais.

— C'est ce que j'ai fait. Je lui ai montré le bilan du

dernier exercice et l'arrêté d'expulsion que nous avons reçu du tribunal.

— Concernant le manoir ?

— Non, Dieu merci. Nous sommes chez nous, à Garfield House, et personne n'a encore osé nous demander de quitter les lieux.

— Quel est le bâtiment qu'on vous a ordonné d'évacuer ?

— L'un des entrepôts que nous possédons à Sacramento.

— Ah ! tu me rassures. Pendant un moment, j'ai cru que le shérif de Gold Dust et ses hommes allaient vous chasser de votre maison.

— Quand ma mère a vu le petit papier rose qu'un huissier m'avait remis en main propre, elle s'est précipitée vers le parc comme une furie et s'est étalée de tout son long au pied de l'escalier qui mène à la charmille.

— Oh ! Seigneur ! s'exclama Diana. S'est-elle blessée ?

— Oui. Elle s'est égratigné les jambes et fracturé la cheville.

— La pauvre ! Elle qui adore jardiner, elle va avoir du mal à supporter l'inactivité.

— Ne t'en fais pas, Di. L'orthopédiste qui s'est occupé d'elle lui a certifié qu'elle pourrait se déplacer à l'aide de béquilles avant la fin du mois et qu'elle serait complètement rétablie à Noël. Après l'avoir ramenée de l'hôpital, j'ai renvoyé la plupart des ouvriers qu'elle avait engagés et suggéré à M. Degregor d'aller exercer ses talents ailleurs qu'à Garfield House. J'ai également prié le virtuose des fourneaux qui devait nous mitonner de bons petits plats pendant les festivités de rester à San Francisco jusqu'à nouvel ordre.

— Et la fleuriste attitrée des Van Kirk, seras-tu obligé de la licencier sans préavis ? demanda Diana, un mince sourire aux lèvres.

— J'ai bien peur que oui, marmonna Cameron. Depuis mon retour à Gold Dust, je me démène comme un beau diable pour éviter à mes parents et à mon grand-père d'être expulsés de chez eux, mais je ne suis ni un magicien ni un faiseur de miracles.

— Si tu épousais la fille d'un riche industriel ou d'un magnat du pétrole, les problèmes de ta famille seraient vite résolus.

— Ce serait en effet la meilleure des solutions du point de vue financier.

— Maintenant que tu as décidé d'annuler tous les barbecues, garden-parties et autres dîners qui devaient être organisés en ton honneur, où comptes-tu dénicher la femme de ta vie ? Dans l'un des yacht-clubs de la côte ?

L'air embarrassé, Cameron contempla les miettes de pain qu'il avait éparpillées sur la nappe et les rassembla d'un doigt fébrile.

— A vrai dire, je n'ai pas voulu priver ma mère du seul plaisir qui lui reste, confessa-t-il. Elle était tellement déprimée à sa sortie de l'hôpital que je lui ai promis de la laisser donner au moins une réception cet été.

— Qui se chargera des préparatifs ?

— Elle-même.

— Dans l'état où elle est, je doute qu'elle y arrive.

— C'est exactement la réflexion que je me suis faite en quittant Garfield House ce matin. Alors, j'ai décidé de lui trouver une assistante qui l'aidera à tout mettre en œuvre et qui s'occupera des invités le jour J.

« Si ce mufle s'imagine que je pourrais accepter de me déguiser en soubrette et de servir des crudités aux pimbêches qui viendront lui tourner autour comme des abeilles autour d'un pot de miel, fulmina Diana, il ne va pas tarder à déchanter ! »

— Pourquoi ne proposerais-tu pas à ta sœur de tenir ce rôle ? suggéra-t-elle d'un ton bref.

— Parce qu'elle a un caractère de chien et qu'elle gâcherait la soirée avec ses perpétuelles récriminations.

— Es-tu sûr que ta mère soit de cet avis ?

— Oui. Quand je lui ai demandé qui elle voulait engager, elle m'a répondu qu'elle n'avait confiance en personne d'autre que toi.

— C'est bien ma veine !

— Ça ne te plairait pas de te lancer dans une nouvelle activité ?

— Non. Si je décidais de vendre ma boutique et de me mettre à organiser des réceptions, je te réclamerais de tels honoraires que tu n'aurais pas les moyens de t'offrir mes services.

— Moi qui pensais que tu avais le cœur sur la main et que tu viendrais travailler au manoir gratuitement, je suis sidéré. Où est passée la jeune fille généreuse qui avait l'habitude de me donner les prunes et les abricots qu'elle cueillait dans son jardin ?

— Elle a cédé la place à une femme d'affaires avisée qu'il est très difficile d'attendrir et de…

— Bonjour, Di, coupa une voix masculine. Navré de t'avoir obligée à patienter.

— Ce n'est pas grave, répondit-elle. Je me doutais bien que tu n'arriverais pas au Dorry's à midi pile.

Puis, désignant Cameron, elle enchaîna :

— Je te présente Cam Van Kirk, un copain d'enfance qui a eu la gentillesse de me tenir compagnie et qui va devoir nous quitter.

— Pas du tout ! se récria Cameron. La tarte aux pommes que j'aperçois là-bas, dans la vitrine, est si appétissante que je m'en voudrais de ne pas y goûter.

— Personne ne t'en empêche. Il y a une table libre au fond de la salle et tu y seras mille fois mieux qu'ici.

— D'accord, j'ai compris, grommela Cameron avant de se lever à contrecœur et d'aller s'asseoir à l'autre bout du snack-bar.

« Si ce type est le père de Mia, il n'a pas l'air très amoureux de Di, songea-t-il en regardant l'invité de Diana sortir une liasse de feuillets dactylographiés d'un attaché-case et les étaler sur la nappe. Depuis qu'il est arrivé, il ne lui a pas adressé un seul sourire et ne s'est même pas donné la peine de lui serrer la main. Dommage que je n'aie pas l'ouïe assez fine pour entendre ce qu'il est en train de lui dire ! »

Vêtu d'un costume trois-pièces anthracite et d'une chemise blanche, l'homme que Diana écoutait parler avec une évidente hostilité ressemblait aux avocats à l'élégance discrète et aux manières compassées qui hantaient tous les palais de justice du pays.

Dès qu'il eut rangé ses papiers au fond de son porte-documents et quitté le Dorry's, Diana fit signe à Cameron de s'approcher.

— J'ai besoin que tu m'aides, lui dit-elle.

— A intenter une action en recherche de paternité et à traîner ce sale égoïste devant les tribunaux jusqu'à ce qu'il accepte de te verser une pension alimentaire ? demanda-t-il, impatient d'envoyer son rival au tapis.

— Une action en recherche de paternité ? Tu es tombé sur la tête ou quoi ?

— Le type qui vient de sortir n'est pas le père de ton enfant ?

— Mais non, voyons ! C'est Ben Lanker, mon cousin qui est avoué à Sacramento et dont je t'ai déjà parlé. Il y a deux semaines, il m'a téléphoné pour m'informer que le frère aîné de mon père était décédé et qu'il nous avait légué quelques hectares de friche.

— Où se trouve ce terrain ?

— Je ne sais pas. Ben m'a juste précisé qu'il était situé au cœur de la sierra Nevada et qu'il ne valait pas très cher parce qu'il était loin de tout.

— C'est un peu vague comme description.

— A qui le dis-tu ! D'après Ben, la parcelle est frappée

d'une servitude, ce qui ne nous facilitera pas les choses le jour où nous voudrons la vendre.

— De mieux en mieux !

— Quand j'ai reçu une photocopie de l'acte de propriété et du plan cadastral, j'ai essayé d'appeler Me Lawton, le notaire de mon oncle, mais je n'ai pas réussi à le joindre.

— Ton cousin est-il allé jeter un œil sur votre « fabuleux » héritage ?

— Oui. Il paraît que la zone est aride et qu'il n'y a presque pas de végétation aux alentours.

— La vue est-elle panoramique ?

— Même pas ! A en croire Ben, elle n'a rien d'exceptionnel.

— Au lieu de te fier à lui, tu devrais te rendre sur place et te faire ta propre opinion. Peut-être le terrain est-il constructible malgré son isolement.

— C'est ce que j'ai pensé tout à l'heure, lorsque Ben m'a suggéré de lui vendre ma part. Comme il est très prudent et qu'il n'a pas l'habitude d'acheter n'importe quoi, j'ai trouvé son offre suspecte.

— Raison de plus pour vérifier ses dires. Je connais deux ou trois personnes qui travaillent à la direction de l'urbanisme et qui ne demanderont pas mieux que de me renseigner.

— Formidable ! s'exclama Diana. Si tu découvres que Ben m'a raconté des histoires et qu'il a voulu me spolier, je ne te remercierai jamais assez de l'avoir empêché d'arriver à ses fins.

— De quelle façon me prouveras-tu ta gratitude ? lui demanda Cameron, une étincelle d'humour au fond des yeux. En acceptant d'aider ma mère à organiser sa grande réception ?

— Ah ! ce que tu peux être agaçant ! Quand tu te mets une idée stupide en tête, tu t'y cramponnes comme un naufragé à sa bouée.

— C'est ce qu'on appelle la persévérance, mon ange. Après tout le mal que je vais me donner pour t'éviter de brader ta part d'héritage, la moindre des choses serait que tu m'accordes une faveur.

— Arrête de m'échauffer les oreilles, Cam, et fiche le camp ! maugréa Diana.

— A vos ordres, belle dame ! ironisa-t-il avant de s'incliner vers elle et de lui faire un baisemain que n'aurait pas désavoué le chef du protocole à la cour d'Angleterre.

Dès que Cameron eut pris le plan cadastral qu'elle lui tendait et quitté le Dorry's d'une démarche nonchalante, la dizaine de clients qui étaient en train de déjeuner au fond du snack-bar dévisagèrent Diana avec une telle curiosité qu'elle se sentit rougir jusqu'à la racine des cheveux.

« Je parie qu'ils ont hâte d'empoigner leur portable et de raconter à leurs amis ce qui vient de se passer », se dit-elle, mortifiée.

Bientôt, de trottoir en trottoir, de boutique en boutique, le bruit se répandrait qu'elle était retombée sous le charme de Cameron Van Kirk et que le mystérieux papa de son bébé ne pouvait être que lui.

7

Deux jours plus tard, Cameron téléphona à Diana pour l'informer qu'il avait réussi à se procurer une carte d'état-major où figurait le terrain dont Ben et elle avaient hérité.

Après avoir enfilé à la va-vite ce qu'elle appelait pompeusement sa « tenue d'aventurière » — un pantalon de toile kaki, une tunique beige et un Stetson en cuir fauve —, elle remplit d'eau fraîche l'écuelle de Kitty, arrosa ses massifs de fleurs et alla se poster à l'entrée de Blue Gate.

— Salut, mademoiselle la Baroudeuse ! lui dit Cameron après s'être arrêté dans un grincement de freins devant la grille bleu ciel du cottage. Qu'est devenue l'élégante femme d'affaires avec laquelle j'ai eu le plaisir de bavarder mercredi dernier ?

— Elle a rangé sa robe de star au fond de son armoire et s'est déguisée en Indiana Jones, répliqua-t-elle d'un ton léger. Tu y vois un inconvénient ?

— Non, aucun. Habillée ainsi, tu es jolie à croquer.

— Merci du compliment. Il me va droit au cœur.

— C'est normal ; il est tout ce qu'il y a de plus sincère.

— Au lieu de perdre notre temps à badiner, passons aux choses sérieuses. As-tu pensé à m'apporter la carte dont tu m'as parlé au téléphone ?

— Oui.

— Où est-elle ?

— Dans ma boîte à gants, mais il est hors de question que je te la donne et que je te laisse partir seule en pleine montagne.

— Ne me dis pas que tu as décidé de me servir de chauffeur !

— Si. Rosa nous a préparé un pique-nique et j'ai hâte de déguster les pans-bagnats qu'elle a confectionnés. Veux-tu que j'ouvre le gros panier en osier qu'elle m'a remis il y a vingt minutes et que je…

— Non, inutile ! Connaissant ses talents de cordon-bleu, je suis persuadée que ses sandwichs sont de pures merveilles et que je ne pourrais pas résister au plaisir d'y goûter.

— Alors qu'attends-tu pour monter en voiture et boucler ta ceinture de sécurité ?

— Que tu me fasses voir où se trouve le terrain dont j'ai hérité.

— D'accord, mais à une condition.

— Laquelle ?

— Que tu me jures sur la tête de Kitty de ne pas chercher à t'enfuir et de ne pas aller crapahuter seule dans la sierra Nevada.

— La confiance règne !

Diana s'installa dans le cabriolet avec un soupir agacé, puis déplia d'une main impatiente la carte que Cameron venait de retirer de sa boîte à gants.

— Oh ! là, là ! s'exclama-t-elle en fixant le cercle qu'il avait tracé à l'aide d'un feutre rouge. Quand Ben disait que notre oncle Luke avait vécu loin de tout, il ne mentait pas. La parcelle qu'il nous a léguée est à des dizaines de kilomètres des grands axes.

— Heureusement que nous sommes en été et que le soleil brille ! Nous n'aurions pas pu nous rendre sur place par mauvais temps. En hiver, le raidillon qui mène à ta propriété doit être impraticable.

— As-tu écouté le bulletin météo ce matin ?

— Oui. Et il était très optimiste.

— Encore une chance, car je n'ose pas imaginer ce qui se passerait si un orage éclatait et que nous nous retrouvions bloqués en altitude.

— Nous serions obligés de rester à l'abri dans la voiture et tu aurais si peur que tu te serrerais contre moi à chaque grondement de tonnerre, répliqua Cameron avec une pointe de malice.

— Ne rêve pas, idiot ! s'exclama Diana en attachant sa ceinture de sécurité et en lui faisant signe de démarrer.

Après avoir quitté la nationale qui reliait la vallée de Gold Dust à la sierra Nevada, ils empruntèrent des routes escarpées le long desquelles paissaient des vaches et des alpagas. A la sortie d'une petite ville pittoresque dont les maisons chapeautées de tuiles brunes s'étageaient à flanc de montagne, ils bifurquèrent vers un chemin cahoteux que bordaient des éboulis rocheux, de gros arbres décapités par la foudre et des touffes de broussailles.

— Si j'avais su que nous serions secoués comme des pruniers sur une vingtaine de kilomètres, j'aurais gardé le 4x4 que j'avais loué le lendemain de mon accident, marmonna Cameron dès qu'ils eurent atteint le sommet du raidillon.

— Où sommes-nous ? demanda Diana à la vue du vaste terre-plein hérissé d'herbes folles qui les entourait.

— Chez feu ton oncle Luke… Ou plutôt chez ton cousin et toi.

— Tu es sûr d'avoir pris la bonne direction au dernier embranchement ?

— Oui. J'ai bien étudié la carte avant de quitter Garfield House ce matin et il est impossible que je me sois trompé de route.

— Pas étonnant que Ben m'ait conseillé de ne pas me

faire trop d'illusions ! Cet endroit est tellement sinistre qu'il n'a aucune chance d'attirer qui que ce soit. Même si ces hectares de friche étaient constructibles, personne n'aurait l'idée d'y bâtir une maison.

— A moins d'être aveugle ou d'avoir le cerveau dérangé, compléta Cameron, la tête levée vers les hautes parois rocheuses qui masquaient l'horizon. Il ne doit pas y avoir de coin plus laid et plus désolé que celui-ci dans le monde entier.

— Je n'ai donc pas d'autre solution que d'accepter l'offre de Ben.

— Ce que je n'arrive pas à comprendre, c'est pourquoi il souhaite acheter ce terrain. Comme tu m'as dit qu'il n'avait pas l'habitude de gaspiller son argent, je trouve bizarre qu'il t'ait proposé de lui vendre ta part.

— Peut-être a-t-il envie de venir passer ici ses prochaines vacances et de savourer les joies du camping sauvage.

— Peut-être…

— Moi, je serais incapable de rester ne serait-ce qu'une journée dans ce trou perdu.

— Où aimerais-tu que nous allions pique-niquer ?

— A l'entrée de la charmante petite ville que nous avons traversée tout à l'heure. Il y a une aire de jeux à l'orée de la forêt.

— Tu ne veux pas faire le tour de ta propriété avant de redescendre ?

— Non. Plus vite nous aurons quitté cet endroit lugubre, mieux je me porterai.

Ils firent demi-tour, descendirent le raidillon cahoteux puis Cameron se dirigea vers les frondaisons du parc que lui désignait Diana et s'arrêta à l'ombre d'un vieux chêne.

— Je suis si courbatue que je tiens à peine sur mes jambes, se plaignit-elle en descendant de voiture et en massant ses reins endoloris.

— As-tu faim ? lui demanda-t-il dès qu'elle se fut assise à l'une des tables de bois disposées au pied des arbres.

— Oui. Je crois que je pourrais dévorer des dizaines de sandwichs.

— Ça tombe bien ! Rosa a préparé de quoi nourrir un régiment.

Cameron sortit de son coffre le joli panier en osier habillé de vichy rouge et blanc que lui avait donné la gouvernante au début de la matinée et le posa devant eux.

— Depuis que je suis enceinte, j'adore regarder jouer les enfants, dit Diana, les yeux rivés à une fillette qui sautait à la corde sous les ombrages.

— Quand Mia sera née, je suis sûr que tu seras la meilleure des mamans.

— Espérons que tu dis vrai et que je n'ai pas hérité de l'insensibilité de ma mère.

— Aucun risque ! s'exclama Cameron en lui tendant un pan-bagnat. Lorsque tu avais quinze ou seize ans, tu t'occupais de ton père avec une telle patience et un tel dévouement que je ne vois pas comment tu pourrais négliger ta fille.

— Chaque fois qu'il rentrait ivre mort à la maison ou qu'il tombait malade, il fallait bien que quelqu'un le soigne. Le pauvre était incapable de se…

— Le pauvre ? répéta Cameron après s'être assis en face de Diana. Tu ne vas tout de même pas plaindre ce pochard qui te rouait de coups entre deux verres de gin !

— Je ne le plains pas. J'essaie juste de ne pas trop le blâmer, rectifia Diana. En dépit de son sale caractère et de sa brutalité, je l'aimais parce que lui, au moins, ne m'avait pas abandonnée. Il ne correspondait certes pas à l'image que je me faisais du père idéal, mais je savais qu'il ne disparaîtrait pas du jour au lendemain et qu'il ne me laisserait pas grandir seule à Blue Gate.

— Je n'arrive pas à m'expliquer pourquoi ta mère n'a pas cherché à te revoir après son départ de Gold Dust.

— Moi non plus. Quand je pense à la manière dont elle s'est conduite, je me dis qu'elle ne gagnait sans doute pas à être connue et que j'ai de la chance d'avoir été débarrassée d'elle à l'âge de six ans.

— As-tu conservé des souvenirs de cette époque-là ?

— Très peu. Je me rappelle simplement avoir pleuré toutes les larmes de mon corps le matin où elle s'est enfuie.

Diana dégusta son pan-bagnat en silence, puis se leva et alla jusqu'au cours d'eau qui bouillonnait au fond du parc.

— Voilà ce qu'il te faudrait, dit Cameron en la rejoignant. Le lac Apache est superbe, mais il manque de cascades et de tourbillons. Lorsque tu vas te balader sur la grève et que tu n'entends aucun autre bruit que le gazouillis des oiseaux, tu dois regretter de ne pas habiter au bord d'un torrent.

— Non. Je tiens trop à ma tranquillité pour m'ennuyer à Blue Gate.

— Un jour, tu m'as dit que tu aimais bien l'agitation des grandes villes et que tu irais travailler à Los Angeles ou à New York.

— Si j'avais su ce qu'était une mégapole, j'aurais été moins enthousiaste. Après avoir décroché mon bac, je suis partie étudier à San Francisco. Pendant trois ans, j'y ai mené une vie tellement trépidante que j'ai fini par perdre tous mes repères. Je suis allée danser dans des discothèques ultrachic, j'ai été invitée par mes camarades d'université à d'innombrables réceptions, je suis sortie avec de jeunes cadres dynamiques qui gagnaient chaque mois des fortunes et j'ai passé quelques semaines sur une péniche à Sausalito. Bref, je me suis amusée comme une folle et j'aurais pu continuer à faire la fête éternellement… Mais, dès que j'ai eu mon diplôme en poche, je me suis rendu compte que le calme de Gold Dust me manquait et que c'était là que je voulais habiter.

Cameron effleura d'une lente caresse la joue satinée de Diana.

— Tu es une fille de la campagne, en somme, résuma-t-il avec un tendre sourire.

— Eh oui. J'aime me promener au bord de mon lac le matin et regarder le vent rider la surface de l'eau. J'aime écouter la brise siffloter dans les branches de mes arbres et les chouettes hululer à la tombée de la nuit. J'aime voir le soleil agoniser au-dessus des montagnes et embraser le ciel avant de basculer à l'horizon. J'aime sentir l'odeur des foins coupés qui flotte autour de Blue Gate en juillet et celle, encore plus enivrante, qu'exhalent mes parterres de fleurs après une ondée.

— Moi aussi, j'adore la vie à Gold Dust. C'est d'ailleurs pour ça que je n'ai pas hésité à rentrer au manoir quand mon grand-père m'a téléphoné le mois dernier… Pour ça et pour le plaisir de retrouver la jolie sauvageonne qui avait fait battre mon cœur autrefois.

Heureux d'avoir avoué tout haut ce qu'il avait feint jusque-là d'ignorer, Cameron serra Diana dans ses bras et déposa sur les lèvres qu'elle lui offrait un baiser léger comme une aile de papillon.

— Tu sais ce que pense ta « jolie sauvageonne » en ce moment ? lui demanda-t-elle dès qu'il eut relâché son étreinte.

— Non.

— Qu'elle n'arrivera pas à garder la tête froide tant que tu te conduiras de cette façon. Chaque fois que nous sommes seuls, tu me mets les idées sens dessus dessous et je ne sais plus où j'en suis.

— Est-ce parce que tu as eu peur de succomber à mon charme irrésistible que tu as passé ces deux dernières semaines loin de Gold Dust et que tu as laissé Penny fleurir ma chambre à ta place ? demanda Cameron d'un ton gentiment railleur.

— Pas du tout ! se récria Diana. J'ai juste éprouvé le

besoin de prendre des vacances et d'aller m'oxygéner au bord de l'océan.

— Ma mère s'est ennuyée de toi et a hâte de te revoir.

— Elle s'imagine que je vais l'aider à préparer sa fameuse réception ?

— Bien sûr ! Elle te trouve formidable et n'a pas envie de choisir une autre assistante.

— Dis-lui que j'ai attrapé la grippe et que je serai en congé de maladie jusqu'à la fin du mois.

— Impossible ! J'ai pour principe de ne jamais mentir à une femme.

— Et aux hommes, t'arrive-t-il de leur raconter des bobards ?

— Oui, parce qu'ils sont moins fragiles et moins susceptibles. Lorsqu'ils s'aperçoivent qu'on s'est payé leur tête et qu'ils se sont fait avoir, ils se moquent de leur propre naïveté au lieu de fondre en larmes et de piquer une crise de nerfs. Les jolies filles, elles, ne supportent pas d'être menées en bateau. Tout ce qu'elles exigent de leur fiancé, c'est qu'il les comble d'éloges à longueur de journée et qu'il leur remonte le moral quand elles ont grossi de cinq cents grammes ou qu'elles ont raté leur coloration.

Surprise par l'acidité de son ton, Diana leva vers lui un regard acéré.

— Qu'est-ce qui t'a rendu aussi cynique ?

« La trahison de Gina », faillit-il avouer.

Toutefois, de crainte d'être soumis à un feu roulant de questions qui ne feraient que ranimer un passé douloureux et rouvrir d'anciennes blessures, il se borna à répondre :

— La vie, tout simplement. A force d'étudier la nature humaine d'un bout à l'autre de la planète, j'ai fini par perdre un peu de ma candeur.

— Et par devenir misanthrope ?

— Non. Misogyne plutôt.

— Que reproches-tu aux femmes, en dehors de leur

fragilité psychologique, de leur coquetterie et de leur susceptibilité ?

— Un tas de choses qu'il serait trop long d'énumérer.

Pressé de couper court à l'interrogatoire, Cameron dévora de bon appétit le pan-bagnat qu'il tenait à la main, puis alla ranger le panier de pique-nique au fond de son coffre et aida Diana à reprendre place dans le cabriolet.

— Quelle est la vraie raison qui t'a poussé à partir il y a dix ans ? lui demanda Diana dès qu'ils eurent repris la route.

— Le besoin de m'affirmer et de me prouver que je pourrais réussir sans l'aide de qui que ce soit. Je ne voulais pas suivre l'exemple de mon père et passer les trois quarts de mon temps à dilapider la fortune de ma famille. Je n'avais pas envie non plus de diriger la société Van Kirk et de me transformer en tyran comme le Patriarche. Ce que je désirais, c'était voler de mes propres ailes et être libre.

— Sais-tu que certains habitants de Gold Dust t'ont soupçonné d'avoir pris la poudre d'escampette à cause de Lulu Borden ?

— La grande rousse au charme ravageur qui était dans ma classe en première et en terminale ?

— Oui. Lorsque son ventre s'est arrondi après ton départ, les gens ont cru que tu avais eu une liaison avec elle et que tu t'étais sauvé parce qu'elle attendait un enfant de toi.

Muet de stupeur, Cameron faillit perdre le contrôle de son cabriolet et heurter un vieux pick-up bringuebalant qui venait de déboucher d'un chemin de traverse.

— J'espère que Lulu les a vite détrompés ! s'exclama-t-il dès qu'il eut recouvré l'usage de la parole.

— Même pas ! répondit Diana en s'agrippant au rebord de son siège. Elle a épousé Tommy Hunsucker trois semaines avant d'entrer à la maternité et on n'a jamais su qui était le père de son enfant.

— Ce qui veut dire que je suis le suspect numéro un aujourd'hui encore ?

— Probablement. Les commères de Gold Dust, qui ont une imagination débordante, doivent te prendre pour le pire des suborneurs.

— Et pour un ignoble récidiviste. D'après ce que m'a raconté Jan hier matin, ses copines croient dur comme fer que je suis ton amant depuis des mois et que je t'ai mise enceinte.

— Mon pauvre Cam ! se moqua Diana. C'est souvent dans sa ville natale qu'un homme est le plus calomnié.

— Si tu étais moins cachottière, personne n'aurait osé me traîner dans la boue.

— Tu n'es pas content d'avoir une réputation de don Juan ?

— Non. Quand j'étais adolescent, j'aurais trouvé ça très amusant et très flatteur, mais j'ai passé l'âge de collectionner les aventures et de comparer mon palmarès à celui de mes amis.

— Combien de conquêtes as-tu épinglées à ton tableau de chasse ces dix dernières années ?

— Et toi, combien de « jeunes cadres dynamiques » as-tu séduits ?

— Des centaines. Tu ne t'es pas encore aperçu que j'avais tout d'une vamp ?

Imperméable à l'ironie du ton, Cameron s'engagea sur la nationale menant à Gold Dust, puis tourna vers Diana un regard empreint d'une inhabituelle gravité.

— Pourquoi ne veux-tu pas épouser le père de ton bébé ? lui demanda-t-il.

— Je t'ai déjà dit et redit que ce n'étaient pas tes affaires, rétorqua-t-elle durement. Mia est *ma* fille et je l'élèverai seule.

— Ne t'étonne pas, alors, que les gens jasent dans notre dos. Tant que tu leur cacheras la vérité, ils continueront à m'accuser des pires turpitudes.

— Peu m'importe ce qu'ils pensent ! Leur opinion n'a aucune valeur à mes yeux.

— Moi aussi, je me fiche des ragots, mais j'aimerais bien savoir qui est le père de ton enfant et ce qui t'empêche de lui accorder ta main.

— Au lieu de te creuser inutilement les méninges et de chercher à m'extorquer des confidences, jette donc un œil sur les panneaux de signalisation ! Ça t'évitera d'enfreindre le code de la route et d'écoper d'une amende.

Renonçant à poursuivre son interrogatoire, Cameron parcourut les derniers kilomètres dans un silence de plomb, puis traversa le centre de Gold Dust sans ralentir et s'arrêta net devant la grille de Blue Gate.

— Quand te reverra-t-on à Garfield House ? demanda-t-il à Diana.

— Je croyais que le débat était clos et que tu n'oserais pas revenir à la charge, répliqua-t-elle en débouclant sa ceinture de sécurité et en s'emparant de la carte d'état-major qu'il avait laissée sur le tableau de bord.

— Ecoute, Di, je sais que tu n'es pas très enthousiaste à l'idée d'organiser une réception, mais ma mère a besoin de toi et je te serais infiniment reconnaissant si tu acceptais de l'aider.

— Il y a dix ans, tu te moquais de ce qu'elle pensait et tu n'aurais pas remué le petit doigt pour exaucer le moindre de ses vœux.

— Comme quoi, on peut changer avec le temps. Depuis que je suis de retour au pays, je me suis rendu compte que ma famille m'avait manqué et que j'avais eu tort de la délaisser.

— Quand aimerais-tu que je passe au manoir ?

— Demain matin.

— Impossible ! Je dois aller consulter ma gynécologue.

— Où se trouve son cabinet ?

— A Sacramento. Vu la curiosité maladive dont souffrent certaines de mes clientes, je n'ai pas voulu m'adresser au Dr Timmer.

— Tu as eu raison d'être prudente et de ne pas chercher à alimenter les ragots. A Gold Dust, il est difficile de garder un secret.

— Hélas !

Après être descendue de voiture, Diana se retourna, la mine soucieuse, et s'accouda à la vitre baissée de la portière.

— Dis à ta mère que j'irai lui parler la semaine prochaine, dit-elle à Cameron, mais que je ne pense pas pouvoir lui être d'une quelconque utilité, car je n'ai aucune envie de l'aider à organiser une réception dont le seul but est d'attirer à Garfield House des candidates au mariage.

— Tu n'es pas impatiente de me voir épouser la fille d'un roi du pétrole ?

— Non. Je préférerais que tu fasses vœu de célibat.

— Pourquoi ?

— Tu le sais très bien.

— Ce n'est pas une réponse.

— Comme je n'en ai pas d'autre à te donner, tu vas devoir t'en contenter, riposta Diana avant de tourner les talons et de pousser la grille de son jardin.

Pendant de longues minutes, Cameron resta immobile, les mains crispées sur le cuir de son volant, puis il démarra dans un nuage de poussière et s'éloigna de Blue Gate à la vitesse du son.

8

Quand elle entendit tinter son carillon le lendemain matin, Diana alla ouvrir la porte et se figea, la bouche arrondie de stupéfaction.

— Je t'ai apporté des beignets, des croissants et des pains aux raisins, lui annonça Cameron en brandissant un sachet de papier de soie orné d'un gros épi de blé.

— Merci de ta générosité, répliqua-t-elle d'un ton glacial, mais tu aurais mieux fait de rester à Garfield House et de traîner au lit jusqu'à midi plutôt que de venir me déranger.

— C'est pour pouvoir t'accompagner chez ta gynécologue que je me suis levé tôt. Comme tu avais oublié de me préciser l'heure de ton rendez-vous, j'ai eu peur que tu ne sois déjà partie.

— Je n'ai pas « oublié » de te le préciser. Je ne te l'ai pas dit parce que je me doutais bien que tu aurais envie de me conduire à Sacramento.

— Tu ne veux pas que je te serve de chauffeur encore une fois ?

— Non. Je préférerais que tu retournes au manoir et que tu me fiches la paix.

— Si cela t'ennuie que j'assiste à la consultation, je t'attendrai dans la voiture et je te ramènerai ensuite ici.

— De quoi me parleras-tu sur le chemin du retour ?

— Du résultat des examens que tu auras subis, mais je

ne t'obligerai pas à me répéter mot pour mot ce que t'aura dit ton médecin.

— Trop aimable !

— N'est-ce pas ? J'ai toujours été la gentillesse incarnée.

— Et la modestie, tu connais ?

— Pas vraiment.

— Le contraire m'aurait étonnée. Tu es tellement imbu de toi-même que tu crois n'avoir aucun défaut.

— Bien que je ne sois pas un saint, j'aurai plus de chances d'être canonisé après ma mort que le sale égoïste qui t'a fait un enfant. Alors que lui se moque de ta santé et de celle du bébé comme de sa première chemise, je trouve normal de t'accompagner chez ta gynécologue et de t'offrir mon…

— Je n'ai besoin ni de ton aide ni de ta sollicitude, l'interrompit Diana, le front buté. Pendant que tu courais le monde, j'ai appris à me débrouiller seule et à me passer de tes services.

— Je sais que tu es un vaillant petit soldat, Di, et que tu n'aimes pas t'en remettre aux autres parce que tu as ta fierté. Mais personne ne peut rester seul indéfiniment, répliqua Cameron en lui relevant le menton et en l'obligeant à le regarder droit dans les yeux.

Puis, avant qu'elle n'ait eu le loisir de riposter, il lui scella les lèvres d'un long, d'un interminable baiser qui la combla de douceur et l'entraîna loin, très loin de la réalité.

— Chaque fois que tu seras triste ou angoissée, je serai là pour te réconforter, lui dit-il dès que leurs bouches se furent séparées.

— Si je te téléphone à la moindre difficulté et que je te laisse résoudre mes problèmes, que deviendrai-je le jour où tu repartiras ? murmura-t-elle, les cils emperlés de larmes.

— Tu te rappelleras les moments merveilleux que nous aurons partagés et tu retrouveras vite le sourire.

— Les choses sont plus compliquées que tu ne le crois, Cam.

— Mais non, mon cœur ! Elles sont d'une simplicité enfantine. Tout ce que tu as à faire, c'est m'accorder ta confiance et te reposer sur moi.

— Jusqu'à quand ?

— Jusqu'à mon départ de Gold Dust. Tant que je serai à tes côtés, il ne pourra rien t'arriver de mal.

— Et ensuite, que se passera-t-il ?

Une lueur énigmatique au fond des yeux, Cameron ouvrit le sachet qu'il tenait, prit l'un des pains aux raisins qu'il était allé acheter chez le meilleur boulanger de la ville et le tendit à Diana.

— L'avenir nous le dira, répondit-il évasivement.

« Je me suis laissé piéger comme une idiote », se reprocha Diana en descendant les marches du perron de Garfield House le lundi suivant.

Emue par la détresse d'Alice Van Kirk, qui devait rester allongée sur le canapé du living-room du matin au soir et s'ennuyait à mourir loin de sa roseraie, elle avait accepté de lui prêter main-forte… et d'aider Cameron à trouver l'épouse idéale.

— De quoi ma mère t'a-t-elle parlé ? lui demanda-t-il après l'avoir rejointe au pied de l'escalier.

— Devine ! jeta-t-elle d'un ton corrosif.

— A voir ta tête d'enterrement, je suppose qu'elle a réussi à t'embobiner.

— Tu supposes bien. Elle s'est montrée tellement élogieuse et si convaincante que je n'ai pas eu le cœur de refuser.

— Merci de l'avoir écoutée et de lui avoir accordé ton soutien. Pour te récompenser de ta gentillesse, je te donnerai un gros chèque une fois que la société Van Kirk aura été renflouée.

— C'est-à-dire aux calendes grecques ?

— Non. Je fais ce que je peux pour redresser la situation et j'espère y arriver avant la fin de l'année. A ce moment-là, tu n'auras qu'à m'envoyer ta facture et je te paierai rubis sur l'ongle.

— Ce ne sera pas nécessaire. J'ai une dette envers toi depuis que tu m'as emmenée dans la sierra Nevada et je préfère m'en acquitter dès que possible.

— Qui ma mère compte-t-elle inviter ?

— Les membres des Cinq Clans.

Baptisées ainsi par les habitants de Gold Dust, les familles les plus influentes de la vallée descendaient toutes des mineurs du Kentucky qui étaient venus prospecter la région au XIXe siècle et y avaient découvert de l'or. Il n'y avait donc rien d'étonnant à ce qu'Alice Van Kirk veuille attirer à Garfield House les arrière-arrière-petites-filles de ces riches pionniers et les pousser dans les bras de Cameron.

— Quel genre de fête vas-tu organiser, Di ? s'enquit Janey qui venait d'apparaître sur le perron.

— Une fête hawaïenne. Pour éviter de dépenser trop d'argent, nous confectionnerons de jolis colliers avec les fleurs de mon jardin et nous disséminerons des pétales de roses autour de la piscine.

— Que servirons-nous à nos invités ?

— Du porc à l'ananas, du poulet au riz, des entremets à la noix de coco et un tas d'autres spécialités. Mahi Liama, l'un de mes meilleurs amis, tient un restaurant polynésien à Sacramento et sera très heureux de nous donner un coup de main. Si nous n'avons pas les moyens d'embaucher des extra le jour de la réception, nous préparerons les plats à l'avance, nous les stockerons dans le gros congélateur du cellier et nous les réchaufferons au micro-ondes à la dernière minute.

— Qui cela, « nous » ?

— La cuisinière, Rosa, toi et moi.

— Quelle corvée ! se lamenta Janey. J'aurais préféré que nous engagions un traiteur et qu'il s'occupe de tout à notre place.

— Ne sois pas aussi négative, Jan, conseilla Diana. Il n'y a rien de plus amusant que de jongler avec des poêles et des casseroles.

— Si tu le dis…

— Qui enverra les cartes d'invitation aux membres des Cinq Clans ? voulut savoir Cameron.

— Ta mère, l'informa Diana. Comme nous n'avons pas assez d'argent pour nous adresser à un imprimeur, c'est également elle qui va les décorer. Il paraît qu'elle s'y connaît en calligraphie et dessine mieux que personne. Les gens qui recevront ces bristols ne se douteront pas qu'elle les a réalisés elle-même par mesure d'économie. Ils croiront simplement qu'elle a voulu leur montrer ses talents d'aquarelliste et seront épatés.

— Dans quelle partie du manoir la réception aura-t-elle lieu ?

— Dans le patio. Je mettrai des pots de fleurs autour de la piste de danse et, toi, tu devras isoler le buffet du reste de la cour.

— Ce ne sera pas un problème. J'irai chercher les treillages et les arcades qui encerclent le belvédère et je les installerai le long de la terrasse.

— J'aurai également besoin de vingt tables bistrot et d'une centaine de chaises pliantes. Penses-tu pouvoir te les procurer ?

— Oui. Celles dont nous nous servions à l'époque où mes parents donnaient des soirées chaque week-end sont entreposées au sous-sol. Il me suffira de les repeindre pour qu'elles aient l'air neuves.

— Parfait ! conclut Diana, qui commençait à trouver très amusant le rôle d'organisatrice qu'on lui avait assigné. Maintenant que ces points de détail sont réglés, il ne nous reste plus qu'à dénicher des musiciens qui acceptent d'animer la garden-party gratuitement. J'ai appris que des élèves du lycée de Gold Dust avaient monté un groupe de jazz et que d'autres étaient membres d'une chorale. Ils n'ont pas l'habitude de jouer ou de chanter en public, mais je suis sûre qu'ils seront ravis de venir exercer leurs talents au manoir.

— Moi, je connais un excellent D.J., claironna Janey.

— De qui s'agit-il ? s'enquit Cameron.

— Du fils d'Adam, l'un de mes ex. Il a tout juste seize ans et, pour gagner un peu d'argent, il travaille dans des boîtes de nuit le week-end.

— S'il veut bien nous aider, ce sera formidable, dit Diana.

— Oh ! ça m'étonnerait qu'il refuse, la rassura Janey. Comme je suis restée en bons termes avec son père et que nous n'allons sans doute pas tarder à renouer, il n'osera pas m'envoyer balader.

— Avant de l'engager, il faudra que tu lui demandes de nous montrer la liste des disques qu'il compte passer.

— Pourquoi ?

— Pour éviter les mauvaises surprises. Les ados préfèrent généralement les rythmes endiablés aux musiques traditionnelles, et je ne voudrais pas que les amis de ta famille soient frappés de surdité pendant la garden-party.

— Tu as raison, Di, approuva Janey dans un éclat de rire. Transformer Garfield House en temple du hard rock serait un tel sacrilège que mes parents auraient du mal ensuite à redorer leur blason.

Trois jours plus tard, Diana était en train de tailler un rosier dans son jardin lorsqu'il lui sembla entendre des aboiements en provenance de sa remise. Intriguée, elle alla ouvrir la porte et se crut victime d'une hallucination.

Au milieu des arrosoirs, des bêches, des pelles et des binettes qui encombraient le local, un jeune cocker au pelage caramel et aux grands yeux humides jappait en frétillant de la queue.

— Mais qu'est-ce que tu fais ici, petit brigand ? lui demanda-t-elle, persuadée qu'il s'était échappé d'une maison voisine et qu'elle l'avait enfermé dans la resserre sans s'en apercevoir un peu plus tôt après avoir pris ses outils.

A peine avait-elle prononcé le dernier mot qu'elle aperçut une carte de visite sous le collier en cuir rouge de l'animal.

— « Je m'appelle Billy, lut-elle après s'être agenouillée près du chien. Bien qu'elles ne le sachent pas encore, j'appartiens à Diana et à Mia Collins. »

— Que penses-tu de ma surprise ? lança dans son dos une voix qu'elle aurait reconnue entre mille.

— C'est toi qui as amené cette pauvre bête ici ? demanda-t-elle à Cameron.

— Eh oui ! La chienne de l'un de mes vieux copains a mis bas il y a quelques mois et j'ai choisi le plus joli chiot de la portée.

— Tu aurais dû le laisser là où il était. Comment veux-tu que je m'occupe de lui, avec tout le travail que ta mère m'a donné ?

— Si tu n'as pas le temps de le nourrir matin, midi et soir, je t'aiderai.

— Jusqu'à ce que tu en aies marre de faire le bon Samaritain ?

— Non. Jusqu'à ce que tu sois moins débordée. Dès que tu auras fini d'organiser la réception, tu pourras souffler un peu et dorloter Billy.

Diana se redressa, le regard flamboyant.

— Pourquoi as-tu eu l'idée stupide de m'offrir un cocker ?

— Pour qu'il aboie en cas de problème et qu'il dissuade d'éventuels rôdeurs de s'introduire chez toi, répliqua-t-il. On n'est jamais trop prudent.

Puis, d'un air taquin, il ajouta :

— Lorsqu'on vit en ermite et qu'on a l'habitude de

laisser ses fenêtres ouvertes, il arrive qu'on soit réveillé par les cris d'un pauvre accidenté et qu'on doive lui porter secours au risque de passer une mauvaise nuit.

— Ce ne sont pas les cris d'un pauvre accidenté qui m'ont tirée du sommeil le mois dernier, ce sont les vocalises d'un enquiquineur qui avait bu trop de whisky et que j'aurais mieux fait d'ignorer.

— Heureusement que tu es sortie de ta chambre en quatrième vitesse et que tu es descendue me rejoindre sur ton ponton, sinon j'aurais pu perdre l'équilibre, tomber à l'eau et me noyer.

— Ah ! mince ! Si j'avais su qu'il me suffirait de rester au lit pour être débarrassée de toi, je me serais rendormie.

— Quand j'aurai quitté Gold Dust, je te manquerai tant que tu regretteras de m'avoir dit une chose pareille.

Au mot « quitté », Diana eut l'impression de recevoir un coup de poignard en plein cœur. Bientôt, très bientôt, Cameron retournerait à San Diego et le seul souvenir tangible qu'elle garderait de lui serait un petit cocker baptisé Billy.

— D'accord, dit-elle d'une voix dont elle s'efforçait de maîtriser le tremblement. Puisque je n'ai pas le choix, je vais adopter ce chenapan. Mais que ferai-je de lui les jours où il faudra que j'aille aider ta mère à Garfield House ?

— Tu l'amèneras au manoir et tu le laisseras gambader dans le vaste enclos que j'ai aménagé autour du belvédère. Comme cela, tu pourras le surveiller de loin pendant que tu travailleras.

— Et Kitty, crois-tu qu'il s'entendra avec Billy ?

— Oui. Ils sont jeunes tous les deux et deviendront vite de bons copains.

— J'espère qu'ils n'essaieront pas de s'étriper et que je ne serai pas obligée de les enfermer dans des pièces séparées.

— Si les débuts sont difficiles, tu n'auras qu'à m'appeler et j'accourrai.

— Pour me tirer du guêpier où tu m'auras toi-même fourrée ?

— Exactement ! riposta Cameron avant de se pencher vers Diana et de planter sur le bout de son nez le plus impertinent des baisers.

Le lundi suivant, Diana se rendit à Garfield House et passa des heures à tailler les rosiers favoris d'Alice Van Kirk sous un soleil de plomb. Après avoir quitté le jardin et traversé le hall désert du manoir, elle franchit le seuil de la bibliothèque avec un soupir de lassitude et alla s'asseoir au coin de la fenêtre, là où James Van Kirk aimait venir feuilleter des recueils de poèmes quand ses rhumatismes le lui permettaient.

— Ce qu'il fait frais ici ! murmura-t-elle en épongeant son front baigné de sueur et en fermant les yeux.

Puis, les bras croisés autour de son ventre, elle s'amusa des coups de pied que lui décochait Mia et jura au bébé de ne jamais, JAMAIS l'abandonner.

— Vous dormez, mon petit ?

La voix lointaine, étouffée, perça soudain l'épais brouillard où Diana s'était enfoncée.

— Oh ! veuillez m'excuser, monsieur Van Kirk ! s'exclama-t-elle, honteuse d'avoir été surprise en flagrant délit d'oisiveté par le grand-père de Cameron. Je n'aurais pas dû m'asseoir dans votre fauteuil et vous empêcher de…

— Taisez-vous et laissez-moi vous regarder, l'interrompit le vieil homme de ce ton péremptoire dont s'étaient souvent plaints ses employés à l'époque où il dirigeait la principale mine d'or de la vallée. Vous êtes la fille de Jed Collins, n'est-ce pas ?

— Oui.

— Votre mère était l'une des plus jolies femmes de la région et vous lui ressemblez tellement qu'on pourrait presque vous confondre avec elle. Avez-vous cherché à savoir ce qu'elle était devenue après son départ de Gold Dust ?

— Pourquoi l'aurais-je fait ? Elle m'a abandonnée lorsque j'avais six ans, et je me moque bien de ce qui lui est arrivé par la suite.

— Tout le monde savait que son mari avait un fichu caractère et lui menait la vie dure, mais personne n'aurait cru qu'elle trouverait un jour la force de le quitter.

— Ce n'est ni de la force ni du courage qu'il lui a fallu, c'est une bonne dose d'égoïsme et de cruauté. Quand on a fondé une famille, on n'a pas le droit de s'enfuir au moindre problème et de tourner le dos à ses enfants.

James Van Kirk, qui n'avait manifestement pas l'habitude d'être contredit, recula d'un demi-pas et foudroya Diana de son regard d'acier.

— Vous ne devriez pas juger votre mère, dit-il d'une voix rude. Peut-être a-t-elle eu de bonnes raisons de vous confier à Jed et de s'en aller.

— Elle ne m'a pas confiée à mon père ; elle m'a juste laissée tomber, corrigea-t-elle. Si elle était là, en face de moi, et si elle essayait de m'expliquer pourquoi elle s'est sauvée le lendemain de mon sixième anniversaire, je refuserais de l'écouter.

— Parce que vous la haïssez ?

— Non. Parce que je n'éprouve plus que du mépris envers elle.

— Et envers mon petit-fils, qu'éprouvez-vous ?

— De l'amitié. Nous avons été proches avant son départ de Garfield House, et je suis contente qu'il soit enfin rentré au pays.

— Je sais qu'il a également été très heureux de vous revoir et que vous occupez une place spéciale dans son cœur, mais nous sommes tous obligés de faire des sacrifices. Tous, à commencer par lui. Il y a dix ans, il s'était engagé à épouser Missy Sinclair, la descendante de l'un des cinq fondateurs de Gold Dust, et il a trahi sa promesse. Alors, il a intérêt à se racheter s'il ne veut pas que je le renie.

Frappée de stupeur, Diana regarda James Van Kirk marteler le plancher du bout de sa canne et crispa les doigts sur les accoudoirs de son fauteuil.

— Cam et Missy devaient se marier ? demanda-t-elle d'une voix étranglée.

— Oui, confirma le vieil homme avec un vigoureux hochement de tête. J'avais décidé que la cérémonie aurait lieu ici, au manoir, et qu'ils iraient passer leur lune de miel à Venise. Mais Cam a préféré s'enfuir aux trente-six mille diables plutôt que de m'obéir. C'était une graine de révolutionnaire, à l'époque, et il avait horreur de la discipline. Maintenant qu'il est devenu un homme, j'espère qu'il a un peu plus de plomb dans la cervelle et que…

— Ah ! tu es là, grand-père ! dit soudain Cameron depuis le seuil de la bibliothèque. Veux-tu que je t'aide à regagner ta chambre ?

— Non, merci. Je ne suis pas impotent… Pas encore, du moins.

— De quoi étiez-vous en train de parler, Di et toi ?

— De ses parents. Je lui disais que sa mère était une très belle femme et qu'elle lui ressemblait trait pour trait.

— Di a bien d'autres atouts que son physique de rêve. Elle a aussi du courage et de l'énergie à revendre. Quand tu la connaîtras mieux, tu l'adoreras, j'en suis certain.

— On verra, grommela James Van Kirk avant de s'éloigner d'un pas chancelant et de gravir l'escalier qui menait à ses appartements.

Dès qu'ils se retrouvèrent en tête à tête sous les lustres à pendeloques de cristal, Cameron s'approcha de Diana et baissa vers elle un regard inquiet.

— Que t'a raconté mon grand-père ?

— Que tu avais quitté Garfield House à vingt et un ans parce que tu t'étais engagé à épouser Missy Sinclair et que tu n'avais pas pu te résoudre à tenir parole, répondit-elle en pianotant nerveusement sur les accoudoirs de son fauteuil. Est-ce exact ?

— Oui et non. Ce projet de mariage forcé n'a été que la goutte d'eau qui a fait déborder le vase. Il y avait déjà une éternité que je ne supportais plus le despotisme du Patriarche et que je voulais me libérer de son emprise.

— Qu'éprouviez-vous l'un pour l'autre, Missy et toi ?

— Rien du tout. Sa famille et la mienne rêvaient depuis longtemps de nous voir nous marier, mais j'avais tellement peu d'affinités avec elle que je ne risquais pas de lui passer la bague au doigt.

— Qu'est-elle devenue, après ton départ de Gold Dust ?

— Elle est tombée amoureuse d'un banquier et lui a accordé sa main.

— As-tu été jaloux de ce type quand tu as su qu'il l'avait épousée ?

— Pas une seconde ! Pour que je le sois, il aurait fallu que j'aime Missy, ce qui n'était pas le cas.

— Tu me le jures ?

— Solennellement.

Cameron s'accroupit au pied du fauteuil et effaça d'un baiser la moue dubitative qui plissait les lèvres pulpeuses de Diana.

— La seule personne qui se rappelle encore ce stupide projet de mariage, c'est mon grand-père, dit-il en se redressant. Alors, oublie ce qu'il t'a raconté, mon ange, et souris-moi.

9

Diana arrosait les massifs de bougainvillées qui tachetaient de rose, de rouge et de safran la façade principale de Garfield House lorsque Mia lui donna un violent coup de pied.

— Vas-y, ma puce, étire bien tes petites jambes, lui conseilla-t-elle. Dans deux ans, c'est grâce à elles que tu pourras galoper.

En guise de réponse, le bébé se remit à gigoter et exécuta une pirouette qui aurait fait pâlir de jalousie toutes les danseuses du New York City Ballet.

— Viens par ici, ajouta-t-elle à l'intention de Cameron qui venait de garer son cabriolet devant le perron. J'ai une surprise pour toi.

— Quel genre de surprise ? s'enquit-il d'un air suspicieux en la rejoignant.

— Un peu de patience et tu le sauras.

— J'espère que tu n'as pas l'intention de m'asperger d'eau et de transformer mes vêtements en serpillières.

— Mais non, ne t'inquiète pas ! Je m'en voudrais d'abîmer ton beau costume.

Dès que Cameron eut retiré ses lunettes de soleil et les eut glissées dans la poche de son blazer, Diana lui prit la main droite et la posa sur son ventre rond.

— C'est cette petite coquine de Mia que je sens bouger sous mes doigts ? demanda-t-il.

— Oui, répondit-elle, les yeux étincelant de joie. Elle n'arrête pas de faire du stretching et de l'aérobic comme si elle s'entraînait pour devenir danseuse étoile ou championne de kick-boxing.

— Qu'éprouves-tu quand elle te donne des coups de pied ?

— Un bonheur indescriptible et une immense fierté. Depuis le début de ma grossesse, j'ai l'impression de ne plus être la même qu'avant.

— Oh ! je ne crois pas que tu aies changé ! Tout cet amour et toute cette tendresse qui te transfigurent aujourd'hui, tu les avais déjà en toi, mais tu n'en étais pas consciente. Grâce à Mia, tu as découvert de nouvelles facettes de ta personnalité et tu t'es épanouie.

Le lendemain, Cameron alla rejoindre Diana à Blue Gate et l'aida à aménager en nursery l'une des deux chambres inoccupées du cottage. Après avoir tapissé de chintz pastel les murs de la mansarde et posé une moquette rose pâle, ils descendirent pêcher au bord du lac Apache et ne rentrèrent à la maison qu'à la tombée de la nuit pour y déguster les poissons qu'ils avaient attrapés.

— Que ferait ton père s'il était encore parmi nous et qu'il me voyait dîner sous sa véranda ? demanda Cameron à Diana au cours du repas.

— Il serait tellement furieux qu'il irait chercher son fusil et t'ordonnerait de déguerpir, répondit-elle en riant.

— Peut-être vaut-il mieux, alors, qu'il ait quitté ce bas monde.

— Non, je ne suis pas de ton avis. Quand je pense à lui, je trouve dommage qu'il soit mort avant d'avoir pu serrer sa petite-fille dans ses bras.

— Coléreux et brutal comme il l'était, il aurait été incapable de l'entourer d'affection et lui aurait gâché son enfance.

— Ce n'est pas certain. La veille de son décès, il s'est excusé de ne pas avoir été le meilleur des pères et m'a dit qu'il regrettait d'avoir rudoyé ma mère. Il a également répondu en toute sincérité aux questions que je lui ai posées et m'a fait quelques confidences qui m'ont aidée à le comprendre.

— Quoi qu'il t'ait raconté, cela n'atténue en rien sa responsabilité. Quand je descendais te rejoindre au bord du lac et que tu essayais de cacher sous un sweat-shirt ou un vieux pull les traces des coups qu'il t'avait donnés, je lui en voulais tellement de t'avoir frappée que j'avais envie de le tuer.

— Depuis qu'il m'a quittée, je m'efforce de chasser de ma mémoire les mauvais souvenirs et de ne conserver que les bons, même s'ils sont plutôt rares, je te l'accorde.

— Tu aurais mérité d'avoir de meilleurs parents et une enfance moins chaotique.

— Sans doute, mais je préfère trouver des excuses à mon père que de l'accabler jusqu'à la fin des temps. Le pauvre a fait ce qu'il a pu et je lui suis reconnaissante de ne pas m'avoir laissée tomber.

— Quelle mansuétude ! Quelle magnanimité ! ironisa Cameron en se levant. Comme je n'ai ni ta sagesse ni ta grandeur d'âme, je ne suis pas près de lui pardonner de t'avoir tapé dessus.

— Forcément ! riposta Diana. Tu as toujours été très rancunier.

— Ouah, ouah ! approuva Billy, qui avait passé la soirée à batifoler avec Kitty au pied de la véranda.

— Miaou ! fit à son tour le petit chat.

— Dites donc, espèces de traîtres, leur jeta Cameron d'une voix grondeuse, vous n'avez pas honte de vous liguer contre moi ?

— Au lieu de t'en prendre à ces malheureux, tu devrais rentrer à Garfield House et aller te coucher, lui suggéra Diana avant de se lever à son tour et de l'entraîner vers son cabriolet. Si tu n'arrives pas à t'endormir, tu n'auras qu'à dresser la liste de tes nombreux défauts. Ce sera plus efficace que d'avaler des somnifères ou de compter les moutons.

— Oh ! j'en doute ! se récria-t-il. Comme je suis presque parfait, je n'aurai pas grand-chose à noter.

Puis, bien décidé à punir Diana de son insolence, il la serra dans ses bras à l'étouffer et prit les lèvres qu'elle essayait de lui dérober.

« Jamais je ne pourrai laisser le père de Mia me la voler, pensa-t-il en approfondissant son baiser et en sentant monter de ses reins une sourde excitation. Le jour où ce type réapparaîtra, je l'empêcherai par tous les moyens de la reconquérir. »

— Il... il vaut mieux que tu t'en ailles, maintenant, balbutia-t-elle quand les aboiements de Billy déchirèrent une nouvelle fois le silence de la nuit et rompirent l'enchantement. Il est tard et je suis fatiguée.

— Entendu, marmonna Cameron avant de relâcher son étreinte à regret et de monter dans sa voiture.

Au début de la semaine suivante, Janey auditionna les jazzmen en herbe du lycée de Gold Dust, puis aida Diana et Rosa à préparer les spécialités hawaïennes dont Mahi Liama leur avait donné la recette.

— La plupart des gens auxquels j'ai envoyé des cartes d'invitation ont accepté de venir au manoir le week-end prochain, leur annonça Alice d'un ton enthousiaste. Il y a déjà onze jeunes femmes qui m'ont promis d'assister à la garden-party et j'attends d'autres coups de fil. Cam a un tel succès que toutes les riches célibataires de la vallée vont essayer de le séduire.

« Reste à savoir si elles y arriveront », répliqua en son for intérieur Diana, folle de jalousie.

Cameron avait beau clamer haut et fort qu'il tenait trop

à sa liberté pour y renoncer, il allait avoir du mal à résister aux incessantes prières de ses parents et aux offensives de charme dont il serait victime le soir de la réception. Comme il s'en voulait de s'être enfui de Gold Dust à vingt et un ans et d'avoir laissé la société Van Kirk péricliter, il risquait d'oublier son allergie chronique au mariage et d'épouser l'une des arrière-arrière-petites-filles des cinq prospecteurs du Kentucky qui avaient eu la chance de trouver de l'or sous leurs pieds.

« S'il tombe amoureux de l'une de ces mijaurées, je demanderai à Penny de fleurir le manoir à ma place et jamais, plus jamais, je ne reviendrai à Garfield House », se promit Diana en décapitant d'une main rageuse l'un des ananas que Janey et Rosa avaient alignés devant elle.

« Dois-je révéler à Di ce que je sais ou ne rien lui dire ? » s'interrogea Cameron après avoir garé son cabriolet dans la cour du manoir.

A la suite d'une conversation très instructive avec son grand-père en début de matinée, il avait décidé de se rendre à Sacramento et d'enquêter sur la mystérieuse disparition de la mère de Diana. Grâce aux progrès de la technologie et à l'obligeance de l'un de ses vieux amis, il avait pu remonter le temps sans la moindre difficulté et découvert pour quelle raison Mia Collins avait ainsi quitté son foyer.

Conscient d'avoir outrepassé ses droits en faisant ces recherches à l'insu de Diana, il descendit de voiture avec une lenteur délibérée et gravit pesamment les marches du perron.

— Salut ! lui lança Diana dès qu'elle l'aperçut dans le hall. J'ai à te parler.

— De quoi ?

— Du coup de fil que j'ai reçu cet après-midi. Ben veut

acheter ma part d'héritage au plus vite, et j'aimerais que tu me dises s'il faut ou non que je la lui vende.

— A ta place, j'attendrais encore un peu avant de prendre une décision.

— As-tu téléphoné aux services de l'urbanisme ?

— Oui, mais aucune des personnes que j'ai eues en ligne n'a été capable de me fournir les renseignements dont j'avais besoin.

— Dans ce cas, je ne vois pas ce qui pourrait m'empêcher d'accepter la proposition de Ben. La somme qu'il compte me verser me permettrait de meubler la nursery et de faire un tas d'autres emplettes avant la naissance de Mia.

— Je comprends que tu aies hâte de toucher cet argent. L'ennui, c'est que ton impatience risque de te coûter cher.

— Tu crois que le terrain qu'on m'a légué est susceptible d'intéresser des promoteurs immobiliers ou des citadins en quête de calme et d'authenticité ?

— Je n'en sais fichtre rien.

— Il n'y a donc pas de raison pour que je refuse l'offre de Ben. Dès que je serai rentrée chez moi, je l'appellerai et lui dirai que je suis prête à signer l'acte notarié dont il m'a parlé. Ensuite, il m'enverra un chèque et je n'aurai plus qu'à…

Diana s'interrompit une seconde, le front plissé, puis ajouta d'un air pensif :

— Au lieu d'acheter une table à langer, un berceau et de la layette, je pourrais te donner le montant de la transaction. Cela suffirait-il à dissuader les créanciers de ta famille de s'emparer du manoir ?

— Non, loin s'en faut ! s'exclama Cameron avec un pâle sourire. La somme que nous leur devons est astronomique, mais je te remercie de ta générosité.

— Les banquiers que tu as rencontrés à Sacramento la semaine dernière ont-ils accepté d'investir dans la société ?

— Pas encore. Vu la conjoncture actuelle, personne ne veut courir le moindre risque.

— As-tu songé à vendre ton entreprise de San Diego ?

— Bien sûr ! Je suis même allé jusqu'à proposer les deux tiers de mes parts à mon principal concurrent.

— Et que t'a-t-il répondu ?

— Qu'il n'avait pas les moyens de les acheter à cause de la crise financière.

— Quelle guigne !

— Je ne te le fais pas dire.

— Moi qui pensais que les pauvres étaient les seuls à avoir des problèmes et que les riches nageaient dans le bonheur du 1er janvier au 31 décembre ! Je m'aperçois que la vie n'est facile pour personne.

— Triste constatation, n'est-ce pas ? remarqua Cameron avec un soupçon d'ironie.

— Oui, acquiesça malicieusement Diana. Si j'avais su que les tout-puissants Van Kirk n'étaient pas invincibles, je n'aurais pas perdu mon temps à t'admirer quand j'étais petite.

— Oh ! ne va pas t'imaginer que je suis au bout du rouleau et que je n'arriverai plus jamais à remonter sur le piédestal où tu m'avais placé ! Un jour, grâce à mes talents de négociateur, je sauverai ma famille de la ruine, et tu seras si époustouflée que tu te remettras à me vénérer, à m'idolâtrer, à…

— Ne rêve pas trop, espèce d'arrogant, car tu pourrais bien être déçu.

Le mercredi suivant, Diana avait à peine garé sa fourgonnette dans l'arrière-cour du manoir et mis pied à terre que Cameron s'approcha d'elle avec une fébrilité inhabituelle.

— J'ai besoin de ton aide, lui dit-il sans préambule. Il

faut absolument que tu ailles chercher Jan qui est au fond du jardin et que tu lui dises d'emmener notre mère en ville.

— Pour quoi faire ? demanda-t-elle, persuadée qu'Alice refuserait de se rendre à Gold Dust tant qu'elle ne serait pas rétablie.

— Pour lui éviter un choc. Des banquiers, des agents immobiliers et des experts mandatés par le tribunal doivent venir tout à l'heure et, si elle les voit mesurer une à une toutes les pièces, elle risque de se trouver mal ou de piquer une nouvelle crise de nerfs.

— Le magistrat chargé d'étudier votre dossier les a déjà autorisés à venir estimer le domaine ?

— Eh oui ! s'exclama Cameron avec amertume. Quand ils aperçoivent un moribond, les vautours ont tellement hâte de le dépecer qu'ils l'encerclent avant même qu'il n'ait rendu l'âme.

Le cœur serré, Diana alla trouver Janey puis accompagna les deux femmes jusqu'au bas du perron et les aida à prendre place dans le cabriolet de Cameron.

— Pourquoi cette précipitation ? s'étonna Alice après avoir posé ses béquilles à l'arrière de la voiture et attaché sa ceinture de sécurité.

— Parce qu'il y a une grande braderie au centre-ville et que plus tôt nous serons arrivées, mieux nous serons servies, prétendit Janey en tournant la clé de contact d'une main nerveuse.

Elles venaient tout juste de quitter Garfield House dans un vrombissement d'enfer, qu'une grosse limousine noire vint se garer au milieu de la cour. Six hommes vêtus de costumes sombres en descendirent à la queue leu leu et contemplèrent avec des mines de piranhas la façade ensoleillée du manoir.

Raidi dans une amabilité de commande, un sourire figé aux lèvres, Cameron les accueillit et les emmena visiter le rez-de-chaussée. Tout à coup, alors qu'ils traversaient le vestibule en file indienne, des cris s'échappèrent de l'une des fenêtres de l'aile ouest. Des cris de fureur et d'indignation qui firent sursauter Diana.

Lâchant le tuyau d'arrosage qu'elle était en train de dérouler le long de la roseraie, elle se précipita dans le hall et vit James Van Kirk brandir sa canne en direction des banquiers, des agents immobiliers et des experts qu'il abreuvait d'injures.

— Sortez de chez moi, bande de charognards ! hurlait-il, le visage congestionné. J'aimerais mieux mettre le feu à Garfield House et me tirer une balle dans la tête que de vous céder le domaine.

— Va montrer le parc à ces messieurs, ordonna Cameron à Diana. Pendant ce temps, je vais essayer de calmer mon grand-père et de...

— Non, je préfère rester ici et lui tenir compagnie jusqu'à ce que tes « invités » soient partis, coupa-t-elle avant de glisser un bras sous celui de James Van Kirk et de l'entraîner vers la bibliothèque.

— Ces requins veulent me prendre tout ce que j'ai, bougonna-t-il en se laissant tomber dans son fauteuil.

— Le manoir n'est pas encore à eux, rassurez-vous. Ils ne sont venus ici aujourd'hui que pour en estimer la valeur.

— Si je refuse que cette vieille bâtisse soit vendue à des étrangers, c'est parce qu'elle est le symbole de la réussite des Van Kirk. Avez-vous entendu parler des mineurs du Kentucky qui ont fondé Gold Dust après y avoir découvert des filons d'or ?

— Naturellement ! Je connais leur histoire par cœur.

— Au milieu du siècle dernier, les descendants de ces cinq hommes étaient très proches les uns des autres, mais les choses ont changé depuis ce temps-là. Jasper Sinclair et moi sommes les seuls à être restés bons amis parce que nous nous ressemblons. A la différence des jeunes de maintenant, qui se moquent pas mal des combats que leurs ancêtres ont menés et de l'énergie qu'ils ont dû déployer, nous sommes fiers d'être de la race des pionniers. Lorsque nous sommes devenus grands-pères il y a une trentaine d'années, nous avons fait le serment qu'un Van Kirk épouserait un jour une Sinclair et je compte bien tenir ma promesse. Comme toutes les petites-filles de Jasper sont belles et intelligentes, Cam n'aura que l'embarras du choix.

Diana retint un soupir d'exaspération.

— Les mariages arrangés sont rares, à notre époque, objecta-t-elle en s'adossant à la fenêtre de la bibliothèque et en enfonçant ses poings dans les poches de sa tunique.

— Rares ou non, ils ne sont pas forcément voués à l'échec, riposta James Van Kirk d'un ton incisif. Il arrive même qu'ils soient plus solides que les mariages d'amour. S'il suffisait de se fier à son instinct et de croire aux coups de foudre pour trouver le bonheur, vos parents ne se seraient pas séparés. Votre père aimait votre mère à la folie, mais cela ne l'a pas empêché de sombrer dans l'alcoolisme et de lui empoisonner la vie jusqu'à ce qu'elle se décide à le quitter. Savez-vous qu'il a été l'un des compagnons de beuverie de mon fils ?

— Non, je l'ignorais.

— Ils manquaient autant de volonté l'un que l'autre et préféraient s'abrutir de scotch plutôt que d'affronter la réalité. Drôle de comportement, hein ?

— « Drôle » n'est pas l'adjectif que j'aurais employé, monsieur Van Kirk. Quand on a passé son enfance à ramasser des bouteilles vides et à prier le ciel que tous les bars de la région fassent faillite, on pèse ses mots avant d'ouvrir la bouche et il y a des sujets sur lesquels on a la décence de ne pas plaisanter.

— Bien envoyé, mon petit ! s'exclama James Van Kirk. J'adore les femmes qui ont de la repartie, mais ce n'est pas pour cela que je vais autoriser Cam à vous demander en mariage. S'il n'épouse pas l'une des riches héritières de la vallée, notre famille perdra ce à quoi elle tient le plus : sa dignité.

La veille de la réception, Cameron alla se camper derrière la haute fenêtre cintrée de la bibliothèque, une flûte de champagne à la main, et regarda les étoiles s'allumer une à une au firmament.

Dans moins de vingt-quatre heures, les descendantes des cinq mineurs du Kentucky se presseraient sur la terrasse éclairée *a giorno* du manoir et il devrait les inviter à danser comme s'il n'avait qu'une hâte, qu'un désir, qu'une envie : trouver parmi elles la fiancée idéale.

— Je sais que tu es fou de Di et que tu te fiches royalement de la garden-party, lui avait dit Janey en le rejoignant dans le patio au début de la matinée. Je ne suis même pas certaine que tu te plaises à Garfield House et que tu sois content d'y être revenu. Alors, pourquoi ne demandes-tu pas à Di de t'épouser et de te suivre à San Diego ?

— Parce que je ne peux pas oublier que j'ai une famille et qu'elle a besoin de moi.

— Quand tu nous as quittés, il y a dix ans, tu n'as pas eu ce genre de scrupules.

— C'est vrai. Je me suis mal conduit envers vous et je le regrette. Maintenant que je suis de retour, il est hors de question que je vous laisse tomber une deuxième fois.

— Tu ne serais pas heureux de te marier avec Di et de donner plein de petits frères ou de petites sœurs à l'enfant qu'elle va bientôt mettre au monde ?

— Si, mais je ne suis pas sûr qu'elle ait envie de devenir ma femme.

— Qu'est-ce qui te fait dire cela ?

— Son comportement. Comme elle ne veut pas m'avouer qui est le père de son bébé, je suppose qu'elle est encore amoureuse de lui et qu'elle espère le reconquérir un jour ou l'autre.

— Personne à Gold Dust ne sait de qui il s'agit.

— Même pas tes copines qui passent le plus clair de leur temps à épier leurs voisins et à cancaner ?

— Même pas elles ! Le secret de Di est si bien gardé qu'aucun habitant de la vallée n'a réussi à l'éventer.

— L'a-t-on aperçue en compagnie d'un homme avant mon retour à Garfield House ?

— Non. Depuis qu'elle a ouvert son magasin et rénové son cottage, elle ne s'intéresse qu'à ses bouquets de fleurs, à son lac et à son jardin.

— Peut-être a-t-elle rencontré son mystérieux amant à San Francisco. Quand elle demande à Penny de la remplacer derrière son comptoir et qu'elle part en vacances sur la côte, elle doit fréquenter un tas de gens.

— Pourquoi n'essaies-tu pas de la cuisiner quand tu vas la voir à Blue Gate ? avait demandé Janey en accrochant des guirlandes de roses entrelacées aux arcades du patio.

— Parce que je ne veux pas la braquer et que je ne comprends rien aux femmes, avait répondu Cameron.

Gina, la jolie informaticienne dont il avait partagé la vie pendant deux ans et dont il s'était séparé après une violente dispute, était venue le relancer trois mois plus tard en prétendant être enceinte de lui. Mais, avant qu'il n'ait pu assumer ses responsabilités, elle s'était tuée au volant de sa décapotable et le rapport d'autopsie avait révélé qu'il n'était pas le père de l'enfant. Furieux de s'être laissé manipuler comme un pion sur un échiquier, il s'était juré de ne pas retomber amoureux et avait respecté ce serment… jusqu'à ses retrouvailles au clair de lune avec Diana.

Tiré de sa méditation par un bruit de pas dans le hall, Cameron vida à grands traits sa flûte, puis se dirigea lentement vers l'entrée de la bibliothèque.

— Tu es encore là ? s'étonna-t-il en voyant Diana. Je pensais que tu étais partie.

— J'ai effectivement quitté le manoir il y a dix minutes, mais je me suis rappelé en cours de route que je n'avais pas mis mes colliers de fleurs au frais et j'ai décidé de faire demi-tour.

— Veux-tu boire un peu de champagne ?

— Non, merci. A quoi songeais-tu quand je suis arrivée ?

— A nous deux, et à nos relations futures.

— Quelles relations ? Lorsque tu auras choisi la fiancée de tes rêves parmi toutes les candidates qui vont venir ce week-end, nous ne serons plus que des étrangers l'un pour l'autre.

— A t'entendre, on dirait que tu as déjà dressé une barrière infranchissable entre nous.

— Ce n'est pas moi qui l'ai dressée, cette barrière, répondit Diana en le rejoignant dans la bibliothèque. C'est ta famille. Tes parents souhaitent que tu épouses une fille de milliardaire parce qu'ils ont peur d'être expulsés de chez eux et, comme tu as le sens des responsabilités, tu ne pourras pas leur désobéir. Malgré ta soif de liberté, tu es un Van Kirk jusqu'au bout des ongles et tu n'oseras jamais transgresser les règles de ton clan.

— Ce que tu dis ne tient pas debout, Di, grommela Cameron en s'asseyant dans un fauteuil. Je t'ai déjà expliqué des dizaines de fois que je n'ai pas envie de me marier et que je me moque éperdument des riches héritières qu'on veut me présenter.

— A moins que ces riches héritières ne portent l'illustre nom des Sinclair, riposta Diana d'un ton mordant. L'autre jour, pendant que les banquiers, les agents immobiliers et les experts désignés par le tribunal visitaient le manoir, j'ai eu une longue conversation avec le Patriarche. Il m'a bien fait comprendre que je n'avais rien à espérer des Van Kirk.

— Que t'a-t-il dit ?

— Que si tu refusais de suivre ton destin, ta famille perdrait sa dignité. Ce qu'il veut, c'est que tu épouses l'une des petites-filles de son ami Jasper et que tu lui fasses de beaux enfants.

— Entre ce qu'il veut et ce que je veux, moi, il y a un abîme.

— Il y en a également un, encore plus profond, entre le monde où tu es né et celui où j'ai grandi. Quand j'étais adolescente, mon père me répétait sans cesse que j'avais tort de passer mes soirées et mes week-ends en ta compagnie parce que nous n'étions pas issus du même milieu et que tu finirais par me briser le cœur. « Ne te monte pas la tête, Di ! me serinait-il chaque fois qu'il me voyait revenir d'une partie de pêche au bord du lac. Ce blanc-bec que tu admires comme s'il était un demi-dieu est l'héritier des Van Kirk et, le jour où le Patriarche lui ordonnera de se fiancer à l'une des péronnelles qui fréquentent le manoir, il te laissera tomber. » A l'époque, je pensais que c'était sa haine des riches qui le rendait aussi injuste et aussi méfiant. Avec le recul, je m'aperçois qu'il avait raison de m'inciter à la prudence et de…

— Balivernes ! coupa Cameron en encerclant les poignets de Diana et en la faisant basculer sur ses genoux. Malgré l'amour que je porte à mes parents et le respect que je dois à mon grand-père, il n'est pas question que je conduise à l'autel l'une de ces petites bêcheuses qu'ils vont pousser dans mes bras et qui n'ont d'autre attrait que le montant de leur compte en banque.

Avant qu'elle n'ait eu le temps de lui reparler du destin des Van Kirk et des règles immuables de leur clan, il cueillit ses lèvres pulpeuses comme on cueille un fruit gorgé de soleil et la réduisit au silence de la plus exquise des manières.

Alors que le baiser se prolongeait, chaud, enivrant, il déboutonna d'une main habile le chemisier de Diana, laissa ses doigts papillonner dans la douce vallée de ses seins et dessina des arabesques de feu sur leurs pointes érigées.

— Encore ! supplia-t-elle, les reins creusés par le désir et l'esprit égaré. Caresse-moi encore et encore jusqu'à ce que j'oublie tout ce qui nous sépare.

— Ah ! tu vois bien que tu pourrais m'aimer si tu le voulais ! exulta-t-il. Le jour où nous deviendrons des étrangers l'un pour l'autre, il neigera sous les tropiques.

Puis, dès qu'elle se fut écartée de lui en essayant maladroitement de reboutonner son chemisier, il se leva avec un calme olympien et sortit de la bibliothèque d'un pas nonchalant.

10

Lorsque les premiers invités arrivèrent à Garfield House le lendemain soir, l'air était saturé d'effluves capiteux et le manoir ruisselait de lumière comme si le soleil était encore au zénith. Avec l'aide de ses cousins et de ses anciens camarades de lycée, Cameron avait disséminé des spots multicolores de part et d'autre du ruisseau qui traversait le jardin pour que les cascades artificielles qu'on entendait bouillonner au pied du belvédère et à l'entrée de la roseraie étincellent de mille feux.

« Quelle bonne idée j'ai eue d'organiser une fête hawaïenne ! » se félicita Diana en sortant de la cuisine, les bras chargés d'un plateau, et en apercevant son reflet dans l'une des glaces de Venise qui tapissaient les murs du hall.

Très différents de la petite robe noire et du tablier blanc que devaient habituellement porter les domestiques des Van Kirk, le long paréo et le bustier en cotonnade chamarrée qu'elle avait revêtus lui donnaient l'air non pas d'une soubrette soumise et effacée, mais d'une princesse polynésienne.

— Que vous êtes belle, ma chère Di ! s'extasia Alice quand elle la vit s'approcher du patio à pas mesurés. Avec votre jupe aux couleurs vives et cette magnifique guirlande de fleurs dans vos cheveux, vous ressemblez à un oiseau de paradis.

— Merci du compliment, madame Van Kirk, répondit-elle,

un sourire pincé aux lèvres. Je suis heureuse que ma coiffure vous plaise.

— Si votre pauvre papa ne nous avait pas quittés, il serait fier de vous, mademoiselle Collins, déclara le père de Cameron après avoir goûté au daïquiri qu'elle venait de lui servir. Savez-vous que lui et moi avons été de très bons amis avant votre naissance ?

— Oui. C'est ce qu'on m'a raconté.

— Nous aimions bien nous retrouver le week-end et aller faire la fête à Gold Dust. A l'époque, le Dorry's n'avait pas encore été transformé en snack et seuls les vrais amateurs de scotch le fréquentaient. De tous les habitants de la vallée qui se donnaient rendez-vous là chaque samedi, Jed était celui qui tenait le mieux l'alcool. Au lieu de s'effondrer sur le comptoir au troisième verre comme la plupart de nos copains, il était capable de vider une bouteille d'un trait et de sortir du café sans tituber. Quand je repense à ce temps-là et au plaisir que nous prenions à trinquer, j'ai l'impression que des siècles se sont écoulés depuis et que les choses ne redeviendront jamais ce qu'elles ont été…

Trop polie pour dire ses quatre vérités au père de Cameron et trop pudique pour lui parler de ses blessures d'enfance, Diana le salua d'un bref signe de tête et alla offrir des cocktails aux invités réunis en petites coteries sous les arcades du patio.

— Mon frère a l'air de bien s'amuser, lui glissa Janey à l'oreille. Regarde-le, il est le roi de la fête.

— Qui sont les trois pimbêches qui l'entourent ?

— Les candidates préférées de ma famille parce qu'elles sont à la fois très belles et immensément riches. Celle qui se trouve à la droite de Cam s'appelle Julie Ransom. Elle est un peu moins sexy que les deux autres, mais elle a un charme fou et une personnalité intéressante. Tina Justice, la jolie rousse que tous les hommes dévorent des yeux, est une redoutable séductrice qui a la réputation de briser les cœurs à la chaîne. Quant à la dernière, c'est Grace, l'une des petites-filles de Jasper Sinclair. Mon grand-père t'a-t-il dit que Cam s'était engagé à épouser Missy, la sœur aînée de Grace, il y a dix ans ?

— Oui. Il m'a même précisé que la cérémonie aurait dû avoir lieu ici, au manoir, et que les jeunes mariés seraient ensuite partis en voyage de noces à Venise. Il m'a également parlé de cette fameuse promesse qu'il avait faite un jour à son ami Jasper et qu'il comptait bien tenir avant la fin de l'été.

— Comme Missy s'est amourachée d'un banquier et qu'elle est heureuse en ménage, elle ne risque pas de suivre Cam à l'autel. Grace, en revanche, serait la fiancée idéale : elle a de l'argent plein les poches et est d'une beauté renversante.

Diana contempla la superbe brune vêtue d'un sari turquoise qui souriait à Cameron et sentit son cœur se serrer.

— Elle est effectivement très jolie, reconnut-elle de mauvais gré.

— Oh ! elle est mieux que cela ! Si tu pouvais la regarder d'un peu plus près, tu verrais qu'elle a un teint de lis et de grands yeux émeraude que lui envieraient toutes les stars de Hollywood.

— Tu crois que ton frère la trouve à son goût ?

— Je ne le crois pas, j'en suis persuadée. Depuis qu'elle est arrivée, il ne l'a pas quittée d'une semelle.

— Ah bon ? Je ne l'avais pas remarqué.

— Et pour cause, tu viens de passer une heure à préparer les cocktails. Dès que tu auras fini de servir les invités, nous irons rejoindre Grace et Cam et nous essaierons de les pousser dans les bras l'un de l'autre, d'accord ?

— Non, désolée, marmonna Diana. Je… j'ai promis à Rosa de l'aider à assaisonner le… les crudités.

Et, de peur que Janey ne s'étonne de l'entendre trébucher ainsi sur les mots, elle se hâta de tourner les talons.

— Il paraît que sa mère a décidé de le caser et qu'elle a organisé cette fête hawaïenne pour lui permettre de choisir sa future épouse.

Distraite de son travail par une voix richement modulée, Diana ouvrit sans bruit la porte de la cuisine et vit Tina Justice se repoudrer le nez devant l'un des miroirs du hall.

— Tu veux dire qu'il pourrait enfin suivre l'exemple de ses vieux copains de classe et se ranger ? demanda Grace Sinclair en tapotant d'une main indolente ses longs cheveux bruns.

— Oui. J'ai l'impression que ses parents vont l'y obliger d'une manière ou d'une autre.

— Quelle chance qu'ils soient aussi impatients de le marier !

— Combien de fois as-tu dansé avec lui depuis le début de la soirée ?

— Deux fois. Il a un tel charme et une telle prestance que, quand il m'a invitée, j'ai failli m'évanouir à ses pieds. Au prochain slow, je lui demanderai de m'accompagner dans le parc et je lui jouerai le grand jeu. Les hommes adorent qu'on fasse le premier pas et qu'on…

— Avant de te jeter à son cou, laisse-moi lui parler cinq minutes en tête à tête, l'interrompit Julie Ransom, les lèvres boudeuses. Au cas où ce détail t'aurait échappé, Grace, je te signale que tu n'es pas la seule à le trouver séduisant.

— Inutile de vous crêper le chignon, les filles ! lança Tina. D'après ce que Mildred Johnson m'a raconté quand je l'ai croisée dans Main Street lundi dernier, le beau Cameron a déjà une petite amie.

— Ah ? fit Grace d'un air dépité. De qui s'agit-il ?

— D'une habitante de la vallée dont j'ignore l'identité. Tout ce que je sais, c'est qu'elle attend un bébé.

— De lui ?

— Personne à Gold Dust n'en a la moindre idée, mais

cela m'étonnerait qu'il ait été assez stupide pour coucher avec la première venue sans prendre de précautions.

« Encore un mot et je vais exploser », pensa Diana en attrapant d'un mouvement brusque le plateau de fruits qu'elle avait posé sur la table et en sortant de la cuisine comme une bourrasque.

— Voulez-vous des grappes de raisin, mesdemoiselles ? demanda-t-elle à ses trois rivales.

— Non, merci, répondirent-elles de concert, étonnées de la voir s'encadrer dans les miroirs du hall.

— Dommage ! C'est moi qui les ai cueillies cet après-midi et les grains sont tellement sucrés qu'ils vous auraient peut-être rendues plus aimables.

— Mesdames, messieurs, votre attention, s'il vous plaît ! lança à la fin de la garden-party le disc-jockey que Janey avait engagé. Pour la dernière danse de la soirée, Cameron Van Kirk, notre hôte, va inviter l'élue de son cœur à valser dans ses bras, et ensuite nous porterons tous un toast aux jeunes fiancés.

Pétrifiée à l'entrée du patio, Diana balaya des yeux les jolies filles qui se pavanaient sous les arcades et se demanda laquelle avait bien pu faire oublier à Cameron sa phobie du mariage. Tina Justice avait certes une allure folle et beaucoup de sex-appeal, mais sa réputation de femme fatale, son charme sulfureux et sa langue acérée l'avaient probablement desservie. Julie Ransom et Grace Sinclair, en revanche, avaient tenu sans la moindre fausse note le rôle d'ingénue que leurs parents avaient dû leur conseiller d'interpréter avant de les amener à Garfield House.

— A vous, monsieur Van Kirk ! reprit le D.J. en brandissant un vieux microsillon. Choisissez votre cavalière, je vous prie.

Devenu le point de mire de toute l'assemblée, Cameron

vida à lentes gorgées la flûte de champagne que lui avait apportée Rosa, puis jeta autour de lui un regard amusé avant de se diriger avec un tranquille aplomb vers l'alcôve où s'était rencognée Diana.

— Ah ! c'était là que tu te cachais ! s'exclama-t-il, manifestement ravi de l'avoir débusquée.

Puis, de cette voix enjôleuse à laquelle elle n'avait jamais su résister, il ajouta :

— Suis-moi, mon ange. Bien que je sois un excellent danseur, il y a certaines choses que je ne vais pas pouvoir faire sans ton aide.

Après avoir cherché en vain une possibilité d'esquive, Diana posa sa main tremblante sur le bras qu'il lui présentait et, le cœur battant la chamade, se laissa guider jusqu'au centre de la piste.

— Veuillez applaudir M. Van Kirk et Mlle Collins ! lança le disc-jockey aux membres des Cinq Clans, qui semblaient s'être transformés en statues de sel.

Dès que les premières mesures du *Beau Danube bleu* s'élevèrent, Cameron encercla la taille de Diana avec une extrême délicatesse, comme si elle était en porcelaine et qu'il avait peur de la briser. Puis, sous l'œil ébahi de Julie Ransom, de Grace Sinclair et de leurs amies, il l'entraîna dans une valse effrénée.

— Tu aurais dû te douter que je te choisirais, lui dit-il entre deux tourbillons. Tu étais déjà ma préférée il y a dix ans et tu le resteras jusqu'à mon dernier souffle.

— Tu as eu tort de m'inviter et de faire une mauvaise farce à ton grand-père, répliqua-t-elle, gênée de sentir peser sur elle le regard furibond de James Van Kirk. Il espérait beaucoup de toi et tu viens de l'humilier.

— Une mauvaise farce ? répéta Cameron en resserrant son étreinte. Tu veux rire ou quoi ? Jamais je n'ai été plus sérieux qu'aujourd'hui.

— Ce n'est pas pour dissuader ta famille de te chercher une fiancée que tu m'as offert ton bras ?

— Non. C'est parce que je t'aime comme un fou et que j'avais envie d'être ton cavalier.

— Si tu m'aimais vraiment, tu ne m'aurais pas imposé cette épreuve.

— Depuis quand danser avec un Van Kirk est-il une épreuve ?

— Depuis ce soir. Tu as vu de quelle façon les amis de tes parents ont réagi lorsque tu m'as entraînée vers la piste ? Il s'est fait un tel silence qu'on aurait pu entendre une mouche voler.

— Et après ? Tu ne crois tout de même pas que je vais me laisser intimider par ces snobs et m'excuser d'être tombé amoureux de toi ?

Persuadée que Cameron ne l'avait choisie que par bravade ou par esprit de contradiction, Diana s'écarta de lui à la fin de la valse, alla récupérer son sac qu'elle avait déposé dans la cuisine et monta à bord de sa fourgonnette.

Dès son arrivée à Blue Gate un quart d'heure plus tard, elle sortit deux grosses valises de l'un des placards de sa chambre et téléphona à Penny pour lui demander de tenir le magasin à sa place jusqu'à la mi-septembre.

Quand il alluma son ordinateur le lendemain matin, Cameron eut la désagréable surprise de voir apparaître en haut de son écran le mail que Diana avait rédigé à minuit passé.

Cher Cam,

J'ai décidé de m'absenter pendant une quinzaine de jours pour te laisser le temps de faire le point et de prendre les bonnes décisions concernant ton avenir et celui de ta famille.

Lorsque je serai de retour à Gold Dust, il faudra que nous nous montrions raisonnables et que nous cessions toute relation.

Di.

Espérant qu'elle n'avait pas encore quitté son cottage, il se précipita à Blue Gate où il fut accueilli par Penny.

— Avant de partir, Di vous a-t-elle indiqué où vous pourriez la contacter en cas de besoin ? demanda-t-il d'une voix tremblante d'inquiétude.

— Non. Voulez-vous que je lui transmette un message la prochaine fois qu'elle me téléphonera ?

Cameron secoua la tête en signe de dénégation.

— Je n'aurai pas la force de patienter jusqu'à ce qu'elle vous appelle, avoua-t-il. Ce que j'aimerais, c'est aller la retrouver le plus vite possible et la convaincre de m'épouser. N'avez-vous pas une petite idée de l'endroit où elle se cache ?

— Si. Pendant qu'elle faisait ses bagages, je l'ai entendue marmonner qu'elle avait hâte de se rendre à San Francisco parce que c'était là-bas que Mia avait été conçue. Mais je ne suis pas certaine d'avoir bien compris ce qu'elle disait, car elle était tellement énervée qu'il était difficile de la suivre.

« Je parie qu'elle a décidé de renouer avec le père de son bébé », songea Cameron avant de se remettre au volant de son cabriolet et de rentrer à Garfield House, le pied au plancher.

— Il faut que je te parle, dit-il à son grand-père dès son arrivée au manoir.

— De nos problèmes financiers ou de tes amours ? s'enquit le vieil homme d'un air revêche.

— Des deux. Par lequel de ces sujets préfères-tu que je commence ?

— Par nos problèmes financiers. As-tu réussi à trouver les millions de dollars qui nous manquent ?

— Malheureusement non. Aucun des banquiers que j'ai

rencontrés n'a voulu investir un seul cent dans notre société et je ne vois pas à qui d'autre je pourrais m'adresser. J'ai remué ciel et terre depuis mon retour à Gold Dust, mais toutes mes tentatives ont échoué.

— Allons-nous devoir céder le domaine à cette bande de rapaces déguisés en croquemorts qui sont venus nous rendre visite mercredi ?

— J'en ai bien peur. Si nous voulons rembourser nos dettes et éviter d'être expulsés *manu militari*, nous serons obligés, à plus ou moins brève échéance, de vendre le manoir et les objets de valeur qu'il contient.

— A moins que tu ne te décides à faire un beau mariage et…

— Ah ! ça suffit, grand-père ! s'exclama Cameron à bout de patience. Tu sais pertinemment que je n'épouserai ni Grace Sinclair, ni Julie Ransom, ni aucune des riches héritières qui ont assisté à la réception.

— Est-ce à cause de la petite Collins que tu les as traitées comme quantité négligeable hier soir ?

— Pas seulement. C'est d'abord par honnêteté envers elles et envers moi-même que j'ai agi de cette façon. Quelles que soient nos difficultés, j'aurais eu honte de me fiancer à une femme dont je n'aurais pas été amoureux. Honte de lui demander l'aumône et de me servir de son argent pour calmer nos créanciers.

James Van Kirk arpenta la bibliothèque, le dos voûté, puis leva sur Cameron un regard d'où avait disparu toute trace de colère et de réprobation.

— J'ai eu tort de vouloir tenir coûte que coûte la promesse que j'avais faite à Jasper, admit-il d'une voix lasse. J'ai cru que si je t'obligeais à épouser Grace, nous pourrions perpétuer le bon vieux temps et devenir éternels, mais je me suis trompé. Les mœurs ont changé, ces cinquante dernières années, et il va falloir que je m'y habitue.

— Dois-je en déduire que tu me pardonnes de t'avoir désobéi ?

— Oui. Bien qu'elle soit enceinte d'un autre homme et qu'elle n'ait pas un sou vaillant, tu aimes la fille de Jed Collins et tu es persuadé qu'elle seule saura te rendre heureux. Alors, va vite lui demander sa main et oublie le reste. Tes parents, ta sœur et moi, nous nous débrouillerons sans ton aide.

— Où irez-vous vivre une fois que le domaine aura été vendu ?

— Dans une petite maison, au centre de Gold Dust. Notre famille a déjà connu des revers de fortune au siècle dernier et nous ne nous laisserons pas abattre, sois tranquille.

James Van Kirk contempla avec un hochement de tête attristé les guirlandes de fleurs fanées qui pendaient aux arcades du patio, puis désigna d'un doigt noueux la porte d'entrée du manoir.

— Qu'attends-tu pour aller retrouver ta dulcinée ? bougonna-t-il. Tu n'as pas encore compris que tu avais ma bénédiction ?

— Merci, grand-père, dit Cameron avant de s'élancer hors de la bibliothèque et de regagner son cabriolet au pas de course.

Il s'apprêtait à démarrer lorsque son mobile se mit à sonner.

— Di m'a appelée il y a cinq minutes et m'a donné un numéro auquel je pourrais la joindre en cas de problème, lui annonça Penny. Comme il s'agit d'un téléphone fixe, vous ne devriez pas avoir trop de mal à trouver l'adresse à laquelle il correspond.

Dès son arrivée à San Francisco, Cameron se rendit dans l'un des quartiers résidentiels de la ville et se gara avec une certaine appréhension devant la petite maison où s'était réfugiée Diana.

— Mlle Collins est-elle là ? demanda-t-il à la jolie brunette qui vint lui ouvrir.

— Oui, répondit-elle. Entrez, je vous prie.

— Qu'est-ce que tu fais là, Cam ? s'étonna Diana lorsqu'elle le vit franchir le seuil de la salle de séjour et s'approcher du canapé où elle était recroquevillée. Tu n'as pas eu mon mail ?

— Si, mais il aurait fallu que tu m'en envoies des milliers pour que je me décourage. Tu sais bien que je suis têtu comme une mule et qu'il est difficile de se débarrasser de moi.

— Qui t'a donné cette adresse ?

— Les employés du site Web auquel je me suis connecté après avoir reçu un coup de fil de ton assistante.

— Ah ! j'aurais dû me douter que cette pipelette de Penny ne saurait pas tenir sa langue.

Dès que la jeune femme qui l'avait accompagné jusqu'à la porte du living-room se fut éclipsée, Cameron s'assit dans un fauteuil et embrassa la pièce du regard.

— Où est le père de Mia ? s'enquit-il d'un ton bourru. Je suis sûr qu'il n'est pas très loin d'ici et que tu es venue le rejoindre parce que tu avais besoin d'être réconfortée. Mais ce que j'ignore, c'est quelle place il occupe dans ta vie. As-tu l'intention de te réconcilier avec lui et de l'épouser ?

Pour toute réponse, Diana renversa la tête en arrière et éclata d'un rire discordant.

— Au lieu de te moquer de moi, marmonna Cameron, vexé, va donc chercher cet égoïste et laisse-nous discuter entre hommes.

— Tu veux vraiment que je te le présente ? demanda-t-elle après avoir recouvré son sérieux.

— Oui.

— Dans ce cas, cramponne-toi à ton siège, car tu risques de recevoir un choc.

Indifférente au regard perplexe que Cameron braquait sur elle, Diana sortit de sa poche un morceau de papier plié en quatre et le lui lança.

— Qu'est-ce que c'est ? grommela-t-il en dépliant la feuille et en la parcourant des yeux.

— La fiche signalétique du père de Mia. Comme je croyais que tu ne reviendrais jamais à Gold Dust, je suis venue ici en février et me suis rendue dans une clinique spécialisée. Avant de me faire inséminer, j'ai sélectionné un donneur de sperme ayant la même taille, la même couleur de cheveux, les mêmes traits de caractère et les mêmes goûts que toi pour être certaine que mon bébé te ressemblerait.

— Qu'es-tu en train de m'expliquer ? Que tu as choisi le père de ta fille sur catalogue et que cet inconnu a de fortes chances d'être mon sosie ?

— Oui. J'aurais tellement voulu être ta femme et porter tes enfants que j'ai décidé de réaliser l'un de ces deux rêves sans ton aide.

— Aucun des médecins que tu as consultés n'a essayé de t'en dissuader ?

— Aucun ! Ils ont dû se rendre compte que j'étais déterminée et que personne ne pourrait m'empêcher d'aller jusqu'au bout de ce que j'avais entrepris.

Un sourire étira les lèvres de Cameron.

— Si je comprends bien, s'exclama-t-il en bondissant de son fauteuil et en obligeant Diana à se lever du canapé, c'est moi qui suis le papa de ton bébé ?

— En quelque sorte, confirma-t-elle, émue aux larmes. Tu es le seul homme que j'aie jamais aimé.

— Alors dépêchons-nous de nous marier et d'offrir à notre petite Mia la chaleur d'un foyer !

— Comment réagiront tes parents quand tu leur diras que tu veux m'épouser ?

— Le mieux du monde. Mon grand-père m'a déjà donné sa bénédiction ce matin et ils n'oseront pas se montrer plus royalistes que le roi.

Ravi de voir les traits de Diana s'illuminer, Cameron la fit longuement valser dans ses bras. Puis, dès qu'ils eurent fini de tourbillonner, il ramassa les deux enveloppes qui étaient tombées de la poche de son blouson et décacheta celle qu'il avait rapportée de Sacramento le jour où il s'était permis d'enquêter sur la disparition de Mia Collins.

— J'ai découvert pourquoi ta mère a quitté Gold Dust le lendemain de ton sixième anniversaire, mon ange, reprit-il avec gravité. Elle est partie parce qu'elle avait un cancer et qu'elle devait aller suivre une chimiothérapie à Sacramento. Elle y est décédée au bout de quelques semaines.

— Oh, mon Dieu ! s'exclama Diana d'une voix étranglée. Mon père était-il au courant de sa maladie ?

— Probablement pas. Sinon, il t'aurait emmenée lui rendre visite à l'hôpital au lieu de te laisser croire qu'elle t'avait abandonnée.

— Comment se fait-il qu'elle ne se soit pas confiée à lui avant de partir ?

— Je l'ignore. Peut-être a-t-elle cru qu'il serait incapable d'encaisser le choc et qu'il valait mieux le tenir à l'écart.

— Il buvait tellement, à cette époque-là, qu'il n'aurait pas pu l'aider, de toute façon.

— Avait-elle de la famille en Californie ?

— Pas que je sache. La seule personne qui s'est occupée de moi, c'est ma grand-mère paternelle, mais elle est morte quand j'avais dix ans.

— Que te disait-elle à propos de la séparation de tes parents ?

— Rien. Elle était très réservée et préférait me parler de ses fleurs plutôt que d'aborder un sujet aussi douloureux.

Pendant que Diana essuyait ses joues sur lesquelles des larmes s'étaient mises à rouler, Cameron décacheta la deuxième enveloppe et en retira un plan annoté à l'encre rouge.

— Oh ! Nom d'un chien ! s'exclama-t-il après avoir balayé le document des yeux. As-tu signé les papiers que ton cousin Ben t'a adressés ?

— Oui, acquiesça-t-elle, déconcertée. Ce matin même.

— Qu'as-tu fait de l'enveloppe ?

— Je l'ai mise sur la boîte aux lettres à l'entrée du jardin pour que le facteur puisse la prendre en faisant sa tournée.

— A quelle heure passe-t-il dans le quartier ?

— Je n'en ai aucune idée, mais il est probablement déjà passé.

— Espérons que tu te trompes, jeta Cameron avant de se précipiter hors du living-room et de quitter la maison à toutes jambes. Ouf ! lâcha-t-il un instant plus tard en s'emparant du pli au moment même où le préposé apparaissait au coin de la rue.

— Tu es fou, ma parole ! marmonna Diana dès qu'il l'eut rejointe.

— Au contraire ! Je t'ai évité de perdre des centaines de milliers de dollars.

— Le terrain dont Ben et moi avons hérité vaut plus qu'on ne le croyait ?

— Vingt fois plus, au moins.

— Parce que les employés du Bureau des Mines y ont trouvé un filon d'or ?

— Non. Parce qu'une chaîne d'hôtels envisage de l'acheter et d'y faire bâtir un immense complexe qui accueillera des randonneurs, des parapentistes et des citadins stressés.

— Qui t'a informé de ce projet ?

— L'un des amis auxquels j'avais téléphoné. Sa lettre est arrivée à Garfield House ce matin, mais j'ai quitté le manoir si vite que j'ai juste pris le temps de la fourrer dans ma poche avant de m'en aller. Comme mon copain est chargé de délivrer des certificats d'urbanisme et des permis de construire, il sait de quoi il parle.

— Mince alors ! s'exclama Diana, au comble de la stupeur. Ça veut dire que… que je suis riche ?

— *Très* riche.

— Suffisamment pour que tu oublies tes invitées d'hier soir et que tu te dépêches de m'épouser ?

Un sourire taquin étira les lèvres sensuelles de Cameron.

— C'était mon plan depuis le début, prétendit-il en passant un bras possessif autour des épaules de Diana et en l'attirant à lui. Grâce à ma boule de cristal, j'avais deviné que tu finirais par empocher une grosse somme et que tu pourrais m'aider à sauver ma famille du désastre.

— Ah ! je me doutais bien que tu étais vénal, mon amour, répliqua-t-elle en riant avant d'offrir ses lèvres au plus fougueux des baisers.

Épilogue

Deux ans plus tard

Lorsqu'elle entendit de petits bruits de griffes sur les lames du parquet, Diana entrouvrit les yeux et vit Billy s'approcher en trottinant.

— Salut, pot de colle ! murmura-t-elle en lui caressant la tête. Tu voudrais aller te dégourdir les pattes, hein ?

Puis, à l'adresse de Cameron qui un instant plus tôt dormait encore d'un sommeil de plomb, elle ajouta :

— Ce petit monstre de Billy est déjà réveillé. Pourrais-tu l'accompagner jusqu'à la porte et le laisser sortir dans le jardin ?

— Avec plaisir, mon ange, marmonna-t-il avant de se lever, en tenue d'Adam, et d'entraîner le cocker vers l'escalier.

« Quelle chance j'ai d'avoir épousé un homme aussi merveilleux ! » songea Diana quand il vint la rejoindre peu après et se glissa entre les draps pour y réinventer à l'infini les gestes du bonheur.

— Mia ne sera bientôt plus fille unique, dit-il soudain, un doigt posé sur le ventre plat de Diana et un autre, dans le doux vallonnement de ses seins.

— Qu'est-ce qui te permet de dire ça ? demanda-t-elle, étonnée.

— Ma fameuse boule de cristal. Tu oublies que c'est

grâce à elle et à mes talents d'extralucide que j'ai pu séduire une riche héritière déguisée en Cendrillon ?

— Et l'amour, qu'en fais-tu ?

— L'amour, le vrai, celui qui rime avec toujours, je l'avais déjà trouvé à vingt et un ans, mais j'étais tellement bête à l'époque que je ne m'en étais pas aperçu. Maintenant que j'ai goûté aux joies de la vie de famille, je ne suis pas près d'y renoncer et de…

— Pa-pa ! Ma-man !

Interrompu par la voix chantante de Mia, Cameron se coula hors des draps et enfila son peignoir.

— Ne bouge pas, dit-il à Diana. Je vais aller chercher cette graine de pop star dans la nursery et te l'amener.

— Lui diras-tu qu'elle aura bientôt un petit frère ?

— Comment sais-tu que notre deuxième enfant sera un garçon ?

— Grâce à la baguette de fée que m'a prêtée la marraine de Cendrillon la nuit où tu es revenu à Gold Dust. Tu ne t'étais pas encore rendu compte que j'avais des dons de magicienne ?

— Oh ! que si ! s'exclama Cameron avec un sourire radieux. Tu n'as même pas eu besoin de crier « abracadabra » pour transformer le célibataire désabusé que j'étais en mari comblé.

LAURA IDING

Un bébé en cadeau

Traduction française de
L. BOULANGER-BEAUQUEL

HARLEQUIN

Titre original :
HER LITTLE SPANISH SECRET

Ce roman a déjà été publié en 2018.

Prologue

Quatre ans et demi plus tôt…

Kat avait rarement vu autant de sang épanché lors d'une intervention chirurgicale hémorragique. Le Dr Miguel Vasquez, aidé de deux autres chirurgiens, avait fait l'impossible pour stopper les saignements, mais en vain. La jeune patiente, enceinte depuis peu, n'avait pas survécu à ses blessures.

Une fois le corps de la malheureuse transféré à la morgue, Kat remit de l'ordre dans la salle d'opération, laissant les techniciens d'entretien nettoyer le sol et les murs. Cela fait, elle put enfin gagner le vestiaire. Son service se terminait, Dieu merci, car elle était à bout de forces — à la fois physiquement épuisée et encore sous le choc de l'horrible carnage qu'elle ne parvenait pas à se sortir de la tête. Il y avait longtemps que le pôle chirurgie du General Hospital de Cambridge — Massachusetts — n'avait pas été confronté à un cas aussi dramatique.

Après avoir troqué sa tenue de bloc contre un jean et un pull à manches courtes, elle s'apprêtait à s'en aller lorsqu'elle aperçut le Dr Vasquez dans la salle de repos du personnel. Assis sur le canapé, il se tenait la tête entre les mains, manifestement en proie à l'abattement. N'écoutant que son instinct, la jeune femme le rejoignit et s'assit près de lui.

— Il ne faut pas vous torturer pour ce qui vient de se passer, docteur Vasquez, dit-elle d'une voix douce. Vous avez fait tout ce qui était humainement possible.

Il releva la tête et tourna vers elle un regard empli de désarroi.

— J'aurais dû appeler mes collègues plus tôt.

— Vous les avez appelés dès que vous avez découvert l'hémorragie abdominale et ils sont venus dès qu'ils ont pu, souligna-t-elle. Personne ne pouvait savoir que cette femme était enceinte. Sa grossesse n'était pas encore visible.

— J'aurais dû procéder à un examen plus complet aux urgences, murmura-t-il. Ainsi nous l'aurions su.

— Vous avez agi dans l'urgence. Et puis, croyez-vous vraiment que cela aurait changé quelque chose ? Même s'ils avaient été bipés plus tôt, vos confrères n'auraient pas pu venir tout de suite, puisqu'ils étaient occupés à réanimer d'autres patients aux soins intensifs. Dans cette salle d'op, nous avons tous fait du mieux que nous pouvions.

Il la regarda un long moment, puis soupira.

— C'est plus fort que moi, je ne peux pas m'empêcher de penser que j'aurais dû m'y prendre autrement. Je sais que nous ne pouvons pas sauver tous les blessés qui nous arrivent, mais cette femme était si jeune ! Et enceinte… J'ai l'impression de l'avoir trahie.

Elle lui posa la main sur le bras en un geste de réconfort.

— Si les trois meilleurs chirurgiens traumatologues de l'hôpital n'ont pas réussi à les sauver, elle et son bébé, c'est que personne ne l'aurait pu.

Pour son plus grand plaisir, une ébauche de sourire joua sur les lèvres de Miguel Vasquez. Car Kat était sincère : dans le service, tout le monde vantait les qualités et la compétence du chirurgien espagnol. Un poste l'attendait même à l'hôpital une fois sa vacation postdoctorale terminée. Toutefois, il avait prévenu qu'il ne resterait pas aux Etats-Unis. Il avait d'autres projets.

A regret, elle laissa retomber sa main et se leva pour partir. Elle n'avait pas fait trois pas qu'il la rappelait.

— Katerina ?

Elle se retourna, surprise, mais aussi flattée qu'il se souvienne de son prénom. Certes, ils avaient opéré des dizaines de patients ensemble, mais elle n'avait jamais eu l'impression qu'il lui prêtait une attention particulière. Elle, en revanche, avait toujours une conscience aiguë de sa proximité lorsqu'elle travaillait à ses côtés.

— Oui, docteur ?

— Vous êtes libre ce soir ? Et si oui, accepteriez-vous de vous joindre à moi ? Nous pourrions aller manger un morceau ensemble, ou faire autre chose, je ne sais pas...

Visiblement, il redoutait de rester seul. Et soudain, il en allait de même pour Kat, même si elle n'avait pas faim du tout. La perspective d'une soirée en solitaire ne lui disait rien et elle ne voyait pas pourquoi elle refuserait un repas en tête à tête avec le chirurgien. D'autant que, dans le service, le bruit circulait que Miguel se gardait de nouer des relations avec des femmes, parce que son temps aux Etats-Unis était compté. La jeune femme choisit d'ignorer la vague mise en garde qui venait de lui effleurer l'esprit.

— Oui, je suis libre et je serais ravie d'aller manger un morceau avec vous.

Ou de faire autre chose, je ne sais pas...

— *Muy bien*, répondit-il.

Elle sourit : il devait être vraiment fatigué pour laisser sa langue maternelle surgir ainsi. Déjà, il se levait et lui tendait la main.

Elle la saisit sans réfléchir et tressaillit : au contact de la peau masculine, une onde de choc remontait le long de son bras pour se propager dans tout son corps.

Elle se ressaisit aussitôt et quitta l'hôpital aux côtés du chirurgien.

1

— Je veux descendre, maman ! Descends-moi !

— Bientôt, Tommy. Je te le promets.

Luttant de son mieux contre la chape de fatigue qui s'abattait sur elle, Katerina Richardson resserra son étreinte autour de son fils, qui se tortillait en tous sens pour échapper à ses bras. Ces seize heures d'affilée passées dans un avion avec un bambin de bientôt quatre ans débordant de vitalité avaient tenu du supplice. Elle n'osait même pas penser au vol plus long encore qui les attendait pour le retour.

Après tout, elle aurait le temps de s'inquiéter de cela le moment venu. Ils étaient enfin arrivés à Séville et elle tenait à se rendre au plus vite au CHU pour voir comment se portait sa demi-sœur après l'accident dont elle avait été victime.

— Je n'arrive pas à croire que cette stupide compagnie aérienne ait égaré mes valises ! gémit Diana alors qu'ils se dirigeaient enfin vers la station de taxis. Et mon Dieu, comme il fait chaud ici, je transpire déjà ! Quand je pense que nous ne sommes qu'en avril ! Je ne me vois pas passer tout le séjour dans ces vêtements…

Kat compatit et réprima un sentiment de culpabilité : sa meilleure amie ne l'avait accompagnée que pour lui rendre service. C'était elle qui lui avait offert le voyage afin qu'elle s'occupe de Tommy.

— Ne t'inquiète pas, je partagerai mes affaires avec toi, promit-elle. Et puis, nous achèterons tout ce dont tu auras besoin.

— Lâche-moi, maman ! répéta Tommy d'une voix plus insistante en se débattant de plus belle.

— D'accord, je te pose. Mais tu ne lâches pas ma main, compris ?

Elle joignit le geste à la parole et s'empressa de l'agripper avant qu'il ne puisse prendre la poudre d'escampette. Elle l'avait laissé courir dans la zone de livraison des bagages, mais cela n'avait manifestement pas suffi à épuiser son trop-plein d'énergie. Heureusement qu'il avait dormi dans l'avion !

— Non, Tommy, c'est par ici, précisa-t-elle comme il essayait d'aller dans la direction opposée à la file d'attente, qui, par chance, se réduisait très vite. Regarde, voilà un taxi ! Il est pour nous, celui-là. Nous allons faire une balade !

Captivé par la voiture, Tommy grimpa à bord sans se faire prier.

— L'hôtel Hesperia, s'il vous plaît, dit-elle au chauffeur.

— *HHHesperia ? No comprendo. HHHesperia ?* répondit l'homme en secouant la tête, mais en se faufilant tout de même dans la circulation. *No comprendo !*

Kat s'empressa de lui montrer le document de confirmation de l'hôtel qu'elle avait gardé à portée de main. A la vue de l'en-tête, il émit un son désapprobateur.

— *Espeer-ria,* corrigea-t-il en accentuant la prononciation espagnole. *Hotel Esperia.*

Vexée, Kat se rappela, mais un peu tard, que le « h » était toujours muet dans la langue de Cervantès. Se retrouver en Espagne avait réveillé en elle le souvenir doux-amer du père de Tommy. Durant les trois heures d'escale à Madrid, l'idée lui était venue d'essayer de trouver Miguel, mais elle l'avait aussitôt repoussée. C'était ridicule. Autant chercher une aiguille dans une botte de foin.

— *Si. Hotel Hesperia, gracias.*

Le chauffeur de taxi répondit par un commentaire inintelligible — et sans doute peu flatteur — qu'elle choisit d'ignorer.

— Tu veux aller à l'hôpital aujourd'hui même ? demanda Diana. Moi, j'opterais d'abord pour un somme réparateur.

— Je doute que Tommy ait sommeil pour l'instant. Et oui, j'irai au CHU dès que nous aurons pris possession de la chambre d'hôtel. Je suis désolée, mais tu vas devoir surveiller Tommy pendant un moment.

— Je suis là pour ça et ça ne m'ennuie pas, affirma Diana. Waouh, Kat, regarde l'architecture de ce bâtiment, là-bas ! Stupéfiante, non ?

— Absolument stupéfiante, confirma Kat avec un sourire forcé.

Ni les beautés architecturales de la ville ni l'exaltation d'être en Europe pour la première fois de sa vie ne pouvaient lui faire oublier le motif de sa présence ici et son cœur se serrait à l'idée de ce qu'elle allait découvrir à l'hôpital. Trente-six heures plus tôt, elle avait reçu un appel de Susan Horton, la coordonatrice du programme d'études à l'étranger que suivait Juliet : celle-ci s'était fait renverser par une voiture et avait été gravement blessée à la tête. Elle n'était pas en état d'être rapatriée aux Etats-Unis. Bien entendu, Kat avait aussitôt pris les arrangements nécessaires pour venir à Séville, afin d'être aux côtés de sa demi-sœur.

Toutes deux n'étaient pourtant pas particulièrement proches. Outre leur différence d'âge de sept ans, elles n'avaient pas le même père et, pour une raison ou pour une autre, Kat avait toujours eu l'impression que Juliet lui en voulait. Leurs pères respectifs avaient tous deux abandonné leur mère, ce qui aurait pu les rapprocher, mais tel n'avait pas été le cas. Néanmoins, lorsque leur mère avait été terrassée par un cancer incurable, Kat lui avait promis de veiller sur Juliet.

Après la mort de leur mère, Juliet s'était laissée aller à quelques extravagances, mais elle s'était assagie à l'issue de sa deuxième année de licence. Et à l'âge canonique de vingt-deux ans, elle avait tenu à profiter d'un échange universitaire avec l'Espagne pour aller passer le second semestre de sa troisième année à Séville. Kat avait ainsi travaillé d'arrache-pied, notamment les week-ends, pour l'aider à couvrir les frais du programme, mais elle devait reconnaître que Juliet n'avait pas chômé non plus, enchaînant divers petits jobs pour pouvoir réaliser son projet.

A présent, Kat se reprochait le sentiment de soulagement qui l'avait envahie au moment de mettre sa jeune sœur dans l'avion pour l'Espagne. Toutefois, elle savait que, même si elle avait tenté de dissuader Juliet de s'en aller, cela n'aurait servi à rien, sinon à se la mettre à dos.

Rejoindre l'hôtel en taxi ne leur prit qu'un quart d'heure. Puis, dès que Diana et Tommy furent installés dans la chambre, Kat partit pour l'hôpital en métro, avec en poche le plan fourni par la réceptionniste.

Composé de plusieurs bâtiments, le CHU de Séville lui parut plus vaste et plus important qu'elle ne s'y attendait, ce qui la rassura quant à la qualité des soins qu'y recevrait Juliet. Comme le lui avait dit Susan Horton, la jeune femme se trouvait dans l'unité de soins intensifs. Le sang de Kat se figea dans ses veines lorsqu'elle la vit sous respiration assistée et qu'elle remarqua les ecchymoses et les écorchures qui marbraient sa peau diaphane.

— Mon Dieu ! s'exclama-t-elle dans un souffle tandis que son regard déviait vers l'écran du moniteur cardiaque.

Elle refoula les larmes qui lui montaient aux yeux et se tourna vers l'infirmière tout de blanc vêtue qui était entrée à sa suite.

— Comment va Juliet ? demanda-t-elle en anglais. Son état s'est-il amélioré ? Quelle est l'importance de ses blessures ? Pourrais-je m'entretenir avec le médecin ?

L'infirmière la dévisagea d'un air déconcerté, puis se mit à débiter à toute vitesse un discours en espagnol auquel elle ne comprit goutte. Kat sortit alors le dictionnaire bilingue qu'elle avait pris soin d'emporter et parvint à demander où était le médecin et s'il parlait anglais.

— *Donde esta el doctor ? Habla Ingles ?*

L'infirmière hocha la tête et s'esquiva aussitôt.

Restée seule, Kat s'assit sur la chaise à côté du lit et prit la main de Juliet. Malgré leur différence d'âge et leurs personnalités contraires, qui les avaient empêchées d'être proches, Juliet était toujours sa petite sœur. D'autant que, depuis la disparition de leur mère, elles n'étaient plus que toutes les deux.

Vaincue par la fatigue, la jeune femme posa la tête sur le bord du lit et ferma les yeux. Le décalage horaire ajouté à la vive inquiétude que lui inspirait l'état de sa sœur eurent bientôt raison de son courage.

S'endormit-elle ? Sans doute, car ce fut le timbre grave d'une voix masculine qui lui fit ouvrir les yeux. Elle se redressa vivement, bien réveillée tout à coup.

— J'ai cru comprendre que vous aviez des questions sur l'état de santé de Juliet Campbell ? avait demandé la voix en anglais derrière elle.

— Oui, répondit-elle, soulagée de pouvoir parler sa langue. C'est ma sœur.

Elle se leva et cligna des yeux pour éclaircir sa vision, puis se tourna vers le nouveau venu.

Elle dut s'agripper à la barre de sécurité du lit pour ne pas défaillir en découvrant le médecin qui lui faisait face.

— Miguel… ? articula-t-elle.

Etait-ce un mirage ? Avait-elle rêvé du père de Tommy durant son court sommeil et continuait-elle à fantasmer ?

A moins que tous les médecins espagnols n'aient le même physique de beau ténébreux qui lui paraissait si douloureusement familier ?

— Katerina ! murmura-t-il en retour, visiblement stupéfait lui aussi.

Le silence s'installa et ils se dévisagèrent de longues secondes. Puis Miguel esquissa un sourire.

— Quelle agréable surprise de te revoir ! Comment vas-tu ?

— Très bien, merci, répondit-elle d'un ton qui se voulait amical — même si, le temps d'une merveilleuse nuit, tous deux avaient été bien plus que des amis.

Elle s'aperçut que son souffle était bloqué dans sa gorge. Miguel était encore plus séduisant que dans son souvenir. Plus grand que la plupart des Méditerranéens, il avait de larges épaules, une peau hâlée qui faisait ressortir un sourire éclatant, des cheveux d'ébène plus ou moins en bataille et des yeux… Des yeux de jais absolument fascinants. Sans le badge indiquant son nom qu'il portait sur la poche poitrine de sa blouse blanche, Kat aurait cru à une hallucination.

— Je ne m'attendais pas à te trouver ici, à Séville, ajouta-t-elle. Je te croyais à Madrid.

Il ne répondit pas tout de suite et elle crut voir passer dans son expression un soupçon de culpabilité. Elle se détourna, embarrassée. Il n'y avait aucune raison qu'il se sente coupable, ni pour la nuit d'amour qu'ils avaient partagée ni pour son départ brutal de Cambridge quand il avait appris la maladie de son père. Ce n'était pas comme s'ils avaient été liés par une vraie relation.

Et il n'y était pour rien non plus si elle avait été incapable de maîtriser ses réactions cette nuit-là…

Quand elle avait découvert sa grossesse, elle avait tenté de le joindre sur son numéro de portable américain, mais il ne lui était plus attribué. Elle l'avait alors recherché en vain via les réseaux sociaux. Au bout de six mois, en désespoir de cause, elle avait abandonné.

— Je vis ici, répondit-il simplement. Ma famille possède un domaine oléicole à vingt minutes des faubourgs de Séville.

— Ah, très bien… Et ton père… Comment… comment va-t-il ?

— Il est mort il y a trois ans et demi.

— Oh ! je suis désolée, murmura-t-elle.

Elle s'étonna toutefois : pourquoi était-il resté ici après la disparition de son père ? Au cours de la nuit qu'ils avaient passée ensemble, il lui avait confié son rêve de rejoindre une équipe de Médecins sans frontières. Pourquoi ne l'avait-il pas fait ? Il lui avait expliqué qu'il devait attendre d'en avoir fini avec ses obligations familiales pour s'en aller. Si son père était mort plus de trois ans auparavant, il aurait dû être parti depuis longtemps déjà…

Enfin, comme si les choix de Miguel la concernaient !

Sauf que, maintenant qu'elle l'avait retrouvé, elle allait devoir lui apprendre qu'ils avaient eu un fils ensemble. Comment s'y prendrait-elle ?

Un vent de panique la balaya à cette question et elle inspira à fond. Pour l'instant, elle devait se concentrer sur sa sœur.

— Peux-tu, s'il te plaît, me parler du cas de Juliet ? Est-ce que son traumatisme crânien est grave ? Et quel est exactement son état neurologique ?

— Son état est sérieux, mais stable. Elle réagit à la douleur maintenant, contrairement au début. Mais elle présente une hémorragie subarachnoïde, que nous surveillons de très près.

Elle tressaillit à ces derniers mots. Elle s'y était certes préparée, mais ce n'était pas une bonne nouvelle.

— Obéit-elle aux ordres qui lui sont donnés ?

— Pas encore. Mais elle est jeune, Katerina. Elle a de bonnes chances de se rétablir.

— Je sais, oui. J'espère qu'elle se réveillera bientôt.

— Katerina, je dois retourner au bloc pour une intervention, mais j'aimerais beaucoup bavarder un peu avec toi. Je peux t'inviter au restaurant ce soir ? Disons, vers 8 heures et demie ?

Une invitation dictée par une sorte de sens du devoir, sans doute, en souvenir de la seule et unique nuit passée ensemble... Quoi qu'il en soit, elle ne pouvait accepter, ne serait-ce que parce qu'elle avait besoin de réfléchir une fois qu'elle aurait éclairci son esprit embrumé par la fatigue. Naturellement, Miguel devait être informé qu'il avait un fils, mais qu'en était-il de Tommy ? Fallait-il qu'il écope d'un père qui n'avait pas caché son désintérêt pour l'idée de construire une famille ?

— Je suis désolée, Miguel, c'est très gentil, mais à cette heure-là, je dormirai certainement, murmura-t-elle. Je suis arrivée tout à l'heure et je souffre du décalage horaire.

La déception fut visible dans les yeux de Miguel. Kat préféra ne pas en tenir compte. Sa priorité, c'était Juliet, suivie de près par le bien-être de son fils. Miguel, lui, devrait attendre.

Katerina Richardson ici, à Séville, c'était proprement incroyable !

Depuis qu'il l'avait découverte dans cette chambre d'hôpital, Miguel couvait la jeune femme des yeux. Ce n'était pas une beauté au sens classique du terme, mais dès le premier jour, en Amérique, il était tombé sous le charme de son physique de fille du Nord, avec son teint de porcelaine et sa longue chevelure blonde attachée en queue-de-cheval, sauf en cette fameuse nuit, lorsqu'il avait glissé les doigts dans ses mèches soyeuses.

A ce jour, il ignorait encore ce qui l'avait poussé à briser ce soir-là la règle d'or qu'il s'était fixée. Pourquoi l'avait-il invitée à dîner avec lui ? Peut-être à cause du drame qu'ils avaient vécu ensemble, avec la mort de leur jeune patiente. Il n'empêche que, déterminé comme il l'était alors à fuir tout engagement durant son séjour aux Etats-Unis, il n'aurait pas dû baisser la garde. Seulement… Seulement, il était très attiré par cette femme à l'époque et il lui avait semblé qu'elle l'était tout autant par lui. Ce soir-là, il avait renoncé à lutter contre cette attraction mutuelle.

Au matin, hélas, l'appel téléphonique lui annonçant l'attaque de son père l'avait tiré du lit où dormait encore Katerina et il était parti en toute hâte à Séville, où il avait trouvé son géniteur dans un état plus critique encore qu'il ne l'avait imaginé. Douze mois plus tard, celui-ci rejoignait dans la tombe son épouse, morte des années plus tôt. Durant la maladie de leur père, Luis, son jeune frère, s'était mis à boire. Miguel avait dû mettre ses rêves entre parenthèses et accepter de s'occuper du domaine oléicole, qui appartenait à la famille Vasquez depuis des générations, jusqu'à ce que Luiz soit en état de reprendre le flambeau.

La réaction de son corps, à la seconde où il avait posé les yeux sur Katerina, l'avait stupéfié. Lorsqu'il l'avait quittée, quatre ans et demi plus tôt, il ne s'était pas autorisé à éprouver de sentiment de manque. A présent, il lui restait trois mois avant que son contrat avec le CHU de Séville arrive à son terme. Ensuite, il serait enfin libre de rejoindre Médecins sans frontières et cette fois, rien ni personne ne l'en empêcherait.

Chassant ces pensées de son esprit, il revint au présent.

— Peut-être un léger repas après la sieste, alors ? s'entendit-il proposer contre toute logique. Il faudra bien que tu manges à un moment ou un autre.

Les yeux verts de Katerina reflétaient une méfiance qui n'y était pas visible autrefois. Une méfiance due à une expérience malheureuse ? Il fut soulagé de constater qu'elle ne portait pas d'alliance — même si la vie de cette femme ne le concernait en rien.

Elle parut ne pas l'avoir entendu, car elle reprit :

— Dis-moi, pour ma sœur… Tu m'as décrit son état neurologique, mais n'y a-t-il rien d'autre ? Des blessures, peut-être ?

— Juliet a été heurtée sur le côté droit par la voiture qui l'a renversée. Sa jambe a été fracturée en deux points, ce qui a nécessité une intervention pour réaligner les os. Elle présente aussi quelques côtes cassées et une hémorragie interne en bonne voie d'être totalement jugulée. Notre principal souci, c'est sa blessure à la tête. Toutefois, le fait qu'elle réagisse à la douleur à présent nous permet d'espérer une issue tout à fait favorable.

— Quand pourra-t-on la transporter aux Etats-Unis ?

A cette question, il sentit son corps tout entier se tendre. A vrai dire, il n'avait pas du tout envie que cette patiente-là s'en aille ! Il se ressaisit, agacé : qu'est-ce qui n'allait pas chez lui ?

— Une fois que je serai certain que son état neurologique est parfaitement stabilisé, répondit-il.

Katerina hocha la tête, comme si elle s'attendait à cette réponse.

— C'est toi qui t'occupes de ma sœur, alors ? demanda-t-elle sans le regarder dans les yeux. On ne t'a pas envoyé me voir simplement parce que tu étais le seul de l'hôpital à parler anglais ?

— Non, je suis bien le médecin de ta sœur. Comme tu le sais, je suis à la fois chirurgien généraliste et spécialisé en traumatologie.

— Aucune des infirmières de ce service ne parle anglais ?

A l'inverse de ce qui se passait à Madrid ou Barcelone, peu d'autochtones parlaient anglais à Séville. Lui-même avait eu une mère américaine, et il était parti, grâce à des échanges interuniversitaires, terminer ses études à Harvard, la plus ancienne école de médecine des Etats-Unis, située à Cambridge.

C'était donc là-bas qu'il avait obtenu ses diplômes. Et rencontré Katerina. Bref…

— Non, j'en ai peur, répondit-il. Il y en a peut-être une ou deux qui connaissent quelques mots.

Il vit Katerina fermer les yeux et commencer à se masser les tempes, comme si elle souffrait d'un violent mal de tête. Il fut tenté de la réconforter, mais n'osa pas.

— Si tu pouvais me tenir au courant de l'état de santé de Juliet, dit-elle, ce serait gentil… du moins, chaque fois que tes autres patients t'en laisseront le loisir, conclut-elle en se tournant vers sa sœur.

Etait-ce une manière de le congédier ? Il brûlait de lui demander de le regarder, de lui parler encore, mais bien sûr, le temps lui manquait, il l'avait dit lui-même. Il était déjà en retard pour sa prochaine intervention.

— Je pourrai te communiquer les dernières nouvelles cet après-midi, si tu as le temps. 16 heures, ça te convient ? proposa-t-il.

C'était l'heure à laquelle il déjeunait d'ordinaire.

Elle pivota sur ses talons et lui fit face.

— Mais…

Elle s'interrompit net et hocha la tête.

— Bien sûr. 16 heures, ce sera parfait.

Elle n'avait accepté de le voir que pour recevoir des nouvelles de sa sœur, il le devinait sans peine, mais cela ne l'empêcha pas de se réjouir d'être parvenu à ses fins.

— Eh bien, à tout à l'heure, Katerina.

J'ai hâte d'y être, ajouta-t-il en son for intérieur.

Et c'était un euphémisme. Tandis qu'il redescendait en hâte au bloc, il renonça à réprimer le délicieux frisson qui le parcourait à l'idée de la revoir bientôt.

2

— Alors qu'en penses-tu ? Je dois vraiment parler de Tommy à Miguel ? demanda Kat en conclusion du récit qu'elle venait de faire à Diana.

Elle les avait rejoints, Tommy et elle, dans un jardin public situé près de l'hôtel et qui jouxtait une école. Voir tous ces enfants en uniforme marine et blanc jouer dans la cour lui rappelait la maternelle que fréquentait Tommy à Cambridge.

— A mon avis, il vaudrait mieux que tu ne dises rien pour le moment, répondit son amie. Nous ne connaissons pas les lois espagnoles en matière de garde des enfants. Imagine que Miguel ait le droit de te prendre Tommy, tu as pensé à ça ?

Cette hypothèse coupa le souffle à Kat.

— Mais Tommy est citoyen américain ! protesta-t-elle. Ça ne doit pas compter pour des prunes.

— Peut-être. Ou peut-être pas. A mon avis, il vaut mieux ne rien dire avant de connaître tous les tenants et les aboutissants. Miguel n'est pas n'importe qui : c'est un chirurgien important qui exerce au sein du plus grand hôpital de Séville. Peut-être a-t-il des relations, des amis haut placés ? Il faut que tu connaisses les risques que tu encours en le mettant au courant.

Kat soupira.

— Et comment allons-nous nous renseigner sur la législation du pays sans parler un mot d'espagnol ?

— Nous pourrions nous adresser à l'ambassade des Etats-Unis.

— Oui, c'est une idée. Seulement, tu ne trouves pas ça un peu excessif ? Si ça se trouve, Miguel ne cherchera pas un seul instant à obtenir la garde de Tommy. Le soir où nous étions ensemble, il m'a raconté qu'il rêvait de travailler pour Médecins sans frontières. Et il m'a fait clairement comprendre qu'il voulait être libre de ses mouvements, et surtout pas s'installer quelque part et ne plus bouger.

— Sauf que, quatre ans et demi plus tard, il est installé ici, dans son pays. Peut-être qu'il a changé d'avis.

— Peut-être..., concéda Kat, à court d'arguments.

Elle avait encore du mal à assimiler le fait qu'il était à Séville. Après son départ, elle était restée encore une heure au chevet de sa sœur pour s'assurer que son état était bel et bien stabilisé, puis elle était repartie. Cette rencontre avec Miguel l'avait rendue impatiente de retrouver son fils.

Ce dernier s'amusait comme un petit fou à pourchasser les papillons à travers le jardin public. Il était aussi brun qu'elle était blonde, et tout le portrait de son père. A la seconde où Miguel le verrait, il saurait la vérité sans qu'elle ait besoin de rien dire, s'avisa-t-elle tout à coup, et cette pensée figea son sang dans ses veines.

— Ne te prends pas la tête, Kat. Tu n'es pas obligée de tout lui dire dans la minute ; nous venons juste d'arriver. Accorde-moi un peu de temps. Dès lundi, je m'occuperai de mener des recherches, d'accord ?

Kat soupira de nouveau.

— D'accord. Je ne fais rien pour l'instant. Mais sache que je devrai lui parler un jour ou l'autre. J'ai beaucoup regretté de n'avoir pas pu le joindre quand j'ai découvert que j'étais enceinte. Maintenant que je sais qu'il est ici, je me dois d'être honnête avec lui.

— Alors pourquoi ai-je l'impression que tu es au bord des larmes ?

— Parce que j'ai peur, avoua Kat dans un murmure. Si Miguel engageait une bataille pour la garde de Tommy, je ne pourrais pas le supporter.

— Très bien. Partons du principe que les lois espagnoles sont les mêmes que les nôtres concernant la garde conjointe. Tu m'as dit qu'il ne portait pas d'alliance, mais nous savons toutes les deux que cela ne signifie pas grand-chose. Il peut très bien être marié ou investi dans une relation sérieuse, auquel cas engager une bataille pour obtenir la garde conjointe de Tommy est certainement la dernière chose au monde dont il aura envie.

— Tu as sans doute raison, concéda Kat — même si imaginer Miguel marié ou en couple avec une autre femme ne lui remontait pas vraiment le moral. Il faut que je me ressaisisse. Je ferais peut-être bien de parler à Miguel d'abord, d'essayer d'en savoir plus sur sa vie privée avant de lui asséner la nouvelle.

Diana hocha vigoureusement la tête.

— Excellente idée. En attendant, je vais appeler l'ambassade pour obtenir des informations.

Kat savait qu'au final, elle devrait apprendre à Miguel qu'il avait un fils. D'abord, parce que ce n'était que justice, mais aussi parce qu'un jour, Tommy poserait des questions sur son père et qu'elle refusait de lui mentir.

L'étau qui lui comprimait le cœur se resserra douloureusement et des larmes lui picotèrent les yeux. Etre mère célibataire avait beau ne pas être simple, l'idée de devoir envoyer Tommy chez son père, de l'autre côté de l'Atlantique, lui était insupportable, bien qu'elle sache qu'elle pourrait toujours l'accompagner, au risque de souffrir en revoyant Miguel.

Elle releva brutalement la tête en entendant un cri. L'enfant s'était étalé sur le gazon. Elle jaillit aussitôt du banc et courut le relever, le couvrant de baisers avant que ses cris n'ameutent la population.

— J'ai mal, hoqueta-t-il en se frottant les yeux, barbouillant son visage d'herbe et de terre sèche.

— Je sais, mon chéri, mais regarde : maman va souffler très fort et ça ira tout de suite mieux.

Au milieu de l'après-midi, Kat laissa Diana poursuivre ses emplettes avec Tommy au drugstore du quartier, où elles avaient fait ensemble l'acquisition de deux téléphones portables à carte prépayée afin de pouvoir rester en contact. Elle passa à l'hôtel se doucher et se changer, puis elle emprunta le métro bondé pour se rendre à l'hôpital.

Il faisait plus de trente degrés et, le temps qu'elle arrive à destination, elle était de nouveau en nage.

Et dire qu'elle s'était efforcée de se faire belle pour Miguel ! C'était d'un ridicule !

Aux soins intensifs, elle trouva sa sœur couchée sur le côté droit, face à la porte. Ce fut cependant le seul changement qu'elle constata.

S'approchant du lit, elle lui prit la main.

— Salut, Juju, je suis revenue. Est-ce que tu m'entends ? Serre ma main si tu m'entends.

Les doigts de Juliet demeurèrent inertes.

— Remue tes orteils, tu veux bien ? Peux-tu remuer tes orteils pour moi ?

Cette fois, la jambe gauche de Juliet bougea, mais Kat n'aurait su dire si le mouvement avait été volontaire. Comme elle n'obtint aucune réaction lorsqu'elle réitéra sa demande, elle pencha pour le hasard.

Tirant une chaise, elle s'assit au chevet de sa sœur et lui parla de tout et de rien, toute notion du temps envolée. Puis elle se tut et resta immobile, considérant, pensive, le visage endormi.

— Katerina ?

Elle sursauta. La manière dont Miguel prononçait son prénom provoquait en elle un afflux de souvenirs érotiques. Elle eut toutes les peines du monde à plaquer un sourire *amical* sur son visage avant de se lever en se tournant vers lui.

— Re-bonjour, Miguel. Comment s'est passée ton intervention de ce matin ?

— Très bien, merci. Tu veux bien que nous allions discuter au café-restaurant du coin de la rue ? J'ai manqué le déjeuner.

Kat allait répondre par la négative quand elle se ravisa, peu désireuse de paraître mesquine.

Si tu veux.

Elle se pencha vers Juliet.

— Je t'aime, petite sœur, lui souffla-t-elle. A bientôt…

Tandis qu'ils s'engageaient dans l'escalier menant au rez-de-chaussée, Miguel lui tendit une fine liasse de documents.

— Tiens, c'est le dossier de Juliet. Je t'en ai traduit une partie. Comme ça, tu pourras te faire une idée de son état.

Kat saisit les feuilles, bouche bée, touchée par cet effort qu'il avait fait pour elle. Où avait-il trouvé le temps de s'atteler à cette tâche ?

— Merci, murmura-t-elle.

Au sortir de l'hôpital, comme il lui faisait traverser la rue en direction du café, il posa la main au creux de son dos. Elle en éprouva une sensation de brûlure à travers la fine étoffe du chemisier. Perturbée par sa proximité et l'odeur virile qui émanait de lui, elle fut heureuse d'arriver enfin et de prendre place sur l'une des deux chaises qui entouraient une petite table ombragée par un joli parasol rouge et blanc. Au moins, maintenant, la table les séparait.

Surgi de nulle part, un serveur s'approcha aussitôt et Miguel échangea avec lui des rafales de mots espagnols dont elle ne comprit que le dixième.

— Que veux-tu boire, Katerina ? lui demanda-t-il ensuite. Bière ? Vin ? Eau gazeuse ?

— Toi, tu as commandé une eau gazeuse, n'est-ce pas ?

Il lui décocha un sourire.

— Tu connais un peu d'espagnol ?

— Mm… *muy poco*, répondit-elle. Je prendrai la même chose, s'il te plaît.

Avec leurs boissons, Miguel passa commande de *tapas*. Lorsqu'ils furent servis, elle en dégusta une avec plaisir, sans avoir la moindre idée de ce qu'elle contenait.

— Veux-tu prendre connaissance dès maintenant du dossier de Juliet ? proposa Miguel. Je répondrai ensuite à tes questions, si tu en as.

Comment pourrait-elle se concentrer sur sa lecture alors qu'il était assis en face d'elle ?

— Non, je le lirai plus tard. Dis-moi simplement ce que tu sais.

Il prit le temps de terminer la *tapa* qu'il avait entamée avant de répondre :

— Juliet a commencé à bouger, ce qui est bon signe. Bientôt, elle devrait être en mesure d'obéir aux ordres par intermittence. Nous lui avons fait subir un scanner de la tête ce matin : la zone de saignement semble se réduire lentement.

— J'en suis heureuse. Tout ce que nous pouvons faire maintenant, c'est attendre le progrès suivant, n'est-ce pas ?

— Absolument, acquiesça Miguel tout en piochant de nouveau dans le plat de *tapas*. Dis-moi, Katerina, comment va ta mère ? Ne devait-elle pas être opérée au moment où j'ai quitté les Etats-Unis ?

Kat opina, son appétit envolé.

— Si. L'intervention a montré un cancer du pancréas au stade quatre. Elle est morte deux mois plus tard.

A ce moment-là, malgré l'angoisse de devenir une mère célibataire, sa grossesse lui avait permis de reprendre le dessus. A l'époque, Juliet lui donnait du fil à retordre, et sans sa fidèle amie Diana, elle ignorait comment elle s'en serait sortie.

— Je suis désolé, murmura Miguel en lui prenant la main sur la table. Alors en fait, nous avons tous les deux perdu un parent à peu près à la même époque, n'est-ce pas ?

— En effet.

L'étreinte de ses doigts était chaude et ferme. La jeune femme retira doucement sa main et, portant son verre à ses lèvres, elle chercha un moyen de l'interroger sur sa vie sans paraître trop intéressée.

— J'ai souvent pensé à toi ces dernières années, reprit Miguel.

Il lui saisit la main gauche et passa le pouce sur son auriculaire dépourvu de bague.

— Tu n'es pas mariée ?

Elle secoua la tête. Après la naissance de Tommy, un seul homme lui avait proposé de sortir avec lui : Wayne, un infirmier du bloc opératoire. Parent isolé lui aussi, il se proposait de jouer le rôle de père auprès de Tommy et elle avait été tentée d'accepter. Cependant, elle n'avait pas pu s'y résoudre. Elle n'éprouvait pour lui qu'une vive amitié et, malgré son désir de donner un père à Tommy, elle n'avait pas pu faire semblant.

Dommage qu'elle ne puisse en dire autant de ce qui se passait avec Miguel ! Le revoir lui avait fait prendre conscience qu'elle éprouvait toujours la même attirance, le même émoi en sa présence que lorsqu'ils travaillaient ensemble à Cambridge.

— Et toi, Miguel ? demanda-t-elle, saisissant l'ouverture qu'il lui avait offerte sur un plateau d'argent, tandis qu'elle dégageait de nouveau sa main. As-tu trouvé une perle rare à épouser ?

— Non. Tu sais que je rêve de rejoindre l'ONG Médecins sans frontières. Le problème, c'est que je ne peux pas partir tant que mon frère n'a pas la propriété Vasquez bien en main. Luis a quelques… problèmes… Les choses ne se passaient pas très bien à la maison à l'époque où j'étais aux Etats-Unis.

— Tu n'y es pour rien, Miguel, souligna-t-elle, heureuse de découvrir qu'il n'était pas tombé amoureux et n'avait pas épousé une belle Espagnole. Quel âge a Luis ?

— Vingt-six ans. Mais il était trop jeune à l'époque pour endosser la responsabilité de la propriété. Je pense que le stress de vouloir tout maintenir à flot a été fatal à mon père.

Miguel fixa son verre un moment.

— Peut-être que si j'avais été là, reprit-il, tout aurait été différent.

Kat haussa les épaules. Savoir qu'il n'avait pas abandonné son rêve de travailler pour Médecins sans frontières aurait dû la combler de joie. Ainsi, Miguel partirait en mission et ne chercherait pas à l'empêcher d'élever seule Tommy. Il reviendrait au bout de quelques années, quand l'enfant aurait grandi, et il ferait alors la connaissance de son fils.

Il ne restait donc plus qu'à lui révéler son secret.

Certes, Diana lui avait conseillé d'attendre, mais elle ne s'en sentait pas le courage : cela devenait déjà une obsession et elle n'avait jamais été très douée pour le mensonge, même par omission. Elle respira à fond et rassembla son courage.

— Miguel, il y a une chose importante que je dois te dire, commença-t-elle.

— Miguel !

Lancé depuis le trottoir d'en face, l'appel l'interrompit dans sa lancée. Un jeune homme séduisant, mais au pas mal assuré, faisait de grands signes frénétiques à son compagnon.

— Luis, marmonna celui-ci d'un ton excédé. Excuse-moi un instant, veux-tu ? ajouta-t-il à l'intention de la jeune femme.

Déjà, il s'était levé et elle le regarda rejoindre son frère, le visage sévère. Très vite, les deux hommes se lancèrent dans une conversation animée qui ne semblait pas près de se terminer.

Se renversant contre son dossier, Kat but une longue gorgée d'eau gazeuse, à la fois soulagée par ce sursis que le destin lui offrait et honteuse de l'être à ce point.

Miguel contrôlait à grand-peine sa fureur. Ils avaient passé un accord, son frère et lui. Luis avait promis de ne pas s'approcher des cafés avant le samedi soir. Or on était vendredi, il n'était pas encore 17 heures et il était déjà ivre. Ce qui signifiait qu'il avait dû commencer à boire au moins deux heures plus tôt — ce qu'il lui fit remarquer d'un ton sec.

— J'ai envoyé la dernière cargaison d'huile à midi, alors j'ai bien le droit de m'amuser un peu, moi aussi, non ? répondit Luis en mangeant ses mots. Eh, pourquoi ne me présentes-tu pas ton amie, là-bas, ajouta-t-il avec un sourire canaille, le regard rivé sur Katerina. Elle est très jolie. J'aimerais lui faire passer un bon moment, moi aussi.

Le présenter à Katerina alors qu'il était ivre ? Il n'en était pas question.

Pourquoi avait-il replongé aujourd'hui, alors qu'il semblait aller mieux ces derniers temps ? Où avait-il l'esprit ? Sans le domaine oléicole, comment gagnerait-il sa vie ? Miguel était las d'essayer de sauver la propriété pour son frère tout en exerçant son propre métier. Il travaillait sans relâche du matin au soir. Il était grand temps que Luis grandisse et prenne ses responsabilités.

— Rentre à la maison, Luis, tu es en train de te ridiculiser complètement.

— Pas avant d'avoir rencontré ton amie. Elle me rappelle un peu notre mère, sauf qu'elle est blonde, et pas rousse.

Ne vas-tu pas renoncer à partir en Afrique ? Elle risque de ne pas t'attendre, tu sais.

Miguel serra les poings.

— Non, je ne vais pas renoncer à partir, rétorqua-t-il.

Il n'était pas question d'envisager que Katerina puisse l'attendre. Quelle que soit son attirance pour elle, une relation avec une Américaine aboutirait à un désastre. Sa mère avait détesté vivre sur le domaine, loin de la ville et de son pays, et il était certain que Katerina ne quitterait pas non plus le sien de bon cœur.

— La sœur de Katerina est hospitalisée avec un traumatisme crânien. Cela m'étonnerait qu'elle ait envie de prendre du bon temps, vois-tu ! Elle a autre chose à l'esprit. Alors, laisse-la tranquille, compris ?

— O.K., très bien…, conclut Luis en écartant les bras.

Sur ces mots, il prit la direction de l'établissement où était installée Katerina.

— Puisque c'est comme ça, reprit-il sans se retourner, je vais me mettre à une table tout seul.

— Oh non ! Il n'en est pas question ! protesta Miguel en le rattrapant par le bras.

Par chance, son vieil ami Rafael, policier de son état, passa à cet instant au volant de sa voiture de police. Miguel l'arrêta et, lui expliquant qu'il était d'astreinte à l'hôpital, il lui demanda de ramener Luis au domaine.

— Pas de problème, répondit Rafael. Tu as de la chance, j'ai fini mon service.

— Merci, Rafael. Je te revaudrai ça.

— J'y compte bien, vieux frère !

Joignant leurs efforts, ils installèrent un Luis récalcitrant à l'arrière, puis Miguel regarda le véhicule s'éloigner. Au moment où il reprenait la direction de la terrasse et de Katerina, il reçut un message de l'hôpital, qui le réclamait d'urgence. Agacé, il rejoignit la jeune femme d'un pas vif.

— Toutes mes excuses pour cette interruption, lui dit-il.

Et maintenant je me vois contraint d'abréger notre rencontre, je suis désolé. Un garçon de treize ans vient d'être amené aux urgences avec une suspicion d'appendicite. Il faut que je voie s'il a besoin d'être opéré ou non.

— Aucun problème, je comprends, assura Katerina en rassemblant les papiers qu'il lui avait donnés. En tout cas, merci encore d'avoir traduit pour moi le dossier de Juliet. Je te verrai demain, je pense.

— Bien sûr…

Elle se leva tandis qu'il réglait la note.

Elle était si proche qu'il n'aurait eu qu'à se pencher pour l'embrasser. Afin de ne pas succomber à la tentation, il recula d'un pas.

— Je fais mes visites entre 9 et 10 heures le matin. Viens juste après si tu veux une mise à jour concernant l'état de santé de ta sœur.

— Entendu. Au revoir, Miguel.

Et, sur un signe de la main, elle se dirigea vers la station de métro toute proche.

Ayant confirmé le diagnostic d'appendicite, Miguel fit transférer son nouveau patient en salle d'opération. Malheureusement l'appendice du garçon s'était rompu, constata-t-il, ce qui l'obligea à pratiquer un lavage péritonéal destiné à réduire les risques d'infection avant de refermer l'incision. Une fois l'opération terminée, il s'assura que la première dose d'antibiotiques avait bien été administrée, puis regagna son appartement situé à proximité de l'hôpital.

Ce fut seulement lorsqu'il dîna d'une pizza surgelée qu'il put repenser à Katerina. Juste avant l'apparition malencontreuse de Luis, elle avait été sur le point de lui dire « une chose importante ». De quoi pouvait-il bien s'agir ?

Il eut beau se creuser les méninges, la question demeura sans réponse.

3

— Oh ! regarde ! C'est un centre commercial ! s'écria Diana. Je regrette presque d'avoir récupéré mes bagages, j'aurais eu une bonne excuse pour renouveler ma garde-robe.

Eh oui, un centre commercial ultramoderne ! Quel contraste avec les superbes monuments et les statues de bronze du XVIe siècle !

— C'est un peu décevant, d'une certaine manière, non ? commenta Kat.

— Pas pour moi ! Toutes ces splendeurs architecturales, c'est bien, mais je suis en faveur de la modernité. Notamment en matière de shopping.

Les deux femmes et Tommy avaient pris leur petit déjeuner dans un café, et c'était en revenant par un autre chemin qu'ils avaient découvert ce temple de la consommation.

— Peut-être peux-tu explorer cet endroit avec Tommy ce matin, pendant que je vais voir Juliet à l'hôpital.

— Excellente idée. Mais n'oublie pas l'excursion en bateau sur le Guadalquivir que nous avons prévue pour cet après-midi.

— Rassure-toi, je n'oublierai pas.

C'était le moins que Kat puisse faire pour son amie, qui s'occupait si bien de son fils en son absence.

— Le métro est là. Appelle-moi si tu as besoin de quoi que ce soit, d'accord ? A tout à l'heure, mon trésor, ajouta-t-elle en soulevant son fils dans ses bras pour un câlin qu'il ne toléra que quelques secondes.

— Tout ira bien pour nous, ne t'en fais pas ! affirma Diana.

— Je sais.

Elle les regarda s'éloigner, main dans la main, puis elle descendit dans le métro attendre la prochaine rame. Malgré la difficile révélation qu'elle avait à faire à Miguel, elle se réjouissait à l'avance de retrouver le chirurgien. La veille au soir, elle s'était endormie avec un petit frisson de plaisir au souvenir de ses paroles. « J'ai souvent pensé à toi ces dernières années », lui avait-il dit. Elle doutait cependant qu'il ait aussi souvent pensé à elle qu'elle n'avait pensé à lui. Tommy lui ressemblait tellement ! Et puis, n'avait-il pas emporté un petit fragment de son cœur en quittant Cambridge ?

Cela, il n'était pas question qu'elle le lui révèle.

Quels que soient les sentiments qu'il lui inspirait, elle ne pouvait se permettre de tomber amoureuse de cet homme. Ils avaient une optique différente de la vie. Elle rêvait d'un foyer, d'une famille, de stabilité ; Miguel, lui, avait soif d'aventure. Les seuls moments où ils avaient été synchrones remontaient à l'époque où ils travaillaient ensemble.

Et, bien sûr, durant leur nuit d'amour.

Une fois à l'hôpital, dans la zone qui lui paraissait déjà familière, Kat gravit l'escalier menant aux soins intensifs et, comme la veille, referma la main autour de celle de sa sœur dès qu'elle fut à son chevet.

— Bonjour, Juju. Me voilà de retour. Comment te sens-tu ce matin ?

Bien sûr, Juliet ne pouvait pas répondre — ce qui était de toute manière impossible avec une canule d'intubation dans la gorge —, mais elle ne doutait pas que les patients inconscients entendaient ce qui se passait autour d'eux. Elle décida donc de poursuivre cette conversation à sens unique.

— Séville est vraiment une ville magnifique. Je comprends que tu aies voulu venir étudier ici ! Mais j'aimerais bien savoir ce qui t'est arrivé au juste. Personne n'a l'air de pouvoir expliquer pourquoi tu as traversé la rue sans voir la voiture qui arrivait. Tout ce qu'on sait, c'est que tu as été heurtée de plein fouet. Est-ce que tu m'entends, Juju ? Si tu m'entends, serre ma main, d'accord ?

Quand elle sentit une très légère pression sur ses doigts, Kat eut l'impression qu'un poids s'envolait de ses épaules.

— C'est super, Juju ! Merci. Maintenant, remue les orteils, si tu veux bien. Peux-tu remuer les orteils ?

De nouveau, la jambe gauche de Juliet bougea. Ce n'était pas encore les orteils, mais ce mouvement ravit malgré tout Kat. La malade allait nettement mieux. Sans doute n'obéirait-elle aux ordres que par intermittence, mais elle ferait chaque jour des progrès et son état s'améliorerait.

Exactement ce qu'avait prédit Miguel.

— Bravo, Juliet ! Tu ne peux pas savoir comme je suis heureuse que tu m'entendes ! Tu es toujours à l'hôpital de Séville, mais dès que tu seras en état de voyager, tu seras envoyée dans un hôpital de chez nous. Peux-tu comprendre ce que je te dis ? Si tu as compris, serre ma main.

Juliet s'exécuta de nouveau et Kat sentit sa vue se brouiller de larmes de soulagement. Sa sœur allait s'en sortir ! La route serait longue jusqu'à la guérison, mais elle se remettrait.

— Katerina ?

Au son de la voix de Miguel, elle se leva d'un bond et se précipita vers lui.

— Elle exécute les demandes, Miguel ! s'écria-t-elle. Elle commence à reprendre conscience !

Il lui donna une chaleureuse accolade.

— J'en suis heureux, répondit-il.

Il avait la bouche dangereusement proche de l'oreille de

Kat, qui eut soudain envie de lui nouer les bras autour de la taille et de se blottir contre lui. Elle se dégagea.

— Excuse-moi, dit-elle, essuyant d'un revers de main ses larmes qui avaient débordé. Je ne me croyais pas aussi émotive.

— Tu n'as pas à t'excuser. Je sais à quel point tu t'es inquiétée.

Elle esquissa un sourire forcé.

— J'espère qu'en dépit de ses progrès, tu ne vas pas renvoyer Juliet tout de suite.

— Ça, sûrement pas ! Je veux qu'elle n'ait plus besoin du respirateur et qu'elle soit mieux réveillée avant de donner le feu vert.

Kat approuva d'un signe de tête, soulagée de savoir qu'elle ne quitterait pas Séville tout de suite. D'autant qu'elle n'avait toujours pas parlé de Tommy à Miguel. Et que ce n'était ni le moment ni l'endroit pour le faire maintenant.

Elle s'apprêtait à lui demander à quelle heure il finissait son service quand il lui prit la main.

— Katerina, veux-tu dîner avec moi ce soir ?

Elle n'hésita qu'une fraction de seconde. Un dîner en tête à tête serait le cadre idéal pour sa révélation.

— Avec plaisir, Miguel. A quelle heure ?

— Comme tu n'es pas encore habituée à nos coutumes, nous irons tôt au restaurant. Disons 20 heures ?

Elle retint un sourire. Dîner à 8 heures du soir, c'était tard aux Etats-Unis.

— Entendu. Où dois-je te retrouver ?

— Je passerai te prendre à ton hôtel. Où es-tu descendue ?

— Nous… Enfin, corrigea-t-elle en hâte, je suis à l'Hesperia.

— Parfait. Il y a un excellent restaurant à proximité.

Là-dessus, il jeta un œil à sa montre.

— Je suis désolé, mais je dois terminer mes visites. As-tu des questions au sujet du dossier que je t'ai communiqué ?

Elle avait tout lu la veille au soir.

— J'ai remarqué que les électrolytes continuent à fluctuer. Est-ce à cause du traumatisme crânien ?

— Oui. Les lésions cérébrales font baisser les taux de sodium, mais essaie de ne pas t'inquiéter : nous remplaçons les éléments qu'elle a perdus.

— Je m'en doute. Merci encore, Miguel, pour tout ! Je suis tellement soulagée de savoir Juliet en d'aussi bonnes mains !

— Mais je t'en prie, c'est tout naturel, Katerina. A ce soir, alors ?

— Oui, à ce soir.

Restée seule, Kat reprit place au chevet de sa sœur. Elle avait de la chance que Miguel soit ici, c'était vrai. D'abord parce qu'il parlait sa langue, mais surtout parce que c'était un excellent praticien.

Quelle drôle de coïncidence, tout de même, qu'ils se soient retrouvés après toutes ces années ! Les sentiments qu'il lui inspirait menaçant de remonter à la surface, elle prit une ample inspiration.

Elle avait besoin de protéger son cœur du charme qu'exerçait Miguel. Et, plus important encore, elle devait préserver la vie qu'elle avait construite avec son fils.

Une fois ses visites terminées, Miguel téléphona à son frère, qui ne répondit pas. Il lui laissa donc un message lui demandant de le rappeler.

Un instant, il envisagea d'aller le voir au domaine familial à la fin de son service, puisqu'il n'était pas de garde ce soir-là. Cependant, l'aller-retour lui prendrait plus d'une heure et il ne voulait pas arriver en retard à son rendez-vous avec Katerina.

Il se réjouissait qu'elle ait accepté de dîner avec lui. Il s'en voulait encore de l'avoir quittée si brutalement quatre ans et demi plus tôt et éprouvait le besoin de faire amende honorable. La nuit qu'ils avaient passée ensemble demeurait dans sa mémoire comme un moment exceptionnel. D'ailleurs, à l'époque où ils travaillaient dans le même service, il y avait toujours eu entre eux une sorte de lien sous-jacent. Souvent, l'infirmière anticipait ses demandes, comme si elle lisait dans son esprit.

Plus d'une fois, il avait été tenté d'entamer une liaison avec elle, mais il y avait renoncé par honnêteté, puisqu'il n'envisageait pas de rester à Cambridge. Peut-être que, si les choses avaient été différentes…

Il se ressaisit. Sa décision était prise. Il avait déjà prévenu l'hôpital de son départ, prévu pour dans trois mois, et il avait hâte de travailler enfin pour Médecins sans frontières.

Alors pourquoi se torturait-il lui-même en revoyant Katerina ? S'il avait eu deux sous de bon sens, il aurait veillé à l'éviter jusqu'à ce que sa sœur soit en état de repartir à Cambridge.

Katerina n'était pas la compagne qu'il lui fallait. Il savait qu'il ne devait pas juger toutes les femmes en fonction de sa mère américaine, mais, après avoir expérimenté les deux cultures, il comprenait celle-ci un peu mieux. Les deux styles de vie étaient tellement différents ! Peut-être que, si le domaine oléicole n'avait pas essuyé deux mauvaises récoltes successives, ses parents auraient eu les moyens de s'offrir de fréquentes vacances aux Etats-Unis. Cela aurait-il été suffisant pour sa mère ? Ou cela n'aurait-il fait qu'accentuer son sentiment de manque ?

En toute sincérité, il n'avait jamais compris pourquoi elle n'était pas retournée vivre aux Etats-Unis si elle était aussi malheureuse ici. Pour une raison connue d'elle seule, elle était restée et était devenue une personne amère qui leur avait rendu la vie impossible à tous. Jusqu'à ce qu'elle meure subitement — d'une overdose de médicaments, qui avait été estimée accidentelle plutôt que volontaire.

Mais le moment était mal choisi pour ces réminiscences… Repoussant ses sombres pensées, Miguel revint au présent.

Maintenant qu'il avait terminé les visites à ses patients adultes, il gagna l'aile ouest, dévolue à la pédiatrie, dans la partie la plus ancienne de l'hôpital. Il voulait voir Pedro, l'adolescent qu'il avait débarrassé de son appendice infecté et qui devrait rester quelques jours hospitalisé, afin de recevoir son traitement antibiotique par voie veineuse.

C'était l'une des raisons pour lesquelles il aimait exercer son métier en Espagne : ici, il n'y avait pas de grands hôpitaux exclusivement pédiatriques. Quel plaisir c'était pour lui que de pouvoir soigner à la fois les enfants et les adultes au lieu d'être obligé de choisir entre ces deux catégories !

— *Hola, doctor Vasquez*, le salua Pedro lorsqu'il entra dans sa chambre.

— *Hola, Pedro. Como estas ?*

— En anglais, *por favor ?* Je vais bien.

Miguel sourit.

— Parfait, répondit-il, abandonnant l'espagnol pour faire plaisir au garçon.

Alors que d'autres adolescents de son âge prenaient à la légère l'apprentissage des langues étrangères, ce garçon-là tenait absolument à maîtriser l'anglais. La veille, aux urgences, alors que la douleur le pliait en deux, n'avait-il pas affirmé qu'il irait un jour en Amérique ?

— Puis-je examiner ton incision ? ajouta poliment Miguel.

Pedro fronça les sourcils — à cause du mot « incision » sans doute — mais souleva néanmoins sa chemise d'hôpital.

— Ça va bien guérir, non ?

— C'est en très bonne voie, précisa Miguel, satisfait de constater qu'il n'y avait pas de signe d'infection locale.

Toutefois, le risque d'infection généralisée, via la circulation sanguine, suite à la rupture de l'appendice infecté, n'était pas encore exclu.

— Où est ta maman ? Je pense que tu devras rester encore quelques jours ici.

Pedro accueillit la nouvelle avec un large sourire.

— Elle s'occupe de mes petits frères et sœurs, mais elle va bientôt venir. Et je suis content de rester, docteur Vasquez, parce que vous aurez plus de temps pour que j'exerce mon anglais avec vous, oui ?

La formulation maladroite de la question fit sourire Miguel.

— Oui, Pedro. Nous parlerons anglais pendant tout ton séjour ici. Nous pourrons aussi continuer après ton retour chez toi, quand tu viendras me voir à ma consultation, d'accord ?

— Oh oui, d'accord. Merci, docteur Vasquez.

Au sortir de la chambre de Pedro, Miguel entra dans celle de Marissa, une adolescente qui s'était fracturé le bras gauche et qu'il avait plâtrée. Trouvant la pièce vide, il s'informa auprès d'une infirmière. Celle-ci lui apprit que sa patiente avait été conduite en radiologie pour sa radio de contrôle.

Il reprit alors le chemin des soins intensifs. Juste comme il atteignait l'unité, le bâtiment se mit tout à coup à trembler et les lumières vacillèrent, puis s'éteignirent. Même s'il avait déjà vécu ce scénario une fois, il lui fallut deux bonnes secondes pour comprendre qu'ils étaient victimes d'un… tremblement de terre !

Kat s'apprêtait à quitter les soins intensifs pour regagner l'hôtel quand elle sentit le bâtiment trembler si fort qu'elle se retrouva plaquée contre le mur.

Après quelques clignotements, les lumières s'éteignirent. Figée sur place, Kat attendit qu'elles se rallument.

C'est alors qu'une idée la frappa : le respirateur de Juliet !

Elle retourna en courant dans la chambre de sa sœur

où, avec des gestes d'automate, elle déconnecta prestement Juliet du respirateur, la connecta au ballon de ventilation assistée relié au dispensateur d'oxygène, qu'elle ouvrit au maximum, et commença à presser le ballon en cadence — ni trop vite ni trop fort, afin d'éviter l'hyperventilation.

Mais c'était incroyable ! Cet hôpital universitaire ne disposait-il pas de générateurs ? Et qu'est-ce qui avait causé cet ébranlement du bâtiment ? Subissaient-ils des tremblements de terre, dans cette région ? Et où était le personnel ?

Après ce qui lui parut une éternité, les lampes se rallumèrent, mais pas partout, comme si l'on avait le souci d'économiser l'énergie. Au moins, le moniteur cardiaque et le respirateur de Juliet se remirent en marche.

Elle reconnecta donc ce dernier à la canule d'intubation, mais avant qu'elle ait le temps de partir à la recherche d'une infirmière, Miguel s'encadra dans la porte.

— Que s'est-il passé ? s'enquit-elle aussitôt.

— Un séisme. Rien d'alarmant, probablement autour de cinq ou six sur l'échelle de Richter. Nous avons déjà connu ça, ici. Mais j'ai besoin de ton aide.

— De mon aide ? Pour quoi faire ?

— Je viens d'apprendre qu'un très gros arbre s'est écrasé contre l'angle du bâtiment et il faut évacuer les patients avant qu'il ne fasse plus de dégâts. Ce sont tous des enfants de l'unité pédiatrique, au deuxième étage de l'aile ouest. Comme on est samedi, le personnel n'est pas au complet et deux bras supplémentaires ne seront pas de trop. Tu veux bien rester ?

— Evidemment, répondit-elle, consciente qu'elle ne pouvait pas refuser, même si elle avait besoin de s'assurer que son fils était sain et sauf.

Elle aurait voulu appeler Diana sur-le-champ, mais il n'était pas question que Miguel entende la conversation.

Elle se promit donc de le faire dès qu'elle aurait la possibilité de s'isoler.

— Alors, viens, allons-y !

Elle lui emboîta le pas en s'efforçant de comprendre ce qui se passait. Visiblement, le tremblement de terre avait provoqué la chute du vieil arbre sur une petite partie de l'hôpital. Avait-il fait d'autres dégâts ? Qu'en était-il de l'hôtel Hesperia ? Est-ce que tout allait bien, là-bas ?

Tandis qu'ils traversaient un hall, elle jeta un coup d'œil à la ville à travers la fenêtre. Il ne semblait y avoir aucune trace de destruction massive, Dieu merci.

Elle poursuivit sa route en adressant au ciel une fervente prière pour que Tommy et Diana soient en lieu sûr quelque part, sains et saufs.

4

Dans l'unité pédiatrique, Kat fut horrifiée par l'importance des dommages. Beaucoup de très jeunes malades pleuraient, mais un adolescent avait déjà pris les choses en main, semblait-il : il avait regroupé tous les enfants sur plusieurs lits situés loin de l'angle effondré du bâtiment.

— Excellent travail, Pedro, lança Miguel comme ils s'empressaient de rejoindre le groupe. Où est Elouisa, ton infirmière ?

— Je crois qu'elle est allée chercher des médicaments, répondit Pedro en anglais.

Kat fut impressionnée de voir qu'il parlait sa langue, mais aussi qu'il avait pris la responsabilité de rester seul ici avec les enfants plus jeunes.

Elle remarqua que Miguel pinçait les lèvres, mais il se garda de tout commentaire.

— Très bien. D'abord et avant tout, nous allons descendre aux soins intensifs le ou les patients les plus atteints.

— DiCarlo est le pire, je crois, déclara Pedro en désignant un petit garçon qui gisait, amorphe, sur un lit, au milieu de trois autres lits contenant chacun plusieurs petits. Elouisa a dit quelque chose, du style qu'il avait besoin d'autres antibiotiques.

— Elle aurait dû rester ici avec vous. Il pourra toujours recevoir ses antibiotiques aux soins intensifs, déclara Miguel d'un ton ferme.

— Je peux me charger de le descendre, avança Kat. Mais crois-tu que ce soit prudent de prendre l'ascenseur ?

A dire vrai, l'idée de se retrouver coincée dans la cabine seule avec un enfant si mal en point l'angoissait.

A cet instant, l'infirmière Elouisa revint au pas de course. S'approchant aussitôt de DiCarlo, elle ajouta à sa pompe à perfusion la poche qu'elle tenait à la main et programma la dose appropriée.

Miguel lui dit quelque chose en espagnol, auquel elle répondit tout en s'activant. A l'issue de leur conversation, Miguel s'adressa à Kat :

— Voilà : toi et moi, nous allons descendre ensemble DiCarlo dans son lit des soins intensifs. Pendant ce temps Elouisa a promis de rester avec ses autres patients.

Il se tourna vers Pedro pour ajouter :

— Je compte sur toi pour aider Elouisa jusqu'à mon retour, d'accord ? Dès que DiCarlo sera installé aux soins intensifs, nous trouverons d'autres lits pour vous tous.

Pedro opina.

— Je comprends, docteur Vasquez. Vous pouvez compter sur moi.

— C'est parfait, Pedro. Merci.

— Donne-moi un aperçu de l'état physique de DiCarlo, demanda Kat à Miguel. J'ai besoin de savoir ce qu'il faut surveiller en priorité.

Miguel posa un kit d'urgence sur le lit du bambin, qu'il commença à pousser en direction des ascenseurs.

— La pneumonie qu'il présentait au départ s'est transformée en une infection bactérienne caractérisée. Il la combat du mieux qu'il peut, mais il présente des problèmes cardiaques depuis sa naissance et il n'est donc pas aussi solide qu'un autre enfant de son âge, expliqua-t-il tout en marchant.

Pauvre petit, si frêle, si pâle ! songeait Kat, émue, tandis qu'ils attendaient l'ascenseur. De tout son cœur de maman, elle espérait qu'il survivrait à cette infection.

La cabine mettait une éternité à arriver. Miguel pressa impatiemment le bouton d'appel une seconde fois.

— Où est le reste de l'équipe ? s'enquit Kat.

Miguel se rembrunit.

— Nous étions déjà à court de personnel et certains sont repartis chez eux pour aider des proches qui ont souffert du tremblement de terre. Sincèrement, je ne pensais pas que les membres du personnel auraient si peu de conscience professionnelle.

Kat, en revanche, pouvait comprendre qu'une mère puisse s'inquiéter pour ses enfants au point de quitter son poste d'infirmière. Elle-même ne se faisait-elle pas un sang d'encre pour Tommy ? Elle se raisonnait toutefois : si Diana ne l'avait pas appelée, c'était sans doute que tout allait bien.

L'ascenseur s'ouvrit enfin à leur étage et elle aida Miguel à pousser le lit dans la cabine. Les portes une fois refermées, elle appuya sur le bouton du premier étage. Soudain, le garçon se mit à tousser si fort que son visage vira à l'écarlate.

— Miguel, il a du mal à respirer ! lança-t-elle. Avons-nous un ballon de ventilation pédiatrique ?

— Oui, de même que le nécessaire à intubation, répondit Miguel tout en tirant le ballon en question du kit d'urgence. Nous pouvons l'intuber si nécessaire.

Kat plaça le petit masque facial sur la bouche et le nez de DiCarlo et pressa le ballon à plusieurs reprises.

Le bambin commença par s'agiter, combattant l'appareil, mais brusquement, son petit corps devint inerte et mou. En toute hâte, Kat vérifia son pouls.

— Miguel, le pouls faiblit.

— Dans ce cas, n'attendons pas d'être aux soins intensifs. Je l'intube maintenant.

Il s'exécuta sans attendre. Kat, de son côté, relia le ballon de ventilation à l'extrémité de la canule oropharyngée, afin de pouvoir ventiler le petit patient.

Miguel fixa la canule à l'aide de sparadrap.

— Vérifie le pouls et ensuite, rouvre les portes de l'ascenseur. Elles se sont déjà refermées.

Elle ne s'en était même pas rendu compte !

Après s'être assurée que le pouls de l'enfant demeurait perceptible, elle obéit et ils entrèrent bientôt en soins intensifs. Prenant alors le relais, les infirmières de l'unité relièrent DiCarlo au moniteur cardiaque.

Puis, à la suite de ce que Miguel leur dit en espagnol, elles revinrent avec un respirateur. Kat se recula afin de les laisser travailler.

Le pire avait été évité, du moins pour l'instant.

Elle hésita, ne sachant si elle devait retourner en pédiatrie ou attendre Miguel. Il auscultait de nouveau DiCarlo et elle se demanda s'il regarderait un jour son fils avec le même air attentif.

A cet instant, Miguel releva les yeux et la surprit en train de l'observer. Elle fit glisser avec difficulté la boule qui lui obstruait la gorge. La douceur, la gentillesse avec laquelle il s'occupait du jeune patient l'incitaient à penser qu'il ne ferait jamais rien pour blesser leur fils. Y compris l'emmener loin d'elle.

— Il va bien pour l'instant, annonça-t-il en replaçant son stéthoscope dans la poche de sa blouse blanche. Accorde-moi quelques minutes, le temps que j'aille m'assurer que les consignes pour le suivi médical sont à jour.

— Bien sûr, murmura-t-elle avant de quitter la pièce, la main refermée sur son téléphone dans sa poche.

Une fois dans le couloir, elle s'éloigna de quelques pas pour s'isoler et appela Diana, le cœur battant.

— Ah, Kat ? Ça va ? s'enquit son amie.

— Oui. Et vous deux, vous êtes sains et saufs ? Y a-t-il eu des dégâts à l'hôtel ?

— Tout va bien pour nous, rassure-toi. Et non, à ma connaissance, il n'y a pas eu de dégâts. Ça a tremblé un peu, mais nous avons juste subi une coupure de courant.

Une vague de soulagement submergea Kat.

— Dieu soit loué ! s'exclama-t-elle. Ecoute, je vais devoir rester ici encore un peu. Ça ne t'ennuie pas ? Vous vous débrouillerez seuls encore un petit moment ?

— Ça ne m'ennuie pas du tout et nous nous débrouillerons très bien.

— Merci. Je te rappellerai plus tard.

Là-dessus, elle referma son téléphone juste au moment où Miguel émergeait du poste des infirmières. Elle s'empressa de fourrer l'appareil dans sa poche.

— On y retourne ? demanda-t-il.

— Bien sûr !

Leurs mains s'effleurèrent soudain alors qu'ils se dirigeaient ensemble vers l'escalier et Kat eut la sensation que tout son bras s'électrisait.

— Je devrais peut-être postuler pour être infirmière ici, tu ne crois pas ? dit-elle, pince-sans-rire, pour rompre l'intimité qui semblait s'accroître entre eux chaque fois qu'ils passaient du temps ensemble.

— Parce que tu envisages de rester ? demanda Miguel, de l'étonnement dans la voix.

Et l'expression horrifiée qui passa alors dans ses yeux éteignit la petite graine d'espoir qui avait commencé à germer dans le cœur de la jeune femme.

— Non ! Bien sûr que non ! Je plaisantais, Miguel.

Elle était blessée de constater qu'il ne souhaitait pas la voir rester, et c'était ridicule. Le précédant dans l'escalier, elle se demanda s'il changerait d'avis lorsqu'il connaîtrait son secret.

Il fallait vraiment qu'elle lui parle de son fils. Et le plus tôt serait le mieux.

Miguel s'en serait flagellé ! A la raideur des épaules de Katerina, à son ton sec, il se rendait compte qu'il l'avait blessée.

Pourtant, il n'avait pas voulu insinuer une seconde qu'il ne tenait pas à la voir rester. Simplement, la déclaration de la jeune femme l'avait pris au dépourvu, surtout après leur action commune. Il ne pouvait s'empêcher de faire des comparaisons avec sa mère. Si celle-ci avait eu une carrière bien à elle à mener, au lieu de se contenter d'aider son mari sur le domaine, peut-être aurait-elle été plus heureuse.

Quant à Katerina, pourrait-elle être heureuse à Séville ? Et pourquoi se posait-il la question, sachant que lui-même n'envisageait pas de rester ?

Il avait peu dormi la nuit précédente. Katerina avait occupé toutes ses pensées. Même à présent, malgré les répercussions du léger tremblement de terre, il continuait à la désirer.

Cependant, leur situation était toujours la même qu'autrefois : il allait partir. Il ne pouvait commencer avec elle une relation qu'il serait dans l'impossibilité de poursuivre.

Peut-être serait-elle disposée à l'accompagner en Afrique ? lui suggéra une petite voix. Seulement, il y avait Juliet, qu'elle n'abandonnerait sûrement pas, du moins au début de sa longue route vers la guérison…

Chassant ses préoccupations de son esprit, il se concentra sur la situation dans l'unité pédiatrique.

Dieu merci, Elouisa était restée à son poste et une autre infirmière était venue lui prêter main-forte.

— Savez-vous où nous pouvons transférer les enfants ? leur demanda-t-il. Ce serait bien qu'ils puissent rester ensemble.

— Nous avons le feu vert pour utiliser le deuxième étage de l'aile est, répondit Elouisa. Moi aussi, je tiens à ce qu'ils restent ensemble. Comment va DiCarlo ?

— Pas très bien. Nous avons dû l'intuber dans l'ascenseur. C'était judicieux de votre part de tenir à ce qu'il reçoive une nouvelle dose d'antibiotiques, reconnut-il.

Il n'avait pas apprécié de trouver les enfants seuls, mais il comprenait que l'infirmière avait évalué ses priorités du mieux qu'elle le pouvait.

— J'espérais le transférer ensuite aux soins intensifs. Mais vous aviez raison, je n'aurais pas dû laisser les enfants seuls.

— Vous n'aviez guère le choix, alors ne vous inquiétez pas pour ça, conclut-il, conscient que Pedro suivait leur conversation.

Il était encore impressionné par la manière dont l'adolescent avait réagi en l'absence de l'infirmière.

— Es-tu en mesure de marcher, Pedro, ou préfères-tu que l'on fasse venir un fauteuil roulant ?

L'interpellé bomba le torse.

— Je peux marcher. Je vais bien, docteur Vasquez.

Il souffrait, c'était évident, mais n'était pas prêt à l'admettre. Miguel se promit de lui faire avaler des antalgiques dès que tous les pensionnaires de l'unité seraient installés dans leur nouvel environnement.

Elouisa et Maria, sa collègue, rassemblèrent les fauteuils roulants nécessaires et, avec l'aide de Katerina et Pedro, qui se comporta en membre du personnel plutôt qu'en patient, ils préparèrent les enfants pour leur transfert.

Les ascenseurs ne pouvant contenir tout le monde, le transfert s'effectua en deux temps. Elouisa et Pedro emmenèrent trois enfants dans l'un d'eux, tandis que Maria en emmenait deux dans l'autre. Miguel et Katerina attendirent qu'on leur en renvoie un pour accompagner les quatre derniers. Une chance que tous les lits de l'unité pédiatrique n'aient pas été occupés !

— Pedro connaît drôlement bien l'anglais, déclara Katerina pendant leur attente forcée. Il paraît comprendre tout ce que nous disons, je suis époustouflée.

— Il prend l'étude de l'anglais très au sérieux parce qu'il a l'intention d'aller vivre en Amérique, expliqua Miguel. On ne croirait jamais qu'il présentait une appendicite aiguë hier soir, n'est-ce pas ?

Les yeux de Katerina s'élargirent.

— Non, je ne m'en serais jamais doutée. Il va remarquablement bien.

— Oui, mais comme son appendice s'était rompu, je veux qu'il reçoive des antibiotiques en intraveineuse durant quarante-huit heures avant de le laisser sortir, précisa-t-il.

L'ascenseur arriva et tandis qu'ils introduisaient leurs petits patients dans l'habitacle, Katerina l'impressionnait. Il avait toujours su qu'elle était une excellente infirmière de bloc, mais en la voyant communiquer avec les enfants, surmonter la barrière de la langue avec des sourires, quelques mots simples et des gestes de la main, il se dit que ses talents seraient mieux employés dans un département où elle pourrait soigner des gens conscients, ou aux soins intensifs.

Ou dans le cadre d'une ONG comme Médecins sans frontières. Celle-ci avait aussi besoin d'infirmières bénévoles.

Sauf que le choix de carrière de cette femme ne le concernait en rien…

Il ne fallut pas longtemps pour installer les enfants dans leurs nouveaux lits, y compris Pedro, à qui Miguel fit prendre la dose d'antalgique qu'il aurait dû recevoir depuis longtemps.

Ensuite, jetant un coup d'œil à sa montre, il envisagea de retourner voir le petit DiCarlo. Mais Maria avait été appelée pour apporter son aide ailleurs et il hésitait à laisser Elouisa seule.

— Avez-vous demandé du personnel supplémentaire ? s'enquit-il.

— Oui, mais Maria n'est pas encore revenue. Heureusement, la plupart des enfants sont bien stabilisés.

— C'est vrai. Néanmoins, je continue à penser qu'il vous faut une autre personne avec vous. Que se passera-t-il si vous devez vous absenter pour une raison ou une autre ?

— Je peux rester un moment, avança Katerina. J'aimerais juste aller d'abord voir comment va ma sœur.

Ainsi, elle avait compris sa question et se portait volontaire ! Il acquiesça de la tête, empli de gratitude. Même si elle n'était pas habilitée à soigner des patients en Espagne, elle pouvait rester dans l'unité en tant que bénévole et ses connaissances médicales constitueraient un plus appréciable. Il se sentirait beaucoup mieux en sachant qu'Elouisa n'était pas seule ici.

— Vas-y maintenant, si tu veux. Je reste ici pendant ce temps.

— Merci, murmura-t-elle. Je te promets de faire vite.

— Moi aussi, j'ai besoin de vérifier que tout se passe bien pour elle. J'irai la voir quand tu seras revenue.

Comme Elouisa paraissait nager en pleine confusion, il s'empressa de lui traduire leur conversation.

— Allez tous les deux voir sa sœur ensemble, suggéra l'infirmière d'un ton ferme. Je peux me débrouiller seule jusqu'au retour de Katerina. Pedro a été d'un grand secours. En cas d'urgence, il pourra m'apporter son aide.

Miguel hésita, puis se laissa convaincre et entraîna Katerina dans l'escalier — le moyen le plus rapide de se déplacer, vu l'actuelle lenteur de l'ascenseur.

— D'ici peu, tu vas devoir instituer Pedro infirmier honoraire, plaisanta Katerina comme ils remontaient le couloir des soins intensifs. Après cette expérience, peut-être va-t-il décider de poursuivre une carrière médicale, qui sait ?

Il rit.

— Il n'y a pas autant d'infirmiers hommes ici que dans ton pays.

Dès qu'ils entrèrent dans la chambre de Juliet, Katerina se précipita à son chevet pour prendre sa main.

— Me revoilà, Juju, dit-elle. Ne t'inquiète pas, tu t'en sors toujours bien.

Juliet s'agitait sans cesse, comme si elle était mal à l'aise. Essayant de la réconforter, Katerina lui parla d'une voix apaisante tandis que Miguel examinait les derniers résultats des analyses et les chiffres des constantes inscrits sur la feuille d'observations accrochée au pied du lit.

— Miguel ?

La voix pressante de la jeune femme lui fit relever les yeux.

— Regarde ! Je crois qu'elle convulse !

5

— Déconnecte le respirateur et ventile-la au ballon, ordonna Miguel tout en pressant le bouton d'urgence.

En moins de vingt secondes, deux infirmières arrivèrent en trombe. Il prescrivit pour Juliet une dose de charge de dilantin en intraveineuse, suivie d'une perfusion continue, ainsi que 5 mg de Versed, un sédatif destiné à calmer les effets de la crise épileptique, et une nouvelle solution glucosée afin de corriger le déséquilibre électrolytique.

Les larmes qui embuaient le regard de Katerina lui serraient le cœur. Heureusement, l'épisode convulsif ne dura pas longtemps ; dix minutes plus tard, il pouvait relier de nouveau Juliet au respirateur. Le traitement qu'il avait prescrit fonctionnait à merveille et Katerina parut soulagée lorsque Juliet reposa tranquillement dans son lit.

— Ça va aller, assura-t-il. Cette crise ne provient pas de son traumatisme crânien. Elle est plus probablement la conséquence du déséquilibre de ses électrolytes.

Voyant Katerina s'envelopper de ses bras, comme si elle avait froid, Miguel la prit par l'épaule d'un geste protecteur.

— Tu ne veux pas lui faire passer un scanner de la tête, juste pour être sûr que ce n'est pas lié à son hémorragie intracrânienne ? demanda-t-elle.

— Nous allons attendre de voir comment elle ira lorsqu'elle aura reçu la solution destinée à restaurer la balance des fluides, d'accord ? Si l'on ne constate aucun changement dans son état neurologique, je demanderai le scanner.

S'écartant de lui, elle se tourna vers sa sœur. Il en déduisit que cette décision ne lui plaisait pas.

— Ecoute-moi, Katerina. Le séisme a provoqué un certain chaos dans cet hôpital et visiblement, ta sœur n'a pas reçu la nouvelle solution à perfuser que j'avais prescrite quand je suis venu la voir. Je crois sincèrement que sa crise convulsive est due à un déséquilibre électrolytique.

Elle se passa une main sur les yeux, renifla et hocha la tête.

— Très bien, Miguel, attendons de voir comment elle ira une fois que ce déséquilibre sera corrigé.

Désireux de la réconforter et d'apaiser ses craintes, il posa la main sur son épaule.

— Je te promets de faire tout ce qui est en mon pouvoir pour ta sœur, Katerina.

Elle ne répondit pas, mais contre toute attente, elle se jeta dans ses bras. Aussi ravi que surpris, il la pressa contre lui.

— Je ne peux pas la perdre, Miguel. C'est impossible, dit-elle d'une voix étouffée. J'ai promis à ma mère de prendre soin d'elle. Il faut qu'elle se rétablisse, il le faut !

Le désespoir que trahissait sa voix fendit le cœur de Miguel. Il pressa la joue sur ses cheveux de soie, choisissant d'ignorer l'expression choquée des deux infirmières.

— Je sais, Katerina, murmura-t-il. Je sais.

Les infirmières avaient achevé leurs tâches et elles s'esquivèrent alors qu'il continuait à étreindre Katerina, à lui offrir le soutien dont elle avait besoin. Ce faisant, il constata qu'il la désirait toujours autant, voire même plus que durant la nuit qu'ils avaient passée ensemble. Son corps le trahissait…

Même s'il ne l'avait pas quittée délibérément, il n'avait pas non plus cherché à la revoir ensuite. Avait-il eu tort ?

Il lui déposa un baiser sur la tempe. Mais cette légère caresse des lèvres fut sans doute trop pour elle, car elle se détacha brusquement, se redressa et sécha ses joues baignées de larmes.

— Je suis désolée, Miguel. Je ne sais pas ce qui cloche chez moi. Je n'ai pas l'habitude de me mettre dans des états pareils.

— Ne sois pas si dure avec toi-même, Katerina. Il est tout à fait compréhensible que tu t'inquiètes pour ta sœur. Et puis, ce séisme a été stressant pour tout le monde. Après tout, nous n'en subissons pas si souvent que ça ici.

Il repoussa doucement une mèche de cheveux de la joue de la jeune femme.

— Tu n'es pas obligée de rester si tu n'en as pas envie. Rentre te reposer à ton hôtel.

— Non, Miguel, protesta Katerina. Je ne peux pas laisser Elouisa toute seule avec ces enfants malades. Je vais rester, mais seulement pour une heure ou deux. Avec un peu de chance, quelques membres du personnel seront revenus d'ici là.

Il opina, admirant son courage et sa détermination.

— Je l'espère.

Elle le dévisagea un moment, puis lui posa une main sur l'épaule et se souleva sur la pointe des pieds pour l'embrasser sur la joue.

— A plus tard, Miguel, murmura-t-elle avant de quitter la pièce.

Il était si surpris et avait la gorge si serrée qu'il n'aurait pu prononcer un mot, même si sa vie en avait dépendu. Il jouait avec le feu, une partie de lui-même en était consciente et pourtant, il lui semblait tout à coup qu'il ne pouvait rester loin de Katerina. Il brûlait de l'embrasser avec fièvre. Et plus encore…

Il n'avait pas oublié leur projet de dîner pour le soir même et il espéra que les restaurants ne seraient pas fermés à la suite du séisme. Qu'à cela ne tienne, il pourrait cuisiner chez lui si nécessaire, non ?

Cette idée fit son chemin en lui tandis qu'il enchaînait ses visites aux patients. Ce serait avec plaisir qu'il concocterait à Katerina un repas mémorable. Et peut-être pourraient-ils explorer ensuite cette attirance mutuelle que ni l'un ni l'autre, apparemment, ne pouvait nier ?

Tout en s'efforçant de distraire les petits patients de l'unité pédiatrique, Kat s'inquiétait pour sa sœur et pour son fils. Elle éprouva soudain le besoin d'entendre la voix de ce dernier, ne serait-ce qu'un instant, et résolut d'aller s'enfermer dans les lavabos, seul endroit où elle jouissait d'un peu d'intimité, pour rappeler Diana. Celle-ci répondit aussitôt.

— Je suis désolée, Diana, mais je suis encore à l'hôpital. Ils manquent de personnel et j'ai proposé mes services dans l'unité de pédiatrie. Comment va Tommy depuis tout à l'heure ?

— Tu lui manques un peu, mais nous nous amusons bien, tous les deux. Tout se passe au mieux pour lui, je t'assure.

— Je peux lui parler juste une minute ?

— Bien sûr. Attends… Tommy, tu viens dire bonjour à ta maman dans le téléphone ?

— Bonjour, maman ! lançait la voix enfantine un instant plus tard.

Des larmes picotèrent les yeux de Kat.

— Bonjour, mon trésor. Je pense à toi et je t'aime très fort, tu sais. Sois toujours gentil avec tatie Diana, d'accord ?

Il y eut un silence, puis Diana revint en ligne.

— Comme tu ne peux pas le voir, je t'informe : Tommy hoche la tête pour acquiescer à ce que tu viens de lui dire.

Kat sourit.

— D'accord. En fait, je lui ai recommandé d'être gentil avec toi. Diana, je suis désolée, mais nous n'allons pas pouvoir faire la balade en bateau comme prévu. J'espère que demain, les choses seront rentrées dans l'ordre.

— Aucun problème, ne t'inquiète pas. Reviens-nous dès que tu peux, c'est tout.

— Promis. Prends bien soin de Tommy pour moi.

Au prix d'un violent effort, Kat coupa la communication, puis elle fondit en larmes. Elle devait absolument se ressaisir. Que lui arrivait-il ? Depuis qu'elle avait vu sa sœur plongée dans le coma, elle ne se reconnaissait plus ! A moins que ce ne fût depuis qu'elle avait revu Miguel…

Elle s'aspergea le visage d'eau et retourna dans l'unité, où elle se surprit à chercher le chirurgien des yeux. C'était ridicule, songea-t-elle aussitôt. D'autant qu'il devait s'occuper de patients et qu'elle-même avait pour mission de surveiller les enfants du service déplacé. Ceux-ci semblaient aller plutôt bien, conclut-elle, satisfaite, après sa tournée. Restait à espérer que l'état du petit DiCarlo s'était lui aussi amélioré.

Elle termina son inspection par Pedro en se disant qu'il apprécierait de pratiquer un peu son anglais.

— Alors, Pedro, comment vas-tu ? lui demanda-t-elle.

— Très bien, mademoiselle, répondit-il avec un sourire forcé qui trahissait une vive douleur.

— Tu peux m'appeler Kat, tu sais. A quand remonte la dernière dose d'antalgique que tu as avalée ?

Il haussa les épaules.

— Je vais bien, affirma-t-il. Je ne suis pas malade comme les autres enfants qui sont ici.

— Pedro, il y a moins de vingt-quatre heures que tu as été opéré, lui rappela-t-elle. Prendre un médicament qui atténue la douleur n'est pas un signe de faiblesse. Tu as besoin de conserver toutes tes forces pour que ton corps puisse guérir.

Il parut réfléchir un instant.

— Je peux peut-être prendre un autre cachet, alors, concéda-t-il avec une répugnance affichée.

— Très bien. Je vais dire à Elouisa de te l'apporter.

Elle voulut s'éloigner, mais l'adolescent la rappela.

— Miss Kat ?

— Oui, Pedro, qu'y a-t-il ?

— Est-ce que vous et le Dr Vasquez, vous êtes…

Il fronça les sourcils, comme s'il cherchait le mot juste.

— … des petits amis ?

La question causa un choc à la jeune femme.

— Mais non, voyons ! Pourquoi cette question, Pedro ?

Les yeux sombres pétillèrent d'humour.

— Parce que… on dirait que vous vous aimez bien.

— Bien sûr que nous nous aimons bien, nous sommes amis ! Mais seulement amis, Pedro, rien de plus, ajouta-t-elle d'un ton ferme en espérant qu'elle ne rougissait pas. Bon, je file demander à Elouisa de t'apporter ton antalgique — et tu le prendras, n'est-ce pas ?

Sans attendre la réponse, Kat alla rejoindre l'infirmière espagnole. Jusqu'ici, elles avaient réussi à communiquer à l'aide de mimiques faciales et de gestes, combinés à de courtes phrases basiques.

— Pedro… médicament *para dolor*, dit-elle, toujours aussi étonnée que resurgisse à sa mémoire des mots espagnols qu'elle croyait oubliés.

Elouisa parut savoir immédiatement de quoi elle parlait. Tandis qu'elle s'éclipsait, Kat consulta sa montre.

Il n'était que 2 heures de l'après-midi et bizarrement, il lui semblait être là depuis une éternité. Elle n'avait même pas passé une heure dans l'unité… Elle décida de rester encore une trentaine de minutes, puis de partir. Malgré son désir de rendre service, elle avait hâte de retrouver son fils et de le serrer dans ses bras pour s'assurer par elle-même qu'il allait bien.

Elouisa revint avec un gobelet à médicaments semblable à ceux utilisés aux Etats-Unis, et ensemble, elles retournèrent dans la chambre de Pedro.

Elles le trouvèrent debout sur le seuil, une expression effrayée sur le visage.

— Pedro ? Qu'est-ce qui ne va pas ?

Soulevant ses mains, qu'il avait posées sur son abdomen, il dévoila une tache rouge sur sa chemise d'hôpital.

— Je saigne, articula-t-il d'un ton incrédule.

— Elouisa, appelez le Dr Vasquez, vite ! *Rapidamente !*

Pendant que l'infirmière se précipitait vers un téléphone, Kat prit l'adolescent par l'épaule.

— Tu as fait sauter tes points de suture, expliqua-t-elle d'un ton calme. Ce n'est pas grave, mais il faut que tu t'allonges.

Docile, l'adolescent se recoucha en murmurant une phrase en espagnol. Visiblement, il était trop perturbé pour s'exercer à parler anglais et cela ne semblait pas de très bon augure. Kat regretta amèrement de ne pas avoir pris soin d'examiner son incision.

— Détends-toi, Pedro. Le Dr Vasquez va arriver.

Comme pour lui donner raison, Miguel franchit le seuil de la chambre quelques secondes plus tard.

— Que s'est-il passé ?

— Je ne sais pas trop, dut avouer Kat. Je m'étais rendu compte qu'il souffrait, mais je n'avais pas réalisé qu'il avait fait sauter ses points de suture.

— Pedro en a trop fait aujourd'hui, commenta Miguel.

— Je m'en veux de ne pas avoir vérifié l'incision, soupira la jeune femme.

Le chirurgien secoua la tête.

— Tu n'as aucun reproche à te faire, Katerina. Maintenant, pourrais-tu m'apporter des compresses, s'il te plaît ? J'ai besoin d'évaluer l'étendue des dégâts.

Consciente qu'il voulait offrir un peu d'intimité à l'adolescent, Kat sortit. Lorsqu'elle revint avec les fournitures réclamées, elle s'immobilisa sur le seuil de la chambre, soucieuse de discrétion.

— Tu as les compresses ? demanda Miguel, lui donnant ainsi le feu vert pour entrer.

— Oui.

Les draps du garçon étaient arrangés de sorte que son corps soit couvert — à l'exception de l'abdomen, qui présentait une petite fente béante assez vilaine à voir.

— Pedro va devoir retourner au bloc, n'est-ce pas ? s'enquit-elle en ouvrant le paquet de compresses.

De ses mains gantées, Miguel en prit une première.

— Oui. Pedro, je vais devoir refermer de nouveau cette incision, tu comprends ?

— Oui, murmura l'adolescent.

— Tu vas avoir besoin de parler à sa mère, reprit Kat à l'intention du médecin. Je vais demander à Elouisa de la contacter.

— Bonne idée. Merci.

Lorsqu'elle revint, Miguel venait juste de terminer de panser la plaie. Se reculant, il défit ses gants souillés.

— Je vais appeler le bloc pour m'assurer qu'ils ont une salle d'opération disponible et du personnel pour m'assister.

— Et s'il n'y a personne ?

— Dans ce cas, je serai obligé de te demander ton aide, Katerina. Après tout, c'est ton métier, tu es hautement qualifiée et nous avons très souvent travaillé ensemble.

Kat ravala la protestation qui lui montait aux lèvres. Pedro les écoutait et il ne fallait pas l'inquiéter.

— C'est vrai que je peux te seconder si nécessaire.

Une fois Miguel sorti, Kat s'approcha de Pedro et lui prit la main avec un sourire rassurant.

— Ça va aller, Pedro, affirma-t-elle avec douceur. Le Dr Vasquez est un excellent chirurgien. Il refermera ta plaie en un rien de temps.

— Vous serez avec lui, miss Kat, s'il n'y a personne d'autre ?

— Bien sûr, Pedro. Ne t'inquiète de rien, d'accord ? Tu seras bientôt comme neuf.

— *Gracias,* murmura-t-il.

A son retour, Miguel arborait une expression tendue.

— Il y a une salle d'op libre, mais les infirmières et le chirurgien de garde sont occupés avec des polytraumatisés. Soit j'attends qu'ils aient terminé, soit tu viens m'assister. Le choix t'appartient, Katerina. Je sais que c'est beaucoup te demander, alors que j'ai déjà abusé de ta bonne volonté aujourd'hui.

— Il n'y a pas de problème, répondit Kat sans hésiter. Je t'assiste.

Miguel lui adressa un sourire reconnaissant.

— Merci. Ce n'est pas une grosse intervention, cela ne devrait pas prendre bien longtemps.

Kat baissa les yeux sur la main brune du garçon serrée dans la sienne.

— Oui. Il faut que tu saches, Pedro, que le Dr Vasquez et moi, nous travaillions ensemble en Amérique. Nous formons une bonne équipe.

— Une excellente équipe, renchérit Miguel d'une voix douce qui rappela à Kat la nuit où leur « collaboration » avait été encore plus étroite.

— Dr Vasquez ?

Passant la tête dans la pièce, Elouisa parla au chirurgien. Kat comprit seulement qu'il était question de la mère de Pedro. Miguel sortit prendre l'appel téléphonique.

— Ta maman va arriver, Pedro, annonça-t-il à son retour, mais elle ne sait pas dans combien de temps. Je préfère ne pas l'attendre, si ça ne t'ennuie pas. Je veux refermer cette incision rapidement pour éviter une infection.

— Pas de problème, répondit le garçon. Elle doit chercher quelqu'un pour garder mes petits frères et sœurs. Ça ira pour moi.

Au regard compatissant que Miguel posa sur lui, Kate

compris qu'il partageait son émotion à l'idée que l'adolescent affronterait l'épreuve sans l'affectueux soutien de sa mère.

— Tu es très courageux, Pedro, dit le chirurgien en lui tapotant le bras. Tu peux être fier de toi.

Il débordait à la fois d'assurance et de gentillesse. A l'évidence, il ne considérait pas les enfants qu'il soignait comme des « cas », mais s'intéressait à eux, se souciait d'eux, de leur bien-être psychologique autant que physique.

Il ferait la même chose avec son fils, Kat en avait désormais la certitude absolue.

Tandis qu'ils poussaient le lit de Pedro en direction des ascenseurs, elle sut qu'elle ne pouvait ajourner plus longtemps la révélation qu'elle avait à lui faire.

Miguel envisageait-il toujours de l'emmener dîner quelque part ? Tant de choses s'étaient passées depuis qu'il l'avait invitée…

De toute façon, même si le dîner était annulé, elle le mettrait au courant. Ce soir même.

Finies les tergiversations.

Finis les prétextes.

Ce soir, il saurait qu'il avait un fils.

6

Travaillant aussi vite que possible sans mettre la santé de son patient en danger, Miguel explora la plaie chirurgicale ouverte avant de l'irriguer avec une solution antiseptique. Selon lui, c'était la combinaison d'un début d'infection interne et des efforts physiques déployés par l'adolescent à la suite du tremblement de terre qui était à l'origine du problème.

Il avait eu la chance de trouver un anesthésiste disposé à faire des heures supplémentaires, et Katerina exécutait comme toujours son travail d'assistante à la perfection. Ils avaient retrouvé leur routine familière comme s'ils ne l'avaient jamais interrompue.

— Fil de soie 3/0, dit-il.

Il n'avait pas fini de parler que Katerina lui tendait déjà la petite aiguille courbe préattachée au fil. Souriant derrière son masque, il hocha la tête.

— Tu as toujours eu un don pour lire dans mes pensées, Katerina.

La jeune femme ne répondit pas et il craignit de l'avoir offensée.

— Excuse-moi. Je pensais te faire un compliment.

Elle releva la tête et le sonda de son beau regard émeraude, comme si elle pouvait bel et bien lire en lui.

— Inutile de t'excuser, Miguel, répondit-elle d'un ton

léger. Je me disais que j'étais contente que ce ne soit pas l'inverse : toi qui essaierais de deviner mes pensées.

— Ah bon ?

Refermer l'incision ne prit que quelques minutes. Miguel reposa son matériel sur le plateau et se tourna vers l'infirmière.

— Tu as piqué ma curiosité. Quelles pensées ne voudrais-tu pas que je devine ?

— Tu ne crois tout de même pas que je vais répondre à cette question ? répliqua-t-elle, les yeux pétillants.

Il se détendit.

— Pedro va se remettre, n'est-ce pas ? reprit-elle.

— Bien sûr. Mais cette fois-ci, il faut qu'il se repose vraiment et se garde de toute imprudence. Assez joué les héros !

— Evidemment.

Au moment où elle s'écartait de la table d'opération, il eut un élan vers elle et dut se retenir… de la retenir. Le bénévolat de la jeune femme se terminait avec cette intervention, il en avait conscience.

Lorsqu'elle ôta son masque, il l'imita.

— Katerina, j'espère que tu n'as pas changé d'avis pour notre dîner de ce soir.

— Bien sûr que non, Miguel, répondit-elle. Mais auparavant, j'ai besoin de souffler un peu et de retourner à mon hôtel. Je ressens encore les effets du décalage horaire, et la journée a été mouvementée…

Pouvait-il l'en blâmer ? Il était à peine 15 h 30 et, en dépit de son désir ardent de l'emmener chez lui dès à présent, il comprenait son besoin de se reposer.

— On se retrouve dans quelques heures, alors ?

— Absolument.

Elle lança un dernier regard en direction de Pedro, que l'anesthésiste était en train de réveiller, puis s'éclipsa.

A peine eut-elle quitté la salle que Miguel se sentit démuni et solitaire — une réaction qu'il trouva totalement ridicule.

Une heure plus tard, alors qu'il se douchait, il réfléchit au dîner qu'il allait concocter pour elle. Même s'il se débrouillait plutôt bien aux fourneaux — vivant seul, il avait été obligé d'apprendre à cuisiner —, il voulait être sûr que le repas serait au goût de Katerina.

Sans trop savoir pourquoi, il pressentait que cette soirée constituerait un tournant dans leur relation — et il était déterminé à la rendre exceptionnelle.

— Maman ! s'écria Tommy, se jetant dans les bras que Kat lui tendait.

— Mon trésor ! Tu m'as tellement manqué !

Le serrant à l'étouffer, elle emplit ses narines de l'odeur de l'enfant et couvrit de baisers son front, ses joues et son petit nez.

— Nous nous apprêtions à partir chercher quelque chose à manger, expliqua Diana avec un sourire las. Je suis contente que tu sois rentrée avant notre départ.

— J'ai tellement faim que je pourrais dévorer un bœuf, répondit Kat. Pourquoi n'as-tu pas appelé le service d'étage ?

— La carte est en espagnol, je n'y comprends rien. De toute manière, nous sommes restés enfermés ici trop longtemps. Crois-le ou non, il y a un petit café ouvert à deux pâtés de maisons d'ici. Je dois te dire que le tremblement de terre a été un peu effrayant, mais en regardant dehors, je n'ai pas vu beaucoup de dégâts.

— Je suis tellement heureuse que vous soyez sains et saufs, tous les deux !

— Mais oui, tout va bien. Lors de notre petite balade dans les environs, nous avons juste constaté quelques vitres brisées. Rien de dramatique.

— Bon. Et si nous allions dans ce fameux café maintenant ?

Pendant qu'ils se restauraient, Kat expliqua à son amie en quoi avait consisté son bénévolat à l'hôpital, sans oublier l'intervention sur Pedro. Malgré sa réticence à laisser Tommy trop longtemps, elle ne pouvait nier la satisfaction qu'elle avait éprouvée à se sentir utile.

— Humm… En somme, tu as passé toute la journée avec Miguel, alors ?

Kat prit le temps de déguster sa dernière *tapa*, savourant le goût épicé, avant d'acquiescer.

— Et autant que tu le saches : je dîne avec lui ce soir.

— Non ! se récria Diana, visiblement horrifiée. Alors tu vas lui dire…

— Stop ! la coupa Kat d'un ton d'avertissement en désignant Tommy du regard. Pas maintenant.

Diana soupira.

— Je n'ai pas pu appeler l'ambassade, gémit-elle, c'est fermé le samedi. Tu étais d'accord pour attendre.

— Peu importe…

Kat était ravie de constater à quel point Tommy appréciait la cuisine espagnole. Sans doute son ascendance hispanique était-elle pour quelque chose dans ce goût.

— … Fais-moi confiance quand je te dis que je sais ce que je fais.

Diana secoua la tête.

— Tu ne connais pas encore assez bien cet homme, insista-t-elle.

— J'ai longtemps travaillé avec lui et crois-moi, c'est une bonne façon de connaître les gens… J'en sais suffisamment à son sujet. Là-dessus, tu dois me faire confiance.

Diana abandonna la partie, mais ne chercha pas à dissimuler sa désapprobation. Elle s'inquiétait et Kat ne pouvait lui donner tout à fait tort. Son amie avait raison : Miguel occupait un haut poste à l'hôpital, il avait en outre des liens avec la police — un détail qu'elle préférait garder pour elle — et il était de surcroît dans sa propre ville, ce qui lui donnait à peu près tous les pouvoirs s'il décidait de lui causer des problèmes. Cependant, c'était un homme bourré de qualités qui méritait de savoir qu'il avait un fils.

— J'espère que tu ne t'apprêtes pas à commettre une énorme erreur, murmura Diana.

— Je ne crois pas. Bon, tout le monde a terminé ? Si nous allions faire une petite balade, visiter la cathédrale, par exemple ? suggéra Kat, déterminée à changer de sujet.

Il lui restait une bonne heure devant elle avant de devoir rentrer à l'hôtel se doucher et se changer. Mieux valait qu'elle s'occupe l'esprit au lieu de se complaire dans la troublante perspective de revoir Miguel.

Kat enfila la seule tenue élégante qu'elle avait apportée — une robe fluide sans manches, qui moulait joliment ses formes — et laissa ses longs cheveux dénoués, car elle savait que Miguel les préférait ainsi.

— Tu te fais belle pour lui comme s'il s'agissait d'un rendez-vous galant, commenta Diana, mi-figue, mi-raisin.

— Ce n'est pas un crime de vouloir être à son avantage, protesta Kat.

Elle avait besoin de se donner l'illusion d'être maîtresse d'elle-même — et peut-être aussi de rappeler à Miguel la nuit qu'ils avaient passée ensemble. Cette nuit de passion qui avait engendré un fils.

Tommy s'endormait déjà. Kat se sentit coupable de le confier une fois encore à Diana et d'obliger celle-ci à rester confinée dans leur chambre d'hôtel au lieu de sortir profiter de l'animation de la ville.

— Je te promets que nous ferons plus de tourisme demain, lança-t-elle à titre d'excuse.

Diana haussa les épaules.

— Pas de problème. C'est pour que je m'occupe de Tommy que tu m'as offert ce voyage, non ? Ni toi ni moi ne pouvions prévoir le problème supplémentaire que constitue Miguel.

On n'avait jamais rien dit d'aussi vrai. S'approchant d'elle, Kat lui donna une affectueuse accolade.

— Merci d'être là, Diana.

Diana l'étreignit en retour.

— Cela me fait plaisir. Maintenant, tu ferais mieux de descendre, sinon Miguel risque de monter.

Elle acquiesça et se hâta de quitter la chambre après avoir embrassé son fils.

L'ascenseur mit un temps fou à arriver, mais ignorant où se trouvait l'escalier, elle s'exhorta à la patience.

Elle lâcha un petit cri au moment où les portes s'ouvrirent : Miguel était dans la cabine, un grand sourire aux lèvres.

— Tu m'as fait peur ! s'exclama-t-elle, la main sur son cœur lancé au triple galop. Que fais-tu ici ?

Il recula pour l'inviter à entrer.

— Je suis désolé de t'avoir effrayée, dit-il, mais il était déjà 20 h 5 et j'ai cru que tu avais oublié notre dîner. Ou que tu t'étais endormie

Kat s'efforça de respirer calmement. Elle était seule avec lui dans un petit espace clos et elle sentait dans son corps des réactions qui la perturbaient. D'autant que Miguel était beau comme un dieu dans son pantalon noir et sa chemise blanche. Elle huma l'eau de toilette et crut aussi reconnaître l'odeur de la peau masculine. Ses jambes se mirent alors à flageoler.

— La réception t'a donné le numéro de ma chambre ? demanda-t-elle dans l'espoir de reprendre le contrôle d'elle-même. C'est censé être confidentiel, non ? Et si je n'avais pas voulu te voir ?

— Allons, il n'y a pas de quoi en faire un drame. La réceptionniste est l'une de mes patientes. Elle sait que l'on peut avoir confiance en moi.

Elle le fusilla du regard.

— C'est incroyable ! s'exclama-t-elle. Ce n'est pas parce qu'elle te connaît que cela lui donne le droit de te communiquer le numéro de ma chambre ! Ma foi, j'ai bien l'intention de me plaindre !

Il la considéra, médusé sans doute par cette réaction qu'elle savait démesurée.

— Je suis désolé, Katerina, assura-t-il. Je ne savais pas que cela te contrarierait à ce point. Je t'en prie, ne mets pas cette femme dans l'embarras à cause de ma stupidité.

Kat poussa un soupir. Elle en rajoutait, mais l'idée qu'il avait failli découvrir Tommy avant qu'elle n'ait eu le temps de lui en parler la mettait dans tous ses états. Il était hors de question qu'il découvre sa paternité par accident. Une demi-heure plus tôt, elle était convaincue qu'ils pourraient parvenir à un accord, mais à présent, elle n'en était plus aussi sûre.

Effrayée, elle fut un instant tentée de remettre son aveu à plus tard, mais elle repoussa cette éventualité. Plus vite ce serait fait, mieux ça vaudrait. Elle s'efforça de maîtriser sa nervosité.

— D'accord, Miguel, je ne me plaindrai pas. Même si j'aurais de bonnes raisons de le faire : tu oublies que je suis une femme seule dans un pays étranger. Il me paraît légitime de m'inquiéter à l'idée que n'importe quel inconnu peut venir frapper à la porte de ma chambre.

Il sourit et lui passa la main dans le dos en une caresse si légère qu'elle se demanda si elle ne l'avait pas imaginée.

— Tu as raison, Katerina. J'avoue que je ne serais pas content du tout moi non plus si un autre homme avait un accès autorisé à ta chambre.

L'accent machiste de ces paroles hérissa la jeune femme. Elle n'eut pas le temps de protester toutefois : déjà les portes s'ouvraient. Elle s'empressa de quitter la cabine, soucieuse de mettre une distance ô combien nécessaire entre eux.

Elle devait rester maîtresse d'elle-même. Elle avait eu

tort de se faire belle, comme pour un rendez-vous galant, elle s'en rendait compte à présent. Elle était en mission. Une mission importante qui aurait des répercussions sur la vie de son fils et leur avenir à tous deux.

Non, il ne s'agissait absolument pas d'un rendez-vous galant…

Miguel se reprochait sa stupidité. S'il avait été un peu plus patient, leur soirée n'aurait pas démarré par une brouille.

Katerina était superbe ce soir. C'était la première fois qu'il la voyait en robe et il devait faire un effort sur lui-même pour ne pas l'enlacer et l'embrasser à en perdre haleine, comme il l'avait fait quatre ans et demi plus tôt.

Au sortir de l'hôtel, il la prit doucement par le coude pour l'entraîner vers sa voiture stationnée non loin de là. Bien sûr, elle protesta.

— Tu ne m'avais pas dit que le restaurant était à deux pas ?

— Sil te plaît, monte, déclara-t-il en lui ouvrant la portière arrière. Le restaurant auquel je pensais est fermé à cause du tremblement de terre.

Elle lui jeta un bref regard hésitant, puis s'exécuta.

— Je crains d'avoir aussi un autre péché à te confesser, reprit-il lorsqu'ils furent tous les deux installés et que le chauffeur démarra.

— Ah bon ? Quel péché ?

Il prit une profonde inspiration. La situation qu'il vivait là était nouvelle pour lui : d'ordinaire, les femmes se jetaient à sa tête, sans faire mystère de leur souhait de mettre un terme à son célibat. Là, Katerina semblait prendre soin de garder ses distances. Il lui décocha un sourire qu'il savait charmeur.

— Je nous ai concocté un dîner, annonça-t-il.

— Toi ?… Alors nous allons chez toi ?

Elle se comportait comme si elle craignait qu'il cherche à profiter d'elle. S'était-il trompé ? Se pouvait-il qu'elle n'éprouve aucune attirance pour lui ? A moins que cette idée stupide qu'il avait eue de monter dans sa chambre n'ait détruit la confiance qu'elle lui témoignait jusqu'alors ?

— Mais si ça t'ennuie, nous pouvons remettre ça à demain, s'empressa-t-il de déclarer. Tous les restaurants auront rouvert d'ici là. Je peux très bien demander au chauffeur de retourner à ton hôtel.

Il y eut un long silence, puis elle poussa un léger soupir et leva vers lui un regard malicieux.

— Non, non, Miguel, assura-t-elle. Je suis curieuse de voir comment tu cuisines ! J'avoue que je ne soupçonnais pas un tel talent chez toi.

Il se détendit et sourit. Puis il lui prit la main et la porta à ses lèvres pour y déposer un baiser léger.

— Il y a beaucoup de choses que tu ignores encore de moi, Katerina.

Elle retira sa main avec une certaine brusquerie et il dut la lâcher à regret.

— Et toi, il y a peut-être deux ou trois choses que tu ignores de moi, Miguel, répliqua-t-elle.

Eh bien, il espérait ne pas les ignorer longtemps, ces deux ou trois choses-là.

Déjà, la voiture ralentissait et s'arrêtait devant chez lui. Katerina regarda par la vitre.

— Tu habites tout près de l'hôpital, non ? Il me semble reconnaître le quartier.

— Oui. C'est très pratique pour les nuits où je suis de garde.

L'ascenseur les mena au dernier étage. Miguel ouvrit la porte de son appartement et s'effaça pour laisser entrer Katerina la première.

— Oh ! comme c'est joli ! s'exclama-t-elle.

Cette remarque manifestement spontanée lui fit plaisir.

— C'est grand pour un célibataire, non ? ajouta-t-elle en flânant d'un meuble à l'autre pour tout observer.

— N'hésite pas à poursuivre ta visite, lui dit-il lorsqu'elle arriva au seuil de la partie nuit de l'appartement. Derrière cette porte, il y a trois chambres, mais sache qu'elles sont plus petites que les vôtres, aux Etats-Unis.

La laissant à son exploration, il alla s'occuper du dîner qu'il avait préparé et laissé au chaud dans le four. Lorsqu'il se retourna soudain, il eut la surprise de découvrir qu'elle se tenait à quelques pas de lui. Il tressaillit. Elle était si belle qu'un regain de désir le saisit.

— J'espère que tu m'as pardonné et que tu n'es plus fâchée contre moi, Katerina, murmura-t-il en se rapprochant d'elle.

N'y tenant plus, il glissa les doigts dans ses longues mèches soyeuses couleur de blé mûr.

— Tu sais, ajouta-t-il, je voudrais que cette soirée soit mémorable.

Une expression étrange passa dans ses beaux yeux émeraude. Puis Kat sourit et il sut qu'il était pardonné.

— Je ne suis pas fâchée, affirma-t-elle dans un murmure.

— Je ne crois pas t'avoir remerciée correctement pour ton aide d'aujourd'hui, enchaîna-t-il, réduisant encore l'espace qui les séparait.

Comme elle le dévisageait, immobile, bien campée sur ses jambes, il ne résista pas plus longtemps à la douce invite de sa bouche. Sans lui laisser une chance d'articuler un mot, il prit son visage entre ses mains et l'embrassa sur les lèvres.

7

Miguel l'embrassait !

Submergée par les souvenirs, toutes ses défenses réduites à néant, Katerina savoura la caresse de ses lèvres tendres et fermes. Mue par une volonté propre, sa bouche s'ouvrit alors sous la délicieuse invasion de la langue qui en forçait l'entrée.

Un baiser tantôt doux, tantôt ardent, pressant, possessif, et qui attisait en elle les flammes d'un désir qu'elle croyait avoir réussi à étouffer pour toujours.

Comme les caresses de cet homme lui avaient manqué ! Comme cette sensation d'être vivante, vibrante, attirante, que lui seul savait instiller en elle faisait du bien ! Comme elle était heureuse de le retrouver !

Elle noua étroitement les bras autour de son cou et s'accrocha à lui, tandis que l'incendie qu'il avait allumé en elle menaçait de la consumer tout entière.

— Katerina, balbutia-t-il en lui inondant le visage d'une pluie de petits baisers avides. Comme tu es belle ! Je ne t'ai jamais oubliée, tu sais. Jamais.

Se penchant un peu, il prit l'un de ses seins en coupe pour en caresser du pouce la pointe durcie à travers la fine étoffe de la robe. Alors elle se cambra par réflexe, mue par le besoin de sentir les doigts de Miguel se promener partout sur sa peau nue.

Brûlant de s'abandonner au vertige de la volupté, elle

songea cependant qu'elle n'était plus la jeune personne insouciante d'autrefois. Elle était une mère célibataire chargée de responsabilités et il fallait mettre fin sur-le-champ à cet interlude qui la déstabilisait au plus haut point. Elle trébucha dans sa hâte d'aller se placer de l'autre côté de la table.

— Je suis désolée, mais je ne peux pas faire ça, murmura-t-elle, serrant très fort le dossier d'une chaise. Je ne suis pas venue ici pour… pour reprendre les choses là où nous les avions laissées, Miguel.

Une expression blessée passa dans les yeux noirs. Elle avait piqué son orgueil de mâle, semblait-il. Eh bien, c'était dommage pour lui, mais il survivrait ! Avant tout, elle devait penser à Tommy.

Le voyant recouvrer son sang-froid à grand-peine, elle eut soudain honte de se réjouir du trouble qu'il manifestait. Elle avait à présent la preuve que l'attirance qu'il lui inspirait n'était pas à sens unique.

— Je n'en doute pas, répondit-il lentement, comme si articuler chaque mot l'aidait à préserver sa maîtrise de lui-même. Je t'ai promis un dîner et je tiens toujours mes promesses.

Comment pourrait-elle avaler quoi que ce soit ? Elle secoua la tête, prit une ample inspiration et… se jeta à l'eau.

— Miguel, écoute-moi. Je suis venue ici parce que j'ai quelque chose à te dire. Quelque chose de très important.

La plus vive perplexité se peignit sur le visage de son interlocuteur, qui esquissa un pas vers elle. Elle recula aussitôt.

— De quoi s'agit-il, Katerina ? Est-ce que tu vas bien ? J'espère que ta santé n'est pas en cause.

Ces mots inattendus la touchèrent malgré elle.

— Rassure-toi, je vais bien. Mais il y a une chose que tu dois savoir. En fait, j'ai un fils. *Nous avons* un fils. Il aura quatre ans dans un peu moins de trois mois.

Il s'était figé, comme tétanisé. Durant de longues secondes, un lourd silence plana. Tremblante, elle attendit.

— Un fils ? répéta-t-il enfin, incrédule.

— Il s'appelle Tomas. En ton honneur.

Tomas était le deuxième prénom de Miguel, ainsi que celui de son père, comme il le lui avait confié en cette fameuse nuit.

Il se passa une main sur le visage.

— Je ne comprends pas. Comment est-ce possible ? Nous nous sommes protégés.

Ne s'était-elle pas posé la même question ? Elle eut tout à coup l'impression qu'il la soupçonnait de s'être arrangée pour tomber enceinte et cette idée la fit grincer des dents.

— Tu sais bien que les protections ne sont jamais sûres à cent pour cent, Miguel. Je suis désolée de t'annoncer cette nouvelle aussi brutalement. En fait, j'ai essayé de te retrouver quand je m'en suis rendu compte. Je t'ai appelé sur ton portable, je t'ai cherché sur tous les réseaux sociaux… Sans résultat. Alors j'en ai déduit que tu réalisais ton rêve de travailler dans l'humanitaire, à l'autre bout de la planète. J'ignorais que tes attaches se trouvaient à Séville. Comment aurais-je pu deviner que tu étais ici ?

Miguel se laissa tomber sur une chaise. Il semblait sonné.

— Un fils… Tomas… C'est tout juste si je suis capable de comprendre ce que tu es en train de me dire.

Kat s'assit en face de lui. Elle se sentait immensément soulagée d'avoir réussi à lui avouer son secret. Elle ouvrit son sac à main.

— J'ai une photo de lui. Tu veux la voir ?

Sans attendre de réponse, elle posa devant lui un portrait de Tommy.

— Il te ressemble beaucoup, Miguel.

Il fixa longuement le cliché avant de relever les yeux vers elle.

— C'est un tel choc ! Je ne sais pas quoi dire, sinon qu'il est très beau. Merci de l'avoir gardé…

A vrai dire, la perspective d'avorter ne l'avait même pas effleurée. Mais… songeait-il déjà à lui reprendre son fils ?

— Miguel, je t'ai parlé de Tommy parce que tu avais le droit de savoir. Mais sache que je suis tout à fait capable de l'élever toute seule, ne t'inquiète pas. Je n'attends rien de ta part.

— Je ne me déroberai pas à mes responsabilités, Katerina, affirma-t-il à mi-voix avec une expression résolue. Bien sûr que je subviendrai aux besoins de mon fils ! Et puis, je veux faire sa connaissance. Le plus tôt possible. Je sais que Juliet va devoir rester encore quelques jours ici, mais je peux prendre des dispositions pour retourner avec toi aux Etats-Unis dès demain.

Evidemment, il était loin de se douter qu'en ce moment même, Tommy dormait à poings fermés à quelques kilomètres de là à peine. Elle se garda toutefois de l'en informer : il risquait de foncer sans attendre vers la chambre d'hôtel, n'hésitant pas à réveiller l'enfant, ce qui ne manquerait pas de l'effrayer. Elle s'efforça de garder son calme.

— Miguel, sois raisonnable, dit-elle. Il est encore petit ; il ne va rien comprendre à ce qui lui arrive. Tu es un inconnu pour lui. Nous avons besoin de bien réfléchir à la manière dont nous allons lui présenter les choses. Et puis, il n'est pas question que je reparte en laissant Juliet ici.

Miguel se leva d'un air décidé et la toisa.

— Si tu crois que je vais te laisser élever mon fils sans moi, tu te trompes lourdement, Katerina. Que cela te plaise ou non, je ferai partie de sa vie !

Une sensation d'immense détresse envahit Kat. Certes, elle savait qu'elle devrait partager la garde de Tommy désormais, mais cette perspective la terrifiait tout à coup. Elle s'efforça de se raisonner. Après tout, Miguel allait peut-être jouer quelque temps au papa, puis il perdrait tout intérêt pour eux. Mais dans ce cas, viendrait un jour où il tournerait les talons sans prévenir et disparaîtrait, comme son père à elle l'avait fait… Et ce serait terrible pour Tommy…

En le voyant cet après-midi avec Pedro, elle avait pensé qu'il serait un bon père, mais à présent, le doute l'assaillait. Non, décidément, elle devait prendre le temps de cogiter sur ce que l'avenir leur réservait.

Qu'allait-elle devoir sacrifier pour son fils ?

Miguel se crispa en voyant les yeux de Katerina s'embuer. Il avait dépassé les bornes et l'avait placée sur la défensive en la menaçant à mots voilés, il s'en rendait compte, mais cela avait été plus fort que lui. Elle avait mis son fils au monde et l'avait élevé seule pendant près de quatre ans. Au fond de lui, il se sentait frustré, mais aussi outré d'avoir été privé d'une infinité de moments précieux, même si son esprit cartésien le rappelait à l'ordre : après tout, Katerina n'était absolument pas fautive.

Elle disait vrai : elle avait eu toutes les raisons de croire qu'il était parti au bout du monde. Du reste, sans l'alcoolisme de son frère, il serait en Afrique à l'heure qu'il était. Il ne pouvait douter qu'elle avait mis tout en œuvre pour le retrouver.

Un instant, il songea à tout ce qu'impliquait la nouvelle que Katerina venait de lui apprendre et sa résolution vacilla. Cela faisait si longtemps qu'il attendait de travailler pour Médecins sans frontières et voilà tout à coup que ce rêve allait devoir être mis une fois de plus en veilleuse. Et pour longtemps. Peut-être même pour toujours…

Envahi par un soudain accès de désespoir à cette perspective, il prit soin de chasser ces pensées négatives et contempla de nouveau le portrait d'un petit garçon au teint mat, aux cheveux noirs et aux grands yeux sombres.

Un petit garçon qui lui ressemblait de façon troublante. De Katerina, il ne tenait à première vue que son sourire éclatant.

Il caressa la photo d'un doigt hésitant. Non, il ne pouvait pas attendre : il devait sauter dans le premier avion pour voir Tomas en chair et en os.

— Miguel ? Il n'y a pas une odeur de brûlé ? lança Katerina d'une voix inquiète.

Le dîner ! Il l'avait complètement oublié. Il s'empressa d'aller extraire le plat du four et un nuage de fumée s'éleva dans la cuisine.

— Je crois que ça va encore, commenta-t-il, optimiste, malgré la couleur brunâtre du poulet et celle, tirant sur le noir, de la garniture.

— Je n'ai pas très faim, de toute façon, murmura Katerina.

Elle se leva et écarta sa chaise de la table.

— Je pense qu'il vaut mieux que je retourne à l'hôtel maintenant, ajouta-t-elle. Nous pourrons discuter de tout cela demain à tête reposée.

— Il n'est pas question que tu partes maintenant ! protesta-t-il d'un ton autoritaire. Je…

Il s'interrompit net, conscient qu'il aurait dû l'implorer de rester, ou au moins le lui demander gentiment. Il adoucit donc sa voix pour ajouter :

— Enfin, j'aimerais bien que tu m'accordes encore quelques minutes, pour me parler de Tomas.

Il la vit se tordre les mains, indécise, et maudit sa stupidité. Il l'avait alarmée au lieu de la rassurer en lui expliquant qu'il avait le sens des responsabilités et qu'il n'était pas question pour lui de faire comme si de rien n'était. Certes, une partie de lui pleurait la perte d'un rêve d'aventure, mais il n'avait pas le choix.

Une fois déjà, il s'était montré égoïste en allant poursuivre ses études aux Etats-Unis alors que sa famille avait besoin de lui. Son frère en avait beaucoup souffert, de même que son père, il le savait. Il regretterait toute sa vie de ne pas avoir été présent au moment où celui-ci avait eu son attaque. Savoir qu'il sauvait désormais des dizaines de vies ne suffisait pas à compenser ses défaillances au plan familial.

Non, il ne ferait pas faux bond à son fils. Il ne pourrait pas le supporter.

— Il n'y a pas grand-chose à en dire, protesta Katerina en évitant son regard. C'est encore presque un bébé.

Comme il aurait voulu pouvoir la serrer de nouveau dans ses bras en cet instant, l'embrasser à en perdre la raison…

— Il n'est pas têtu comme sa maman ? demanda-t-il, taquin, dans l'espoir d'alléger l'atmosphère. J'ai du mal à le croire.

— Fais-moi confiance : Tommy tient son côté cabochard de son père.

Tommy ! Il ne comprenait pas cette tendance des Américains à toujours déformer les noms des gens.

— Je parie qu'il est aussi très intelligent, alors… Comme moi.

Elle leva les yeux au ciel, souriant à présent.

— Bien sûr qu'il est très intelligent ! Il connaît par cœur toutes les histoires que je lui lis le soir, avant de le coucher. Il est en maternelle et il sait déjà écrire son nom et commence à savoir compter.

— J'ai hâte de le connaître, Katerina. Je veux le voir, le serrer dans mes bras. J'ai l'impression d'avoir déjà manqué tellement de choses !

Une expression franchement effrayée remplaça l'indulgence amusée sur le joli visage.

— Ecoute, Miguel, soupira Kat. Tu te rends bien compte que tu ne peux pas faire irruption dans sa vie comme un rouleau compresseur, en écrasant tout sur ton passage. Tu seras un total inconnu pour lui. Il faudra que tu lui laisses le temps d'apprendre à te connaître. Et puis, que suggères-tu au juste ? Que je m'installe à Séville avec lui pour être près de toi ? Ni lui ni moi ne parlons espagnol. En outre, nous sommes lui et moi citoyens américains. Nous avons une vie dans notre pays, conclut-elle en s'approchant de la porte, les yeux élargis par la panique. Je suis désolée, Miguel, mais c'est trop de stress à gérer pour moi tout d'un coup. Je suis venue ici pour Juliet, tu te rappelles ? Je ne m'attendais pas à te rencontrer. Et avec cette journée mouvementée que nous avons passée, j'ai le cerveau en compote. Nous parlerons demain, d'accord ?

Elle avait déjà la main sur la poignée de la porte d'entrée.

— D'accord, soupira-t-il, renonçant à insister. Nous parlerons demain. Je vais te reconduire à ton hôtel.

— Inutile, je prendrai le métro, déclara-t-elle, soulevant le menton en un geste de défi qui l'amusa.

Sauf que cet empressement à s'éloigner de lui n'avait rien de comique.

— Katerina, s'il te plaît, laisse-moi te raccompagner. Si tu veux vraiment prendre le métro, je n'aurai pas d'autre choix que de te suivre. Nous ferons le trajet ensemble.

Elle pinça un instant les lèvres, avant de capituler d'un bref signe de tête.

— Très bien. Prenons ta voiture, alors. Mais j'aimerais partir maintenant, Miguel.

Il comprit qu'il ne la ferait pas changer d'avis. Acquiesçant d'un signe de tête, il composa le numéro de Fernando.

— Mon chauffeur sera là dans cinq minutes, annonça-t-il en raccrochant.

Plantée près de la porte, elle ne répondit pas. Un silence gêné s'installa.

Il s'aperçut soudain que la photo de Tomas était restée sur la table de la cuisine et demanda à la jeune femme s'il pouvait la garder.

Un instant, il crut qu'elle allait fondre en larmes, mais elle parut se ressaisir.

— Bien sûr, murmura-t-elle d'une voix rauque. J'en ai d'autres à la maison.

La manière dont elle prononça les mots « à la maison », comme pour souligner qu'il était exclu de cet endroit, lui fit le même effet qu'une paire de banderilles plantées dans le dos d'un taureau. Il réussit néanmoins à se contenir. Par chance, Fernando arriva peu après.

Ils effectuèrent le trajet dans un silence entrecoupé de banalités.

— Merci de m'avoir raccompagnée, dit-elle poliment quand Fernando s'arrêta devant l'Hesperia. Alors à demain. Je suis sûre que nous nous verrons à un moment ou un autre.

Il la retint avant qu'elle ne descende de voiture.

— Katerina, attends. Et si nous nous retrouvions à 11 heures, demain matin ? A cette heure-là, j'aurai terminé mes visites et j'irai te rejoindre dans la chambre de ta sœur. Ensuite, nous pourrons aller boire un café quelque part, d'accord ?

— D'accord. A demain, 11 heures.

Elle lança un regard explicite à la main qu'il avait refermée sur son fin poignet et il la libéra.

L'instant suivant, elle franchissait d'un pas vif la porte de l'établissement. Soudain, l'idée qu'elle pourrait facilement attraper un vol pour les Etats-Unis cette nuit même le pétrifia sur place.

— Vous êtes prêt, *señor* Vasquez ? demanda Fernando.

Il hésita. Ne valait-il pas mieux suivre la jeune femme dans sa chambre avant qu'elle puisse s'éclipser, peut-être pour toujours, et reprendre leur conversation là où ils l'avaient laissée ?

Il se raisonna. En toute logique, Katerina n'abandonnerait pas Juliet alors que celle-ci avait souffert de convulsions au cours de l'après-midi. En outre, personne ne l'avait obligée à lui révéler l'existence de son fils. Elle aurait très bien pu retourner aux Etats-Unis en emportant son secret. Or elle ne l'avait pas fait. Cela ne prouvait-il pas le désir qu'elle avait de donner un père à leur enfant ? Bien sûr que si !

Cette pensée l'apaisa.

— Oui, je suis prêt, Fernando. On rentre.

Comme la voiture prenait le chemin du retour, il s'enfonça dans son siège, l'esprit en ébullition. Il avait jusqu'à la fin de la matinée du lendemain pour décider de ce qu'il convenait de faire.

Son but : convaincre Katerina qu'il serait préférable pour Tomas d'avoir ses deux parents ensemble auprès de lui, en tant que famille, plutôt que de les voir séparément. Il y avait de fortes chances qu'elle pense la même chose. Après tout, elle lui avait révélé la vérité. Du coup, cela ne devrait pas être trop difficile.

Evidemment, ils ne vivaient pas dans le même pays et cela représentait un obstacle non négligeable. D'autant que, chacun dans le sien, ils avaient un membre de leur famille à prendre en considération : Juliet pour Katerina, Luis pour lui.

Ainsi décrite, la situation paraissait inextricable. Néanmoins, il devait bien exister un moyen de la dénouer à la satisfaction de tous, non ?

De toute manière, une chose était sûre : il ne laisserait rien ni personne l'empêcher de nouer une relation avec son fils.

Rien ni personne !

Et si, pour cela, il devait se battre, eh bien, il se battrait. Bec et ongles !

8

Kat parvint jusqu'à sa chambre et s'effondra sur son lit, le visage entre les mains, se demandant comment lutter contre la panique qui menaçait de la submerger.

Miguel voulait connaître son fils et tout portait à croire qu'il ferait valoir ses droits de père.

— Kat ? demanda Diana dans un murmure. Est-ce que ça va ?

Kat ravala ses larmes du mieux qu'elle put. Dieu merci, Tommy dormait dans le petit lit d'appoint. La chambre baignait dans la pénombre et seule brillait la lumière de la salle de bains, qu'elles laissaient allumée pour le cas où l'enfant aurait besoin de se lever.

— Oui, ça va, murmura-t-elle. Nous parlerons demain matin, d'accord ?

Même si Diana ne dormait pas encore, Kat se sentait trop à vif et trop fragile pour s'engager maintenant dans une discussion.

Elle regrettait de ne pas avoir suivi le conseil de prudence de son amie, mais il était trop tard pour revenir en arrière. Et révéler à un père l'existence de son fils était une nécessité, de toute manière. Seulement, elle avait beau s'être préparée à la conversation, la réaction de Miguel l'avait désarçonnée.

Elle n'avait pas eu le courage de lui dire que son fils n'était pas resté aux Etats-Unis, mais qu'il était à Séville. Et pas seulement parce qu'elle voulait éviter qu'il se précipite à l'hôtel sans se soucier de réveiller ou d'effrayer Tommy comme elle aurait aimé pouvoir le croire.

A la vérité, ses raisons de garder le silence avaient été plus égoïstes : elle avait besoin de temps pour accepter les changements qui n'allaient pas manquer de se produire dans sa vie. Voir Miguel prêt à partir aux Etats-Unis sans attendre avait tué dans l'œuf son projet d'élever leur fils seule tandis qu'il travaillerait en Afrique ou ailleurs.

Elle se leva et s'approcha à pas de loup du lit d'appoint. Dans la pénombre, elle distinguait le petit visage endormi, ainsi que Terry le Tigre, la peluche favorite de Tommy, pressé contre sa poitrine. Elle aurait voulu le prendre dans ses bras et le serrer très fort, comme si cela pouvait conjurer le sort qui risquait de le lui arracher. Au lieu de cela, attentive à ne pas le réveiller, elle se contenta de caresser doucement ses cheveux de soie et de lui effleurer le front de ses lèvres.

Quelques minutes plus tard, après un brin de toilette, elle se glissa entre les draps et fixa le plafond, trop perturbée pour imaginer pouvoir trouver le sommeil.

Comme elle passait en revue les événements de la soirée, elle revécut en pensée — et en détail — le baiser fougueux que Miguel lui avait donné. Il l'avait désirée, elle n'avait pu l'ignorer. Avait-il présumé qu'ayant fait l'amour avec lui quatre ans et demi plus tôt, elle était prête à recommencer ?

La tentation avait été grande, certes, de céder à l'alchimie qui s'opérait entre eux. En toute sincérité, s'il n'y avait pas eu Tommy, elle se serait laissé faire…

Parce qu'elle tenait à cet homme. Bien plus qu'elle ne le devrait…

— Réveille-toi, maman ! cria gaiement Tommy en grimpant sur son lit. J'ai faim !

Réprimant un gémissement, Kat se força à ouvrir les

yeux. Elle avait passé la moitié de la nuit à s'inquiéter de l'avenir et aurait volontiers dormi un peu plus — d'autant qu'il était à peine 7 heures, à en croire la pendule ! Mais en tant que mère, elle avait depuis longtemps pris l'habitude de faire passer les besoins de son fils avant les siens.

— Je suis réveillée, murmura-t-elle.

— Tu veux que j'emmène Tommy prendre le petit déjeuner au café ? proposa Diana en émergeant de la salle de bains. Cela te permettrait de dormir encore une heure ou deux.

— Non, non. Ça va. Je tiens à vous accompagner.

S'asseyant dans le lit, Kat passa une main dans ses cheveux dans l'espoir de les remettre en ordre.

— J'ai pensé que nous pourrions faire la balade en bateau ce matin, au lieu d'attendre l'après-midi.

— Quelle bonne idée !

— Ensuite, j'irai à l'hôpital voir Juliet.

Et Miguel. Mais cela, la jeune femme le garda pour elle.

— Si tu veux t'y arrêter un moment sur le chemin de l'embarcadère, pas de problème, proposa Diana.

Au risque de tomber sur Miguel ? Mieux valait éviter.

— Non, ce ne sera pas nécessaire. Nous irons d'abord faire ce petit tour en bateau tous les trois.

Lorsqu'ils s'attablèrent devant le petit déjeuner, Kat était déterminée à profiter de la matinée pour jouer les touristes avec Diana et Tommy. Quelques petites heures de répit avant que la vie de son fils et la sienne ne basculent…

— Regarde, Kat ! s'écria Diana en désignant la « station vélos » située à quelques mètres du café. N'est-ce pas une idée géniale ? J'ai découvert que c'était la ville qui proposait ça. Pour une cotisation annuelle minime, tu peux emprunter une bicyclette et aller la garer dans un autre range-vélos, n'importe où dans la ville, puis faire la même chose pour revenir. Du coup, les gens n'ont pas besoin de s'acheter un vélo. Il y a des stations partout dans Séville.

Kat sourit en voyant un vieux monsieur chevaucher l'un de ces engins rouge et blanc, son panier de devant rempli de victuailles.

— C'est une idée formidable, en effet.

— Tu as remarqué le nombre de piétons et de cyclistes qu'il y a dans cette ville ? Ce n'est pas étonnant que les Espagnols soient en meilleure forme que les Américains !

— N'oublie pas qu'ici, c'est le sud de l'Espagne et que le climat est clément. Nous, nous vivons dans le Massachusetts. Pédaler dans la neige ou sur le verglas, c'est beaucoup moins drôle !

— Peut-être, concéda Diana. N'empêche que ce voyage m'a ouvert les yeux sur d'autres styles de vie.

Kat s'en réjouit pour elle.

Une fois le petit déjeuner avalé, tous trois gagnèrent le centre-ville, où ils achetèrent les billets pour l'excursion en bateau. Ravi, Tommy courait d'un endroit à l'autre en poussant des cris de joie. Consciente qu'il avait besoin de dépenser son trop-plein d'énergie, Kat le laissa faire — sans cesser de le surveiller de près, naturellement.

Ils durent patienter un bon quart d'heure à l'embarcadère avant de pouvoir monter à bord. Pour Tommy, c'était une première. Comme le bateau était peu rempli à cette heure matinale, ils eurent pratiquement le pont supérieur pour eux tout seuls et, durant près d'une heure, voguèrent sur le Guadalquivir, entre parcs et merveilles architecturales.

L'estomac noué, Kat jetait de fréquents coups d'œil à sa montre. Lorsqu'ils reprirent pied sur la terre ferme, elle annonça qu'il fallait retourner à l'hôtel.

— Non, Tommy, nous devons aller de ce côté, dit-elle à l'enfant qui s'élançait sur le trottoir dans la direction opposée.

Il ignora l'instruction.

— Je vais le chercher, dit Diana.

— Non, j'y vais moi, protesta Kat.

Elle se lança à la poursuite du bambin, qui courait en riant aux éclats comme s'il s'agissait d'un jeu. Comment aurait-elle pu le gronder, alors qu'elle aimait tellement l'entendre rire ?

— Tommy, viens maintenant, cria-t-elle néanmoins tandis qu'elle gagnait du terrain. Nous devons aller prendre le métro.

Une femme qui promenait son chien en laisse avançait à leur rencontre et Tommy fit un écart pour les éviter. Le chien, surpris, réagit en sautant sur lui.

— Non ! crièrent Kat et la maîtresse de l'animal d'une seule voix.

Trop tard ! Tommy se mit à hurler, tandis que la femme tirait le chien en arrière. Kat se précipita pour le soulever dans ses bras et l'éloigner du danger.

— Chut, tout va bien, mon trésor. C'est fini, tout va bien, murmura-t-elle d'un ton apaisant, tout en examinant son fils de la tête aux pieds.

Son cœur se serra quand elle découvrit la morsure dans la chair tendre, à quelques centimètres du poignet. Le bras s'était mis à saigner et la jeune femme releva les yeux avec la sensation d'être la plus mauvaise mère de la planète. Déjà, Diana les avait rejoints.

— Il a été mordu, déclara-t-elle d'une voix éteinte.

Infirmière elle aussi, Diana fit la grimace.

— Il faut nettoyer ces plaies tout de suite, commenta-t-elle.

— Oui, et je crois qu'il va aussi avoir besoin d'antibiotiques, balbutia Kat. Y a-t-il des dispensaires dans ce pays, ou est-ce qu'il faut aller directement à l'hôpital ?

Tout était sa faute et cette idée la mettait dans tous ses états. Jamais elle n'aurait dû laisser Tommy courir ainsi sur le trottoir ; elle aurait dû anticiper ce genre d'accident.

Visiblement bouleversée, la maîtresse du chien s'était

mise à parler à toute vitesse. Ebauchant un sourire, Kat secoua la tête.

— *No comprendo espanol*, dit-elle.

— Il existe sûrement des dispensaires, avança Diana.

Toutefois, Kat avait déjà pris sa décision.

— Allons au CHU où est soignée Juliet. Au moins, nous savons où c'est et je trouverai tout de suite le service des urgences.

— Je ne suis pas sûre que ce soit une bonne idée. Nous risquons de rencontrer Miguel.

— Peut-être, mais je prends le risque. Tommy a besoin d'être bien soigné. Et puis, Miguel est chirurgien. Nous avons de bonnes chances de pouvoir entrer et sortir des urgences sans qu'il nous voie.

Et tant pis si ce n'était pas le cas ! La santé de Tommy lui importait bien davantage que la réaction de Miguel s'il tombait sur eux.

Elles s'arrêtèrent dans des toilettes publiques pour nettoyer la morsure à l'eau et au savon, puis gagnèrent l'hôpital en métro.

Bien sûr, la réceptionniste des urgences ne parlait pas leur langue. Kat se contenta donc de lui montrer le bras de Tommy, avant de sortir son dictionnaire pour chercher la traduction du mot « chien ».

— *Perro,* précisa-t-elle en mimant l'action de mordre.

— *Si, un momento,* répondit la jeune femme.

Elle passa dans la pièce voisine, où ils l'entendirent s'entretenir avec quelqu'un, après quoi elle les conduisit dans un box d'examen.

Kat se détendit. Elle se sentait rassurée à l'idée que Tommy allait être soigné par des professionnels. Hélas, un coup d'œil à sa montre lui indiqua qu'elle serait en retard à son rendez-vous avec Miguel.

— Je peux rester avec Tommy, si tu veux, proposa Diana, prévenante.

— C'est gentil, Diana, mais il n'est pas question que je le quitte avant que sa blessure soit pansée et qu'il ait reçu les antibiotiques dont il a besoin, répondit-elle.

Comme elle n'avait aucun moyen de prévenir Miguel, elle devrait se contenter d'espérer qu'il aurait la patience de l'attendre.

Miguel arriva à l'hôpital en sifflotant presque. C'était tout juste s'il parvenait à contenir son excitation. Il avait trouvé un vol direct pour le Massachusetts, en partance le lendemain matin et avait été tenté de réserver une place. Toutefois, il avait conscience qu'il ne servirait à rien d'arriver là-bas avant Katerina. N'empêche, il jubilait. N'était-il pas plus proche que jamais de l'instant béni où il rencontrerait son fils ?

Il commença ses visites par Juliet et fut heureux de constater qu'elle suivait de nouveau les instructions qu'il lui donnait. De plus, elle n'avait pas fait d'autres crises convulsives et ses électrolytes étaient redevenus normaux, ce qui constituait un très bon signe. Il laissa des instructions pour que débute le sevrage de la ventilation mécanique.

Elle n'était certes pas prête à traverser l'Atlantique pour l'instant, mais elle le serait bientôt.

Comme il était encore tôt, il décida d'aller voir ses jeunes patients. DiCarlo, d'abord, toujours hospitalisé aux soins intensifs, dont l'état restait critique, mais dont les constantes se révélaient stables, Dieu merci. Pedro, ensuite, à qui il rendit visite dans l'unité pédiatrique temporaire.

— Bonjour, docteur Vasquez, lança l'adolescent dès qu'il l'aperçut.

Même s'il semblait aller mieux, il était encore un peu trop pâle et avait le visage chiffonné, avec de vilains cernes sombres.

— Bonjour, Pedro. Comment te sens-tu ce matin ?

— Ça va.

— Je vois que tu n'as pas voulu prendre tes antalgiques, reprit Miguel en parcourant les notes des infirmières. Pourquoi ?

— Quand j'en prends, je me sens bizarre et je déteste ça.

— Peut-être, mais ça t'aidera à dormir. Tu ne te reposes pas assez, alors que le sommeil est très important dans ton cas. Tu guériras bien plus vite si tu prends ces comprimés, crois-moi.

Pedro esquissa un pâle sourire.

— On croirait entendre miss Kat. Elle m'a dit la même chose, hier, affirma-t-il avec, dans les yeux, une lueur qui ressemblait fort à un béguin d'adolescent pour la personne dont il parlait.

— Katerina est une infirmière très avisée. Tu ferais bien de suivre son conseil.

Pedro garda un instant le silence.

— J'étais sûr qu'elle viendrait me voir aujourd'hui, reprit-il, une note de déception dans la voix.

— Elle a prévu de venir à l'hôpital un peu plus tard et je suis persuadé qu'elle passera te rendre visite. Pour en revenir à ton état de santé, j'aurais besoin de parler à ta maman du fait que je voudrais te garder ici un jour de plus, Pedro.

— Oh ! ne vous en faites pas, ça ne l'embêtera pas ! Elle est tellement occupée avec mes frères et sœurs, ça l'arrangera, au contraire !

Le cœur de Miguel se serra et il se demanda ce qu'il pourrait dire pour réconforter le garçon.

— C'est peut-être vrai, mais ta maman t'aime et elle est bien contente de t'avoir à ses côtés, ne serait-ce que pour l'aider, non ? Je suis sûr que tu lui manques.

— Sûrement…

Remuant les jambes dans son lit, l'adolescent grimaça.

— Mais je ne crois pas que porter mes frères et sœurs soit une bonne idée pour moi en ce moment.

— Tu as raison. Ce serait même une très mauvaise idée.

Miguel se pencha au-dessus du lit et souleva la chemise d'hôpital de Pedro. Il défit le pansement pour examiner la cicatrice. Le site de l'incision était un peu rouge, aussi le palpa-t-il doucement afin de s'assurer qu'il n'y avait pas de pus sous la peau. Apparemment, non, mais par mesure de précaution, il préféra ajouter un deuxième antibiotique à sa prescription.

— C'est en bonne voie, affirma-t-il, mais je veux que tu prennes les antalgiques que l'infirmière te donne. Et il faut aussi que tu te lèves et que tu marches dans le couloir. Ça ne te fait pas de bien de rester couché toute la journée.

Pedro acquiesça de la tête.

— D'accord.

Miguel appela l'infirmière et attendit que Pedro ait dûment avalé l'antalgique, avant de quitter l'unité et de poursuivre ses visites à ses opérés.

A 11 heures tapantes, il pénétrait dans la chambre de Juliet. Katerina ne s'y trouvait pas. Désagréablement surpris, il s'interrogea : était-elle déjà repartie ou pas encore arrivée ?

Au poste des infirmières où il alla s'informer, il apprit que personne n'était encore venu voir la patiente américaine.

Agacé, il retourna à son bureau se plonger dans ses dossiers. A 11 h 30, l'inquiétude commença à le titiller. Et si Katerina s'était enfuie par le premier avion pour essayer de lui cacher Tomas ? Il ne la croyait pas capable d'une telle bassesse, mais à mesure que les minutes s'égrenaient avec une lenteur désespérante, il se surprenait à envisager le pire.

A midi, il quitta l'hôpital et se fit conduire à l'hôtel Hesperia par son chauffeur. Il devait savoir si la jeune femme se trouvait encore à Séville. Peut-être avait-elle simplement choisi de l'éviter… Dans ce cas, elle ne s'en tirerait pas si facilement.

— J'ai besoin de parler à Katerina Richardson, chambre 212, dit-il au réceptionniste.

— J'appelle sa chambre, répondit l'homme en décrochant déjà le téléphone.

Il raccrocha au bout de quelques secondes.

— Aucune réponse, je suis désolé.

— Mais elle loge toujours ici, n'est-ce pas ?

— Oui, monsieur. Si vous voulez l'attendre, je vous suggère de le faire dans le hall.

Trop tendu pour rester assis dans cet endroit feutré, Miguel renvoya Fernando, puis fit les cent pas sur le trottoir durant quelques minutes, avant de s'asseoir à la terrasse du café voisin, où il commanda un soda bien qu'il fût d'humeur à boire quelque chose de plus fort.

Deux minutes plus tard, une voix familière résonna à ses oreilles.

— Marche, Tommy. Ne cours pas, s'il te plaît.

Il se figea. Tommy ? Se retournant, il vit Katerina se diriger vers l'hôtel en compagnie d'une jeune femme et d'un petit garçon qu'elle tenait par la main.

Celui-là même qui figurait sur la photo qu'elle lui avait laissée.

Son fils !

9

Miguel se leva, sentant sa colère envers Katerina s'estomper tandis qu'il se perdait dans la contemplation de l'enfant. Voir Tomas devant lui, plein de vie et d'entrain, était extraordinaire et il s'apercevait qu'il était ému aux larmes !

Au moment où Katerina croisa son regard, elle pila net et se décomposa. Puis elle parut se ressaisir. Tout en glissant quelques mots à sa compagne, une jeune femme aux cheveux sombres dont le visage lui parut familier, elle s'avança vers lui.

Lui-même brûlait de se précipiter vers son fils et de le prendre dans ses bras, mais la crainte d'effrayer l'enfant le retint. Le petit groupe approcha encore et il remarqua soudain le pansement sur l'avant-bras de Tomas.

— Bonjour Miguel, lança Katerina. Je suis désolée de ne pas avoir pu être là à notre rendez-vous à l'hôpital. Voici mon fils, Tommy, qui a eu un petit accident. Et tu te souviens de mon amie, Diana Baylor ?

Il s'éclaircit la gorge.

— Bien sûr que je me souviens. Diana, c'est un plaisir de vous revoir. Et voici donc ton fils, Tommy ? ajouta-t-il en s'accroupissant afin de paraître moins intimidant à l'enfant. Bonjour, Tommy. Je m'appelle Miguel et je suis très heureux de te rencontrer.

Tomas le dévisagea de ses grands yeux sombres, avant de se blottir contre sa mère, soudain timide.

Frustré, Miguel dut se rappeler à lui-même que c'était entièrement sa faute, non celle de Katerina, si l'enfant ne le connaissait pas.

— Ne crains rien, mon trésor, dit Katerina en lui caressant les cheveux. Miguel est un très bon ami à moi. Tiens, montre-lui l'endroit où le chien t'a mordu.

Tomas tendit vers lui son bras pansé.

— Un méchant chien m'a mordu, déclara-t-il d'un ton solennel.

— Tommy, rappelle-toi que tu as couru brusquement vers lui ! S'il t'a attaqué, c'était pour se défendre, parce qu'il a eu peur. Et l'infirmière des urgences t'a donné une sucette, n'est-ce pas ?

Le petit garçon acquiesça d'un vigoureux hochement de tête.

— *Pasque* j'ai été courageux.

— Je suis sûr que tu as été très courageux, approuva Miguel avec un sourire, soulagé que son fils ait reçu les soins appropriés.

C'était donc cet accident qui avait empêché Katerina de le rejoindre comme prévu dans la chambre de Juliet. En revanche, cela n'expliquait en aucun cas pourquoi elle l'avait laissé croire que l'enfant était resté aux Etats-Unis.

Certes, elle ne lui avait pas menti à proprement parler, elle l'avait fait par omission. Il ne lui en tiendrait pas rigueur, mais puisque Tomas était ici, il passerait, qu'elle le veuille ou non, le plus de temps possible avec lui.

Et elle serait bien avisée de ne pas lui mettre de bâtons dans les roues.

Kat avait eu un choc en découvrant Miguel, mais au moins, maintenant, il n'y avait plus de secret. Et même s'il était fâché contre elle, que pouvait-elle y faire ? Cette journée avait déjà été passablement angoissante et il était à peine 1 heure de l'après-midi.

— Katerina, est-ce que nous pourrions aller marcher un peu, tous les trois ? demanda Miguel en se relevant. Ne le prenez pas mal, Diana, mais je voudrais passer un peu de temps seul avec Katerina et Tomas.

L'enveloppant d'un regard soupçonneux, Diana croisa les bras.

— Si Kat est d'accord…

— Oui, Diana, je suis d'accord. En plus, tu mérites de souffler un peu. Donnons-nous rendez-vous à l'hôtel dans une heure, d'accord ? A ce moment-là, Tommy sera prêt à faire sa sieste.

— Entendu, répondit Diana. Ça a été un plaisir de vous rencontrer, docteur Vasquez, ajouta-t-elle poliment avant de tourner les talons.

— J'ai l'impression qu'elle ne m'aime pas beaucoup, murmura Miguel dès qu'elle se fut éloignée.

— Diana a toujours répondu présente quand j'ai eu besoin d'elle. Elle a été mon coach durant ma grossesse et elle m'a tirée d'affaire un nombre incalculable de fois, notamment en jouant les baby-sitters quand Tommy était malade, rétorqua sèchement Kat.

De quel droit critiquait-il son amie ?

— En d'autres termes, elle me reproche de ne pas avoir été là avec toi.

Baissant les yeux sur Tommy, Kat décida que le moment était mal choisi pour parler du passé.

— Tu voulais marcher, alors marchons ! Il y a un parc un peu plus loin.

Miguel opina en lui emboîtant le pas.

— Je le connais, c'est là que je jouais quand j'étais petit. Tu vois cette école ? C'est là que nous allions, mon frère et moi.

Insinuait-il qu'il souhaitait voir Tommy la fréquenter aussi ?

— Oui, j'ai vu les enfants jouer dans la cour de récréation. Ils étaient en uniforme marine et blanc. J'ai d'ailleurs été frappée par la similitude entre cette école et les écoles américaines.

— Tu aimes l'école, toi, Tommy ?

— Oui, j'adore y aller.

— Tu t'amuses bien quand tu es à l'école ?

— Oui. Je joue avec mes copains.

Kat ne put retenir un sourire devant les efforts que déployait Miguel pour faire la conversation à son fils.

A peine eurent-ils pénétré dans le parc que Tommy tira sur sa main. Elle le libéra aussitôt et il put courir jusqu'à la fontaine.

— Je n'arrive pas à croire que tu m'aies caché qu'il était ici, dit aussitôt Miguel à mi-voix. Tu imagines ? J'ai failli retenir une place dans le vol de demain matin pour les Etats-Unis.

— Je suis désolée. Seulement Tommy était déjà couché quand nous avons parlé et j'ai eu peur que tu entres en trombe dans la chambre d'hôtel et que tu le réveilles. Par ailleurs, j'avais prévu de l'emmener à notre rendez-vous, aujourd'hui, pour que tu le voies, mais cet incident avec le chien m'en a empêchée. De toute façon, tu n'aurais pas réservé un vol sans m'en parler, si ? Tu ne peux pas t'immiscer de force dans la vie de Tommy, Miguel. Ce n'est pas ce que nous voulons l'un ou l'autre qui importe ici, mais ce qui est le mieux pour notre fils.

Kat regarda son interlocuteur bien en face pour ajouter :

— Je t'ai parlé de lui parce que tu méritais de connaître son existence et parce que Tommy, de son côté, mérite d'avoir un père. A présent, j'aimerais penser que nous pouvons trouver une solution ensemble.

— Une garde alternée, par exemple ? C'est difficile quand on vit dans deux pays différents.

— Difficile, mais pas impossible. Tommy pourrait te rendre visite en été, et peut-être pendant les vacances scolaires.

— Et le reste du temps, il vivrait avec toi ? J'ai du mal à trouver cet arrangement équitable.

— Parce que c'était « équitable » de m'abandonner comme ça alors que j'étais enceinte ? De ne pas me donner un seul signe de vie ? J'ai tout fait pour te retrouver, Miguel, mais on ne peut pas dire que tu m'aies rendu la pareille. Alors ne viens pas me faire la leçon sur ce qui est ou n'est pas équitable !

Hors d'elle, Kat se tut. Elle s'était laissé emporter, poussée par un vieux fond de ressentiment qui avait perduré en elle à son insu.

— Tu as raison, acquiesça Miguel. Je dois accepter la responsabilité de ma conduite…

Kat le dévisagea, interdite. Une telle bonne volonté la laissait sans voix.

— … Je peux juste te demander de m'octroyer un peu de temps, maintenant, pour apprendre à connaître mon fils, reprit-il. Et, bien entendu, nous devrons convenir d'un arrangement financier.

— Je ne veux pas de ton argent, Miguel, protesta Kat. Nous ne roulons pas sur l'or, mais nous ne sommes pas dans la misère non plus.

— J'insiste, affirma Miguel d'un ton sans réplique.

— Nous verrons, éluda Kat. Nous aurons tout le temps de discuter de cette question.

Elle aurait dû se réjouir qu'il ait capitulé si vite, mais tandis qu'il s'éloignait pour rejoindre Tommy occupé à fouiller la terre à l'aide d'un bâton, elle ne put nier la déception qui s'était emparée d'elle. Apparemment, ils n'élèveraient pas leur fils ensemble.

Au sein d'une vraie famille…

Lorsque Katerina annonça qu'il était temps de rentrer à l'hôtel, Miguel se sentit frustré, mais il dut reconnaître qu'elle avait raison. S'il ignorait tout de l'art d'élever un enfant, il comprenait les motivations de la jeune femme. La fatigue, sans doute, rendait Tomas un peu grincheux. A l'évidence, l'enfant avait besoin d'une sieste.

— Porte-moi, maman, gémit-il.

Aussitôt, Katerina le souleva dans ses bras et le câlina tendrement. Comme Miguel regrettait de ne pouvoir faire la même chose !

— Tu as encore mal au bras, mon petit chou ?

— Oui, répondit Tomas en enfouissant le visage dans le cou de sa maman.

— Quand nous serons à la chambre, je te donnerai un médicament pour que tu n'aies plus mal, d'accord ?

— Ils t'ont remis des antalgiques aux urgences ? s'étonna Miguel.

— Non, mais j'ai de l'ibuprofène pour enfants à l'hôtel — encore que Tommy sera sans doute endormi quand nous y arriverons.

Cette prédiction se confirma. Le temps qu'ils pénètrent dans le hall de l'Hesperia, Tomas dormait à poings fermés, totalement détendu dans les bras maternels.

— Tu peux m'attendre ici ? demanda Katerina en appelant l'ascenseur. Je n'en ai pas pour longtemps.

Surpris de cette requête, Miguel patienta volontiers à quelques pas de l'ascenseur où, fidèle à sa parole, Katerina le rejoignit en un temps record.

— Merci d'avoir attendu, Miguel, dit-elle en l'entraînant au-dehors. Je voudrais aller à l'hôpital et je me suis dit que nous pourrions prendre le métro ensemble.

— Ce sera plus agréable en voiture, protesta-t-il. Je vais appeler Fernando pour qu'il vienne nous chercher.

— J'ai un peu de mal à me faire à l'idée que quelqu'un me promène ici ou là, mais je ne dis pas non.

Après avoir contacté le chauffeur, Miguel désigna le banc à proximité, à l'ombre d'un arbre.

— Asseyons-nous. Fernando sera là dans quelques minutes.

— Au fait, tu n'as pas appris à conduire ? interrogea Katerina.

— Si, rassure-toi ! En fait, Fernando est un ancien patient à moi qui a perdu son travail après un accident et les interventions chirurgicales qu'il a dû subir. Alors, comme il a une femme et trois enfants à nourrir, je l'ai engagé comme chauffeur.

Katerina n'exprima aucun commentaire, jusqu'au moment où Fernando arrêta la Ford noire devant eux.

— C'est très généreux de ta part, Miguel, lâcha-t-elle alors.

Il balaya le compliment d'un revers de main et ouvrit la portière arrière. Il attendit qu'elle se soit installée et monta à son tour.

— Juliet va mieux aujourd'hui, tu sais, déclara-t-il tandis que Fernando démarrait. Ses électrolytes sont dans une fourchette normale et elle obéit de nouveau aux consignes. J'ai laissé des ordres ce matin pour qu'on commence à la sevrer du respirateur artificiel.

Katerina sourit à ses mots et se détendit visiblement.

— Je suis tellement heureuse d'entendre ça ! murmura-t-elle. En fait, je m'en veux de ne pas encore être allée la voir aujourd'hui. On dirait qu'elle sera bientôt prête à rentrer à la maison.

Maintenant qu'il savait Tomas ici, Miguel était moins pressé que jamais d'autoriser Juliet à prendre l'avion, mais il ne pouvait pas non plus la garder — et Katerina avec elle — en otage ici. Sans doute finirait-il par acheter ce billet d'avion pour Cambridge, après tout.

— Peut-être. Mais j'aimerais d'abord être certain qu'elle est capable de respirer seule.

Katerina arqua un sourcil, comme si elle avait lu en

lui. Toutefois, au lieu de creuser la question, elle changea de sujet.

— Dis-moi, comment vont DiCarlo et Pedro ?

— DiCarlo est toujours aux soins intensifs, mais son état est stable. Pedro, lui, va plutôt bien. Au fait, il m'a parlé de toi ce matin. Je crois qu'il est blessé que tu ne sois pas allée lui rendre visite.

— J'irai cet après-midi. C'est vraiment un brave gamin, Miguel. Je sais que sa mère a plusieurs autres enfants, mais cela me fend le cœur de le voir dans ce lit d'hôpital, sans personne pour venir le soutenir.

— Moi aussi, avoua Miguel avec un soupir. Son père est chauffeur de poids lourds et il reste absent pendant de longues périodes. Du coup, la mère se retrouve seule pour s'occuper de tous les enfants. Elle ne néglige pas Pedro délibérément, mais c'est dur pour elle. Quoi qu'il en soit, je sais qu'il sera enchanté de te voir.

A l'issue du bref trajet, il donna congé à Fernando pour le reste de la journée — il était tout près de chez lui et rentrerait à pied —, après quoi il enfila sa blouse blanche et passa en mode « professionnel ».

— J'aimerais commencer par aller voir Juliet, déclara aussitôt Katerina.

— Bien sûr. Nous y allons de ce pas.

Plusieurs membres du personnel le saluèrent dans le couloir qui menait aux soins intensifs. Si ces personnes furent étonnées de le voir de nouveau en compagnie de la jeune femme, elles n'en laissèrent rien paraître. Nul doute que les cancans iraient bon train derrière son dos, en revanche. Heureusement que nul ne connaissait l'existence de Tomas, songea-t-il encore.

— Coucou, Juju, je suis de retour ! lança Katerina d'une voix douce en approchant de sa sœur. Je suis désolée de n'avoir pas pu venir plus tôt. En fait, Tommy a été mordu par un chien et j'ai dû l'emmener aux urgences.

A la vive surprise de Miguel, Juliet ouvrit les yeux en cet instant et regarda Katerina.

— Juliet ! Tu es réveillée ! s'écria celle-ci. Le ciel soit loué, j'étais tellement inquiète pour toi…

Prenant la main de sa sœur, elle lui déposa un baiser sur le front. Juliet remua faiblement et parut vouloir dire quelque chose.

— N'essaie pas de parler, indiqua aussitôt Katerina sans laisser à Miguel le temps d'intervenir. Tu as encore dans la gorge la sonde qui permettait de te ventiler. Mais ne t'inquiète pas, le Dr Vasquez a mis en route le processus qui permettra qu'on te l'enlève. Ce qui signifie que tu vas devoir coopérer. Tu devras nous montrer que tu es capable de respirer toute seule. Comprends-tu ce que je te dis, Juju ?

Juliet opina et désigna la sonde, signifiant à l'aide de gestes qu'elle voulait s'en débarrasser.

Revenu de sa surprise, Miguel gagna le pied du lit et saisit le dossier accroché au montant pour prendre connaissance des notes les plus récentes.

— Bonjour, Juliet, déclara-t-il ensuite en souriant à la jeune femme. Je suis le Dr Vasquez et je constate que vos paramètres de sevrage ventilatoire sont excellents.

Katerina tourna vers lui des yeux pleins d'espoir.

— Alors tu peux lui retirer la sonde dès maintenant ?

Il hésita. Vingt-quatre heures plus tôt, Juliet avait présenté une crise convulsive. Toutefois, depuis le début, il était convaincu qu'elle irait mieux dès que ses électrolytes seraient sous contrôle.

— Laisse-moi d'abord l'ausculter, répondit-il en remettant le dossier en place.

Katerina souleva la tête du lit, de sorte que Juliet se retrouve assise, et aida la malade à se pencher en avant. Il tira son stéthoscope de sa poche et entreprit d'écouter les poumons.

— Alors ? demanda Katerina lorsqu'il se redressa.

— Murmure vésiculaire normal, annonça-t-il. Cela me semble parfait. Je vais demander à Maria de m'assister.

Ce qu'il fit aussitôt. Quelques minutes plus tard, Juliet était délivrée de la sonde qui lui encombrait la trachée.

— De l'eau, demanda-t-elle d'une voix enrouée.

Katerina s'empressa de lui en faire avaler une gorgée.

— J'ai mal, balbutia la malade, une main posée sur sa gorge.

— Je sais, acquiesça Katerina en lui pressant le bras. Essaie de te reposer. Respire calmement, posément. Ça va aller mieux, Juju.

— Où est maman ?

Katerina dévisagea sa sœur, puis lança à Miguel un regard inquiet.

— Souviens-toi qu'elle n'est pas encore remise de son traumatisme crânien, murmura-t-il pour la rassurer.

— Maman n'est plus de ce monde, Juju. Elle est décédée il y a trois ans. Mais ne te fatigue pas à parler. Détends-toi.

— J'ai cru que je rêvais de toi.

— Je ne suis pas un rêve. Je suis venue dès que j'ai appris ton accident. Je t'aime, sœurette. Je t'aime énormément, affirma Katerina d'une voix altérée, les yeux brillants de larmes contenues.

Miguel jugea bon de s'éclipser. S'il se réjouissait sincèrement des progrès de Juliet, ce fut le cœur lourd qu'il gagna le poste des infirmières pour y rédiger ses notes et laisser de nouvelles instructions. Si Juliet poursuivait ses progrès dans cette bonne voie, son état serait assez stable pour qu'elle puisse quitter les soins intensifs dès le lendemain.

Ce qui ne lui laisserait pas, à lui, d'autre choix que de la déclarer apte à un transfert aérien dans son pays d'origine.

Katerina et Tomas s'en iraient donc très bientôt. Une perspective qui lui déchirait le cœur. C'était à peine s'il avait passé une heure avec son fils. Et même s'il acceptait de se pencher sur la solution de garde alternée proposée par Katerina, il n'allait pas capituler aussi facilement.

Comment pourrait-il se résoudre à se contenter d'une relation longue distance avec son fils ? Décidément, il allait bel et bien avoir besoin de ce billet d'avion…

10

Lorsque Kat quitta la chambre de sa sœur, plusieurs heures plus tard, elle découvrit avec surprise Miguel qui l'attendait, assis au poste des infirmières. Il bondit sur ses pieds en la voyant.

— As-tu le temps d'aller rendre visite à Pedro ? interrogea-t-il en la rejoignant dans le couloir.

Pedro ! Elle avait totalement oublié l'adolescent ! s'avisa-t-elle, honteuse.

— Oui, bien sûr. Mais tu n'avais pas à rester ici, Miguel.

— J'en avais envie.

Elle ne put se défendre d'être touchée par son dévouement, même si sa raison lui soufflait que Tommy n'était pas étranger à ce comportement, bien au contraire. Du reste, à la seconde où il posa la main au bas de son dos pour l'inviter à entrer dans l'ascenseur, son corps réagit en faisant jaillir en elle une gerbe d'étincelles.

Et que dire du moment qu'ils passèrent seuls dans l'espace clos de la cabine, alors que la familière odeur masculine lui emplissait les narines et que le souvenir de leur baiser fougueux revenait l'obséder ! Les quelques secondes que dura le trajet en ascenseur s'apparentèrent donc à un supplice.

Dès que les portes s'ouvrirent, elle se précipita dans le couloir.

Quelques instants plus tard, heureusement, Pedro apportait une distraction bienvenue en la saluant avec enthousiasme.

— Bonjour, Pedro ! répondit-elle avec un sourire.

Elle lui prit la main et feignit de le gronder.

— J'ai appris que tu ne prenais pas le médicament contre la douleur que le Dr Vasquez t'a prescrit ! dit-elle.

— Si, je le prends, corrigea-t-il. Je l'ai pris ce matin devant vous, docteur Vasquez. Vous ne vous rappelez pas ?

Miguel soupira.

— Pedro, cela va faire huit heures de ça ! Dois-je comprendre que tu n'en as pas repris depuis ?

L'adolescent baissa la tête.

— Je voulais attendre le soir. Vous avez dit que dormir était important.

— Pedro, tu m'avais promis de prendre ces antalgiques à heures régulières, insista Kat.

— Je suis désolé. J'en prendrai plus demain. Mais d'abord, pourquoi est-ce que vous êtes venue aussi tard à l'hôpital aujourd'hui ?

— Eh bien, il se trouve que j'ai eu une matinée chargée, répondit Kat tandis que Miguel quittait la pièce. Tommy, mon fils de quatre ans, s'est fait mordre par un chien et j'ai dû le conduire aux urgences.

— Ah, je ne savais pas que vous aviez un fils.

Un instant, Pedro parut décontenancé, puis il se ressaisit.

— Se faire mordre par un chien, ça fait peur. Est-ce qu'il va bien ?

— Oui, merci. Et toi, Pedro, comment vas-tu, à part que tu ne prends pas tes médicaments ?

— J'ai marché aujourd'hui, comme le Dr Vasquez me l'avait demandé. Mais je m'ennuie ici. Il n'y a rien à faire de la journée. Il y a une infirmière qui a joué au Scrabble avec moi, mais elle ne connaît que des mots espagnols. Comment voulez-vous que j'apprenne l'anglais si je ne m'entraîne pas ?

Kat avait remarqué la boîte de jeu posée par terre.

— Tu veux faire une partie avec moi avant que je m'en aille ? Mais uniquement avec des mots anglais, d'accord ?

— Vraiment ? Vous voulez bien ?

— Si je te le dis !

Elle posa le jeu sur la couverture et s'assit sur la chaise près du lit. Quelle que soit sa hâte d'aller retrouver son fils, elle ne pouvait abandonner le pauvre garçon à sa solitude.

— Je peux me joindre à vous ? s'enquit Miguel en revenant dans la pièce.

— Oh oui ! Plus il y a de joueurs, plus c'est amusant, répondit Pedro, tout excité.

Décidément, Miguel ferait un père fantastique, songea Kat tandis qu'il approchait une autre chaise.

Ferait-il aussi un mari fantastique ? Cela, hélas, elle n'avait aucun moyen de le savoir…

A l'issue de la seconde partie, Kat s'avoua vaincue.

— J'abandonne. C'est embarrassant pour moi de perdre, alors que je suis la seule anglophone de nous trois.

Miguel adressa un sourire de conspirateur à Pedro.

— Qu'en penses-tu, *amigo* ? Peut-être aurions-nous dû la laisser gagner.

— Oui. Par politesse, on devrait toujours laisser les dames gagner.

Levant les yeux au ciel, Kat s'apprêta à partir.

— Je n'ai pas besoin qu'on m'accorde des privilèges, messieurs. Vous avez bel et bien gagné chacun une partie et je vous en félicite. Mais il va falloir que je m'en aille maintenant, Pedro. Je reviendrai te voir demain, d'accord ?

— D'accord. Merci d'avoir joué avec moi, miss Kat. Je me suis bien amusé.

Miguel se leva à son tour.

— Je te raccompagne à l'hôtel, Katerina. Quant à toi, Pedro, fais-moi le plaisir de prendre tes antalgiques, veux-tu ?

— C'est promis.

Après avoir embrassé le garçon, Kat quitta la pièce, pressée d'aller rejoindre son fils. Miguel lui emboîta le pas.

— Je peux prendre le métro, lui dit-elle en pénétrant dans l'ascenseur. Tu habites juste à côté, il n'y a pas de raison que tu fasses un détour.

— J'aimerais bien revoir Tommy, si ça ne t'ennuie pas. J'ai pensé que nous pourrions aller dîner tous ensemble quelque part.

Un tel espoir brillait dans ses yeux qu'elle n'eut pas le cœur de refuser.

— A condition que ce ne soit pas trop tard pour Tommy. Nous avons l'habitude de dîner vers 18 h 30.

— C'est parfait pour moi.

Comme les portes s'ouvraient pour les déposer au rez-de-chaussée, il la guida de nouveau vers la sortie d'une main posée au creux de ses reins.

— Je tiens à saisir toutes les occasions possibles de voir mon fils, tu comprends.

Tout en approuvant de la tête, Kat s'avisa — non sans effroi — qu'ils allaient devoir faire des projets d'avenir précis, maintenant que Juliet allait mieux et que son retour aux Etats-Unis était proche.

A l'extérieur de l'hôpital, Fernando les attendait. Sans doute Miguel l'avait-il sollicité lorsqu'il avait quitté quelques instants la chambre de Pedro.

— *Buenos noches, Fernando,* lui dit-elle, heureuse qu'il leur serve de chauffeur maintenant qu'elle savait pourquoi Miguel l'avait embauché.

— *Buenos noches, senorita,* lui répondit-il avec un grand sourire.

— Et c'est à peu près tout ce que je sais dire en espagnol, ironisa-t-elle en s'installant sur la banquette arrière.

— Je serais ravi de t'en apprendre un peu plus, murmura Miguel en la rejoignant. Ce serait bien aussi que Tomas connaisse les deux langues.

Et puis quoi encore ? fut-elle tentée de rétorquer. Elle n'avait nul besoin qu'il lui dise comment élever son propre fils.

Leur fils, en fait, se corrigea-t-elle *in petto.*

Le manque de sommeil de la nuit précédente commençait à avoir raison d'elle et des larmes lui brûlèrent les paupières.

— Qu'est-ce qu'il y a, Katerina ? Qu'est-ce qui ne va pas ? s'inquiéta aussitôt Miguel en lui prenant la main. C'est une excellente chose d'être bilingue, tu sais. Si ma mère ne m'avait pas appris l'anglais, je n'aurais pas eu l'opportunité de terminer mes études aux Etats-Unis. Et nous ne nous serions jamais rencontrés !

« Et Tommy n'aurait pas été conçu… », ajouta-t-elle en son for intérieur.

— Miguel, ne peux-tu pas comprendre à quel point c'est difficile pour moi ? Cela fait presque quatre ans que Tommy est sous ma responsabilité. Sans parler de ma grossesse, que j'ai vécue toute seule. J'ai tout fait du mieux que j'ai pu. Et maintenant, voilà que tu débarques dans ma vie et que tu parais envisager de prendre la direction des opérations sans même songer à me consulter.

Il resserra la pression autour de ses doigts.

— Tu n'imagines pas à quel point je suis désolé de t'avoir laissée seule, Katerina. Je m'en voudrai toute ma vie de ne pas être resté en contact avec toi après mon départ de Cambridge. Et pas seulement à cause de tout ce que j'ai manqué de la petite enfance de mon fils, mais parce que je m'aperçois tout à coup à quel point tu m'as manqué.

— Tu n'as pas à me flatter, tu sais. Si ma sœur n'avait pas eu cet accident, nous ne nous serions jamais revus. Tu n'aurais pas essayé de me retrouver.

Il y eut un silence.

— Crois-tu au destin, Katerina ? reprit Miguel d'une

voix basse et envoûtante. Crois-tu que certaines choses n'arrivent pas sans raison ? C'est vrai que mon rêve était de rejoindre l'équipe de Médecins sans frontières et, sans les problèmes de mon frère, je n'aurais pas été là pour opérer ta sœur en urgence. Seulement, je me suis trouvé là. Et toi, tu es arrivée avec notre fils dans la ville où je vivais, dans l'hôpital où je travaillais. Si ça n'est pas le destin, qu'est-ce que c'est ?

— Une coïncidence.

Miguel secoua la tête.

— Non, Katerina. Je suis convaincu que nous étions destinés à être ensemble.

A être ensemble ? En tant que famille ? Que fallait-il répondre à cela ? Par chance, Fernando arrêta la voiture à cet instant. Ils étaient arrivés devant l'hôtel.

Miguel libéra la main de la jeune femme et elle saisit la poignée de la portière.

— *Gracias*, Fernando, dit-elle en sortant de la voiture pour gagner en hâte l'entrée de l'hôtel.

Mais aussi rapide fut-elle, Miguel le fut plus encore. La rattrapant sur le seuil du bâtiment, il la prit par les épaules.

— Katerina, parle-moi, s'il te plaît. Dis-moi ce qu'il y a. Qu'est-ce qui t'a contrariée ?

Rejetant la tête en arrière, elle se força à croiser son regard.

— Je suis plus désarçonnée que contrariée, répondit-elle. Et je ne vois pas comment tu peux imaginer que nous étions destinés à être ensemble. Nous ne formons pas un couple ; nous sommes simplement deux adultes qui ont conçu un enfant sans le faire exprès.

Miguel lui lâcha les épaules et lui posa une main sur la joue.

— Tu ne peux tout de même pas nier qu'entre nous, il y a quelque chose, *querida*.

Elle s'apprêtait à lui interdire de l'appeler « chérie »

quand il se pencha vers elle et s'empara fougueusement de ses lèvres.

« Pas de ça, se dit-elle. Ecarte-toi tout de suite ! » Aussitôt, elle lui posa les mains sur le torse pour le repousser… au lieu de quoi ses doigts agrippèrent la chemise qu'il portait et l'attirèrent, tandis qu'elle entrouvrait la bouche, l'invitant à approfondir le baiser. Il ne se fit pas prier.

Alors toutes les émotions qu'elle s'était efforcée de contenir explosèrent en une bouffée de sensualité brûlante. Elle oublia qu'ils se tenaient sur le trottoir devant l'hôtel Hesperia, oublia que Fernando était encore là au volant de la voiture, oublia qu'elle ne voulait pas souffrir de nouveau.

Oui, tout disparut, pour ne laisser place qu'à ce moment magique, à ce fragment de temps volé au quotidien, durant lequel ils étaient capables de communiquer sans paroles.

— *Querida*, Katerina, j'ai tellement besoin de toi ! murmura Miguel entre deux baisers brûlants. Je n'arrive pas à comprendre comment j'ai pu vivre tout ce temps sans toi.

Se reculant pour reprendre haleine, elle posa le front contre son torse. Si seulement elle pouvait le croire ! Si seulement il avait éprouvé pour elle le dixième de ce qu'elle avait éprouvé pour lui autrefois !

— Kat ?

La voix choquée de Diana s'était élevée derrière elle. Elle se détacha de Miguel dans un sursaut.

— Bonsoir, Diana. Coucou, Tommy, dit Miguel, meublant le silence gêné qui s'installait. Katerina et moi, nous nous apprêtions à vous inviter tous les deux à vous joindre à nous pour dîner.

Kat évita avec soin le regard accusateur de son amie et prit son fils dans ses bras.

— Coucou, mon trésor ! Je suis désolée d'avoir été absente aussi longtemps. Tu as faim ?

Tommy hocha la tête avec force.

— Très !

— Eh bien, allons dîner tout de suite, proposa Miguel. Il paraît qu'un restaurant américain vient d'ouvrir pas très loin d'ici et qu'on y sert des plats typiques, notamment des hamburgers.

Voilà qui était tentant !

— C'est gentil, mais nous pouvons aller ailleurs, contra néanmoins Kat, magnanime.

— En fait, mis à part les petites tavernes qui ne servent que des *tapas,* les vrais restaurants n'ouvrent pas aussi tôt, expliqua Miguel, une note d'excuse dans la voix.

— Moi, je n'ai absolument rien contre un bon vieux hamburger, déclara Diana. Mais dépêchons-nous, d'accord ? Tommy va devenir grincheux s'il ne mange pas très bientôt.

Un sentiment de culpabilité assaillit de nouveau Kat. Elle n'aurait pas dû rester à l'hôpital aussi longtemps. Et surtout, elle n'aurait absolument pas dû embrasser de nouveau Miguel.

Ils gagnèrent le restaurant américain à pied — de son côté, Fernando se voyait octroyer deux heures de liberté — et la mauvaise humeur de Diana s'évapora durant le repas. Lorsqu'ils eurent mangé, Miguel emmena Tommy jouer à un jeu vidéo.

— Tu crois vraiment que c'est judicieux de commencer une relation avec Miguel ? demanda Diana à voix basse dès que les deux femmes se retrouvèrent seules.

— Je suis déjà en relation avec Miguel, Diana, répondit Kat d'un ton las. Que je le veuille ou non, c'est le père de mon enfant. Ce n'est pas comme si je pouvais tirer un trait sur lui.

— Entre tirer un trait sur Miguel et faire l'amour avec lui, il y a une marge !

— C'était juste un baiser, Diana…

Encore que, si les circonstances avaient été différentes, rien ne les aurait empêchés de redevenir amants.

— … Du reste, nous allons bientôt repartir. Juliet a

repris conscience et elle n'a plus besoin du respirateur. Même si elle est encore un peu confuse, elle va beaucoup mieux. Je suis sûre qu'elle sera suffisamment stabilisée pour être transférée à Cambridge sous peu.

— Quoi, déjà ? fit Diana, visiblement déçue. Mais nous n'avons même pas eu le temps de visiter Séville !

— Je sais. Et j'en suis désolée. Si tu veux, demain, j'emmènerai Tommy voir Juliet, ce qui te permettra d'aller explorer la cathédrale. Il paraît qu'elle est magnifique.

— D'accord ! Et qu'en est-il de Miguel ? Que va-t-il faire, lui ?

C'était une très bonne question.

— Je ne sais pas encore, mais je suppose qu'il va commencer par venir nous voir à Cambridge, Tommy et moi. Ensuite, j'ignore ce qui se passera au juste.

Diana parut s'immerger un instant dans ses pensées.

— Tu vas venir vivre à Séville ?

La question prit Kat au dépourvu. Choquée, elle dévisagea son amie.

— Bien sûr que non ! Qu'est-ce qui t'a mis une idée aussi saugrenue dans la tête ?

Le retour des deux joueurs empêcha Diana de répondre.

— On a fait exploser des trucs, raconta Tommy tout excité. Pan ! Pan ! Pan !

— Tommy a une excellente coordination œil-main, ajouta fièrement Miguel. Nous avons marqué beaucoup de points.

Ils quittèrent le restaurant et allèrent faire une longue promenade dans l'agréable douceur du soir. Lorsque Tommy donna des signes de fatigue, ils regagnèrent l'hôtel et Diana proposa de s'occuper de lui donner son bain et de le coucher.

— C'est gentil à toi, Diana, merci, approuva Miguel sans laisser à Kat le temps de protester. Je dois en effet discuter de diverses choses avec Katerina.

— Aucun problème, répliqua Diana avec une bonne humeur feinte. Dis bonne nuit à ta maman, Tommy.

— Bonne nuit, maman !

Tommy tendit ses petits bras dodus à Kat pour lui faire un câlin et un bisou. Après quoi, à la vive surprise de la jeune femme, il fit de même avec Miguel.

— Bonne nuit, Tomas, murmura celui-ci quand il le reposa finalement sur le sol.

Immobiles, tous deux regardèrent Diana et Tommy pénétrer dans le hall de l'hôtel, puis disparaître. Alors, Kat se frotta les bras. Elle avait froid, soudain, dans son chemisier à manches courtes et son pantalon en coton, sans parler du fait qu'elle redoutait la conversation que Miguel se proposait d'avoir avec elle.

— Katerina, voudrais-tu boire un verre avec moi ? demanda celui-ci, tandis que Fernando apparaissait au volant de la voiture.

Boire un verre, « et plus si affinités » ? Le souvenir de l'ardent baiser qu'ils avaient partagé planait entre eux et une certitude s'imposa brusquement à elle : il envisageait de reprendre les choses là où ils les avaient laissées lorsque Diana et Tommy les avaient interrompus.

— S'il te plaît ? ajouta-t-il en lui prenant la main.

Elle hésita. Elle avait la sensation de se retrouver quatre ans et demi en arrière, au moment où Miguel l'avait invitée après la mort de leur jeune patiente. Mais elle était plus mature à présent, plus prudente, plus avisée. Elle était capable de résister à la pression de ses hormones.

Hélas, quand Miguel porta sa main à ses lèvres pour déposer un baiser dans sa paume, ses bonnes résolutions s'envolèrent.

— Oui, Miguel, murmura-t-elle. Avec plaisir.

11

— Où allons-nous ? s'informa Katerina, tandis que, ravi d'avoir reçu son accord, Miguel la conduisait par la main en direction de la voiture.

— C'est chez moi que nous serons le plus tranquilles, répondit-il à mi-voix. A moins que tu ne préfères aller ailleurs, ajouta-t-il en hâte quand il la sentit se crisper.

Elle hésita et il retint son souffle. Puis elle secoua la tête et se prépara à grimper à l'arrière de la voiture.

— Non, non. Chez toi, ce sera parfait.

Le soulagement de Miguel fut tel qu'il contourna la carrosserie avec la sensation de marcher sur un nuage.

Une fois assis à côté d'elle, il lui prit de nouveau la main.

— Tu sais, je trouve que tu élèves très bien notre fils, Katerina. Je tenais à te le dire.

Elle le regarda d'un air surpris

— Tu n'es plus en colère contre moi ?

Non, seulement contre moi-même.

— Maintenant que j'ai passé du temps avec Tomas, il m'est plus facile de comprendre ton désir de le protéger…

Il avait été surpris, au cours de la soirée, par l'intensité de l'instinct protecteur qu'il éprouvait déjà envers son fils.

— … Mais en même temps, j'espère que tu me fais suffisamment confiance pour savoir que jamais je ne le ferais souffrir de quelque manière que ce soit.

— Je te fais confiance, Miguel.

Cette réponse, faite d'une voix douce, chassa la tension de ses épaules et il se détendit.

— D'une manière ou d'une autre, nous trouverons un moyen d'arranger les choses.

A vrai dire, il voulait faire plus qu'« arranger les choses ». Il se garda néanmoins de le préciser, de crainte de provoquer une dispute qui gâcherait cette soirée en tête à tête, qu'il souhaitait exceptionnelle. En silence, il se contenta de caresser du pouce la main soyeuse de Katerina, qu'il tenait toujours dans la sienne… Il dut toutefois la libérer à regret pour ouvrir la portière lorsque Fernando s'arrêta devant chez lui.

Dans l'ascenseur qui les menait à l'appartement, Katerina ne fit aucun commentaire.

— Que veux-tu boire ? lui demanda-t-il dès qu'ils furent entrés dans son appartement.

— Euh… Un verre de vin rouge, peut-être ? répondit-elle, manifestement nerveuse.

— Excellent choix !

Il s'empressa de gagner la cuisine, où il servit deux verres de son vin d'Argentine préféré.

Lorsqu'il la rejoignit, elle se tenait au milieu du salon, l'air gêné.

— J'ai envie de porter un toast, murmura-t-il en lui tendant un verre et en inclinant le sien de sorte que les bords se touchent. A la plus jolie maman du monde !

Elle rougit et recula d'un pas.

— Ce n'est pas un peu exagéré, ça ? dit-elle, une pointe de sarcasme dans la voix.

Non, ce n'était pas exagéré, songea-t-il, mais il était clair que la jeune femme cherchait à le tenir à distance. Se sentait-elle mal à l'aise à la perspective de la discussion qui les attendait ? Ou parce qu'elle n'avait pas confiance en elle et en son pouvoir de séduction ?

Cette deuxième hypothèse le troubla. Il était vrai qu'en

la quittant si brusquement après leur seule et unique nuit d'amour, il n'avait certes pas renforcé la confiance qu'elle pouvait avoir en elle !

Si tel était le cas, il lui avait causé du tort à plus d'un titre.

— Katerina, tu ne dois pas douter de mes sentiments, déclara-t-il avec douceur. Je suis très attiré par toi, ce n'est certainement plus un secret maintenant. Il y a quatre ans et demi, j'ai succombé à ce désir qui couvait entre nous et nous avons constaté l'un comme l'autre que cette attirance ne s'est pas atténuée au fil du temps.

— Tu es tout de même parti sans te retourner.

— C'est vrai. Mais si mon père n'avait pas eu cette attaque, je suis certain que nous aurions continué à nous voir.

Parce qu'il n'aurait pas eu la force de la repousser alors qu'il la côtoyait tous les jours, c'était évident.

— Tu n'en sais rien, Miguel. Aux urgences, le bruit courait que tu ne voulais absolument pas t'engager, sous prétexte que tu ne comptais pas rester aux Etats-Unis. Je doute que tu aurais changé d'avis là-dessus, même pour moi.

— Je ne peux nier que j'envisageais de partir. Je n'ai jamais fait mystère de mon désir de rejoindre Médecins sans frontières. Et d'ailleurs, même sans ce projet, j'avoue que j'aurais hésité à nouer une relation avec une Américaine.

A peine avait-il prononcé ces paroles qu'il s'en voulut. Quelle idée il avait eue de s'engager sur ce chemin ! D'autant que Katerina le considérait, les sourcils froncés, manifestement choquée.

— Ah bon ? Pourquoi ?

— Parce que ma mère était américaine et qu'elle n'a jamais été heureuse en Espagne. Mais ce n'est pas le sujet. Ce dont je suis sûr, c'est que, si j'étais resté trois mois de plus pour terminer ma vacation de spécialisation postdoctorale, j'aurais été là quand tu as découvert ta grossesse. Sans l'attaque de mon père, nous aurions pu gérer les choses tout à fait différemment.

Comment ? Il l'ignorait, mais au moins, il aurait su qu'il avait un fils.

— Peut-être, concéda Katerina après l'avoir observé plusieurs secondes. Seulement, imaginer ce qui aurait pu être ne sert à rien. On ne peut pas changer le passé.

— Je ne souhaite pas changer le passé, Katerina. Pour rien au monde, je ne voudrais renoncer à Tomas. Néanmoins, cette soirée ne concerne pas notre fils. Elle est à nous. Et à nous seuls.

Katerina posa son verre avec d'infinies précautions, comme si elle craignait de le renverser.

— Je ne comprends pas…

De toute évidence, il manquait de clarté.

— Plutôt que de développer cela verbalement, peut-être que je pourrais te montrer ce que je veux dire ?

Elle le considéra sans formuler d'objection. Encouragé par ce silence, il combla la distance qui les séparait et l'étreignit, la regardant droit dans les yeux pour qu'elle y lise le désir qu'elle lui inspirait. Elle ne protesta pas et il s'empressa de capturer ses lèvres.

L'espace d'un instant, il la sentit crispée entre ses bras, puis elle s'abandonna soudain contre lui.

Le corps en feu, il resserra son étreinte et l'embrassa encore et encore, se forçant à prendre son temps, à savourer le goût de leurs baisers alors qu'il brûlait de lui arracher ses vêtements et d'explorer chaque parcelle de sa peau.

— Miguel, dit-elle dans un souffle quand, délaissant sa bouche, il promena les lèvres sur sa joue, sa tempe, le creux de son oreille.

— Dis oui, Katerina, murmura-t-il entre deux baisers.

Il voulait lui faire l'amour ici, maintenant !

— Dis oui…

Poursuivant sa voluptueuse exploration, il lui déposa une salve de baisers le long du cou, descendit sans hâte apparente vers la tentante vallée qui séparait les seins, comme si le suspens n'était pas en train de le tuer.

— Oui, Miguel, balbutia-t-elle en se cambrant. Oui… !

Privé de l'usage de la parole, il la souleva dans ses bras et, priant le ciel qu'elle ne change pas d'avis en chemin, la porta jusqu'à sa chambre…

Kat gisait, inerte sur le lit de Miguel — et ce n'était pas seulement à cause du poids du corps de son amant sur le sien. Engourdis par le plaisir, ses muscles auraient été incapables du moindre mouvement, même si elle avait voulu bouger.

Ce qu'elle ne voulait pas !

Après quelques longues secondes, Miguel se souleva et roula sur le dos, l'entraînant si bien qu'elle se retrouva allongée sur lui. La tête posée sur le torse musclé, elle écouta d'une oreille attentive les battements précipités de son cœur. Soudain, la mélodieuse sonnerie d'un téléphone cellulaire rompit le silence. Son sang se figea aussitôt dans ses veines : était-ce son petit portable temporaire qui sonnait de cette façon ? Dans ce cas, ce ne pouvait être que Diana qui l'appelait, sans doute parce que Tommy pleurait. Peut-être la morsure était-elle en train de s'infecter ?

Miguel grommela entre ses dents et elle fut aussitôt rassurée : l'appel, visiblement, était pour lui. Toutefois, une impression de déjà-vu la saisit. N'avait-il pas reçu un coup de téléphone autrefois aussi, au lendemain de leur merveilleuse nuit d'amour ?

Elle releva la tête et regarda Miguel.

— Tu n'as pas besoin de répondre ? Ce n'est pas l'hôpital ?

— C'est bizarre, je ne suis pas de garde ce soir, dit-il, les sourcils froncés. Qui que soit cet importun, il peut attendre.

Par chance, l'importun en question n'insista pas longtemps et elle put se détendre sur son délicieux coussin de chair, bien au chaud sous le drap et la couverture que Miguel tira sur elle. Elle aurait adoré rester ainsi lovée contre lui tout le reste de la nuit, mais elle n'était pas seule au monde. Elle devrait rentrer à l'hôtel, pour le cas où Tommy la réclamerait.

Songer à Tommy lui rappela la confidence de Miguel au sujet de sa mère américaine qui ne s'était pas plu en Espagne.

Mais en quoi cela risquait-il d'affecter l'avenir ?

Soudain, la sonnette de l'entrée qui résonnait à travers tout l'appartement la fit sursauter. Un visiteur, cette fois ! Lâchant un juron, Miguel la fit doucement rouler sur le flanc, puis, s'extirpant du lit, enfila son pantalon et alla répondre au gêneur.

Restée seule dans la chambre dont il avait refermé la porte derrière lui — une prévenance dont elle lui savait gré — Kat s'empressa de se rhabiller. Qui pouvait bien venir chez Miguel à 10 heures du soir ? se demanda-t-elle, piquée par le démon de la curiosité.

Une fois prête, elle tendit l'oreille, indécise. Devait-elle sortir ou rester cachée ? De l'autre côté de la porte, une voix féminine parlait très vite en espagnol. Elle sentit son sang se retirer de son visage.

N'était-il pas possible que Miguel ait une petite amie, en fin de compte ?

Miguel s'efforça de contenir son irritation. Dire qu'il n'avait pas été ravi de découvrir la petite amie de son frère sur le seuil eût été une litote.

— Que veux-tu, Corrina ?

— Luis a disparu, Miguel. Il faut que tu m'aides à le retrouver.

Corrina était une jolie brune qui, pour une raison qui

lui échappait, était toujours entichée de son frère bien que celui-ci lui eût brisé le cœur plus d'une fois.

— Entre, dit-il en s'effaçant pour la laisser passer. Comment sais-tu qu'il a disparu ?

— Il a passé la nuit dernière chez moi, mais quand je me suis réveillée, il n'était plus là. Je l'ai cherché partout, Miguel ! Il n'est pas chez lui, ni sur la propriété, ni dans aucun des endroits où il a l'habitude de traîner. J'ai vraiment peur qu'il lui soit arrivé quelque chose.

Miguel poussa un soupir. Le tact n'ayant jamais étouffé Luis, il pouvait très bien avoir trouvé un stratagème pour tenir Corrina à distance.

— As-tu signalé sa disparition à la police ?

— Oui. Mais ils m'ont dit qu'ils ne pouvaient rien faire. Oh ! je sais que tout le monde pense qu'il cherche juste à m'éviter, mais moi, je sais que ça n'est pas ça. Il s'est passé quelque chose, Miguel. Je le sens ici, précisa la jeune femme en posant la main sur son cœur.

Même s'il ne doutait pas de sa sincérité, Miguel ne partageait pas ses craintes. En outre, il se refusait à terminer aussi brusquement son interlude avec Katerina. Pas question qu'il la quitte ainsi pour la deuxième fois, bon sang ! D'autant que le temps qu'ils pouvaient passer ensemble ici, à Séville, était compté.

A cet instant, la porte de sa chambre s'ouvrit sur une Katerina vêtue de pied en cap et il comprit que leur soirée était parvenue à son terme.

— Excusez-moi, j'étais sur le point de m'en aller, dit-elle en évitant son regard tout en gagnant la porte.

— Katerina, attends ! Je te présente Corrina Flores, la petite amie de mon frère. Elle pense que Luis a disparu.

La surprise s'inscrivit sur le visage de Katerina, vite remplacée par l'inquiétude. Elle avait pris Corrina pour l'une de ses ex, voire pour sa maîtresse actuelle, comprit-il, à la fois frustré par le manque de confiance que cela révélait et heureux de savoir qu'elle s'intéressait suffisamment à lui pour être jalouse.

— Depuis quand ? demanda-t-elle.

— Depuis ce matin. Je suis sûr qu'il va bien, rien ne t'oblige à partir.

Elle esquissa une petite grimace.

— De toute façon, il faut vraiment que je m'en aille, Miguel. Je tiens à être présente au cas où Tommy se réveillerait. Sa blessure risque de le faire souffrir dans la nuit.

Elle avait raison et il comprenait cette décision, bien entendu, mais il restait encore tellement de choses à régler entre eux avant qu'il n'autorise Juliet à rentrer aux Etats-Unis ! Ce soir, il avait utilisé le peu de temps dont ils disposaient pour faire l'amour avec elle, alors qu'ils auraient dû planifier l'avenir, mais pouvait-il regretter ces fabuleux moments ?

— Très bien. Laisse-moi appeler Fernando, qu'il te raccompagne à ton hôtel. Et nous pouvons nous retrouver tous les trois demain matin, si tu veux. Je vous emmènerai prendre le petit déjeuner, Tommy et toi, et ensuite nous irons rendre visite à ta sœur. Ça te va ?

— Oui, bien sûr. Mais ne dérange pas Fernando à cette heure-ci. Je prendrai le métro.

— Ça ne le dérangera pas. Il finit probablement tout juste de dîner et j'aurai moi-même besoin de lui pour partir à la recherche de Luis, de toute manière.

Il n'était pas question de laisser Katerina rentrer seule en métro. Et même s'il aurait aimé passer encore du temps avec elle, il ne parvenait pas à ignorer les inquiétudes de Corrina.

— J'espère que tu retrouveras ton frère, murmura Katerina.

— Ne t'en fais pas. Et de gré ou de force, je lui apprendrai à endosser la responsabilité de ses actes. Je ne vais pas le tirer d'affaire indéfiniment, répondit-il sans dissimuler sa contrariété.

Après avoir appelé son chauffeur, puis exposé la situation en espagnol à Corrina, il accompagna Katerina jusqu'à sa voiture. Là, il la serra étroitement contre lui.

— Merci, Katerina, pour cette soirée inoubliable, murmura-t-il, avant de lui donner un dernier baiser fougueux.

— Bonne nuit, Miguel, souffla-t-elle.

Se dégageant aussitôt de son étreinte, elle monta à l'arrière de la voiture sans ajouter un mot. Pire, elle s'adressa à Fernando sans plus lui prêter attention. Atterré, il claqua la portière. Avait-il fait ou dit quelque chose de mal ? se demanda-t-il tandis que la voiture s'éloignait.

Irrité contre lui-même et contre son frère, il remonta chez lui, où l'attendait Corrina. Il vaudrait mieux qu'il ne découvre pas que Luis cherchait simplement à éviter sa petite amie. Sinon, il n'hésiterait pas à lui flanquer une correction dont il se souviendrait.

C'était la seconde fois que ses problèmes familiaux l'écartaient de Katerina et il était bien déterminé à ce que ce soit aussi la dernière !

12

Miguel ne vint pas les rejoindre le lendemain matin. Surprise au plus haut point, Kat se résolut donc à aller prendre le petit déjeuner avec Tommy et Diana dans leur café habituel. Avait-il retrouvé son frère ? Ou le cherchait-il encore ? se demanda-t-elle tandis qu'ils savouraient leurs viennoiseries.

— Comme je te l'ai dit hier, je vais emmener Tommy voir Juliet. Profites-en pour visiter la cathédrale, suggéra-t-elle à Diana.

— Si tu es sûre que ça ne t'ennuie pas…

— Ça ne m'ennuie pas du tout.

Au vrai, elle aurait aimé voir l'édifice de près, elle aussi, mais elle n'était pas là pour faire du tourisme. Et puis, il y avait de fortes chances qu'elle revienne à Séville dans un avenir assez proche si Tommy devait y passer du temps avec son père. Regardant autour d'elle, elle se dit que, décidément, malgré la beauté de cette ville et son climat idéal, elle ne pouvait s'imaginer vivre là en permanence.

Une fois encore, ses pensées allèrent à la mère de Miguel, qui n'avait pas été heureuse ici, et à Miguel, qui n'avait jamais envisagé de s'installer aux Etats-Unis.

Connaissant les problèmes que lui posait son frère, il ne changerait assurément pas d'avis. Dès lors, une seule perspective s'offrait à eux : la garde alternée de Tommy dans deux pays différents.

La veille encore, ce type d'arrangement l'aurait satisfaite, mais ce n'était plus le cas. Depuis qu'elle avait refait l'amour avec Miguel, elle désirait bien plus que ça.

Elle voulait une vraie famille.

Soudain, la voix insistante de son fils la tira de ses pensées.

— On s'en va, maman. Viens !

— Oui, mon petit chou, on s'en va, acquiesça-t-elle, revenant au présent. Je suis prête.

Elle régla la note, puis nettoya la bouche et les doigts de son fils à l'aide des lingettes qu'elle avait dans son sac.

— Maintenant, nous allons rendre visite à tatie Juliet. C'est super, n'est-ce pas ?

L'enfant hocha vigoureusement la tête et sauta en bas de sa chaise avec une énergie qui la fit sourire. Miguel était-il aussi plein de vie au même âge ? Probablement.

Tandis que Diana partait de son côté, Kat et Tommy gagnèrent main dans la main la station de métro. Sans doute verraient-ils Miguel à l'hôpital. Celui-ci avait dû rentrer tard de ses recherches à travers la ville et il ne s'était pas réveillé…

Devinant que Juliet avait déjà quitté les soins intensifs, elle s'arrêta au bureau d'accueil et sortit son dictionnaire.

— *Donde esta mi hermana,* Juliet Campbell ? demanda-t-elle.

Un flot de paroles auxquelles elle ne comprit goutte lui répondit. L'employée nota alors un numéro sur un papier, qu'elle lui tendit. Chambre 208. Parfait !

Sur un « *gracias* » reconnaissant, Kat entraîna Tommy vers les ascenseurs. Quelques minutes plus tard, ils découvraient Juliet, assise au bord de son lit, en train de terminer une petite collation.

Quel soulagement ce fut pour Kat de constater qu'elle avait bien meilleure forme !

— Coucou, petite sœur ! s'écria-t-elle, avant de l'embrasser affectueusement sur la joue.

— Kat ! Ce n'est pas vrai, tu as amené Tommy ?

— Eh oui ! Tommy, tu te souviens de Tatie Juliet, n'est-ce pas ? Tu lui dis bonjour ?

— Bonjour, répéta Tommy.

— Bonjour, Tommy. Je suis très heureuse que tu sois venu avec ta maman. Tu veux voir mon plâtre ? proposa Juliet en retirant la couverture qui dissimulait sa jambe droite.

Curieux, l'enfant s'accroupit à côté du plâtre pour l'examiner sous toutes les coutures, avant de le frapper de son poing fermé.

— Ne t'inquiète pas, c'est la seule partie non douloureuse de mon corps, fit Juliet en riant.

— Tu souffres beaucoup ? s'inquiéta Kat. Le Dr Vasquez m'a dit que tu avais aussi plusieurs côtes cassées.

— J'ai mal partout, en fait ! Et ne me demande pas ce qui m'est arrivé, je n'en ai aucun souvenir.

— Sois sans crainte, je suis sûre que la mémoire te reviendra avec le temps, affirma Kat, quoi qu'il n'y ait aucune garantie en la matière.

Les innombrables ecchymoses que présentait sa sœur commençaient déjà à s'atténuer, mais les muscles restaient endoloris, ce qui n'avait rien d'étonnant.

Soucieuse de s'assurer que son esprit était moins confus que la veille, Kat s'apprêtait à lui poser d'autres questions, mais l'arrivée inopinée d'une visiteuse l'en empêcha.

— Bonjour, Juliet, dit en anglais la nouvelle venue, une quadragénaire rondelette à l'air décidé. Et vous devez être Katerina Richardson. Ravie de vous voir en personne.

Kat la dévisagea, certaine de ne l'avoir jamais rencontrée. Elle n'aurait pas oublié une femme anglophone.

— Je suis Susan Horton, la coordonnatrice du programme d'études à l'étranger, poursuivit l'inconnue. C'est moi qui vous ai prévenue de l'accident de Juliet, vous vous souvenez ?

— Ah, mais oui, bien sûr ! répondit Kat.

Il s'était passé tant de choses depuis son arrivée qu'elle avait totalement oublié l'existence de cette personne.

— Je suis contente que vous soyez ici, parce que nous devons organiser dès à présent le rapatriement de Juliet.

Kat ne put dissimuler le choc que lui fit cette nouvelle.

— Déjà ? Ne faut-il pas attendre que le Dr Vasquez autorise le transfert ?

— Un autre médecin le remplace aujourd'hui et il a déjà donné son accord. Par conséquent, si vous voulez bien venir avec moi, nous allons prendre les dispositions qui s'imposent.

— Quoi… maintenant ?

Kat lança un regard désemparé à sa sœur, avant de saisir la main de Tommy pour suivre cette femme autoritaire. Son seul espoir, à présent, était de voir Miguel les rejoindre. Ils n'allaient tout de même pas s'en aller sans lui dire au revoir !

Ce fut sans aucune surprise que Miguel retrouva son frère au poste de police le lundi matin. La veille au soir, peu après le départ de Katerina, son ami policier Rafael lui avait appris que Luis avait été arrêté pour conduite en état d'ivresse. Il s'était alors demandé s'il verserait ou non la caution — ce n'était pas une question d'argent, mais de principe — et en fin de compte, on ne l'avait pas autorisé à payer ladite caution avant le matin, ce qui l'avait empêché de retrouver Katerina et Tommy pour le petit déjeuner prévu.

— Merci de m'avoir tiré de là, dit Luis en clignant des yeux dans la vive lumière du soleil.

Miguel poussa un soupir. Une minute plus tard, Fernando prenait la direction de la propriété familiale.

— Luis, tu finiras par te tuer ou par tuer quelqu'un si tu n'arrêtes pas de boire. Tu ferais bien de décider de ce que tu veux faire de ta vie, et vite !

— Ne t'inquiète pas pour moi et va-t'en remplir ta stupide mission au bout du monde, bougonna Luis.

— Je ne vais pas aller en Afrique, rétorqua Miguel. Je vais retourner aux Etats-Unis, du moins pour quelque temps. J'ai un fils, Luis. Un fils dont j'ignorais l'existence jusqu'à hier. Sa mère et lui vivent à Cambridge, dans le Massachusetts.

Avachi sur la banquette, Luis releva la tête pour poser sur lui ses yeux injectés de sang.

— Tu vas vivre là-bas avec eux ?

— Je ne sais pas encore où je veux vivre, avoua Miguel. Tout ce que je sais, c'est que je tiens à rester avec mon fils. Le problème, c'est que je ne peux pas t'abandonner comme ça, Luis. Tu as besoin d'aide.

L'intéressé garda un long moment le silence.

— Et si tu me laissais vendre le domaine ?

La question laissa Miguel sans voix.

— Tu veux vendre le domaine ? Mais pourquoi ? Et comment gagneras-tu ta vie ?

— J'ai toujours rêvé de travailler dans le bâtiment. Je déteste l'oléiculture. Je veux construire des maisons, des immeubles…

Abasourdi, Miguel dévisagea son frère. Il était vrai que celui-ci avait bâti un nouvel entrepôt sur la propriété l'année passée, mais rien n'avait jamais laissé supposer que Luis détestait travailler sur la vaste oliveraie familiale.

— Tu es sûr de ça, Luis ? Une fois le domaine vendu, il n'y aura pas de retour en arrière possible.

— J'en suis sûr. Le père de Corrina m'a proposé de travailler dans son entreprise de construction. Ça fait un moment que j'essaie de trouver le courage de te parler de ça.

— Crois-tu que ce soit bien raisonnable de travailler pour M. Flores ? Tu n'as pas très bien traité Corrina ces dernières années, je te rappelle.

— J'ai saccagé ma vie, soupira Luis à mi-voix. Mais

maintenant, je sais vraiment ce que je veux faire, Miguel. Je sais que cette propriété appartient à la famille depuis plusieurs générations, seulement moi, j'y étouffe. Pour commencer, elle est trop loin de la ville. Quand j'ai construit l'entrepôt, je me suis rendu compte que ce travail me procurait plus de satisfactions que je n'en avais eu en soignant les oliviers et en récoltant les olives. Et puis, je tiens à Corrina. J'ai rompu plusieurs fois avec elle parce que je ne me voyais pas élever des enfants là-bas. Je ne peux pas m'empêcher de penser à la façon dont maman y est morte.

— Pourquoi ne m'as-tu pas dit tout ça plus tôt ?

— J'avais peur de te faire de la peine. Papa et toi, vous disiez toujours que le domaine Vasquez faisait vivre des ouvriers depuis des siècles. Que c'était une tradition familiale.

Eh oui ! Ce qui ne l'avait pas empêché de le quitter pour entreprendre ses études de médecine dès qu'il en avait eu l'âge, songea Miguel. La honte l'envahit lorsqu'il s'avisa qu'il n'avait jamais demandé à son frère quel métier le tentait.

— Je suis désolé, Luis. Je ne m'étais jamais rendu compte que tu voulais t'en aller, toi aussi.

— Alors tu n'es pas en colère ? Tant mieux, parce que le *señor* Guadalupe m'a justement demandé si j'envisageais de vendre. J'aimerais l'appeler pour savoir s'il est toujours intéressé. S'il veut acheter le domaine, je pourrai commencer sous peu à travailler pour le père de Corrina.

— Non, je ne suis pas en colère, et oui, appelle ce monsieur. S'il n'est plus intéressé, préviens-moi, je verrai ce que je peux faire pour t'aider.

Fernando s'engagea dans l'allée d'accès à la demeure familiale et, durant de longues minutes, Miguel contempla les méticuleuses rangées d'oliviers qui recouvraient les collines alentour.

Il éprouvait une certaine tristesse à l'idée de céder tout cela à des inconnus, mais en même temps, il aimait son métier de chirurgien, si utile et si gratifiant. Jamais il n'avait envisagé de travailler sur la propriété. Se pourrait-il qu'il ait inconsciemment forcé Luis à reprendre le flambeau familial, parce qu'il ne voulait pas rompre totalement avec le passé ?

Si tel était le cas, ce n'était pas à son honneur.

— Merci de m'avoir raccompagné, dit Luis en descendant de voiture.

— Préviens-moi quand tu auras un acheteur en vue.

— Je n'y manquerai pas !

Le visage de Luis portait les stigmates de ses excès de la veille, et pourtant, il irradiait littéralement le bonheur. Il agita la main pendant que Fernando sortait de l'allée en marche arrière, puis rentra dans la maison.

— Vous allez vraiment vous installer aux Etats-Unis ? s'enquit le chauffeur lorsqu'il reprit la route de Séville.

Miguel croisa son regard dans le rétroviseur.

— Pour quelque temps, oui, Fernando.

Celui-ci hocha la tête.

— *Señor* Vasquez, auriez-vous la gentillesse de me donner une lettre de recommandation avant de vous en aller, pour me permettre de retrouver du travail ?

A ces mots, Miguel faillit se frapper le front. Pourquoi n'avait-il pas songé à ça plus tôt ?

— Fernando, ça vous dirait de devenir oléiculteur ?

— Je suis tout disposé à apprendre.

Le sourire aux lèvres, Miguel tira son téléphone de sa poche. Tout allait s'arranger à merveille. Luis n'avait pas besoin de déranger le *señor* Guadalupe, en fin de compte.

Encore une fois, il pouvait remercier le destin pour son coup de pouce.

Dans une sorte d'état second, Kat entendit Susan Horton régler les ultimes détails du rapatriement. Voilà, les dés en étaient jetés. Elles quitteraient Séville le jour même, à

13 h 30. C'était le dernier vol de la journée pour les Etats-Unis, où elles n'arriveraient qu'à 22 h 30. Toutefois, quand Kat avait tenté de protester, Susan avait refusé tout net de modifier ce programme : avec ou sans sa sœur, Juliet partirait par ce vol. Elle n'avait donc eu d'autre choix que de réserver des places pour Diana, Tommy et elle-même.

Elle avait également appelé Diana pour lui demander de rentrer à l'hôtel aussi vite que possible. L'aéroport n'était qu'à un quart d'heure de route, mais elles devraient y être à 11 h 30 au plus tard — deux heures avant l'embarquement — et il était déjà presque 10 heures !

Pour les deux jeunes femmes, ce fut une course contre la montre que de refaire les bagages tout en occupant Tommy sitôt qu'elles se retrouvèrent à l'hôtel.

— Je n'ai toujours pas compris pourquoi nous devons absolument partir aujourd'hui, maugréa Diana en fourrant ses affaires dans son sac de voyage. Comme s'ils ne pouvaient pas garder ta sœur un jour de plus ici !

— Je sais, c'est stupide. Mais ça aurait pu être pire. Si cette coordonnatrice de malheur avait rendu visite à Juliet hier soir, je suis prête à parier qu'elle l'aurait inscrite sur le premier vol de la journée.

— Tu as raison. Bon, eh bien… Voilà, on a fini !

En se démenant comme de beaux diables, elles avaient réussi à tout rassembler en vingt minutes chrono !

Après une dernière inspection de la chambre et de la salle de bains pour s'assurer qu'elles n'avaient rien oublié, Kat poussa sa petite troupe, ainsi que les bagages, dans l'ascenseur.

— Et Miguel ? s'enquit Diana au moment où les portes se refermaient.

— Aussi idiot que cela puisse paraître, je n'ai pas son numéro de portable.

Elle avait espéré le voir arriver à hôpital avant leur

départ, mais non. Et à présent, tous trois s'apprêtaient à quitter l'hôtel.

— Il va bien voir que Juliet est partie… Et il comprendra ce qui s'est passé.

Kat songea pour la centième fois qu'elle aurait tout de même bien aimé lui dire au revoir !

— Vous êtes-vous mis d'accord, tous les deux, sur des modalités de garde alternée ? s'enquit son amie.

— Pas vraiment…

Elle n'avait pas soufflé mot à Diana de la soirée qu'elle avait passée avec Miguel. Avait-elle bien fait de répondre « oui » à celui-ci ? N'aurait-elle pas dû, au contraire, résister à la tentation ? De toute évidence, il aurait été plus intelligent de sa part d'éviter — de nouveau — de s'attacher à lui.

Une fois au rez-de-chaussée, Kat régla la note à l'accueil, puis un taxi les conduisit à l'aéroport.

Dans le hall de départ, elle chercha une fois de plus Miguel des yeux. En vain, là encore. Où était-il ? En arrivant à l'hôpital, il avait dû vite comprendre ce qui se passait et en déduire qu'il la trouverait ici, non ? En fait, il n'y avait qu'une seule explication plausible à son absence : il était arrivé quelque chose à Luis.

A moins que son désir de faire partie de la vie de son fils n'ait fondu au soleil andalou ?

Non, elle ne pouvait le croire. Pas après la manière dont il lui avait fait l'amour et tout ce qu'ils avaient partagé.

Il n'en restait pas moins qu'il lui avait avoué ne pas vouloir tisser de relation avec une Américaine.

— Kat, regarde, voilà ta sœur ! s'exclama soudain Diana.

De fait, Susan Horton approchait, poussant Juliet dans un fauteuil roulant. A leurs côtés, un employé portait la valise de Juliet.

Kat confia Tommy à Diana et se précipita vers l'équipage.

— Juju, est-ce que ça va ? Tu ne souffres pas trop ?

— Elle a ses antalgiques dans son bagage à main, déclara Susan sans laisser répondre Juliet. Maintenant, avez-vous besoin de quelque chose ? Sinon, je vous la confie.

Kat serra les dents. L'attitude brutale et impersonnelle de cette femme lui était insupportable.

— Ça va aller, affirma-t-elle en prenant le relais pour pousser le fauteuil roulant.

Tenant Tommy par la main, Diana les avait rejointes.

— Prêtes pour les formalités d'embarquement et le contrôle de sécurité ?

Une fois encore, Kat parcourut la foule des yeux et une fois encore, la déception fut au rendez-vous. Elle aurait voulu attendre encore un peu, mais y renonça : avec un enfant et une jeune femme en fauteuil roulant, toutes ces contraintes risquaient de prendre pas mal de temps.

— Bien sûr. Allons-y ! répondit-elle.

Bien lui en prit, car le contrôle de sécurité se révéla encore plus long que prévu. Dire qu'elles allaient devoir changer quatre fois d'avion avant d'arriver à destination !

Enfin, les trois femmes et le petit garçon se retrouvèrent en zone d'embarquement.

— Je ne sais pas pourquoi, mais c'est moins drôle de rentrer que de partir ! soupira Diana en se laissant tomber sur un siège.

Kat plaqua vaillamment un sourire sur son visage, mais son cœur était en miettes. Pourquoi Miguel n'était-il pas venu les rejoindre ici ? Avait-il réfléchi et décidé qu'en fin de compte, il ne voulait plus jouer son rôle de père auprès de Tommy ? Regrettait-il d'avoir fait l'amour avec elle ?

Elle songea qu'elle aurait aimé en apprendre davantage sur cette mère américaine. Elle était morte, avait-il dit, lorsqu'il était encore lycéen. Que s'était-il passé pour instiller en lui une telle détermination à ne pas s'engager dans une relation sentimentale avec une Américaine ?

Et, donc, avec elle…

Une douleur aiguë la transperça et des larmes lui brûlèrent les yeux, tandis que la stupide vérité s'imposait à elle : elle était tombée amoureuse de Miguel.

13

Miguel pénétra en trombe dans l'hôpital. Il était horriblement en retard. Il ne travaillait pas ce jour-là, mais il savait qu'il trouverait Katerina et Tommy dans la nouvelle chambre de Juliet. Après avoir manqué le petit déjeuner, il tenait à profiter de sa journée de congé pour rester avec eux.

Il parvint à la chambre 208, où une mauvaise surprise l'attendait : un vieux monsieur avait remplacé Juliet. Pire, le nom de la jeune femme ne figurait plus sur le tableau du poste des infirmières, constata-t-il avec stupéfaction.

Il décrochait le téléphone pour appeler le bureau d'accueil lorsqu'il vit son collègue au bout du couloir.

— Felipe ! Tu sais où est ma patiente, Juliet Campbell ?

— Miguel ! Que fais-tu ici ? Ne suis-je pas censé m'occuper de tes patients quand tu es en congé ?

— Si, bien sûr. Mais en fait, je cherche la sœur de Juliet, Katerina. Où Juliet a-t-elle été de nouveau transférée ?

Felipe parut perplexe.

— Elle n'a pas été transférée, Miguel, je l'ai autorisée à sortir. Mme Horton, du programme d'études à l'étranger, voulait absolument la faire rapatrier aux Etats-Unis aujourd'hui. J'ai vu que son état le permettait et j'ai donné mon accord.

Un nœud se forma dans l'estomac de Miguel. Bon sang, pourquoi n'avait-il pas anticipé ce genre de chose ? N'avait-il pas su, à l'instant où il avait autorisé le transfert de Juliet dans une chambre banale, qu'elle n'y resterait pas longtemps ?

— Quand ? Il y a combien de temps de ça ?

— Je ne sais pas… Deux ou trois heures ?

Oh non ! Il était déjà 11 h 30 !

— Deux ou trois heures depuis que tu as signé le bulletin de sortie ou depuis qu'elle est partie ? pressa-t-il.

— Ma foi… Je n'ai pas fait attention, soupira Felipe. Quel est le problème, Miguel ? Je t'assure qu'elle était suffisamment stabilisée pour voyager.

Miguel se força à lui sourire. Après tout, son confrère n'était responsable de rien…

— J'ai totalement confiance en ton jugement, rassure-toi. Excuse-moi, mais je te laisse : j'ai besoin de rattraper les deux sœurs.

Il tourna les talons et remonta le couloir à grandes enjambées. En chemin, il appela Fernando pour lui demander de venir le prendre devant l'hôpital le plus vite possible.

— Nous nous arrêterons quelques minutes chez moi, puis nous filerons à l'aéroport, annonça-t-il en s'engouffrant à l'arrière de la voiture.

L'avant-veille, lorsqu'il avait consulté la liste des vols à destination des Etats-Unis, il avait noté que le dernier décollait à 13 h 30.

Chez lui, il saisit son passeport et rien d'autre. Il achèterait sur place ce dont il aurait besoin.

De retour dans la voiture, il appela l'aéroport pour réserver une place, tandis que Fernando se faufilait dans la circulation.

— Je suis désolée, monsieur, mais il est trop tard, lui répondit l'employée au téléphone. Nous cessons de vendre des billets deux heures avant le décollage.

— J'ai un besoin vital de prendre ce vol, insista-t-il. Je suis sûr que vous pouvez faire une exception.

Miguel retint son souffle. Un court silence s'installa au bout du fil.

— Je vais voir avec mon supérieur, dit enfin la voix féminine.

Les doigts serrés sur son téléphone, Miguel rongeait son frein. La circulation de la mi-journée était intense et ils avançaient à une allure de tortue, alors qu'il aurait voulu filer comme un lièvre. Il devait absolument arriver là-bas à temps. Il le fallait !

— Je suis désolée, monsieur. Nous ne sommes pas en mesure de vous vendre un billet, lui annonça soudain l'employée.

Il ferma les yeux et ravala un juron.

— Bon… Merci d'avoir demandé, répondit-il d'un ton aussi poli qu'il le put.

— Des problèmes, *señor* Vasquez ? s'inquiéta Fernando en le regardant dans le rétroviseur.

Miguel secoua la tête.

— Rejoignez juste l'aéroport le plus vite possible. Je tiens à voir Katerina avant son départ.

Il allait devoir acheter un billet pour une destination quelconque s'il voulait passer l'écueil de la sécurité, mais peu importait. Il était prêt à tout pour s'entretenir avec Katerina, ne serait-ce que quelques minutes, avant qu'elle ne monte dans l'avion avec Tommy. La panique qui lui serrait la gorge le surprit. Jusqu'ici, il n'avait pas mesuré à quel point il tenait à cette femme.

Lorsque l'hôtesse invita les passagers ayant besoin d'une assistance à monter à bord, Katerina se leva et desserra le frein du fauteuil roulant.

— Je pense que cela nous concerne. Es-tu prête, Juju ?

Celle-ci acquiesça. Elle semblait déjà épuisée, la pauvre,

et leur long vol n'avait pas commencé. Tout cela à cause de cette maudite Susan Horton !

Kat regretta de ne pas lui avoir tenu tête. Certes, cette femme n'avait pas paru disposée à entendre raison, mais elle aurait dû faire des pieds et des mains pour permettre à Juliet de passer encore vingt-quatre heures dans l'hôpital.

Aider Juliet à passer du fauteuil roulant au siège qui lui était réservé — au premier rang d'une section, afin qu'elle puisse tendre sa jambe plâtrée — ne fut pas chose aisée. Obligée d'utiliser des béquilles, sa sœur devait se contorsionner et ses côtes cassées lui arrachaient des gémissements de douleur.

Elles transpiraient toutes les deux à grosses gouttes lorsqu'elles se retrouvèrent enfin assises côte à côte. Diana et Tommy avaient pris place juste derrière elles, ce qui se révéla être une bénédiction mitigée, car l'enfant avait la bougeotte.

— Tommy, arrête de cogner mon siège, s'il te plaît ! J'ai l'impression de recevoir des coups de pied dans le dos.

— Pardon, maman.

— Veux-tu que je change de place avec lui ? proposa Diana en se penchant vers elle, comme si elle la sentait à bout de nerfs.

— Non, c'est gentil, mais il ferait la même chose à Juliet, répondit-elle aussi aimablement qu'elle le put.

Ce n'était la faute ni de Tommy ni de Diana ni de Juliet si elle était tendue et maussade.

Elle avait tant espéré que Miguel viendrait à l'aéroport ! Mais peut-être était-ce mieux ainsi, après tout. Les choses étaient allées si vite entre eux qu'un peu de temps et de distance ne pourrait que leur être salutaire, se raisonna-t-elle.

Néanmoins, ce départ de Séville était trop brutal. Tandis que l'avion se remplissait lentement, elle se demanda comment Miguel allait s'y prendre pour la retrouver à Cambridge.

Du moins, s'il décidait de s'y rendre…

Après avoir acheté un billet pour Madrid, Miguel réussit à émerger du poste de contrôle de la sécurité assez tôt pour constater que l'avion de Katerina venait juste de commencer à se remplir. Il se précipita aussitôt à la porte d'embarquement et éplucha du regard le groupe de passagers qui attendaient, mais force lui fut bientôt d'admettre que les quatre personnes qu'il cherchait étaient déjà à bord — ce qui était logique, sachant que Juliet ne pouvait gagner son siège sans assistance.

— Excusez-moi, j'aurais besoin de parler de toute urgence à une passagère de ce vol, Katerina Richardson, dit-il à l'hôtesse au sol. Je pense qu'elle est déjà dans l'avion.

— Je suis désolée, monsieur, mais je ne peux rien pour vous. Sans carte d'embarquement, vous n'êtes pas autorisé à monter à bord, répondit-elle avec une amabilité feinte.

Il était si près du but ! Si près !

— Juste cinq minutes. Vous pourriez lui demander de venir ici et je vous promets qu'elle sera de retour à sa place cinq minutes plus tard.

— Je suis désolée, monsieur, c'est impossible.

Le sourire factice de la jeune femme s'éteignit et il vit un agent de la sécurité s'avancer dans leur direction, tandis qu'elle regardait par-dessus son épaule comme s'il n'était plus là.

— Puis-je vous être utile ? demanda-t-elle à la personne qui le suivait.

Miguel battit en retraite. Mieux valait éviter le vigile. Après tout, il disposait d'un billet pour Madrid et il était sûr qu'au départ de la capitale, un plus grand choix de vols pour les Etats-Unis s'offrirait à lui. Toutefois, dans la mesure où son avion ne décollerait pas avant deux heures, il n'avait aucune chance d'arriver à destination avant Katerina et Tomas.

Qu'à cela ne tienne, il appela Rafael, son ami policier, et le chargea de trouver l'adresse de Katerina à Cambridge.

Vingt minutes plus tard, Rafael lui communiqua l'information par texto. Au moins, ce problème-là était résolu.

Avec un soupir, il gagna la propre porte d'embarquement de son vol et s'assit. Plus que jamais, il regrettait de n'avoir pas pris le temps de parler avec Katerina la veille au soir, non pas *au lieu* de faire l'amour avec elle, mais *avant*.

Maintenant, il n'y avait plus qu'à espérer qu'elle lui donnerait une troisième chance lorsqu'il la retrouverait enfin.

Dix-neuf heures trente après leur premier décollage, Kat, Tommy et Juliet arrivèrent enfin chez eux. Quant à Diana, désireuse de dormir dans son propre lit, elle avait regagné son propre appartement.

Kat avait la sensation qu'une chape de plomb pesait sur ses épaules. Néanmoins, son inquiétude pour sa sœur l'emportait sur sa fatigue. Les souffrances de Juliet avaient empiré au fil des heures et il était évident que changer plusieurs fois d'avion, puis prendre le train pour Cambridge, cela avait été trop pour elle.

Compte tenu de l'heure tardive — tout près de minuit, heure locale — Kat renonça à la conduire directement à l'hôpital. Du repos, voilà ce qu'il fallait en priorité à sa sœur, aussi l'aida-t-elle à se coucher avant de lui faire avaler une nouvelle dose d'antalgiques. Le lendemain matin, il serait toujours temps de prendre rendez-vous chez un médecin.

Pour sa part, et à l'inverse d'elles, Tommy ne manifestait pas la moindre envie de se reposer, vu qu'il avait dormi durant le vol. Quand il se mit à prendre son lit pour un trampoline, Kat capitula.

— Très bien. Descendons regarder un DVD dans le salon, dit-elle avec l'espoir que la fatigue aurait raison de lui avant la fin du film.

Entre la désynchronisation du sommeil de son fils et le traitement antidouleur de sa sœur, Kat ne réussit à dormir que quatre heures cette nuit-là. C'était insuffisant, mais elle devrait s'en accommoder. Après avoir préparé le petit déjeuner et encouragé Juliet à se nourrir, elle passa une bonne heure au téléphone à prendre des dispositions pour qu'elle soit examinée au plus vite par un spécialiste reconnu des commotions cérébrales.

La pendule de la cuisine indiquait 10 h 30 lorsque la sonnette de l'entrée retentit. C'était sans doute Diana qui venait aux nouvelles. Kat gagna la porte et se figea sur le seuil : Miguel ! Un Miguel aux traits tirés et aux cheveux en bataille, qui avait sans doute voyagé toute la nuit.

— Miguel ? Mais… comment m'as-tu trouvée ? lâcha-t-elle d'un ton plus revêche qu'elle ne l'aurait voulu.

Elle était encore sous le choc, mais ne pouvait nier qu'une douce chaleur l'envahissait. Dire que cet homme avait parcouru la moitié de la planète pour la retrouver !

— Je t'ai manquée de peu à l'aéroport de Séville. Je suis désolé que nous n'ayons pas pu nous parler avant ton départ précipité, dit-il.

Il la regardait droit dans les yeux, comme s'il tentait d'évaluer sa réaction.

— Puis-je entrer ?

— Bien sûr. Le problème, c'est que nous nous apprêtons à partir. Juliet a rendez-vous avec un neurologue du CHU.

Elle s'effaça pour le laisser entrer et remarqua qu'il n'avait aucun bagage. Il fallut quelques secondes à son cerveau embrumé pour en conclure qu'il avait dû laisser ses affaires dans une chambre d'hôtel.

— Excellente initiative. Est-elle encore confuse ?

— Un peu, mais bien moins qu'auparavant.

— Elle a sans doute juste besoin d'un peu de temps.

Sur ce commentaire, Miguel regarda autour de lui. Que pensait-il de son petit intérieur ? se demanda-t-elle. Après la mort de sa mère, elle avait repris le crédit de la maison à son compte et promis à Juliet qu'elle en serait propriétaire à moitié à la fin de ses études.

— Peut-être pourrions-nous nous retrouver plus tard ? suggéra-t-elle en lançant un coup d'œil à la pendule.

Si elles ne partaient pas maintenant, elles seraient en retard.

— Je veux bien rester ici avec Tomas, si cela peut te rendre service, proposa Miguel.

Kat hésita. Bien sûr que cela lui rendrait service ! Seulement, Tommy ne l'avait rencontré que deux fois et elle ne pouvait envisager de laisser son fils en compagnie d'un quasi-inconnu.

— Je ne sais pas si c'est une si bonne idée que ça, répondit-elle pensivement.

Regardant par-dessus son épaule, elle aperçut soudain Tommy. Planté à la porte de la cuisine, celui-ci dévisageait Miguel avec des yeux ronds. Il ne pleurait pas, mais il ne se précipita pas non plus vers lui pour lui dire bonjour.

— S'il te plaît, insista Miguel. Je t'assure que ça ira. Il ne paraît pas avoir peur de moi.

— Tommy, tu te souviens du Dr Vasquez ?

Le bambin hocha la tête en fourrant son pouce dans sa bouche — ce qu'il ne faisait qu'en cas d'intense fatigue. Soudain certaine qu'il s'endormirait sous peu, Kat décida d'accepter la proposition.

— D'accord, Miguel, tu peux rester ici avec Tommy. A mon avis, il ne va pas tarder à s'endormir. Tu n'auras qu'à lui mettre l'un de ses DVD favoris. Ses cycles de sommeil sont un peu perturbés, avec le décalage horaire.

Le sourire de Miguel lui fit chaud au cœur.

— Je pense que c'est dans mes capacités.

Kat détourna les yeux. A l'évidence, il tenait à passer du temps avec son fils, ce qui était tout à son honneur. Mais il agissait comme si la soirée « intime » qu'ils avaient passée ensemble n'avait pas existé et elle ne pouvait se défendre d'en éprouver une certaine amertume.

— Parfait. Nous serons de retour dans deux heures.

Miguel l'aida à conduire Juliet jusqu'à sa voiture, puis il retourna dans la maison. En le voyant rentrer chez elle avec Tommy, elle eut une impression étrange. Toutefois elle choisit de la chasser pour concentrer toute son attention sur sa sœur.

Gérer une crise à la fois, cela lui suffisait amplement.

Quand, à l'issue d'un examen long et minutieux, suivi d'un scanner de la tête, le Dr Sandlow déclara Juliet en bonne voie de récupération, le cœur de Kat se gonfla de bonheur autant que de soulagement.

— J'aimerais la revoir dans une huitaine de jours, conclut-il. Bien entendu, elle aura besoin d'une rééducation fonctionnelle, trois jours par semaine, à entamer dès maintenant.

Kat se demanda comment elle pourrait retourner travailler tout en conduisant sa sœur trois fois par semaine au centre de rééducation. Certes, il lui restait encore une semaine de vacances à prendre, mais ensuite, il lui faudrait faire aménager ses horaires, voire solliciter un congé sans solde.

Enfin, elle aurait le temps de s'inquiéter de cela plus tard.

La consultation avait duré plus longtemps que prévu et l'heure du déjeuner était largement dépassée lorsqu'elles quittèrent l'hôpital. Kat s'arrêta en chemin pour acheter de quoi nourrir toute la maisonnée, y compris Miguel.

Lequel, à sa vive surprise, s'abstint de venir lui prêter main-forte au moment où elle aida sa sœur à descendre de voiture, puis à entrer dans la maison. Un exercice pourtant difficile et douloureux pour la jeune blessée.

— Encore quelques pas et tu pourras te reposer, sœurette, lui dit-elle en l'escortant jusqu'à la chambre.

Une fois Juliet installée dans un fauteuil, sa jambe plâtrée posée sur un tabouret, Kat se mit en quête de Miguel et de Tommy.

Elle les trouva sur le sofa de la salle de séjour, endormis l'un comme l'autre. Le bras de Miguel était enroulé autour de l'enfant, qu'il tenait serré contre lui.

Les regardant tous les deux, père et fils, la jeune femme se sentit soudain très seule. En son absence, un lien très fort s'était visiblement tissé entre eux et Tommy aurait désormais besoin de son père, tout comme celui-ci avait besoin de lui. Elle aurait dû se réjouir de les voir enfin réunis, mais c'était un sentiment proche du désespoir qui l'envahissait malgré elle. Elle avait si longtemps rêvé d'une vraie famille ! Pourtant, c'était bien une famille qu'ils avaient formée, Tommy, Juliet et elle.

A présent, elle ne pouvait plus ignorer qu'elle ne souhaitait qu'une chose : que Miguel l'aime autant qu'elle l'aimait. Mais en était-il capable ? Etait-il capable de rester avec Tommy et elle en toutes circonstances, les mauvaises comme les bonnes ?

Ou tournerait-il les talons dès que les choses deviendraient difficiles, à l'image de son père à elle ?

14

Miguel se sentit brutalement tiré de son sommeil de plomb. Un mouvement tout contre lui lui fit resserrer automatiquement son étreinte. Il se força alors à ouvrir les yeux et découvrit Katerina penchée sur lui, ses beaux yeux verts étincelant de colère.

Qu'avait-il fait de mal ? se demanda-t-il. Et d'abord, où était-il ? Il baignait dans une totale confusion. Ce fut seulement lorsque, abaissant son regard, il vit Tomas endormi contre lui que tout lui revint à la mémoire.

— Lâche-le, Miguel. Il faut que je le couche dans son lit, déclara Katerina d'un ton sec.

Le cerveau encore embrumé, il s'exécuta. A peine eut-elle soulevé l'enfant dans ses bras que la chaleur du petit corps lui manqua.

Kat disparut et il s'efforça de reprendre ses esprits. Combien de temps avait-il dormi ? Plus longtemps qu'il n'aurait dû, constata-t-il en jetant un coup d'œil à sa montre. Il avait perdu toute une heure à dormir, alors qu'il aurait pu la consacrer à rattraper le temps perdu avec son fils.

Encore qu'ils auraient tout le temps d'apprendre à se connaître — du moins l'espérait-il. Durant le très long vol, une vérité s'était imposée à lui : peu importait l'endroit où ils vivraient, Katerina et lui. Qu'ils soient ensemble, c'était tout ce qui comptait !

Même s'il n'avait pas encore tout à fait assimilé les

implications de la décision qu'il avait prise, l'envie de partir ne l'effleurait même plus. Se pourrait-il que rejoindre Médecins sans frontières n'ait pas vraiment été un rêve, mais une échappatoire ?

Comme il s'étirait dans le but de chasser ces pensées, une odeur de poulet rôti lui fit prendre conscience qu'il mourait de faim. Guidé par ce fumet, il gagna la cuisine, où il vit des sacs de nourriture abandonnés sur la table. Katerina entra à cet instant.

— Tommy va redescendre ; il n'a pas voulu se rendormir, annonça-t-elle, une nuance de reproche dans la voix. Nous allons déjeuner ensemble et ensuite, tu devras partir, Miguel. Je ne peux pas m'occuper de toi pour l'instant, je dois me consacrer à Tommy et Juliet.

Bien sûr, il comprenait. Mais il avait cru qu'elle serait heureuse de le voir. Or, jusqu'ici, sa présence semblait plutôt la contrarier. S'était-il mépris sur la nature des sentiments qu'elle éprouvait pour lui ? se demanda-t-il, le cœur serré.

A cet instant, Tomas surgit dans la pièce. Alors, s'efforçant d'oublier sa déconvenue, Miguel aida Katerina à déballer les aiguillettes de poulet, les pommes de terre sautées et la salade de chou contenues dans les sacs, puis à dresser le couvert. Elle servit Tomas, avant de remplir une autre assiette, qu'elle apporta aussitôt à sa sœur.

Miguel songea soudain qu'elle avait dû aider seule Juliet à rejoindre sa chambre et il s'en voulut de nouveau d'avoir dormi.

A peine avait-il eu le temps de regarder Tomas manger que, déjà de retour, Katerina se laissait tomber sur une chaise, en face de lui.

— Comment va-t-elle ? demanda-t-il.

— Elle dort. D'après le Dr Sandlow, elle va bien. Il faut maintenant qu'elle commence sa kinésithérapie, à raison de trois séances par semaine. Je la ferai déjeuner plus tard.

Tout en parlant, elle s'était servie. Ce fut seulement

après avoir croqué une bouchée de poulet qu'elle parut s'apercevoir que Miguel n'avait pas encore touché à son assiette, vu qu'il l'avait poliment attendue pour manger.

— Tu n'aimes pas le poulet rôti ?

— Bien sûr que si ! Y a-t-il une personne au monde qui n'aime pas ça ? répondit-il avec un sourire avant d'attaquer son repas.

Il brûlait de lui venir en aide, mais il avait l'impression de marcher sur des œufs. Visiblement, elle lui en voulait de s'être endormi, soit parce qu'elle jugeait qu'il avait mis leur fils en danger, soit parce qu'il avait dormi alors qu'elle-même n'en avait pas eu la possibilité. Ou peut-être parce qu'il avait fait comme chez lui. Quoi qu'il en soit, il se savait en mesure de la soulager de ses divers fardeaux — si elle le laissait rester !

— Mange proprement, Tommy, lança-t-elle à l'enfant quand des fragments de nourriture éjectés de son assiette atterrirent sur le sol.

— Oui, maman, répondit Tomas, la bouche pleine.

— Le centre commercial se trouve toujours dans le secteur du General Hospital ? s'enquit Miguel. J'ai besoin d'acheter des vêtements et des articles de toilette.

— La compagnie aérienne a égaré tes bagages ?

— Non. Dans ma hâte à te rattraper avant ton départ, je n'ai pris que mon passeport. Le problème, c'est que tu étais déjà montée dans l'avion et ils n'ont pas voulu que je te parle. Finalement, j'ai dû passer par Londres pour arriver ici.

Katerina parut stupéfaite, mais ne dit rien. Elle termina son assiette en silence, tandis que Tomas commençait à s'agiter dans sa chaise haute.

— Oui, murmura-t-elle en reposant ses couverts. Le centre commercial est toujours au même endroit.

— Katerina, il faut que nous parlions.

— Pas maintenant. Comme je te l'ai dit, j'ai d'autres

chats à fouetter pour l'instant. Tommy a besoin d'un bain, puis je devrai m'occuper de ma sœur. Je suis désolée, mais tu devras attendre ton tour.

Là-dessus, elle se releva et souleva Tommy de sa chaise.

— Au revoir, Miguel, ajouta-t-elle avant de quitter la pièce.

Elle le fichait bel et bien dehors ! Avec un soupir, il se mit en devoir de débarrasser la table et de ranger les restes au réfrigérateur. Elle tenait peut-être à ce qu'il parte, mais il n'allait pas lui laisser la cuisine dans cet état, alors qu'elle semblait au bord de l'épuisement.

Comme il aurait aimé mettre le comportement de la jeune femme sur le compte de la fatigue et du décalage horaire ! Hélas, à aucun moment, elle n'avait paru vouloir poursuivre la relation qu'ils avaient entamée à Séville. Il éprouvait même la nette impression qu'elle aurait préféré qu'il ne vienne pas la retrouver.

Tout en faisant la vaisselle, il se creusa la tête, à la recherche d'un moyen de combler le fossé qui s'était élargi entre eux.

Parce que, si elle croyait qu'il allait abandonner aussi facilement la partie, elle se trompait du tout au tout.

Tandis que Tommy gigotait comme un petit fou dans son bain, Katerina revivait en pensée l'arrivée de Miguel et tout ce qui s'était ensuivi. Lui demander de partir après tout le mal qu'il s'était donné pour la rejoindre était cruel et injuste. Quant à ressentir un pincement de jalousie lorsqu'elle les avait vus dormir ensemble, Tommy et lui, si beaux, si attendrissants dans leur sommeil, ce n'était pas digne de la bonne mère qu'elle voulait être. Le plus triste, c'était que Tommy ne savait même pas encore que Miguel était son père.

Un instant, elle posa le front sur le rebord lisse et frais de la baignoire. Elle devrait se réjouir que Miguel tienne tant à être un vrai père. Se réjouir qu'il soit venu à Cambridge, plutôt que de l'inciter à retourner à Séville.

Néanmoins elle ne pouvait s'empêcher de souhaiter qu'ils aient du temps, seuls tous les deux, pour explorer la passion en train d'éclore entre eux. Elle savait que Miguel la *désirait*, mais en viendrait-il un jour à *l'aimer* ? Cela, elle l'ignorait.

Elle se sentait à la fois épuisée et déboussolée. Elle devait s'occuper de sa sœur, de Tommy, et bientôt il lui faudrait retourner travailler. Comment auraient-ils le temps de renouer leur relation ? Miguel, en revanche, aurait tout le loisir d'instaurer une vraie relation avec son fils.

Aussitôt, elle eut honte de ces considérations égoïstes. L'important, c'était son fils, non ses sentiments ridicules. S'empressant de chasser ces sombres pensées de son esprit, elle lava les cheveux de Tommy, puis le sortit de l'eau et enveloppa son petit corps potelé dans une serviette épaisse et douce.

Après l'avoir habillé d'un pantalon et d'un polo propres, elle regagna la cuisine avec la crainte d'y voir Miguel. Il n'y était plus, mais elle eut la surprise de trouver la pièce impeccable, du sol au plafond.

Cette gentille attention lui fit regretter encore davantage sa brusquerie. Etait-il trop tard pour le rattraper ? Elle s'apprêtait à se diriger vers la porte d'entrée quand elle entendit des bruits sourds en provenance de la chambre de sa sœur. Levée, de toute évidence, Juliet essayait de se déplacer à l'aide de ses béquilles, ce qui ne lui laissait pas d'autre choix que de courir lui prêter main-forte.

Et de chasser fermement Miguel de son esprit.

Le lendemain après-midi, Kat n'avait toujours aucune nouvelle de Miguel. Alors qu'elle aurait dû être soulagée d'avoir une préoccupation en moins, elle se sentait tendue. Lui était-il arrivé quelque chose ? Avait-il conclu qu'elle ne valait pas la peine qu'il s'intéresse à elle ? Etait-il reparti pour l'Espagne ?

Physiquement, elle se sentait mieux après une bonne nuit de sommeil et elle était heureuse de constater que sa sœur aussi se portait mieux.

La conduire à sa séance de kinésithérapie se révéla moins difficile que prévu, d'autant que Juliet insista pour se débrouiller seule le plus possible. Leurs relations s'étaient apaisées depuis l'accident ; il y avait même entre elles une intimité qui n'existait pas auparavant. Kat espérait que ce terrible accident les rapprocherait pour toujours.

— Où est passé le beau Dr Vasquez ? demanda Juliet à leur retour, lorsque Kat l'eut aidée à s'allonger.

— Je ne sais pas. Pourquoi ?

— Hé ! Je ne suis pas dupe, tu sais. Il est le père de Tommy, c'est évident. Et tu l'aimes, n'est-ce pas ?

— Peu importent mes sentiments puisqu'ils ne sont pas réciproques, marmonna Kat.

Juliet la considéra pensivement.

— Tu ne m'as jamais demandé dans quelles circonstances j'avais été renversée par une voiture.

Tirant une chaise, Kat s'assit à côté d'elle.

— Juju, il y a peu de temps, tu m'as dit que tu ne te souvenais de rien. As-tu retrouvé la mémoire ?

Juliet reprit sa respiration en un long soupir.

— En fait, je suis tombée amoureuse d'un gars qui s'appelle Enrique. Il était beaucoup plus âgé et plus mûr que moi. Je ne lui ai jamais avoué mes sentiments, mais il me semblait qu'il se passait vraiment quelque chose entre nous… jusqu'à ce que je le trouve en compagnie d'une autre femme.

— Oh ! Juju…, balbutia Kat, le cœur serré.

— J'étais bouleversée et j'avais des larmes plein les

yeux. J'ai foncé dans la rue sans rien voir. Par chance, je ne me souviens pas de grand-chose après ça.

— Oh ! ma pauvre chérie ! murmura Kat en lui pressant la main. Ça a dû être horrible pour toi de le voir avec quelqu'un d'autre.

— Oui. Vu la manière dont mon père a pris la poudre d'escampette, j'ai toujours veillé à ce que les garçons que je fréquentais se montrent sous leur vrai jour. Mais maintenant, je me demande si je n'aimais pas Enrique pour la simple raison qu'il me rassurait. En fait, je crois qu'une véritable relation sentimentale m'a toujours fait peur, Kat. A cause de nos pères respectifs.

— Mais tu viens de dire que tu étais tombée amoureuse d'Enrique. N'aviez-vous pas une « véritable relation sentimentale » ?

— Pas vraiment, non. Il était gentil avec moi, nous nous entendions bien, mais nous ne nous sommes jamais embrassés, pas une fois ! Il y avait aussi un autre gars — un garçon de mon âge — qui avait un faible pour moi, mais lui, je l'évitais. Je me disais que c'était parce que je tenais à Enrique, mais en vérité, je voulais seulement m'épargner de la souffrance. Ne fais pas la même chose que moi, Kat. N'évite pas Miguel Vasquez parce que tu as peur de souffrir.

— C'est plus compliqué que ça, Juju. Comme tu l'as deviné, c'est le père de Tommy. Pour le bien de notre fils, nous devons nous entendre.

— Avoue-lui tes sentiments, insista Juliet. Ne laisse pas ton orgueil ou tes craintes t'en empêcher.

Se pourrait-il que sa sœur ait raison ? Avait-elle évité toute conversation « personnelle » avec Miguel par crainte d'être amenée à souffrir ? S'ils n'avaient jamais vraiment parlé des modalités de la garde alternée, n'était-ce pas parce qu'elle avait évité le sujet ?

Peut-être Juliet avait-elle vu juste.

— Repose-toi maintenant, Juju, d'accord ? lança Kat,

préférant changer de sujet. Nous dînerons vers 18 h 30. J'ai préparé un gratin ce matin, je n'aurai qu'à le réchauffer.

— O.K., murmura Juliet en fermant les yeux.

Comme elle quittait la chambre de sa sœur, un bourdon de voix s'éleva soudain.

— *Mîîgl !* criait Tommy.

Ce qui devait être sa version personnelle de « Miguel », comprit Kat lorsqu'elle entendit l'intéressé répondre « Tomas ! ».

Elle entra dans la cuisine juste à temps pour voir Tommy se jeter dans les bras de son père. En riant, Miguel le souleva, séduisant en diable dans un jean ajusté et une chemise en denim.

— Tu m'as manqué, dit-il à l'enfant en enfouissant la tête dans le creux du petit cou.

— Toi aussi, répondit Tommy.

Devant le tableau « familial » qu'ils formaient tous les deux, les yeux de Kat s'embuèrent. Mais Miguel releva la tête et posa sur elle un regard si intense qu'elle sentit son souffle se bloquer dans sa gorge.

— Bonjour, Miguel, articula-t-elle bêtement.

— Katerina, murmura-t-il.

Une fraction de seconde, elle crut voir briller la flamme du désir dans les yeux de jais. Puis il se pencha pour reposer Tommy.

— Je peux t'emmener dîner ce soir ?

— Ce serait avec plaisir, mais je n'ai pas de baby-sitter…

Sans doute voulait-il finaliser un accord de garde alternée. Eh bien, elle se garderait d'éviter le sujet.

— … Mais il y a un gratin au menu pour le dîner, si tu veux te joindre à nous.

— Diana va venir garder Tommy, et veiller sur Juliet est largement dans ses cordes. Dis oui, s'il te plaît !

Il était allé jusqu'à appeler Diana ? Kat eut du mal à dissimuler sa surprise.

— Bon, eh bien… d'accord. Mais il faut d'abord que je me change.

— Pas de problème. Je t'attends.

L'heure qui suivit passa très vite. Elle se doucha, soigna sa tenue et son maquillage, puis accueillit Diana, laquelle semblait heureuse de se retrouver sur le sol américain.

Lorsque Miguel lui ouvrit la portière de sa voiture de location, elle eut presque l'impression d'être une adolescente partant à son premier rendez-vous galant.

— Tu es sûr de savoir conduire ? plaisanta-t-elle tandis qu'il s'asseyait au volant. Peut-être aurait-il été judicieux d'amener Fernando avec toi.

Il sourit.

— Fernando va reprendre le domaine Vasquez. Crois-le ou non, Luis a décidé qu'il voulait travailler dans le bâtiment plutôt que de s'occuper des oliviers.

— Tu l'as donc retrouvé. Et il allait bien, alors ?

— Il n'osait pas me dire qu'il détestait s'occuper du domaine. Je suis convaincu que tout ira bien pour lui maintenant qu'il a son rêve en ligne de mire.

La peur noua l'estomac de Kat en même temps qu'une idée folle lui venait : Miguel allait lui annoncer que lui aussi, il allait poursuivre le sien.

— C'est bien, dit-elle du bout des lèvres.

Déjà il s'engageait sur le parking d'un grand hôtel, situé à quelques rues de chez elle.

— J'espère que ça ne t'ennuie pas si nous dînons tranquillement ici ?

— Bien sûr que non !

Dans l'élégant restaurant du rez-de-chaussée, on les installa au fond de la salle, dans une sorte d'alcôve tranquille délimitée par des plantes vertes.

D'un commun accord, ils débutèrent le repas par quelques amuse-bouches et une bouteille de shiraz.

— Katerina, dit-il en lui prenant la main sur la table. J'ai une question très importante à te poser.

Au sujet de la garde partagée, sans doute.

— Je t'écoute, Miguel.

En un éclair il bondit de son siège et posa un genou à terre devant elle. Elle n'était pas revenue de sa surprise qu'il ouvrait un petit écrin de velours noir. Une magnifique bague sertie d'un diamant étincelant apparut.

— Katerina, veux-tu m'épouser ?

Le cœur de la jeune femme se dilata et elle faillit crier « oui » à tue-tête.

Sauf qu'il n'avait pas parlé d'amour…

— Rien ne nous oblige à nous marier, tu sais, dit-elle d'une voix qu'elle réussit à empêcher de trembler. Nous trouverons le moyen de nous impliquer tous les deux dans la vie de Tommy. J'envisagerai même d'emménager à Séville, si c'est ce que tu veux. Tu n'as pas à faire ça…

Miguel ne bougea pas d'un pouce.

— Katerina, je t'aime. J'étais un fieffé idiot il y a quatre ans et demi ; je laissais l'amertume de ma mère affecter ma conception de l'existence. C'est vrai que je tiens à faire partie de la vie de mon fils, mais ce n'est pas pour cela que je te demande de m'épouser. Je te le demande parce que je ne peux pas imaginer de vivre sans toi.

Kat demeura bouche bée. Faire confiance aux hommes n'était pas chose aisée pour elle, et cependant, n'était-ce pas l'aveu qu'elle espérait entendre ?

— Miguel, tu es sûr de toi ? Parce que rien ne presse, tu sais. Du reste, n'as-tu pas dit que tu voulais partir travailler avec Médecins sans frontières ? Je ne tiens pas à ce que tu nous reproches un jour de t'avoir empêché de concrétiser ton rêve.

— Mon rêve n'est pas de rejoindre MSF. Cela me coûte de dire ça, mais je me rends compte maintenant que je l'ai plus ou moins utilisé comme excuse pour éviter de me rapprocher de quiconque. Jusqu'à ce que je te rencontre. Je suis tombé amoureux de toi, Katerina. Et je me moque de l'endroit où nous vivrons. Ici ou à Séville, peu importe. Rien d'autre ne compte pour moi que toi et notre fils. Et le ou les autres enfants que nous déciderons d'avoir ensemble.

Il l'aimait ? N'était-ce pas trop beau pour être vrai ? Les derniers doutes de la jeune femme s'évanouirent devant l'amour qui brillait dans ses yeux. Et elle trouva le courage de lui ouvrir son cœur.

— Oui, Miguel, je veux t'épouser, déclara-t-elle d'une voix enrouée par l'émotion. Parce que je t'aime, moi aussi, et que je ne peux pas imaginer ma vie sans toi.

— *Te amo,* Katerina, murmura Miguel, tirant la bague de l'écrin pour la glisser à son annulaire gauche.

Ce fut tout juste si elle eut le temps d'en admirer l'éclat. Miguel se redressa, invita la jeune femme à se lever et la serra passionnément dans ses bras.

Ils scellèrent alors leurs fiançailles d'un baiser si fougueux qu'elle faillit oublier qu'ils n'étaient pas seuls.

Lorsque Miguel s'écarta doucement, il la contempla de longues secondes.

— Je t'aime tellement, Katerina ! balbutia-t-il. Je te promets de te montrer à quel point tu m'es précieuse tous les jours du reste de notre vie.

— Je t'aime aussi, Miguel. J'aime tout en toi, affirma Kat.

Se soulevant sur la pointe des pieds, elle lui effleura les lèvres d'un nouveau baiser sans se soucier d'être vue des serveurs.

— Et je veux que Tommy ait au moins un frère et une sœur.

— Tout ce que tu voudras, acquiesça-t-il en riant, posant de nouveau les lèvres sur sa bouche.

Finalement, s'avisa-t-elle tandis qu'elle se délectait de ce baiser, avec un peu de confiance et d'amour… les rêves pouvaient bel et bien se réaliser, non ?

Épilogue

Le grand jour était arrivé.

Le grand moment tant attendu !

Katerina avait souhaité se marier à Séville et Miguel en avait été heureux et honoré. Il se tenait au pied de l'autel, dans la majestueuse cathédrale presque pleine. On aurait dit que tout Séville voulait partager leur bonheur.

Juliet se tenait à la place que lui conférait son titre de demoiselle d'honneur de Katerina. Une Juliet bien remise de son accident et déterminée à terminer sa troisième année d'études en Espagne. Quant à Luis, son garçon d'honneur à lui, qui n'avait pas bu une goutte d'alcool depuis la vente de la propriété familiale, il était là, près de lui, le dos droit et la tête haute.

Un certain nombre de parents et d'amis se pressaient dans le superbe édifice, certains venus tout exprès des Etats-Unis. Miguel ne put retenir un sourire en apercevant Pedro assis au troisième rang. Un peu guindé dans ses habits du dimanche, l'adolescent se tordait le cou pour être le premier à voir la mariée.

Lorsque résonnèrent les accords de la traditionnelle marche nuptiale, on vit d'abord Tomas remonter la grande allée. Il marchait à pas lents, comme s'il craignait de laisser tomber le petit coussin porte-alliances qu'il tenait entre ses mains. Au moment où il atteignit le pied de l'autel, Luis le débarrassa de son fardeau et Miguel lui posa une main sur l'épaule pour lui signifier qu'il le gardait près de lui.

— Hé, papa ! chuchota Tomas, un tantinet trop fort. Tu as vu, je n'ai rien fait tomber.

— Bravo, moussaillon ! Tu es un champion, murmura Miguel en retour.

A présent, c'était au tour de Juliet de remonter la nef. Elle le fit d'une démarche si légère que personne, à part lui, ne dut remarquer qu'elle boitait encore un peu.

Et enfin Katerina s'avança. Elle était si belle, si éblouissante dans sa robe de mariée que le cœur de Miguel manqua un battement. Immobiles et attentifs, les occupants des deux travées de sièges s'étaient levés pour la regarder passer. Quand, captant son regard, elle lui sourit, l'amour qu'il vit briller dans ses yeux lui coupa le souffle. Et il dut se faire violence pour ne pas bouger alors qu'il n'avait qu'une envie : se précipiter à sa rencontre.

Les deux prêtres s'approchèrent. L'un d'eux parlait anglais et servirait d'interprète à Katerina, même si la jeune femme avait déjà bien commencé à apprendre la langue espagnole.

— Tu as vu comme elle est belle, maman ? fit Tomas dans un nouveau murmure sonore.

— Oui, elle est très belle, répondit Miguel à mi-voix. Il faut que tu te taises maintenant, Tomas, d'accord ?

— D'accord, acquiesça l'enfant.

Quelques instants plus tard, Katerina parvenait à sa hauteur. Miguel lui prit la main et ensemble, ils se tournèrent vers les deux officiants.

Aussi impatient soit-il que Katerina devienne sa femme, Miguel allait savourer chaque seconde de cette journée, la première de leur nouvelle vie commune.

AZUR

GLAMOUR. INTENSE. IRRÉSISTIBLE.

Poussez les portes d'un monde fait de luxe, de glamour et de passions. Ici, les hommes sont beaux, riches et arrogants ; les femmes impétueuses, fières et flamboyantes. Entre eux, le désir est immédiat... et l'amour impossible.

11 romances à découvrir tous les mois.